剑来

30

一剑破万法

◎ 烽火戏诸侯 著

浙江文艺出版社
Zhejiang Literature & Art Publishing House

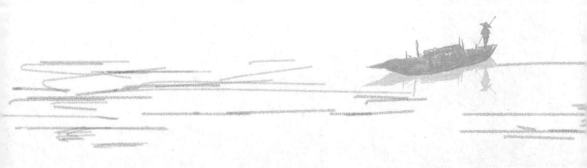

第一章

备 战

学宫书院的八十余位圣贤、山长还要参加一场文庙内部议事。

除了一小部分继续这场议事的文庙外人,其余人等还暂时不得离去,需要继续留在泮水县城等地,等待文庙的具体安排。

这场小规模议事,从人数上讲已经少了半数,不过多了十余位不算起眼的新鲜面孔,多是些年轻人,比如龙虎山一位黄紫贵人小天师,还有邵元王朝的林君璧。陈平安不知所终,以剑气长城剑修身份参与议事的四人则都在。

议事地点离文庙大门有点远,可能是礼圣有意为之,毕竟需要连开三场议事,在路上闲聊几句,可以让人喘口气,不至于一直紧绷着心弦。

阿良扼腕痛惜,一脸嫌弃地看着身边的左右和齐廷济,埋怨不已:"我跟你们俩不一样啊,就不能当我是半个十四境吗?"

陆芝冷笑道:"等我破境了,就当是祝贺你跌境。"

阿良伸手揉着下巴,缓缓点头:"一上一下,好像不亏。"

陆芝脸色冰冷,一拳凶狠砸出,打得阿良旋转飞出,等到踉跄站稳,他已经脱去了身上那件儒衫。

没了这份大道压胜,接下来就是阿良哥哥的小天地了。反正几位圣人都不在,自己就需要当仁不让地挑起重担了。

阿良屁颠屁颠跑回左右身边,小声问道:"君倩呢?"

左右摇头道:"第二场议事他就缺席了。"

阿良羡慕不已："也算出风头了。"

阿良随即大骂道："胆肥！靠这种拙劣伎俩博取关注，不要脸！"

刘十六和君倩，都是拜师求学之前的化名。成为亚圣一脉之前，他与白也一同入山访仙多年。

刘，象形字。属金，主杀。每月十六日，名为既望。山下有种说法，十五的月亮十六圆。

连同《快雪帖》在内，历史上多幅称得上稀世之珍的字帖，都曾有"君倩"二字作为花押。

刘十六，精怪出身，作为几座天下年龄最为悠久的修道之士，与白泽、老瞎子、东海老观主、真名朱厌的搬山老祖，其实都不陌生。所以真要论资历、辈分，一旦撇开儒家文脉身份，刘十六其实很少需要称呼谁为"前辈"，甚至在蛮荒天下，如今还有相当数量的同属后裔。所以两座天下遥遥对峙的第二场议事，刘十六反而不适合现身。

阿良环顾四周，揉了揉下巴："这次文庙喊的人，有点嚼头啊。总舵文庙扛把子，其余一洲一个分舵主？只等盟主号令群雄，一声令下，咱们就要吭哧吭哧分头砍人去？"

这场议事，要去文庙内。到时候关起门来，不是自家人，都是文庙的自家人了。那么既然是自家人了，就谁都别说两家话。

如果说一开始议事众人都还没能弄清楚文庙这边的真实态度，那么现在经过两场议事，再后知后觉的人也该明白了。

从礼圣到亚圣、文圣，再到文庙三位教主，以及伏胜等诸位老夫子，从广场内部议事，再到与蛮荒对峙，都很不一样。

比如这场议事，除了宝瓶洲大骊王朝的宋长镜，其余九位皇帝都没资格出现。

文庙说什么，照做就是了。老老实实等消息就行。

先前离场之前，韩老夫子还挑明了，今天议事内容，不该说的一个字都别说，做好分内事。

董老夫子领衔，身边跟着八个人。北俱芦洲火龙真人、宝瓶洲宋长镜、南婆娑洲陈淳化、皑皑洲刘聚宝、扶摇洲刘蜕、流霞洲葱蒨、桐叶洲韦滢。只是那金甲洲，怎么是那个邵元王朝的国师晁朴？此外韩老夫子身边是兵家姜、尉两位老祖师。

墨家钜子。纵横家老祖师。商家范先生。

药家祖师爷。匠家老祖师。此外竟然还有一位白纸福地的小说家祖师。

术家尤其长脸，竟然是三位老祖师联袂现身。

于玄，龙虎山大天师，苏子，柳七，还有一个战战兢兢的渌水坑澹澹夫人。

白帝城郑居中。大端王朝裴杯，曹慈。张条霞。怀荫。郁泮水。一个沉默寡言的铁树山郭藕汀。

宝瓶洲云林姜氏在内，还有几个传承悠久的山下豪阀：中土悬鱼范氏，涿鹿宋氏，扶风茂陵徐家，密山谢氏。

有钱有势，有书有人。个个都是浩然天下一等一的门阀世族。

阿良狠狠盯着那几个术家老祖师，咬牙切齿，小时候在家念书，没少吃术算一道的苦头，一本本书虽说不厚，可全是天书啊。回头就在老秀才的名单上边加上这三人的名字。

等到术家一位老祖师转头望来，阿良立即笑容灿烂，使劲挥手。那位老祖师微笑点头，只是心中疑惑，这个阿良什么时候跟自己这么熟络了？

许白、林君璧、龙虎山小天师在内的一拨年轻人，十几个逐渐聚在了一起。他们都有文庙军机郎的虚衔。

这些年纪轻轻的天之骄子，和阿良这四位剑修距离最近。

阿良揉了揉下巴，暗戳戳点了点那个晁朴，小声道："左右？"

左右瞥了眼晁朴，说道："他与先生是作学问上的君子之争。"

阿良继续拱火道："可是那个写出《快哉亭棋谱》的蒋龙骧呢？能忍？搁我就不能。臭棋篓子一个，都好意思在鳌头山打擂台了。据说还养了只白鹤，一年到头带在身边，隐士风采，冠绝浩然呢。"

左右犹豫了一下，道："先生让我大度些。"

如果先生没说这话，就让他驾鹤西去好了。

当年先生的陪祀身份一降再降，最后以至于神像都被搬出了文庙，其中以邵元王朝的读书人闹得最凶，动手打砸神像，蒋龙骧正是幕后主使。

阿良无奈道："你是不是傻？老秀才分明话里有话啊，是让你砍人别露馅啊，再就是别打死人。"

左右开始正儿八经考虑此事。

阿良心满意足了。自己不愧是文圣一脉的狗头军师。

儒家圣贤、山长队伍当中走出一位高大老人，来到左右身边，作揖道："左师兄。"

左右点点头。

茅小冬直起身，既不愿意就此离去，也不知道适合说什么，就只好默然跟随左师兄的脚步。

左右说道："改换文脉一事，不用太上心，百年前就该如此了。小冬，你的秉性是好的，治学资质一般，先生学问又比较高深，不能生搬硬套。既然如今有机会拿两脉学问相互砥砺，就好好珍惜。"

茅小冬恭敬点头道："左师兄教训得是。"

要是崔东山看到这一幕，能气得跳脚。茅小冬在崔东山那边，可没这般好脾气。

茅小冬天生性情耿直,早年在文圣一脉求学,喜欢据理力争,左右学问其实比他大,但是不善言辞,很多道理,左右早已心中了然,却未必能够说得透彻,茅小冬又一根筋,所以经常在那边絮叨个没完,说些榆木疙瘩不开窍的车轱辘话,左右就会动手,让他闭嘴。

阿良一本正经道:"小冬啊,如今身子骨还硬朗吧? 一定要熬到礼记学宫祭酒退位啊。实在不行,我这里有几坛秘藏多年的药酒,都是我早年做客百草福地的回礼,你拿去补补。记得做人要讲良心,以后当了学宫大祭酒,要帮阿良哥哥仗义执言。"

官场有官场的规矩,山上有山上的规矩。这就叫地上鼠有鼠路,天上鸟有鸟道。文庙也有文庙的晋升路途。贤人君子圣人陪祀,山长司业祭酒教主。

茅小冬没搭话,只是默默跟在左右身边。

左右皱眉道:"跟在我们这边做什么,你是剑修?"

茅小冬老脸一红,立即告辞离去。

不远处那位小天师嬉皮笑脸,侧过身,脚步不停,打了个稽首,和阿良打招呼:"阿良,啥时候再去我家做客? 我可以帮你搬酒,事后五五分账。"

家贼难防。

阿良呸了一声:"你谁啊? 少跟我套近乎。我就没去过龙虎山,与你们天师府更不熟。"

那位小天师随即望向左右,因为已经得到了阿良的心声答复,阿良说五五分账不成,如果八二分,可以搞。

这个名叫赵摇光的黄紫贵人,一百多岁。阿良当年第一次趁着月黑风高游历天师府,小天师那会儿拖着两条小鼻涕,大晚上睡不着,手持一把自己劈刻出来的桃木小剑,打算降妖除魔抓个鬼,结果和自称是天师府那只十尾天狐炼真道侣的阿良一见投缘,双方见面就成了忘年交。赵摇光让阿良背着,自己则帮忙指路,两人一路闲逛,一路收获,小道童的两只袖子里边,那是装得满满当当。

阿良胡扯不已,说自己曾经是个穷书生,时命不偶,功名无望,心灰意冷,然后遇到了炼真姑娘,双方一见倾心。

赵摇光起先是有些疑虑的,总觉得自家那位美极了的狐娘娘,多半瞧不上这么个与"英俊"二字半点不沾边的邋遢汉子。

阿良就跟赵摇光耐心解释了:他前些年,还不曾形神憔悴的时候,那叫一个面如敷粉、目似朗星,又饱读诗书,风度翩翩,天底下的狐魅,哪个不喜欢这般怀才不遇的读书人? 所以他与炼真姑娘在山中初次相遇,金风玉露一相逢,一下子就让她痴心喜欢上了。郎才女貌,天作之合。只是他的炼真姑娘,因为身份,被天师府那位大天师强行掳走,他阿良为个"情"字历经千辛万苦,走遍了天涯海角,走过了千山万水,今晚才好不容易走到了这里，拼了性命不要，他都要见炼真姑娘一面。

赵摇光当时听得两眼放光，为阿良打抱不平，肯定是自家老祖师不讲道理了啊，硬生生拆散了一对堪称痴男怨女的神仙眷侣，缺德不缺德？

他一边使劲擤鼻涕，擦在阿良肩膀上，一边说："阿良大哥你等着，我肯定帮你把那封情书交给狐娘娘，一定让你们俩破镜重圆。"

至于阿良当时说人生大欲，男女一般，然而风流与下流，旨趣是大大不同的，一字之差，天壤之别，赵摇光倒是没太听明白，只是觉得挺有道理，确实是读书人才能说出口的。自家天师府藏书无数，可翻遍藏书，都没这个说法。

至于赵摇光当年的最终下场，当然是吃了一顿饱揍，结结实实，毫无悬念。他当时被打得嗷嗷叫哇哇哭，可就是不认错。

当时天狐炼真手里拿着那封大天师还给她的"情书"——先前从赵摇光这孩子手上得了信后，她当然不敢擅自打开，担心是某位界极高的奇人异士潜入龙虎山，作祟天师府，当然需要立即交给大天师过目——结果等到她打开一看，哭笑不得。

"炼真姑娘，咱俩这孩子，性情质朴，是个百年不遇的修道奇才啊，龙虎山祖坟冒青烟了，一定要好好珍惜，切记切记。"

而那个缺心眼的孩子，当时挨了揍，犹然义愤填膺，一边哭鼻子，一边劝说狐娘娘一定要见阿良一面，不要让他再伤心了。

至于大天师赵天籁，没拦阻赵摇光爹娘揍这个顽劣孩子，其实大天师半点没有生气。反而从那天起，赵天籁亲自为孩子传授道法，数次在修道关隘为赵摇光指点迷津，帮其破开大道雾障。

至于剑仙左右，在龙虎山天师府那边其实是个不大不小的禁忌，府上道士谈论不多，但是人人心中有数。至于缘由，除了一位原本修道极有前途的剑仙坯子在左右剑下大道夭折之外，再就是有位辈分极高的天师府女冠对左右的态度，天师府上下都心知肚明。

赵摇光是真心想要邀请左先生去天师府做客。

左右目不斜视，淡然道："要问剑？"

原本积攒了一肚子言语的小天师赵摇光立即闭嘴。

跟阿良这个不正经的可以随便插科打诨，荤素不忌，可是与这位浩然天下剑术最高的左右，左先生，左大剑仙……还是要言语谨慎再谨慎。

一位出自中土悬鱼范氏的年轻俊彦以心声与身边好友惋惜道："可惜这次没能见到隐官。"

林君璧以心声答道："应该还有机会。"

年轻人笑道："君璧，在剑气长城，你饮酒破三境，怎么以前没听你说过。"

林君璧心中讶异，心思急转，笑道："在那边，剑修破境，最不能当回事。"

关于剑气长城的游历过程，林君璧极少与人提及，哪怕跟身边这位已算交心好友的范氏子弟，也只说一些"情谊所至，不可不说"的事情。而且双方看似闲聊，其实说的每个字都极有分寸，都是林君璧早有腹稿的咬文嚼字。

其实林君璧一直都是那个思虑缜密的林君璧。大概只有在那座避暑行宫，林君璧才会真正流露出几分少年心性。因为身为隐官一脉的剑修，才是可以不用计较功利的生死之交。

一开始是林君璧必须如此入乡随俗，才能融入其中，到后来则是水到渠成，自然而然让人忘却生死。

年轻人赶紧补充了一句："君璧，这件事，是太爷爷方才与我悄悄说的，你听过就算。"

林君璧点头道："谨言慎行，共勉。"

林君璧也话说一半，不紧不慢补了一句："回头我在隐官那边，帮你讨要一壶正宗地道的青神山酒水。"

为人不能太拘谨。与朋友相处，需要松弛有度。诤友要做，损友也得当。

那位名为清润的范氏俊彦，眼睛一亮："这敢情好！对了，君璧，如果我没有猜错的话，隐官大人肯定是一位才情极高的风流雅士，对吧？需不需要我在鸳鸯渚那边办个酒席，不然我不好意思空手拜访隐官啊。庸脂俗粉，我不敢拿出来丢人现眼，我斋中那些符箓美人，你是见过的，隐官会不会嫌弃？"

范清润是出了名的风流子，书斋命名为"形影"，他有书画竹石之癖，自号"花农"，别号"杏花春雨填词客"。

他的不少婉约诗词在中土神洲流传很广，比如"小鬟催酒不停筝"，还有那"美姬当月坐，名酒对花酌"。他还痴迷金石，刻印不下千方。他更是自诩"平生事业琴棋书画醇酒美人"。

林君璧微笑道："隐官大人很好说话的，你别紧张。至于符箓美人什么的，我就当没听说，你懂的，都是你自己的意思。"

别看范清润好像整天不务正业，其实事功天资极高，悬鱼范氏的半数产业，其实都是这个年轻人在幕后打理，井井有条，而且挣钱挣得很不铜臭，这就很厉害了。不然林君璧也不会和他成为好友。

范清润心领神会："懂的，懂的。"

林君璧拍了拍范清润的肩膀，满脸笑意，充满了鼓励神色，心中则默念一句："范兄好自为之。"

先前议事完毕，刘聚宝和郁泮水都从郑居中那边得到了一封密信，都是在各自袖中凭空出现的。郑居中说是绣虎的补偿，要等到议事结束再拿出来。

郁泮水觉得好生烫手，担心一打开密信，就被郑居中附体。郑居中这个魔道巨擘，什么阴损事情做不出来。

刘聚宝笑问道："郑先生不会在蛮荒天下还有安排吧？"

郑居中笑道："有。"

刘聚宝铁了心要打破砂锅问到底："郑先生是何时去的那边？"

郑居中给出一个让郁泮水直哆嗦的答案。

"百年之内，去过三次。你是问哪次？"

刘聚宝不再多问。

喜欢下棋的郁泮水没来由想起一个说法。

假设郑居中、崔瀺、齐静春三人谈论事情，大概是这样一个场景：这样？不妥。不如这样。行。可以。那就说定。三人就这样聊完了一件事。

如果有外人旁听，要么不懂，要么装懂，反正都是不懂。

晁朴，即将卸任邵元王朝的国师，赶赴金甲洲。

这位亚圣一脉的儒生，没有在文庙内部攀升，一直没有谋求书院山长一职，甚至至今才只有一个贤人身份，连儒家君子都不是。可他的阴神，实则已经出窍远游，跨洲经营一座仙家山头百余年。

韦滢此刻还是显得有些孤家寡人。

不过比起刚刚赶来议事那会儿，他是位"门可罗雀"的玉圭宗宗主，现在至少已经有人主动和他闲聊几句了。

韦滢对这些其实都不在乎。他现在只关心一件事，就是文庙会如何处置家乡北边那个桐叶宗。

如果纯粹站在玉圭宗宗主的角度，当然希望桐叶宗就此封山千年，曾经的一洲仙家执牛耳者桐叶宗再无半点崛起的机会。可如果站在桐叶洲修士的角度，韦滢其实由衷觉得桐叶宗的那拨年轻人，应该人人拥有一份大好前程。

玉圭宗，不够大，应该放眼一洲，所以韦滢打算帮一把桐叶宗。

要重新对桐叶洲形成关门之势，单凭玉圭宗，注定做不到。至于关门之后，再如何开门，如何与浩然八洲相处，玉圭宗说了算。

此事很难。但是如果第一步都不跨出，就会一直难下去，桐叶洲形势会越来越险峻。

驱山渡那边，光是一个皑皑洲刘氏客卿的剑仙徐獬，就是一种巨大的威慑，更不谈宝瓶洲和北俱芦洲的渗透势如破竹，桐叶洲山下王朝几乎个个沦为"藩属"。

如果一洲山河能够显化为某种道心，等到支离破碎的桐叶洲山河，山上山下都得以重建，其实更是一种彻彻底底的分崩离析，因为大半桐叶洲会成为外人的桐叶洲。

韦滢绝不允许家乡山河沦为别洲修士眼中的一块"福地"，任凭他们鱼肉。

文庙大门那边，有一位神色温和的青衫儒士，站在台阶底部迎接众人。是负责文庙与功德林两地大门开启、关闭的读书人经生熹平。

熹平其实并非一位修道之人，而是浩然文运所凝，大道显化而生。

阿良一个金字招牌的蹦跳挥手，笑哈哈道："熹平兄，好久不见！"

其实没多久。

熹平微笑道："想要常见，很简单。"

只要你阿良被关在功德林，每天都可以见到。

河畔。

亚圣取出一支卷轴，摊开之后，河畔凭空出现了一座托月山，近乎实物，趋近真相。因为亚圣通过西方佛国，亲自走过一趟托月山。

阿良则是通过托月山走了趟西方佛国，剑斩无数怨魂厉鬼，大道消磨极多，这才从十四境跌境。

亚圣出现在托月山后，打碎了大半护山禁制，才去的剑气长城。只不过当时陈平安已经不在城头，被崔瀺丢到了芦花岛造化窟。所以反而是这位亚圣，见到了浩然天下绣虎最后一面。崔瀺好像就是在等待亚圣的出现。

两人在城头坐而论道，聊了聊当年的那场三四之争。

礼圣和白泽留在了河畔，都没有踏足那座托月山，白衣女子也对一座托月山没什么兴趣，就在河边与礼圣、白泽闲聊。

时隔万年。可能这算是天底下最名副其实的"叙旧"了。

她开玩笑道："白泽，你干脆跟小夫子在这边先打一架。你赢了，文庙不动蛮荒；输了，你就继续闭门思过。"

白泽摇摇头。

古天庭遗址一事，是几座天下事，所以白泽愿意现身此地。但是只要文庙大举攻伐蛮荒，那么他这一次不会袖手旁观。

如果真能这么简单，打一架就能决定两座天下的归属，不殃及山上山下，白泽还真不介意出手。

托月山那边，诸位十四境修士开始登山。

余斗直接一步跨到了山巅。

陆沉在跟那位斩龙之人唠嗑，只是后者没什么好脸色。

吴霜降抬起一手，手心浮现出一座金银黑白四色构建而出的袖珍山头，好像在将一座托月山逐渐"兵解"。

老秀才带着陈平安走在最后。

陈平安以心声询问道："先生，能不能帮忙跟礼圣问一下，为何命名五彩天下？这里边有没有什么讲究，是不是跟我的家乡骊珠洞天差不多，这座五彩天下，藏着五桩证道机缘？或是五件至宝？"

陈平安的修行之路，比较驳杂，可是推衍一道，就很抓瞎了，可以跟姜尚真分高下。

老秀才叹了口气："当年我跟白也一起稳固天地，是瞧见了些端倪，但未必是那真正的大道脉络。有些机缘，相对比较浅显，比如白也在那座天下的结茅处，就是其中之一。至于礼圣那边，很难问出什么。命名为五彩天下，本来就是礼圣一个人的意思，肯定知道内幕，可惜礼圣啥都好，就是脾气太犟了，他认定的事情，十个观道观的老观主都拉不回来。"

老秀才突然说道："你去问礼圣，可能有戏，比先生问更靠谱。"

陈平安无奈道："礼圣好像对此事早有预料，早就提醒过我了，暗示我不要多想。"

老秀才小声道："别怕，礼圣就是吓唬你，你是晚辈，还劳苦功高，不嚷几句白不嚷，礼圣修养好啊，不会生气的。再说了，神仙姐姐先前又立下大功，老瞎子都瞧得见，人心有杆秤嘛。"

陈平安使劲点头："先生有理。礼圣的暗示，说不得还是提示呢，对吧？"

老秀才以拳击掌："咱们这么一聊，就把复杂道理给捋顺了不是？！"

陈平安吃了颗定心丸，不管成与不成，等到下了山，好歹去礼圣那边求一求。如果五彩天下真是藏着五桩大道机缘，等待各方势力去争取，自己帮着飞升城早早找出其中之一，顺藤摸瓜，抢先一步落袋为安，不过分吧？再说了，第五座天下是儒家文庙找到，开辟出来的，飞升城又是浩然天下的自家人，肥水不流外人田。别说一桩，两桩都不嫌少，三桩不嫌多啊。

老秀才开始与这位关门弟子详细说那礼圣的脾气，哪些坑别去踩，会适得其反，哪些话可以多聊，就算礼圣黑了脸，千万别心虚，礼圣规矩多，但是不死板。

陈平安竖耳聆听，一一记在心里，试探性问道："先生，咱们的聊天内容，礼圣听不着吧？"

老秀才拍胸脯保证道："放一百个心，到底不是那神清和尚，礼圣最讲规矩礼仪了。"

走在前边的老和尚又佛唱一声。

河畔那边，礼圣伸出手指，揉了揉眉心。俩鸡贼。

白泽笑道："前辈挑人，眼光很好。"是在说那个年轻人，在见到剑主、剑侍的一瞬间，那一连串微妙的心境起伏。

有些人，擅长自欺欺人，比如会下意识希冀着剑主、剑侍是一；有些人，会失落不已，贪得无厌，从天下第一，变成天下第二，都要揪心。

而神灵观看人心，是本命神通。芥子之小，大如须弥。

这位持剑者，多半是不介意选中之人是善是恶。但是沉寂万年的持剑者，不管出于什么初衷，最终为自己挑选出一位"持剑者"，会很看重后者的心性纯粹。光阴长河会流逝四散，日月星辰，甚至大道都会流转不定，偏移轨迹。如果陈平安原先认定的是一位剑灵，却因为剑主的突兀出现，而有任何额外的心性流散，后果不堪设想。她所需要的，是一个能够守住本心的持剑者。

当年少年能够以宁姚在心中"打杀"剑灵，今天的年轻剑修能够以剑灵"打杀"剑主。

她需要这条万年不移的脉络，一直登高，渐次登顶，最终登天。

她说道："是别人帮忙挑选的，我当时只是无聊。"

吴霜降的那四把仙剑都是仿剑。事实上，最早的四把仙剑一样都是仿剑。

在万年之前，她就剥离出一部分神性，炼为一把长剑，成为天地间的第一位剑灵，代替她出剑。

因为她已经达到剑术极致，注定再无寸进，等于在战场上一次次反复出剑，变得毫无意义。

后世道藏、太白、万法和天真四把仙剑，都未曾被修士大炼，也就是说，修士是修士，剑灵是剑灵。

天真剑灵，是小女孩模样；万法剑灵的道化，是个小道童。其实都是仙剑主人的一部分心性显化，与此同时，剑灵保存了更多诞生之初的自身灵智。

神灵神性的可怕之处，就在于神性可以完全覆盖另外的神性，这个过程，没有任何涟漪。这份涟漪，就有可能成为后世修道之人的心魔。而哪怕是凡夫俗子的每个执念，都会一一落在西方佛国那边。

有人曾经说过，一个人保存记忆的篇幅，就是一个人真正活着的寿命。

白帝城郑居中之所以让人忌惮重重，其中一点，就在于这个魔道巨擘最擅长修改练气士的记忆，而且做得天衣无缝，以假乱真。

她笑了起来："你们可能觉得我先前是在试探陈平安，其实没有，就是觉得有趣，想要逗一逗他。"

因为她相信他。

她说道："以前的陈平安，其实没这么闷，很有趣的。"

沉默寡言的闷葫芦，其实不一定代表一个人无趣。比如当年一个背着箩筐的草鞋少年，鬼鬼祟祟蹑手蹑脚走过石拱桥，就很有趣。让少年不再那么有趣的，好像是这个世道。

她一手手心抵住剑柄,看了眼那个位于托月山之巅的白玉京二掌教。

真无敌?自封的吗?陈清都那小子也没这脸皮啊。

礼圣微笑道:"是挺欠揍的。"

欠揍是欠揍。只是不得不承认,这个余斗,道法剑术都很高。

如果各自倾力,在青冥天下,礼圣会输;在浩然天下,余斗会输。至于在天外天,不存在天时地利的偏向,胜负如何,可惜好像没有机会一分高下了。不过礼圣觉得还是自己的赢面大一点。稳重一点,七成胜算好了。

打架这种事情,余斗毕竟年纪小,是晚辈,输给自己,也没什么好丢人的。

礼圣环顾四周,低头望向那条金光渐渐散去的光阴长河。

白泽突然心神一震,望向这个小夫子。

因为隐约之间,白泽由于身在河畔,距离礼圣最近,察觉到了蛛丝马迹。

礼圣点点头,以心声说道:"对所有十四境修士而言,都是一场大考。至于陈平安,可以暂时置身事外。或者可以说,他其实已经通过这场大考了。"

主考之人是始终没有现身的三教祖师。礼圣这次不过是分发考卷之人。

礼圣说道:"前辈真要对托月山出剑?其实可以不必如此。"

她转头望向登山的陈平安,笑眯起眼,缓缓道:"我听主人的,如今他才是持剑者。"

文庙议事处。

相较于前边两场议事规矩森严的位置,这场议事比较随意,座位可以随便挑,也没有什么主位末席之分。有私谊的,世交的,香火情多的,往往凑一堆落座。礼圣不在场,亚圣、文圣跟着不见了,显然所有人,哪怕是文庙这边的祭酒司业、书院山长,都觉得轻松了几分。

阿良一屁股坐在地上,双手撑地,两腿伸长,长舒了一口气。

经生熹平已经备好了几案、青竹席,每张几案上都有笔墨纸砚、一盘仙家瓜果。仙家瓜果中有几颗来自仙霞古道一座仙家府邸的仙枣,枣皮纹理若晚霞流转,几颗来自中土道门经纬观的金黄杏子,几个群玉韵府老祖师栽在晚翠亭旁边的碧桃,此外还有来自不同洞天福地的梅子、菱角,每一样数量都不多,但是瞧着花花绿绿的,很喜庆。阿良拿起一个碧桃,啃了口,滋味极美,他陶醉得眯起了眼。果然,这玩意还是熟了才好吃。

当年拜访群玉韵府,在晚翠亭那边,都没人告诉自己碧桃熟没熟,反正熟透了的碧桃也不会颜色鲜红。阿良摘了一大兜,当时因为有事在身,走得急就没跟群玉韵府那边打招呼,下了山,差点被酸掉牙,自己摘的桃,忍着眼泪也要吃完不是?独乐乐不如众乐乐,后来云游四方,阿良送了好些山中朋友,抵了几笔酒债,不知为何,随后几十年里边,就有了晚翠亭碧桃名不副实的说法,原本一份份山水邸报上满是溢美之词的天下第一桃,成了倒数第一,这就有些过分了。阿良就很打抱不平,觉得碧桃滋味是怪,可要说倒数第一,真心不至于,所以还专门通过几家相熟的山水邸报,为晚翠亭碧桃说了几句公道话。不承想群玉韵府这边不分好赖,在山脚立了块很伤感情的禁制碑:阿良与狗不得登山摘桃。

阿良以德报怨,依旧要为晚翠亭碧桃说好话,说吃了晚翠亭一个碧桃,读书人可以开窍,聚拢天地灵气化为文运,纯粹武夫可以增长甲子功力,修道之人的练气吐纳,有如神助。后来听说群玉韵府那几年里,慕名前往的客人很多,导致晚翠亭的碧桃收成不太好。

事了拂衣,深藏功名。事事与人为善,处处与人方便。这就是阿良行走江湖的宗旨。

几案上,还搁放了两壶酒,一壶竹海洞天的青竹酒,一壶百花福地的十花酿。

酒杯是百花福地独有的仿花神杯,也算官仿官了,价格不菲。

阿良桌上这只酒杯是桃花杯。绘有桃花一簇,深红浅红都可爱,好似女子妆容浓淡,旁边还铭刻有文庙副教主韩老夫子的一首咏花题诗。

阿良转头望向那个站在大门口的熹平,都不用阿良询问,熹平察觉到视线后,主动说道:"除了笔墨纸砚,其他都可以带走。"

阿良问道:"几案和竹席呢?"

熹平反问道:"你觉得呢?"

阿良立即懂了,可以。

熹平兄,大气仗义。

熹平也立即领会,说道:"回头到了功德林,还能喝上一壶今年清友福地刚出的雨前绿甲茶,是陆先生亲自采摘,托付不夜侯送来文庙,平时董夫子都不舍得多喝。"

阿良会心一笑,又懂了,回头让左右去功德林,打包带走,或者干脆送给老秀才好了。

陆芝倒了一杯青竹酒,一口饮尽杯中酒,怎么喝着像是假酒?

酒水滋味其实不错,可总觉得不是那么个味儿。还是剑气长城叠嶂铺子那边的青神山酒水,喝着更习惯些。

阿良转头问齐廷济,吃不吃喝不喝,齐廷济笑着说都拿去。阿良就不客气了,自己这种读书人不谙庶务,脸皮又薄,挣钱难啊,在外赊账又多,只能燕子衔泥,小赚一笔是一笔。至于左右,问都不用问,阿良将那两人的酒水、酒杯和仙家瓜果都一股脑儿搬到了自己桌上。附近坐着赵摇光、林君璧这些年轻人,阿良就让小天师帮忙捎话,不喝酒的,酒壶酒杯都拿来,喝酒的,酒水留着,酒杯拿来,别小家子气,喝酒要豪迈,用酒杯算怎么回事,一口闷不出个飞升境,都拿来。

很快就被阿良凑足了一整套十二花神杯。杯杯叠加,孤苦伶仃的,阿良又让赵摇光他们帮着呼朋唤友,又凑足了一整套花神杯。同样是一只桃花杯,绘画题诗却不同。阿良感慨不已,百花福地的花主娘娘,真是会做人。

身为文庙教主的董老夫子率先开口,沉声道:"以直报怨,连蛮荒天下都知道这个道理,你们没理由不知道。"

这句话不是说给那些山巅修士的,而是说给某几个学问足够深厚却太过胸怀数座天下的书院山长。

有些夫子,治学极其严谨,往往性情迂腐古板,虽学问裨益世道颇多,可涉及经世济民,就不如何了。所以此次文庙补缺七十二书院山长,某些人选,其实文庙内部是存在争议的。

文庙教主的这个开场白,让议事气氛瞬间凝重起来。

不管如何,当礼圣跨出那一步后,就意味着文庙这次肯定是要对蛮荒天下动真格了。

分列两边的几案之间水雾升腾,最终浮现出五幅山水画卷。

浩然四海,各有一处归墟入口通往蛮荒天下。文庙对四处归墟都有命名:天目、黥迹、神乡、日坠。

此外就是三座渡口,分别称呼为秉烛渡、走马渡、地脉渡。其中地脉渡渡口已经被墨家钜子打造为一座城池。

三座渡口北边,便是那座极难修缮的剑气长城。

相较于间距极大的四处归墟,三座渡口连同两截剑气长城,可以视为一处。

分散蛮荒各地的四处归墟,加上位于蛮荒天下最北边的三座渡口,这五处会是浩然天下在蛮荒天下的五个立足点。

人人拿到五本册子。册子很厚,事无巨细,详细阐述了五处入口的形势,涉及每个蛮荒宗门势力、山下王朝、部族的地理形势,各种物产资源的准确分布和储量。

郁泮水一直仔细凝视那些画卷,不出意外,很快处处都是硝烟四起的战场了。

这个富家翁模样的臃肿老人忧心忡忡问道:"剑气长城南边,是十万大山的那个老瞎子,怎么办?一个不留神,剑气长城和三座渡口的联系,就会被这家伙拦腰截断。"

十万大山中的那些金甲傀儡可不是只会搬移山头,一旦投身战场,对于浩然天下来说,就会造成无法估量的战损。

尤其老瞎子是资历极老的十四境大修士,又在自家天地内,万年以来,连托月山都只能对其睁一只眼闭一只眼,要是老瞎子执意挡路,谁去拦阻?即便拦得住,浩然天下的顶尖战力，会被拖住极多。比如于玄、大天师赵天籁、火龙真人，是不是就得陪着那个老瞎子每天喝西北风晒太阳了？至于一般的飞升境修士，对上那个老瞎子，根本不够看，说不定就要被那条看门的飞升境大妖塞了牙缝。

只要跻身了十四境，除了合道地利的山巅大修士之外，与之对敌，简直就是一场噩梦。

董老夫子竟是有些欲言又止。不过看样子，这位文庙教主的神色并不凝重，反而有些笑意。

阿良神色古怪。好家伙，老瞎子为了自己的开山大弟子，真是什么脸皮都不要了。跑去托月山那边站着，假装为蛮荒天下摇旗呐喊，其实还是两不相帮，摆明了是在与文庙说一个道理：我本来是要帮托月山的，但是现在收了个既开山又关门的好徒弟，因为那小子还有个儒家子弟身份，所以就不偏袒那蛮荒天下了，以后真有事情求我帮忙，你们文庙可以找我那弟子商量，他说话管用……

李槐与担任扈从的飞升境嫩道人，这会儿年龄悬殊的主仆二人，还在泮水县城那边美滋滋闲逛呢。

嫩道人是觉得沾李大爷的光，在文庙这边混了个脸熟，以后自己再游历浩然天下，稳了。不敢说每天躺着享福，反正终于不再成天担心挨雷劈、吃飞剑。

李槐是见着了陈平安，心情大好，一边逛书铺，一边暗示嫩道人有没有值钱物件，拿件品相好的，好送礼，回头找他大半个师父的老瞎子结账，都是一家人，客气个啥。

嫩道人心情更好，一边信誓旦旦保证不让公子送礼跌份儿，一边心神沉寂小天地，快速游弋在那几件咫尺物当中，挑花了眼。

一个也就是没见到老瞎子当时的站位，不然能被吓得当场魂飞魄散。老瞎子这个十四境不好杀，可在文庙几步远的地方，随便剁死它个飞升境有何难？一个不知道，老瞎子为了从大半个师父变成一个师父，都做了什么"老脸贴地说不要就不要"的勾当。

董老夫子没有多说，稍稍酝酿了一番措辞，只是给了一个含糊其词的说法："这位前辈，虽然先前议事站在了对面，不过他肯定不会掺和这场战争，诸位可以只管放心。十万大山，依旧中立。"

韩老夫子倒了一杯十花酿，自饮自酌，相较于百花酿，品秩要差很多，不是福地花主拿不出足够的百花酿，而是文庙这边婉拒了，而且所有酒水、仙家瓜果，文庙都掏钱。不过价格嘛，当然要比市价低很多。事实上几案上边的酒水、瓜果，几乎都是有价无市之物，但是相信所有能够露脸一次的宗门仙家，都不会觉得亏钱。

陆芝以心声问道："这场议事，会开很久？"

因为她看文庙这边的架势，今天关了门后，没个把时辰，根本别想开门。

左右点头道："如果是在剑气长城，至少能开十场。"

齐廷济笑着安慰自家这位首席供奉："这样的议事，次数不多，只要熬过这次，以后想要再有这样的议事都难了。"

陆芝还是有些不适应，喝了一口闷酒。

在剑气长城那边，十余位城头巅峰剑仙的所谓议事，其实就是老大剑仙的几句话，没有异议就算通过了。哪怕是剑坊、衣坊各自议事，估计小半个时辰，就会有大批剑修撑不住，借口离场。陆芝曾经难得参加过几次董三更或是陈熙主持的重要议事，剑修们没胆子跑路，就一个接一个聚在议事堂外边喝酒，里边聊着事，外边喝着酒，两不耽误。陆芝境界高，还有类似岳青、米祐这样的候补巅峰，都可以坐在外边台阶上一直喝酒，一些个玉璞境剑修也能磨磨蹭蹭喝上一整壶酒水，可怜那些境界不够的地仙剑修，往往喝不了几口就要被踹回里边去，或是一旁的大剑仙们丢个眼色，他们就只得起身返回，毕竟一旦议事堂里边座位空了半数，稀稀拉拉的，不好看，不过董三更和陈熙其实自己也会出来喝两口。

剑气长城历史上唯一的例外，大概就只有那座陈平安领衔的避暑行宫了。

韩老夫子笑道："此次议事，文庙之外的诸位，谁都不必耻于谈个'利'字。"

这位与亚圣最为"知己"、率先提出完整"道统论"的文庙副教主，今天所说，却很让人意外："名利，钱财，凭战功、功德破例换取下宗选址，还有下一次五彩天下开门的有限名额，大家今天都可以谈，敞开了聊，百无禁忌。"

说到这里，韩老夫子看了眼皑皑洲刘财神，再看了眼宝瓶洲的宋长镜。

少年姿容的刘蜕刚刚翻完了那本册子，不知不觉就已经吃完了桌上瓜果，问道："除了中土神洲的各大王朝、藩属，其余兵力从哪里来？只说我们扶摇洲，可以归拢起来的山上修士和山下兵马，很不够看了。"

刘蜕这番言论，也谈不上家丑外扬，在座各位，知根知底。

扶摇洲只比桐叶洲稍好一筹。

一场大战打下来，除了如扶摇洲这般山河破碎不堪的，其余中土神洲、皑皑洲、北俱芦洲、流霞洲，不谈山上修士伤亡，只说山下势力，都相对保存完整。

包括刘蜕在内的八人，各自一洲的话事人，他们的几案上都出现了一本新册子。

韩老夫子说道："你们看之后，可以酌情增减人手。"

韦滢翻开册子，快速看完之后，从几案上边抽出几张白纸，提笔加上了真境宗一拨修士的名字，以及一些文庙遗漏的山上势力，只不过除了自家真境宗，其余仙家，都要注意分寸，不然会有慷他人之慨的嫌疑，说到底，还是要能够互惠互利，韦滢还没有傻到为了讨好文庙，不惜让自己沦为一洲公敌。

韦滢最后再在一张白纸上写下了"桐叶宗"三个字，然后抬头向那位韩老夫子问道："若是桐叶宗修士，有人愿意赶赴蛮荒战场，文庙这边是否答应？"

韩老夫子明显有些赞赏神色,点头道:"当然没有问题。韦宗主返乡之后,可以帮着文庙与桐叶宗修士商议此事。"

晁朴身为邵元王朝的国师,却对金甲洲山上山下势力如数家珍,提出了自己的几个异议,文庙这边有一位学宫司业负责解答。

仅是讨论九洲可战之兵这个环节,议事就足足持续了半个时辰,而且依旧还没有形成最后的定论。韩老夫子给出了文庙的意见,等到这场议事结束,每洲都会再议一场,文庙会召集更多的各洲大修士单独议事,推敲更多的细节。

那个被誉为涿鹿宋子的豪阀家主突然说道:"四个归墟入口的地理位置,显然都是蛮荒天下精心挑选出来的。"

灵气稀薄,物产贫瘠,方圆万里之内,或是水网纵横,或是崇山峻岭,对于山下兵力的战场推进,极为不便。对于浩然修士,也实在毫无地利可言。

赵天籁、郑居中、裴杯、怀荫等人,都曾驻守归墟或是渡口某地,为的就是防止蛮荒天下大修士在那边动手脚,尤其需要注意阵师的踪迹。

董老夫子问道:"有没有需要查漏补缺的地方?"

郑居中心念微动,名为神乡的归墟出口,以及走马渡,比起文庙已经极为翔实的两幅堪舆图,多出更多的山川河流,疆域扩大了将近一倍。

赵天籁抬起一只手,双指并拢,朝着天目归墟出口处"指点江山",山河画卷上多出了数十粒深浅不一的亮光,都是潜伏大妖的隐匿踪迹。除此之外,在几处边缘地界还出现了六条金色丝线,是蛮荒大妖精心布置的隐蔽阵法。

怀荫看得头皮发麻。先前他在渡口、归墟两地驻守,虽说时日不久,就待了两三年,可他也算兢兢业业,四处御风,帮着文庙这边勘探山河地理,更是不计成本地撒符成兵,驱使百余傀儡四散巡视山河,铆足了劲,一天都没闲着,自以为成果卓著,原本还以为会一枝独秀,不承想还是落了下风。

白帝城城主、龙虎山大天师这两位,可不是什么藏拙,先前要故意向文庙隐瞒这些内幕,这些分明是郑居中和赵天籁在离开渡口之后,凭借各自术法神通,最新勘验而出的。

火龙真人破天荒有些难为情,人比人气死人,贫道成了和怀算盘一样的酒囊饭袋。没法子,只好下次到蛮荒天下,多出力几分了。树要皮人要脸,做人不能太怀荫。

于玄问道:"归墟本身,会不会藏有托月山的后手?"

董老夫子点头道:"不排除这个可能性。"

元雳开口说道:"我们必须做最坏的打算。可以假设每一条归墟通道都藏有战力等同于绯妃的一头王座大妖。"

柳七笑问道:"元山长可有对策?"

元雾点点头,所有几案上再次多出了一本小册子。

一般的读书人,袖手清谈阔论,其实质就在于往往能够提出问题,却无法解决问题,或者干脆就从没想过要解决问题。

柳七随手翻开册子,点头而笑,元小夫子这番言论,属于有的放矢。

如今掌管天下陆地水运的渌水坑澹澹夫人,皎月湖李邺侯在内的五大湖水君,还有一大拨水神、水仙水裔之属的名字都一一出现在册子上,其中就有中土神洲鼍泽湖水君,北俱芦洲济渎的灵源公南薰殿沈霖、龙亭侯李源,宝瓶洲大骊王朝的铁符江水神杨花,东南方钱塘江一条老蛟……总之各洲高位水神,以及大致势力、水府底蕴深浅,都已经被文庙详细记录在册,锱铢必较。

阿良啧啧称奇道:"水神押镖,有点儿意思。"

兵马未动粮草先行,兵力从何而来,大致如何行军,那么接下来就该谈论驻扎蛮荒一事了。

墨家钜子在地脉渡口的一人一城会不断南移,大城之内可以屯兵二十万山下精锐。此外墨家三脉,还有六千余人,会联手匠家总计派遣出一万两千余练气士。双方分别依托秉烛、走马两座渡口,负责建造可以同样往南迁徙的巨大城池。

其余四处归墟大门口,皆有布置。

于玄符箓一脉、龙虎山天师府,分别在天目、神乡两处归墟,各自以符箓力士、移山傀儡开辟道路,搬迁山岭,搭建桥梁。

兵家修士、阴阳家阵师,分别在黥迹、日坠两处归墟附近,负责搭建大阵,聚拢山水灵气。

商家负责砸钱,以神仙钱砸出四大归墟处的天地异象及充沛灵气。

农家和药家两家练气士负责在各处栽种仙家草木、五谷。

此外,文庙调动浩然天下所有先前为备战而建造却未用上的剩余剑舟,以及全部的山岳渡船。

至于所有跨洲渡船,更不用想了,文庙悉数征用,事后象征性补偿损失。包括雨龙宗芦花岛在内,都会打造成为临时渡口。

其中还有大骊宋氏赊欠墨家的所有债务,一律转由文庙承担,文庙还要额外给大骊宋氏一笔神仙钱。

宋长镜对于那笔神仙钱并无异议,开口说道:"再给大骊王朝至少三个宗门名额。"

董老夫子笑道:"可行。就三个,不能再多了。"

火龙真人沉声道:"北俱芦洲的剑修,哪怕自愿赶赴战场,文庙这边也不能再没点表示了。"

董老夫子点头道:"理所当然。"

礼记学官大祭酒笑道："劳烦真人合计出一个章程，什么境界的剑修给出怎样的补偿，文庙这边等着便是。你们北俱芦洲只管开口。"

大祭酒对林君璧说道："君璧，你回头负责与火龙真人具体对接此事。"

林君璧领命起身，与火龙真人作揖行礼，并无言语。

他是隐官一脉的剑修，与北俱芦洲算是半个自家人。所以与火龙真人，根本不需要客套话。哪怕多说一句，都显得多余。

火龙真人对林君璧这小子印象不差，是个顺眼的。

听说在剑气长城的避暑行宫，当过几年的隐官一脉剑修，还多次投身战场。至于什么三年破三境的，反而是很次要的事情。

韩老夫子突然说道："北俱芦洲这边，真人你可以与所有剑修坦言，就算是去蛮荒天下御剑远游，只是游历一番，都不用出剑，也不分境界高低，文庙这边，钱照样给，别不好意思。"

火龙真人笑眯眯问道："如果是第一次赶赴剑气长城的年轻剑修呢？文庙难道一样给钱啊？"

董老夫子正色道："给，怎么不给！这笔神仙钱，文庙就算需要与人借钱，同样不皱一下眉头。"

皑皑洲刘氏财神爷笑道："接下来百年之内，刘氏关于雪花钱的那一成收益就不要了。"

董老夫子笑问道："如此买卖，不合适吧？"

刘聚宝笑着不说话。

韩老夫子点头道："可既然刘财神自己都说了，文庙总不好推托，不然就显得矫情了。"

刘聚宝轻轻点头。

火龙真人大开眼界，敢情董夫子先前说谈钱别难为情，是给文庙自己做铺垫啊？

于是火龙真人瞥了眼那个肥婆娘。澹澹夫人有些没头没脑。

于玄笑着以心声安慰道："这是穷光蛋看有钱人的眼神，澹澹夫人不用理会这种嫉妒。"

澹澹夫人得了"提醒"，立即颤声开口道："渌水坑愿意拿出所有家底，交给文庙打理。"

人大不过天去。见过神仙就喜欢访山，见过鬼就会怕黑。她是真怕惨了火龙真人。

一个堂堂龙虎山外姓大天师，竟是北俱芦洲山上匪首一般的存在，当年在渌水坑堵门，可不止几天工夫，两条长达万丈的庞然火龙，水中迅猛游弋，每天环绕渌水坑转圈。这都不算什么,关键是火龙真人什么话都敢说,什么狠话都有脸撂,在大门外每天都要帮着澹澹夫人计算日子,因为火龙真人说那龙虎山赵老弟,是贫道的拜把子兄弟,得了自己的飞剑传信后,二话不说,已经携印背剑下山,很快就要造访渌水坑。澹澹夫人当然是度日如年,但只能硬着头皮死撑到底。

至于躲在渌水坑里边的那群水裔精怪,更是每天瑟瑟发抖,如丧考妣,日复一日,总觉得每个明天都有可能一睹天师容颜,然后被那仙剑一剑劈开渌水坑禁制,再拿天师印一拍,火龙真人的那两条火龙再一搅,那它们不就死完了吗?

澹澹夫人的这个说法,好歹留了余地,是打理,可没说全部白送。可文庙要是一个心狠,都黑了去,大不了她就当是破财消灾了。

不谈麾下那位驻守歇龙石的捕鱼仙,以及那拨南海独骑郎,只说渌水坑的那些水仙精怪、数以万计的虾兵蟹将,除了火龙真人这种稀罕客人,渌水坑在那大海之中,可是实打实的一方霸主。何况每座天下,本就都是古遗址之一,遗落在浩然海中的上古战场遗物就有不少,又有诸多应运而生的仙家机缘。大海广袤,渌水坑麾下喽啰又多,大几千年的悠悠岁月,搜刮了不少宝贝,且都是品秩不俗的天材地宝,不然寻常物件,也入不了这位澹澹夫人的法眼。只说堆积成山的虬珠,不就任由它们在宝库当中逐渐"珠黄"?曾经有大修士主动找上门,希望做那虬珠买卖,结果明明可以一本万利的渌水坑大门都没打开。挣这点小钱?她臊得慌。

然后文庙给出了一个驻守各地的修士名单,负责五处蛮荒立足地的前期安危,等到战线真正铺展开来,就不需要当扈从了。

名单之上的人物,属于必须到场的,此外某些人选的不断添加,文庙还会继续酌情而论。浩然天下的顶尖战力,最终一个都不会遗漏,没有谁可以置身事外。

天目。文庙两位副教主,三大学宫祭酒。

神乡。于玄,赵天籁,火龙真人。白裳。

黥迹。郑居中。裴杯。怀荫。郭藕汀。刘蜕。葱蒨。

日坠。苏子,柳七。宋长镜,张条霞。韦滢,吴殳。

渡口和剑气长城。齐廷济,陆芝。阿良,左右。

董老夫子说道:"目前终究只能纸上谈兵,来几场战场沙盘推演。"

元雳在内的一拨文庙军机郎选择蛮荒立场,在五处战场与浩然展开厮杀。

郑居中瞥了几眼双方兵马在沙场上的各自推进,没有多说什么。

最底层、最根本的术算之法,才是重中之重。

白帝城城主没有说话,但是文庙这边没打算放过这位奉饶天下先的棋手。尤其是三位术家老祖师,显然都极为期待郑居中开口。

战场推演,其实就像搭建建筑,所谓的总例,才是关键所在。

只有底层架构稳固，才有资格来谈建筑上层的随宜加减。卯榫样式，旋作制度、曲线弧度从何而来，侧脚、升起的倾斜规范，大木作与绞割的定例……

举个最简单的例子，两个不同修行路数的地仙族修士，在战场之上，如何判定他的精准战力？肯定不是两个死板的数字，而是有波动起伏的，不然这场推演，就是稚童儿戏。而这个起伏，哪怕被计算在内，可只要不够完善，纰漏误差不断累积，沙盘推演之上的结果，一场文庙自嘲的纸上谈兵，就还是一堆废纸。

陆芝问道："避暑行宫那边，好像尝试过，但是没成。"

左右点头道："难度太大。当时精通术算的剑修人数实在太少，而且谁都不敢轻易尝试此事。"

阿良感慨道："如果我在避暑行宫就好了，肯定可以帮陈平安一把。"

齐廷济想起一事，好奇问道："那个斩龙之人，怎么回事？"

阿良抬起下巴，点了点那位一袭白衣、风采与自己不分伯仲的怀仙老哥："你问他去。"

那位三千年前的斩龙之人，确实古怪，不光是行事不可理喻，而且那家伙的合道与跌境，更是诡谲难测。

杀蛟龙，就连阿良都不得不说一句砍瓜切菜，见一条砍死一条，遇到一堆照样砍死一堆。

关于此事，阿良甚至到了剑气长城，不得不询问老大剑仙，到底咋回事，没道理这么猛啊。剑术再高，总高不过陈清都，剑道再宽广，阿良还真不觉得那个斩龙之人就比自己强。

可是换成阿良去面对那些成群结队的蛟龙，也绝不敢说能够像那个青衫客那般信手拈来，剑斩蛟龙如雨落。

结果老大剑仙当时回了一句："再强也强不过我，我去费这脑子做什么，你自个儿琢磨去。"

把阿良给气得差点大晚上带俩穿开裆裤的孩子，偷摸去茅屋那边浇水。

如今就更怪了。那个斩龙之人，当年极有可能是跌境了的，所以才销声匿迹了三千年，然后如今又合道破境，重返十四境。

所以阿良靦着脸以心声向郑居中问道："怀仙老哥？小弟有一事犯迷糊，还望老哥帮忙解惑啊。"

郑居中笑道："帮不上忙。"

郑居中与斩龙之人，师徒两人在宝瓶洲有过一场久别重逢，当时郑居中这个弟子，其实已经稳稳胜过那个传道人。

当时的目盲老道士"贾晟"，也确实坦承此事，自认境界修为都不如郑居中了。

至于现在，不好说。

当年裴杯从倒悬山返回中土神洲，这位大端王朝的女子武神，曾经问拳白帝城。

两位，都是中土十人之一。

但是裴杯那一场问拳，外界只听说，两人没有分出真正的胜负。可事实上，双方根本就没有打起来。

郑居中与裴杯说了句："等你两只脚都跨过了那道门槛，再来倾力问拳，不然岂不可惜。"

裴杯不觉得郑居中是大言不惭，虚张声势，所以答应下来。

白帝城这边，之后就散布消息，平手而已。

其实两位山巅男女，只是在那彩云间喝酒而已。

郑居中最后还陪着曹慈下了一局棋。

曹慈其实棋术不错，只不过这个年轻武夫的博学多才，都被他太过耀眼的武学天赋给掩盖了。

事实上，曹慈的琴棋书画，都颇为不俗。

阿良和齐廷济的疑惑，郑居中的大弟子傅噤早就有了。

小白帝傅噤，身为纯粹剑修，胜负心极重，对于那位师祖，很想问剑一场。

反正白帝城修士，只要有本事，欺师灭祖都没关系。

郑居中曾经精心谋划了一场叛变，处心积虑足足六百年。韩俏色这些师妹师弟，再加上傅噤在内的几位嫡传，联手客卿、供奉——因为只要做成了，人人得利巨大，都涉及各自大道。而试图将整座白帝城改天换日的那个主谋，就是"被自己蒙在鼓里"的郑居中一粒心神所化之人，再拉拢了一大拨白帝城的敌对势力，气势汹汹，胸有成竹，感觉杀个十四境都完全没问题。从头到尾，只有柳赤诚那个傻子没掺和。

郑居中对这位身为琉璃阁阁主的小师弟，既大失所望，觉得柳赤诚就是个废物，又或多或少心存一份同门温情。

至于参与谋反众人，只要是白帝城修士，郑居中一个都没秋后算账，一帮废物，留着还能当个摆设。杀不杀，以及忠心与否，对郑居中来说，反正完全没区别。至于那些被"郑居中"自己勾结而来的敌对势力，一个个的下场就比较可怜了。

之后三百年内，郑居中没有出手打杀任何一人，只是一座座祖师堂内讧不已，钩心斗角不亦乐乎，同门之内，袭杀手段层出不穷，每有修士得手，还会沾沾自喜。其中两座原本底蕴深厚的中土宗门，杀来杀去，酣畅淋漓，最后杀得连那个宗字头的头衔都没能保住。

最可怕的地方还在于，就连身为郑居中开山大弟子的傅噤，直到今天，其实内心深处，还在怀疑一事：自己到底是傅噤，还是师父的分身之一？

泮水县城。

顾璨正在独自打谱,师姑韩俏色坐在门口那边,突然喊了声"师兄"。

郑居中没有理会,走入屋内,坐在棋盘对面。韩俏色对此也无所谓。

顾璨缓缓放下手中棋谱,抬头问道:"议事结束了?"

郑居中摇头道:"还在议事,分心来此。"

一座白帝城,能够让郑居中稍微多聊几句的,就只有这个新收没几年的关门弟子了。

顾璨说道:"师祖如果想要保持在十四境,是不是人间必须至少存在一条真龙?"

这其实是一个悖论,师祖发誓要斩尽天下真龙,所以凭此宏愿,剑心合道心剑,成为十四境修士。可一旦真正杀尽了真龙,他就要跌境,重新变成一位飞升境剑修,而且会被剑心反噬,大伤元气。

郑居中点点头。

韩俏色猛然转头,显然,她被这个说法惊吓到了。

关于斩龙之人的境界,有说是十四境的,也有说是飞升境巅峰的,更有人言之凿凿,说他之所以能够斩龙,是因为拥有太白、万法、道藏之外的第四把仙剑。

顾璨疑惑道:"师祖也是浩然本土人氏,为何跻身十四境剑修,没有惹来天外神灵的仇视?是因为当年蛟龙之属的背叛,投靠了我们人族?"

郑居中笑道:"差不多。"

顾璨说道:"可是蛟龙之属的兴起,是大势所趋,想要天下水运流转有序,文庙还是需要蛟龙去打理的。到时候师祖如何自处?"

郑居中反问道:"你一个小小玉璞境,要担心十四境剑修的大道存亡?"

顾璨直白无误道:"我希望与师祖学剑。因为剑术一道,师父是不太愿意倾囊相授了。"

郑居中点头道:"我可以帮你牵线搭桥,你师祖看我不顺眼多年,能够给我找点麻烦,他会很乐意。"

韩俏色哀叹一声。屋内这对师徒,再加上那个师祖,三人都什么脑子啊。

韩俏色继续对镜自照,涂抹脂粉,抿了抿嘴唇,转过头问道:"小璨,什么颜色好些?"

顾璨转头看了眼,笑道:"浅红色更好些,殿丞芍药红,稍稍艳了些,不如用梅花庵的嫩香。"

韩俏色嫣然一笑,擦拭干净唇角,果真换了顾璨所说的那种口脂点唇。

鸳鸯渚那边,钓客如云。

其实陈平安参与河畔议事的时候,就"同时"又有个陈平安被礼圣送到了鸳鸯渚附近,应该是防止参与文庙内议事的有心人有所揣测。不然以他的隐官身份,是怎么都该出现在文庙内的。

议事,垂钓,反正两不耽误,都不用怎么开口,乐得清闲。

陈平安就干脆挑了个僻静地方,坐在这边钓鱼,打了两个窝,准备换着钓。钓鱼这种事情,陈平安还是很熟门熟路的,咫尺物里边,专门备着鱼竿、饵料。

只是因为先前张条霞那些武学宗师云集在此,这里好像成了一处胜地。

很快陈平安身边就多出了两拨钓客,男男女女,都很年轻,显然兴趣不在钓鱼。

可惜了陈平安先前打的那个窝,这些个山上神仙,连抽竿散饵都不懂,一次抛竿之后,就雷打不动了,傻乎乎等着鱼儿上钩。敢情是憨憨等傻鱼呢。

酡颜夫人和一位百花福地的少女花神凑巧散心路过此地,远远见着了那一袭青衫后,吓得落荒而逃。

陈平安突然站起身,往远处使劲招手。

道路上,有个年轻女子,身穿红衣,牵马缓行。她赶紧藏好酒壶,松开马缰绳不管了,一路飞奔过来,一个蹦跳落地站定,大声喊道:"小师叔!"

第二章
横 着 走

双方重逢于青山绿水间，再不是少年和小姑娘了。

听着李宝瓶大声打招呼，陈平安笑着点头，打趣道："都会喝酒了？不用藏掖，小师叔也是个酒鬼。"

李宝瓶笑容灿烂道："老姑娘了嘛！"

陈平安哑然。

按照一般说法，李宝瓶应该会说一句"是大人了，可以喝酒"。

直到这一刻，陈平安才记起李宝瓶、李槐他们岁数都不小了。

可是没办法，心里边总是喜欢把他们看作孩子。其实按照家乡那边的习俗，当年远游众人，其实早该人人婚嫁，说不定各自的孩子都到了窑工学徒的岁数。

如今的李宝瓶，只需要微微抬起眼帘，就能看见小师叔了，她眨了眨眼睛，说道："还好，小师叔跟我想象中的样子一模一样，所以方才就算小师叔不打招呼，我也会一眼认出小师叔！"

陈平安伸手拍了拍李宝瓶的脑袋，笑道："在小师叔眼里，你除了个头高些，好像没什么两样。"

好像还是那个吭哧吭哧在家乡街巷，肩头扛着槐木树枝飞奔的红衣小姑娘。

这么一想，陈平安就没有那么伤感了，于是悄悄放弃了拿出养剑葫喝酒的念头。

自己十四岁那年，当时还只有小宝瓶跟在身边远游的时候，偶尔陈平安就会感到疑惑，小姑娘走了那么远的路，真的不会累吗？好歹抱怨几声。但是从来没有。

陈平安忍不住满脸笑意,怎么收敛都还是会笑,他从咫尺物当中取出一张小竹椅,递给李宝瓶后,两人一起坐在水边。陈平安重新提竿,挂饵后再次娴熟抛竿,转头说道:"鱼竿还有。"

李宝瓶坐在一旁,轻轻摇头,然后抬起两只脚,鞋子敲鞋子:"看着小师叔钓鱼就好了。混吃混喝,懒人有懒福。"

陈平安那边的青竹椅椅脚处,有绳线系着一只入水鱼篓,还用一块大石子压着绳子。李宝瓶起身蹲在水边,将竹编鱼篓拽出水面,发现里边渔获不少,都是鸳鸯渚独有的金色鲤鱼,只是这些金色鲤鱼与水仙灵物并不沾边,只是瞧着可人,不过放了葱姜蒜,无论清蒸红烧,肯定都好吃,小师叔手艺很好的。

李宝瓶晃了晃手中鱼篓,偷偷咽了咽口水,小声问道:"小师叔,烧鱼的作料都有带吧?"

陈平安点头笑道:"当然,锅碗瓢盆,料酒辣酱油盐醋,白糖桂皮姜葱蒜,一样不差的。论做饭烧菜的手艺,小师叔这辈子只输过一次,必须找回场子。"

李宝瓶咧嘴一笑,晓得了,是当年在黄庭国那边,他们被一位退隐山林的侍郎老爷邀请去府上吃饭。饭桌上一个个狼吞虎咽,尤其李槐最没良心,嫌弃小师叔的饭菜寡淡来着,还可劲儿埋怨小师叔钓不着大鱼:"巴掌大小的,那也叫鱼,瞧瞧桌上这个鱼头,都比你钓的一整条鱼都大了,再瞧瞧这大盘子,这汤汁……"小师叔那次破天荒有些生闷气。

想起这桩陈年旧事,李宝瓶突然觉得李槐这家伙,小时候怎么这么欠揍。这次正好可以和他秋后算账?

李宝瓶将鱼篓重新放入水中,轻声问道:"我哥如今也在这边游历,小师叔见着没?"

陈平安以心声说道:"没呢,我到这边没几天,一直待在功德林,和先生、师兄待在一起,然后去了趟泮水县城的问津渡,刚见着了阿良和李槐,然后一个没留神,就被拎去参加议事了。议事期间,偷偷问过了茅师兄,听说你在鳌头山那边,我刚来这边钓鱼没多久,原本打算再钓个把时辰,就去找你。"

陈平安不知不觉,就会把事情说得很细。

可能在李宝瓶这边,他这个小师叔,习惯了如此。

其实陈平安打算借参加议事的这个难得的机会,去做不少事情。比如拜会趴地峰火龙真人,感谢指玄峰袁灵殿的上次观礼所赠。同样还需要主动登门做客,亲自找到那位郁氏家主,一样是道谢,郁泮水曾经送给装钱一把竹黄裁纸刀,是件价值连城的咫尺物。除此之外,郁泮水这位玄密王朝的太上皇,在宝瓶洲和桐叶洲都有或深或浅的钱财痕迹。听崔东山说这位郁美人和皑皑洲那只聚宝盆,都是仗义疏财的老朋友。既然如此，很多事情，就都可以谈了，早早敞开了说，界限分明，比起事到临头抱佛脚，可以省去诸多麻烦。

姚老头曾经说过，有事再烧香，不如初一十五多跑几趟，平时走远路，容易过年关。

听说桂夫人如今也在这边，陈平安打算问一些赊月的事情，帮着刘羡阳把某件事给敲定了，说不定很快就可以喝喜酒。帮忙操办婚宴一事，就谁都别跟他陈平安争了。听墙根这种家乡习俗，不能丢，得有。

他还要与大端王朝某位武学大宗师，用对方擅长的方式，讲一个同样的道理。

但是这些大大小小的事情，和小宝瓶相比，都可以靠后。

陈平安一个骤然提竿，身体前倾，开始探臂，竹竿鱼线一并绕出弧度，然后陈平安开始小心翼翼遛鱼，小竹椅上的身形歪来倒去。

山上神仙临水钓鱼，跟练气士上酒桌喝酒，是一样的道理。如果运术法转神通，是很大煞风景的勾当。用那个天底下最有名的渔翁、止境武夫张条霞的话说，就是既然本领那么大，干脆以山上术法搬运江河就了，整条江河都是你的，几百几千斤鱼算什么，难道要装满咫尺物，卖了挣钱吗？家里是开酒楼的，还是开鱼市的？

李宝瓶将一场拔河瞧得目不转睛，随口说道："与茅先生从剑气长城一路赶来这边，先前我一直跟在郁姐姐身边，不过她事情越来越多，每天都要忙着待人接物，我就告辞离开了。"

陈平安点点头，突然笑问道："邵元王朝那位蒋棋圣的棋术如何，能不能下赢白帝城城主？"

那个蒋龙骧，陈平安久闻其大名，当年在避暑行宫，就没少问林君璧关于此人的传奇事迹。

陈平安知道对方少年时候就已是公认的神童，而且早已棋名彰显，去了京城，一年赢一位棋待诏，七年之后，就被誉为邵元第二，仅次于国师晁朴。后来邵元王朝的藩属国出现了一个名叫周东疆的少年，按照年龄与蒋龙骧差了两个辈分。周东疆心高气傲，不到弱冠之龄，就自认达到了"二手"高度，也就是蒋龙骧至多让他二子，双方就会胜负难料，蒋龙骧却坚持认为这个晚辈的棋力暂时仍是"三手"，双方最终约战于快哉亭，才有了那部《快哉亭棋谱》。虽然是让子棋，但双方手谈，殚精竭虑，神乎其技，时人称为"蒋龙周虎"。

这位名动半洲的蒋棋圣，大概至今还不清楚，剑气长城的年轻隐官对他其实"仰慕已久"。

李宝瓶笑呵呵道："反正拉着林君璧一起守擂，就是不和林君璧对弈，后来等到傅噤真的登山了，就赶紧让贤，让郁清卿落座，他自己不见了人影，都没在一旁观战，后来傅噤一走，他就现身了，帮着郁清卿复盘，这里妙啊仙啊，那里无理不妥啊，看样子，听口气,别说是小白帝,就是郑城主亲自登山,都可以打个平手。"

陈平安笑眯眯道:"不然你以为啊,咱们这位蒋棋圣在他家乡邵元京城,一年赢一位棋待诏,整整七年,无一败绩,其实都是棋力的显露,这得精准勘验棋力,精心挑选对手,还需要足够的脸皮。棋盘之外,更是国手中的国手,再赶紧找酒喝,把自己收拾得披头散发,借着酒劲,众目睽睽之下,婉拒皇帝赐予的棋待诏身份,很狂士嘛,何等豪迈,风骨凛凛。我要是邵元王朝的皇帝陛下,就直接送他一块金字匾额:铁肩担道义。"

李宝瓶点头道:"那我再送一副对联:棋盘上龙骧虎步,官场中行云流水。再加个横批:天下无敌。"

上中下都凑齐了。

陈平安忍俊不禁,说道:"如果小师叔没有猜错,蒋棋圣与郁清卿复盘的时候,身边一定有几个人负责一惊一乍吧。"

李宝瓶哈哈笑道:"可不是,半点不让人意外。"

一边闲聊,一边遛鱼,最终陈平安成功收竿,将一尾二十多斤重的青鱼拖到了岸边,鱼篓有些小了,既然今天渔获足够,陈平安就没想着带回去,何况青鱼肉质一般,真算不上鲜美,不过肉厚刺少,更适合腌制熏鱼。陈平安蹲在岸边,娴熟地摘下鱼钩,轻轻扶住青鱼背脊,稍等片刻再松手,见光又呛水的大青鱼这才蓦然一个摆尾,溅起一阵水花,迅速去往深水处。

陈平安抬起头,向李宝瓶笑了笑。似乎在说,瞧见没,这就是李槐心心念念的大鱼。

李宝瓶抬起双手,分别竖起大拇指。

陈平安坐回竹椅,笑道:"不如我们走趟鳌头山?"

李宝瓶眼睛一亮:"套麻袋打闷棍?"

陈平安埋怨道:"读书人怎么可能做这种事情。是山路夜行不易,有人磕磕碰碰,我们搀扶不住,好心办坏事。"

李宝瓶正色道:"是的是的。"

然后她以拳击掌,说道:"那我得换身衣裳,做好事不留名。"

其实当年遇到大哥李希圣,李希圣就说过她已经不用讲究穿红衣裳的家规了。只不过李宝瓶后来一直没想着换,有些习惯,改了就会一直不习惯。

骊珠洞天土生土长的孩子,原本对于离乡一事最无感触,反正一辈子都会在那么个地方打转,都谈不上认不认命,祖祖辈辈都是如此。生在那边,好像走完了一辈子,即便走了,走得也不远。家家户户清明上坟,肥肉一块,年糕、豆腐各一片,都放在一只白瓷盘子里,老人青壮孩子,至多一个时辰的山水小路,就能把一座座坟头走完,若有山间道路的相逢,长辈们相互笑言几句,孩子们还会嬉笑打闹一番。到了每处坟头,长辈与自家孩子念叨一句，坟里头躺着什么辈分的，而一些耐心不好的大人，干脆说也不说，放下盘子，拿石子一压红纸，敬完香，随便念叨几句完事。许多穷人家的青壮男子，都懒得向祖宗们求个保佑发财什么的，反正年年求，年年穷。既然求了没用，那就拿起盘子，催促着孩子赶紧磕完头，好带着孩子去下一处。若是清明时分正值下雨，山路泥泞，路难走不说，说不得还要拦着孩子在坟头那边下跪磕头，脏了衣服裤子，家里婆娘清洗起来也是个麻烦。

曾经，孩子们心目中的最远离别，是阿爷阿爹去了小镇外边的龙窑烧瓷，或是去山里砍柴烧炭，不常见面。近一些的，是阿娘去福禄街、桃叶巷的大户人家当厨娘、绣娘。再近一些，是每天学塾下课，与同窗各回各家，是炊烟与白天道别，是晚上家里油灯一黑，与一天告别。

生老病死，都在家乡。参加过一场场红白喜事，哭哭笑笑，等到参加完最后一场，一个人的人生就算落定休歇了。

直到洞天坠地，落地生根，成为一处福地，大门一开，从此离散就开始多了。

小镇老人还好，至多是经不起家中晚辈的鼓动撺掇，卖了祖宅，得了大笔银子，搬去了州城那边安家。有了本钱的年轻男子，摊上了祖坟冒青烟的好时候，要么开始出远门做买卖，要么不着家，呼朋唤友喝花酒，成群结伴赌桌上，本就不知道怎么挣钱，反正金山银山，都是天上掉下来的，但是花钱，哪里需要别人教，人人都有本事。

约莫二十年一代人，本来以为几辈子都花不完的钱，好像一夜之间就给糟践没了，原本世代相传的烧窑功夫也早就荒废，好像一五一十还给了当年的龙窑老师傅。以前大家都穷，过惯了苦日子，不觉得有什么遭罪的，反正街坊邻里总会有更穷的人，庄稼地遇到年景不好，或是龙窑烧造出了纰漏，或是窑口次品一多，肯定有人要穷得揭不开锅，需要向亲戚邻居借米过活。可等到享过了福，再真切晓得了花花世界的好，反而让人尤为难受。

很多时候，只要匣钵进了窑炉，一口龙窑烧出来的瓷器好坏，真就得听天由命，经验再老到的老师傅，再小心盯着窑口火候，一样不敢保证成色优劣和最终成器的数量，所以才会有那句"天管地管人不管"的老话。

好像家乡那座瓷山，就是很多人的人生。

陈平安下意识要去拿酒壶，才发现腰间并没有悬挂养剑葫。

李宝瓶好奇问道："小师叔这会儿怎么没背剑？先前仰头瞧见小师叔去了功德林那边，好像背了把剑，虽然有障眼法，瞧不真切，但是我一眼就认出是小师叔了。游历剑气长城，私底下听茅先生说过，以前那位最得意的一把仙剑太白，在扶摇洲一分为四，其中一截就去了剑气长城，茅先生不太敢确定，李槐说他用屁股想，都知道肯定是去找小师叔了。"

陈平安嗯了一声，道："那截太白剑尖是被小师叔拿到了，再炼化为一把长剑，就是先前背着的那把，只不过小师叔这会儿，其实真身不在此地，还在参加另外一场比较重要的议事，就没有背剑在身。至于小师叔现在是怎么回事，迷糊着呢。"

不是飞升境修士，休想随意窥探陈平安的心声。

陈平安笑道："如果换成我是茅师兄，就拿几个书上难题考校李槐，等到这家伙答不出来，再来一句，用脑子想事情还不如用屁股啊？"

李宝瓶使劲点头道："茅先生就是这么做的。李槐反正打小就皮厚，无所谓的。"

然后李宝瓶说道："小师叔没有背剑也好，不然坐着碍事，那就得摘下来，横剑在膝，可是这么一来，钓鱼就麻烦了，总不能时时刻刻拿在手里，可把剑放在脚边吧，更不像话。"

陈平安笑了笑，还是那个熟悉的小宝瓶。她总是有很多古怪的想法、奇怪的问题。很多外人极其在乎的事情，她就只是个"哦"；可是很多人根本不在意的事情，她却有很多个"啊"。

当年远游路上，小宝瓶曾经问他，天上只有一个真月亮，那么人间总共有多少个假月亮？河里，井里，水缸里，都得算上？

陈平安只好说不知道。小宝瓶就追着问小师叔什么时候才知道答案。答案当然还是不知道。

有次陈平安坐在篝火旁守夜，小宝瓶就指着不远处的河水说："一条可长可长的河水里边，上游中游下游分别站着一个人，他们三个总共能够从水里瞧见几个月亮，小师叔这总该知道吧？"

陈平安当时愣是想了大半天，都没能给出答案。红衣小姑娘坐在一旁，背靠小竹箱，双臂环胸，摇头叹气。小师叔笨是笨了点，可他是自己千挑万选出来的小师叔，又有什么办法呢。

陈平安其实一直在留心两边的动静。

物以类聚，人以群分。一拨钓客，是山下的豪阀子弟，另外一拨是山上修道的谱牒仙师。两拨人，朋友间闲谈交流，也没什么顾忌，所谈之事不涉机密，所以都没有像陈平安和李宝瓶这般始终以心声言语。

能够被家族长辈、山上祖师带来此地，身份肯定都不会简单，都是华族高门的杰出弟子，或是大宗门的祖师嫡传。

如今在这儿，在路上遇到下五境修士，比起遇到上五境神仙可要难多了。

先前李宝瓶没有出现的时候，双方明显对陈平安都没什么兴趣，多半是将这个没资格参加议事的钓客，当作了某个不算特别拔尖的世家子，或是某个祖师不在身边的宗门子弟。

通过那些不怕旁人偷听的闲谈，陈平安大致确定了双方身份。

左手边，皑皑洲的密云谢氏，流霞洲的渝州丘氏，邵元王朝的仙霞朱氏。主要来自这三个家族，都是膏腴世爵的千年豪阀。比如谢氏，除了世代簪缨，其实也很有钱，只是因为有个富甲天下的刘氏，才显得不那么令人瞩目。

记得宋雨烧老前辈说过，他这辈子的遗憾之一，就是没去过流霞洲的渝州，因为听说那边的火锅天下第一。不过宋老前辈又说，没去过也好，真去过了渝州，万一回了家乡，再吃任何火锅都没个滋味，岂不是糟心。那就干脆不去渝州了，留个念想。所以陈平安对渝州这个地方，印象尤其深刻。

这些出身名门的年轻男女摆了长条小矮几，上面放满了灵气盎然的仙家瓜果，地上铺着凉席，有侍女帮着架炉煮茶，还有贵公子斜卧持杯、喝酒吟诵诗篇，反正什么事情都做，就是没想着好好钓鱼。

右手边，有眉山剑宗的女子剑修，看样子不会超过百岁，是位气象不俗的金丹境剑修。

据说眉山山门有龙须云的异象，垂若瀑布，又似龙须。还有一座倒碧峰矗立在湖泊旁，山色倒映水中，竟是真相在水、虚幻在岸的神仙道场，十分奇异。登山如入水，修士眼中所见，亦是湖中景象。

陈平安多看了她几眼。主要是这位女子剑修腰间悬了一块小巧玲珑的抄手砚，行书砚铭，篆刻了一篇脍炙人口的述剑诗。

因为这块抄手砚，陈平安想起了自己的弟子郭竹酒。郭竹酒好像是唯一一个能让裴钱吃瘪的同龄人，有多难得，去问问翻然峰白首就知道了。

还有来自梅花庵的仙子，肩头趴着一只吐宝小貂。这种小家伙不但是天然的储钱罐，而且吃了钱，真能生钱，可遇不可求。

梅花庵有"万亩梅花作雪飞"的胜景。梅花庵的胭脂水粉畅销浩然各洲，在山上山下都很受欢迎。

一位出身金甲洲北方大宗门荷花城的公子哥，师门所在城池建造在一片巨大荷叶之上。荷花则三百年一开，每次花开百年，每逢荷花盛开，就是一座不惧剑仙飞剑的天然护城大阵。传说这株荷花，是道祖那座莲花小洞天之物，至于如何辗转流传到了荷花城，众说纷纭，其中一个最玄妙的说法，是道祖摘下荷花，不知为何，丢到了浩然天下。另外一个相对比较可信的说法，是大玄都观的孙老观主，借剑给那位人间最得意之后，双方饮酒，大醉酩酊，远游浩然的老仙人道法通天，拿出了一粒紫金莲花的种子，以杯中酒浇灌，转瞬之间，便有莲花出水，亭亭玉立，然后骤然花开，大如山岳。

有个簪花的年轻人，喜欢斜眼看人，许多心思变化都在嘴角的弧度上。

听说涿鹿宋氏所在王朝，从帝王公卿到贩夫走卒，朝野上下都流行簪花一事。

入山修行,登高之后,只要有心,就会越来越发现身边人物不是见过的,就是听说过的。

有用吗?好像确实没太大的意义。因为绝大多数人都会就此擦肩而过,可能再不相见,就只是人生道路上的过客。就像在仙府遗址一别的武夫黄师,梅釉国渥州城外大山中的那只小狸狐,石毫国那座狗肉铺子的少年,还有被陈平安发自肺腑敬称一声"大侠"的孙登先。

没用吗?却也未必。可能众人当中,就隐藏着一位位类似阳关道上的宋兰樵,羊肠路上愿意让道也能各走一边的刘志茂,或是独木桥上只许一人通过的马苦玄。

或是夜航船上的老夫子王元章,与桐叶宗宗主剑仙傅灵清,已是生死有别的双方,只因为陈平安的出现,依旧能够好似遥遥相见。

至于先前那个远远见到自己,不打声招呼掉头就走的酡颜夫人,陈平安也就只当浑然不知了。挺好的,因为酡颜夫人身边好像还跟着一位百花福地出身的少女花神。不然见了面,还能如何,聊今儿天气不错,饭吃过没?

等到李宝瓶出现后,两边就开始窃窃私语,议论纷纷了。

趺坐蒲团、凝神吐纳的谢氏客卿,是位玉璞境的老剑仙。先前老人见了李宝瓶,就忍不住感叹道:"好个修道坯子,日丽中天,云霞四护,玉质金相,心神合一,与道近矣。"

老人这番言语,没有使用心声。

一位丘氏俊彦犹豫道:"好像是那个山崖书院的李宝瓶。"

因为李宝瓶与元雳有过一场争辩,加上宝瓶洲山崖书院的儒生在礼记学官那边确实比较扎眼。

一位体态丰腴的年轻女子随便瞥了眼那个正在滑稽拽鱼的青衫男子,微笑道:"既然被她称呼为小师叔,定是宝瓶洲人氏,山崖书院的某位君子贤人?不然云林姜氏,可没有这号人。"

大骊王朝宋长镜,云林姜氏,神诰宗。一座宝瓶洲,就这三拨人来到文庙。大骊宋长镜是独自一人,这位传说已经跻身十一境的武夫,已经名动天下。神诰宗是道门,人人身穿道袍,头戴鱼尾冠。

至于那个青衫男子拥有一件方寸物,不值得大惊小怪。奇怪的是在方寸物里边,竟然装了两条寻常青竹材质的小椅。

其实到最后,陈平安比较留心那个簪花公子。

不是因为自家那位周首席在藕花福地有个私生子,绰号簪花郎,而是这家伙看李宝瓶的眼神不正。比如那几位豪阀子弟,先前见了李宝瓶,也会惊艳,但是绝对不会像此人那般隐蔽、鬼祟,好像已经开始在心中盘算谋划,随时都会付诸行动。

陈平安在心里默默记账。

爱美之心，人皆有之，这是人之常情，见到了好看的女子，多看几眼没什么。在剑气长城的酒铺，光明正大盯着那些过路女子的场景，多了去了，别谈视线了，经常还会有大小光棍们此起彼伏的口哨声。但是那样的眼神，不是剑修当真心有邪念，反而像碗里漂着的酒花，一口闷，就没了。但是有些眼神，就像青鸾国狮子园的那条蛞蝓，黏糊腻人，而且有这样眼神的人物，往往会在他的地盘寻找猎物，伺机而动。

陈平安继续悄然感知那个簪花男子的气机涟漪。

李宝瓶沉默许久，轻声道："小师叔，两次落魄山祖师堂敬香，我都没在，对不起啊。"

陈平安摆摆手，柔声道："没事，这有什么。小师叔在落魄山和照读岗，都帮你留好了读书的地方。于禄和谢谢，先前就挑选了照读岗，早早占了两处宅子，半点没跟我客气。不过小师叔悄悄与你说个事，其实蔚霞峰和远幕峰上有俩地儿那才叫真正的风景奇绝，还幽静，这件事小师叔一直故意没跟外人说，那俩地儿也没人着急建造府邸，因为都被小师叔专程偷偷圈画起来了，以后先带你去看几眼，挑中了，小师叔再让人打造宅子和书楼。蔚霞峰看日出日落，比较好些；远幕峰的云海，比落魄山还要稍胜一筹，天气晴朗时分，就可以看到邻近黄湖山的那座湖泊，云卷云舒，都是美景，所以小师叔建议你挑选远幕峰。小师叔还打算将远幕峰的所有山路都用长条的大青石板铺就，两边再围以竹栏，中间会经过一个极高的崖壁，崖上有棵至少千年高龄的古松，松间有藤，接树连壁，蜿蜒如大蟒。到时候我再请高人帮着崖刻榜书，如果能请到苏子、柳七题字，那是最好了，不过很难就是了，毕竟不是求幅字帖那么简单，得两位前辈去落魄山做客才行，实在不行，小师叔就只好让你那两位师伯出手了。总之远幕峰是个特别适宜书斋治学的好地方，天风清冽，飒然而至，书楼铃铎皆鸣，听上去就很不错吧？到时候你翻书看累了，就可以走出书楼，看看远处风景。这么多年，小师叔远游路上，帮你买了不少书，只说在桐叶洲最南边的驱山渡那边，就买了好些，一大麻袋呢，百来斤重，都是从郡望豪门里边流出来的珍贵书籍。"

陈平安一口气说了这么多话，李宝瓶听得仔细，一双漂亮眼眸眯成了月牙儿。

李宝瓶问道："小师叔在剑气长城那么些年，有没有过生日啊？"

陈平安愣了一下，摇头笑道："不是忘记了，就是顾不上，还真没有。"

年少时在家乡，陈平安就从没有过生日的习惯。刘羡阳一样没有，嫌麻烦矫情。只有小鼻涕虫，在生日那天，能够在家里吃上一顿鱼肉。而在顾璨生日前一两天，陈平安都会拉上刘羡阳，入山下水一趟。

陈平安转移话题："听崔东山提起过，那位少年姜太公叫许白是吧？小师叔先前参加议事，见过他了。"

其实关于李宝瓶的事情，陈平安两次返乡之后，都问了很多，所以知道很多。这么多年在书院求学如何,曾经逛过狐国,在中土神洲郁氏家族那边还与裴钱相遇,哪怕到了功德林,陈平安也没忘记向先生问小宝瓶的事情,比如与元雳争辩的细节。为此,陈平安在功德林那两天,还专门翻了不少文庙藏书,结果两人的那场争论,陈平安作为李宝瓶的小师叔,却帮不上大忙。

李宝瓶叹了口气:"是个烦人精,被我哥教训过一次,才消停些。"

陈平安忍着笑,点头道:"才是年轻十人候补之一,确实配不上我们小宝瓶,差远了。"

李宝瓶翻了个白眼,背靠竹椅,根本不愿意多提什么许白。

她是当年远游求学的那拨孩子里边,唯一一个按部就班修行儒家练气的人。至于与林守一、谢谢请教仙家术法,向于禄讨教拳脚功夫,李宝瓶好像就只是感兴趣。

陈平安问道:"这些年远游路上,有没有受欺负?"

李宝瓶摇头道:"没有呢。"

陈平安笑道:"小师叔如今剑术还很一般,不过跋山涉水,都是气力活,所以拳脚功夫还凑合。飞升境打不过,打个仙人境,还是可以的。"

"记起来了,真有一个!"李宝瓶突然一拍椅子,转头跟陈平安笑道,"是在清风城狐国边上,确实遇到过。顾璨当时也在场,他很仗义,比较意外。"

陈平安疑惑道:"怎么说?"

李宝瓶刚要聊这个话题,眨了眨眼睛,以心声说道:"我哥来了。"

陈平安转头望去,原来是李希圣来了。而且李希圣与李宝瓶以心声言语,陈平安没有察觉到丝毫迹象。这是好事。

两人同时从竹椅起身,李宝瓶笑道:"小师叔,有熟人呢。"

陈平安微笑不言语。

一行人缓缓走向这边,除了李宝瓶的大哥李希圣,还有从神诰宗来到中土上宗的周礼。

桂夫人,她身后跟着个老舟子。说老舟子,是说他的岁数,其实瞧着就只是个神色木然的中年汉子。

清凉宗宗主贺小凉,神诰宗元婴境修士高剑符。两人曾经是神诰宗的金童玉女,当年一起现身骊珠洞天。

除了周礼,陈平安确实都认识,都不陌生。

他们走近后,陈平安与李希圣作揖行礼,再笑着喊了声"桂姨"。

桂夫人笑着点头。

陈平安与周礼抱拳:"见过周先生。"

据说此人会是青玄宗的下一任宗主,而青玄宗在中土神洲的声势、底蕴,只比符箓于玄所在山头和龙虎山天师府稍逊半筹。主要还是因为青玄宗的现任宗主,闭生死关太久,长达六百年之久。而作为神诰宗上宗的中土青玄宗,其"正宗"是那白玉京大掌教一脉,又是一桩让外人百思不得其解的道门悬案。

不知为何,文庙先后几场议事,周礼都没有参加。

陈平安方才犹豫了一下,还是称呼对方为先生。

周礼面带笑意,与陈平安回了个道门稽首,以心声道:"久闻隐官大名,今日有幸得见。"

贺小凉微笑道:"陈平安。"

她开口,就只是说了个名字。不过在言语之时,贺小凉以仙人术法隔绝出一座小天地。

是不小心此地无银三百两,还是故意为之?

陈平安说道:"贺宗主。"

就只是答复了一个身份。

老舟子点点头,自顾自说道:"你这小娃儿,还算是个有出息的,当年我没看走眼,不然今天非要训你几句。"

桂夫人转过头,老舟子立即闭嘴。

这个顾清崧,或者说仙槎,其实在中土神洲已经久未露面,不承想重现江湖,就半点没有让人失望,在泮水县城那边,再次一战成名,三言两语,郑居中、韩俏色、柳赤诚、傅噤,全被他骂了个遍。

不谈切磋道法,只说骂架,好像整座白帝城都被他一锅端了。关键是顾清崧还能活蹦乱跳地离开,在韩俏色与柳赤诚都在大门口现身的情况下,老舟子顾清崧依旧毫发无损,全身而退。

陈平安与顾清崧当年在桂花岛不但见过,还聊过。那会儿还是少年岁数的陈平安,差点儿就要传授他一些学问。

哪怕陈平安清楚了顾清崧的身份是陆沉的不记名大弟子,对他还是没有什么恶感,是非分明,就会恩怨分明。

李希圣笑道:"我们继续散步,不耽误你们钓鱼。"

有意无意,李希圣只是与小宝瓶以心声言语。

一行人离去。陈平安和李宝瓶继续坐回椅子。

李希圣走出去很远,摇摇头,好嘛,有了小师叔就忘了哥,小宝瓶一次转头都没有啊。

贺小凉转头望去,望向那个坐在竹椅上的青衫男子,她眼中有些不可名状的笑意。

一旁的高剑符黯然神伤,想要喝酒,可又好像已经喝了酒。

眼看青天行白云，伤心人醒在醉乡。

顾清崧小心翼翼喊出一个昵称："桂。"

一向气度雍容的桂夫人回了一个字："滚。"

终于说上话了不是？顾清崧竟是有些受宠若惊，挪了挪脚步，一边搓手，一边笑声答道："好嘞。"

顾清崧先前之所以破天荒说了几句好话，除了桂夫人在身边之外，确实有些悔青肠子，当年不该与那少年说什么"休要坏我大道"的，而应该诚心诚意，与那少年虚心请教一些男女情爱的门道。不然一个模样也不咋俊俏的泥腿子，小小年纪，就能够拐骗了宁姚？所以顾清崧先前那番言语，是打算先做好铺垫，回头再私底下找一趟陈平安，请他喝酒都成，喊他陈兄都可。

李希圣以心声笑问道："怎样？"

周礼笑答道："少言不生闲气，静修可以永年。此外厉害之处，在于与人往来，不在乎乍交之欢，而无久处之厌。"

鸳鸯渚更远处，那个昵称瑞凤儿的少女忍不住再次问道："酡颜姐姐，那个人是谁啊，你怎么好像很怕他？明明认得，躲他干什么？"

离着那一袭青衫有些远了，酡颜夫人便笑道："我怕他？开玩笑呢。"

瑞凤儿蓦然醒悟："酡颜姐姐，莫不是你喜欢他？！"

酡颜夫人目瞪口呆，赶紧伸手捂住这个傻丫头的嘴巴："别乱说！"

给那家伙听了去，她至少得再赔上一座梅花园子。

喜欢他？不等于与那位心黑手辣笑眯眯的隐官大人问拳又问剑吗？一个不小心，真会被他活活打死或是坑死的。

河边，陈平安又钓起了一条金色鲤鱼，放入鱼篓。

两边的人都有些侧目。当然不是贪图那条鲤鱼，而是两拨人都刚好借这个机会，再打量一番那个年纪轻轻的青衫客。

主动称呼桂夫人为"桂姨"，还被那个大名鼎鼎的顾清崧夸奖了一通，"小娃儿""有出息""没看走眼"，就不训话了。显然是一番山上长辈与半个自家晚辈的措辞。

好像与那位北俱芦洲的贺小凉也认得，道了一声贺宗主。

如果没有看错，贺小凉好像有些笑意？与早年山水邸报上的小道消息不太一样。

贺小凉不仅是白玉京三掌教的嫡传弟子，还是一位能够在北俱芦洲开宗立派的仙人境。当然，贺小凉确实生得姿容绝美。

而且听说她一心修道，根本无心男女情爱，北俱芦洲大剑仙白裳的唯一弟子徐铉痴心于她，贺小凉却只因为觉得被此人纠缠得烦了，竟然就直接大打出手，将其重伤，完全不给白裳半点颜面，最终导致双方宗门就此结下一桩死仇。白裳好像还放出话，贺小凉这辈子休想跻身飞升境!

无论男女,都会多看贺小凉几眼。男子多看一眼,越发觉得她气质出尘,有那遗世独立之感,与这样的女子结成山上道侣,那就真是不羡鸳鸯不羡仙了。女子之所以会多看贺小凉几眼,估计是想着看贺小凉一眼,她的姿色就会随之清减几分?

不管如何,两拨人都难免高看了那个年轻钓客一眼。毕竟能够认识这么多的大修士。

李宝瓶说道:"小师叔,贺姐姐好像还是当年初次见面的年轻容貌,可能⋯⋯还要更好看些?"

陈平安摇头道:"没在意。"

他只是没来由想起了自家落魄山上的女子,比如勤勉走桩的岑鸳机和锋芒毕露的元宝,其实这两位女子武夫,年纪也都不小了,至今还没有嫁人。女子嘛,到底是不愁嫁的,哪怕眼角多出一两条鱼尾纹,还是不耽误被男子喜欢。而且自家山头,那是什么风水,无论男女,就没哪个是歪瓜裂枣的。朱敛、姜尚真、米裕、崔东山、曹晴朗、元来⋯⋯这还没拉上魏山君和那些客卿呢,剑术拳法,琴棋书画,梳妆打扮,什么不能聊,什么不擅长?也就是他这位山主挣钱最讲脸皮,不然镜花水月一开,宝瓶洲的神仙钱还不得洪水决堤一般,疯狂涌入落魄山?

而女子武夫只要跻身了练气境,不但可以淬炼体魄,还能滋养魂魄,虽然没有练气士跻身中五境那么驻颜有术,效果还是很明显的,等到她们跻身了金身境,又会有一份额外的神益。桐叶洲的那位蒲山黄衣芸,岁数不小了吧,如今不也瞧着年纪不大?

不过自家山头,元来早就喜欢岑鸳机,元宝偷偷爱慕曹晴朗,陈平安这次返乡,都已经听说了。

事实上连小米粒都发现了,私底下跟好人山主告密,说每次曹晴朗在场的时候,那个大元宝说话就会特别凶,嗓门儿贼大,还故意不去看曹晴朗嘞。蒙谁呢,眼睛不看,心里眼里全是曹晴朗哩。所以如今是不是就元宝一个人误以为喜欢一事,只有她自己知道?

李宝瓶笑问道:"小师叔,在想开心的事情?"

陈平安点头道:"想着帮山头挣钱呢。"

李宝瓶记起一事:"听说鸳鸯渚上边有个很大的包袱斋,好像生意挺好的,小师叔有空的话,可以去那边逛逛。"

陈平安笑道:"有空就去。嗯,咱们最好带上李槐。"

陈平安立即从袖中摸出一张黄纸符箓,伸手一抹符胆,灵光一闪,陈平安心中默念一句,符箓化作一只黄纸小鹤翩然离去。黄纸小鹤是去泮水县城那边找李槐了,让他赶来鸳鸯渚这边碰头。

那位趺坐蒲团的老人再次睁开眼睛，眼见传信小鹤远去，咦了一声，显然有些讶异，怎的不是一位金身境武夫，成了个地仙气象的符箓修士？难道是那桐叶洲蒲山叶氏子弟？

那个斜卧饮酒的豪阀贵公子，仰头痛饮一杯酒，好家伙，诗兴大发了，笑着朗声吟诗一首：黄鹤一声楼外楼，鱼竿销日酒消愁。仙酿解却山中醉，便觉轻身羽化天。

陈平安突然觉得，原来打油诗这种事情，真得能少做就少做，确实言者开心，听者揪心。

李宝瓶小声问道："小师叔，听裴钱和小米粒说，你很会作诗？"

陈平安摆手道："没有的事，别听她们胡说八道。"

李宝瓶将信将疑。

陈平安以心声与那个簪花男子说道："看够了没有？"

那男子略有惊讶，犹豫片刻，笑道："你说什么呢？我怎么听不懂。"

陈平安说道："劝你管管眼睛，再老老实实收收心。山上行走，论迹更论心。"

男子抬起一根手指，轻轻拨动发髻间所簪之花，是百花福地一位命主花神所赠，当然不是靠他自己的面子，而是靠师门祖师。

陈平安不再言语。

男子竟是身体后仰，然后直愣愣望向那个一眼就让自己动心的红衣女子。若是她没有书院弟子的身份就好了。

他保持那个姿势，与那青衫客笑问道："怎的，不过是看了几眼，你就要打打杀杀？你谁啊？"

陈平安笑眯眯转过头。

那人抬起一只手，轻轻拍拍自己的脖子，以心声大笑道："来来来，往这里丢张符箓，当我诚心求你，如何？"

不知天高地厚的外乡佬，不过是认识桂夫人、顾清崧，至多在周礼、贺小凉跟前勉强能够说上句话，真以为可以在中土神洲横着走了？

李宝瓶问道："小师叔，咋了？"

陈平安放下手中鱼竿，笑道："有人求我打他，差点被他吓死。"

没被文海周密算计死，没被剑修龙君砍死，不承想在这边碰到绝顶高手了。

李宝瓶眨了眨眼睛："吃砒霜长大的啊。"

陈平安笑着没说话。

跟李宝瓶说这些言语都没用心声，所以两拨人都听见了。

那簪花男子嗤笑一声，伸了个懒腰。

然后一道救人的飞剑被一袭青衫双手夹住，随手丢入水中，一道拦阻术法被那一袭青衫伸手一抓，在掌心聚拢成一团。至于那个簪花男子，被出现在身后的青衫客伸手拽住脖子，高高提起，使劲丢出，后者身形快如雷奔，直接去往大河对岸，一路翻滚打水漂。

一袭青衫更是神出鬼没，缩地山河却毫无气机涟漪，瞬间出现在对岸，一脚踩中簪花男子的脖子，再一踹，又是打水漂，返回原位，竟是丝毫不差。

那位玉璞境老剑仙是皑皑洲密云谢氏的客卿，而那簪花的可怜虫，是和他完全不沾边的另外一拨人，老人更不认识，他原本大可以事不关己高高挂起，只是他率先察觉到事情不对劲，想着帮着拦上一拦，免得年轻人气性大，动手没个轻重，一旦闹出人命，在这文庙附近可不是什么小事。而这位老剑仙的那道飞剑，本想着既能打消一场风波，也能顺手赚取一份山上的香火情，不承想飞剑才祭出，就觉不妙，果不其然，直接被那青衫客双指并拢，随随便便丢入河中，被本命飞剑气机牵引心神，他差点就是一个道心不稳，不过对方出手极有分寸，其实是留了很大的台阶给他的，算很厚道了。不然一位玉璞境剑仙率先出剑，不是问剑是什么？

剑修没有那么多的弯弯绕绕。

幸好对方不是剑修。

所以这会儿当那个驻颜有术的"前辈"双手笼袖，笑望向自己，老玉璞立即起身抱拳致歉道："不小心冒犯前辈了。"

老剑仙还是有些憋屈，气不顺。老子搁年轻那会儿，遇到这类事情，哪怕境界不够，技不如人又如何？问剑就问剑了，先砍了再说，怕什么。

陈平安笑道："是前辈多想了，没有什么冒犯不冒犯的。听说前辈与蒲禾是好友，年轻时也曾去过异乡出剑。"

老剑修呆若木鸡，随即恍然，刹那之间，神色激动，抱拳朗声道："流霞洲剑修见过隐官！"

老人都没好意思报上自己的名字。

因为年轻时候去剑气长城，只是个喝酒说话都不敢大声的金丹境，杀妖寥寥，不值一提。

本来也没什么，境界不够，不算丢人。但是好死不死，摊上了个嘴上缺德的朋友，老友蒲禾前些年返乡，跌了境，好家伙，都是破烂元婴境了，反而开始鼻孔朝天了，见着他，口口声声："你就是个废物啊，老东西这么没用，去了剑气长城，都没资格蹲在酒铺路边喝酒啊……""你知不知道我与那最后一任隐官是什么关系，忘年交，兄弟二人联手坐庄，杀遍剑气长城，所以在那边的一座酒铺，就老子一人喝酒可以赊账，信不信由你，反正你是个孬种废物，与你说话，还是看在酒不错的分儿上……"把老人气了个半死。

老剑修突然冷不丁来了一句："隐官，我来砍死他？我麻溜儿跑路就是了。"

陈平安无言以对。不愧是去过剑气长城的剑修。

如今的陈平安，其实还不知道一件事。浩然天下只要有剑修处，陈平安就永远不是什么文圣一脉的关门弟子，也不是什么宝瓶洲落魄山的山主，他只会是剑气长城的隐官，永远不缺酒喝。

第三章
仙人术法

老剑修有些摸不着头脑了，疑惑道："隐官大人，这是作甚？"

因为眼前这位玉树临风的隐官大人，不知何时悄然掐上乘剑诀，在两人身边画出了一圈金色剑气，分明是隔绝了小天地，防止对话被旁人偷听了去。

仅是这一手炉火纯青的剑术神通，隐官如果不是仙人境，老剑修打死都不信。

是隐官暂时不想泄露身份？有这必要吗？只不过老剑修也不愿对隐官大人指手画脚。

陈平安说道："前辈的好意心领了。这桩风波，我自己摆平就是了。"

转头看了眼躺在地上睡觉的簪花郎，竹篾的境界，纸糊的体魄，不是一般的绣花枕头，多半又是个靠宗门招牌、祖师名号走江湖的年轻俊彦。

如果打了小的来了老的，等下再跑来个兴师问罪的老祖师，对方愿意讲理，就好好聊，不愿意，那就多出三两拳而已。若万一是飞升境大修士，就与师兄打声招呼好了，反正距离文庙不远。不过不出意外的话，李槐和他身边那位飞升境扈从，估计很快就会赶到鸳鸯渚。

老剑修听着那个"前辈"的称呼，浑身不自在，比蒲禾的一口一个"废物"，更让他觉得不得劲，实在别扭。

隐官大人言语太客气，客气生疏，那就是见外，没把他当自己人，这怎么行，眼前可是千载难逢的大好机会，再不能失之交臂了，不然回了家乡流霞洲，还怎么从蒲禾那边扳回一城？老剑修这会儿可是连回了流霞洲如何与蒲禾吹牛都想好了的。

老剑修误以为是年轻隐官不愿自己蹚浑水,哂然笑道:"不管这小子姓啥名啥,能来这儿,肯定是有些背景的。隐官只管放心,我只会暗戳戳给上一剑,不会当真一剑砍掉他的脑袋。"

陈平安有些无奈,敢情前辈你一样不清楚这个簪花客的名字和根脚?

陈平安当然不希望这位与密云谢氏关系密切的老剑修莫名其妙卷入这场风波,没有必要。

老剑修见年轻隐官不说话,就觉得自己猜中了对方心思,对方多半在担心自己做事没章法,手法稚嫩,会不小心留下个烂摊子。老人斜瞥一眼地上那个花里胡哨的年轻人,奇了怪哉,真是个越看越欠揍的主儿,老剑修越发思路清晰,剑心从未如此澄澈,将心中盘算与那年轻隐官娓娓道来:"只要被我戳上一剑,剑气在这小兔崽子的几处本命窍穴盘桓不去,今儿再拖延个一时半刻,保管事后仙人难救。我这就赶紧撤出文庙地界,立即赶回流霞洲躲几年,乘坐渡船离开之前,会找个山上朋友帮忙捎话,就说我早就看这小子不爽了。所以隐官方才出手,哪里是伤人,其实是为救人,尤其那次出脚,是帮忙打消剑气的吊命之举。总之保证绝不让隐官大人沾上半点屎尿屁,咱们是剑修嘛,没几笔山上恩怨缠身,出门找朋友喝酒,都不好意思自称剑修。"

山上四大难缠鬼,剑修是当之无愧的第一。而且不是没有理由的,天大地大,剑修在哪里都混得开,此处不留爷自有留爷处。哪怕处处不留爷,身为剑修,那就一人仗剑,足可屹立天地间。

比如宝瓶洲,李抟景就曾一人力压正阳山数百年,李抟景在世时的那座风雷园,不是宗门胜似宗门。

陈平安少年时所见的剑修刘灞桥,最深印象,除了痴情之外,就是刘灞桥身上的那种昂扬风采。好像天底下除了情关之外,就再没有难过的关隘。

还有风雪庙魏晋,与北俱芦洲天君谢实,先后主动问剑两场,第二场更是潇洒仗剑,跨洲远游。

当年在倒悬山春幡斋,第一次召集跨洲渡船管事,扶摇洲谢稚、金甲洲宋聘、流霞洲蒲禾、皑皑洲谢松花,得了避暑行宫的授意,分别现身,与同乡人面谈一番,行事风格如何,无一例外,都很雷厉风行,毫不拖泥带水。尤其是那蒲禾,不是野修,路数却比野修还要野,不但直接将密缎渡船的一位元婴境管事丢出了宅子,返乡之后,意犹未尽,还找到了渡船所在的云林秘府的老祖师李训。身为宗门客卿的剑仙冷然,当然不愿与蒲禾问剑一场,碍于职责,本想打圆场,结果司徒积玉得到蒲禾的飞剑传信,御剑而至。到最后,李训虽在自家地盘,明明人多势众,也只得与那已跌境为元婴境的剑修蒲禾道歉了事。

这些,都是剑修作为。问剑一方,被问剑一方,双方都觉得是天经地义的道理。

　　陈平安是在剑气长城成为的剑修，甚至在潜意识当中，好像那个剑修身份的陈平安，还一直留在那边，久久未归。

　　直到遇到老剑修之后，陈平安才记起，浩然剑修，尤其是跻身剑仙之后，其实很会讲道理，只是道理往往都不寻常，就像老剑修今天这样。不管三七二十一，可以不问对手出身，先砍了再说。

　　老剑修也好，好友蒲禾也罢，无论有什么世俗身份，都要为"剑修"二字靠边站。

　　而在陈平安心目中，天下剑修无非分三种：剑气长城、北俱芦洲、其他剑修。

　　如果只说浩然天下的剑修，则只分两种：去过剑气长城的和没有去过的。

　　陈平安笑着摇头道："真不用。"

　　老剑修没机会砍人，明显有些失落："那我就听隐官的，算这小崽子烧高香了。"

　　这位跟随密云谢氏来此游历的流霞洲老剑修，名叫于樾，实打实的玉璞境瓶颈，是一位老玉璞了。

　　于樾拥有两把本命飞剑，分别名为惊鸟和百花。他曾经与一位皑皑洲老仙人境厮杀过一场，两把飞剑齐出，声势极大，有那"一鸟飞电抹，百花满江河""剑气冲而南斗平"的美誉。先前祭出的飞剑，不出意外，是那把以风驰电掣著称两洲山上的飞剑惊鸟。

　　于樾最近两百年担任皑皑洲密云谢氏客卿，还是首席。

　　在浩然天下，剑修宗门之外，山上宗门仙府，山下王朝豪阀，都以拥有一两位剑仙供奉、客卿为荣。尤其是最缺剑仙的皑皑洲，风气最盛。

　　刘氏前几年竭力邀请谢松花担任客卿，就是最好的例子。皑皑洲刘氏自然不缺顶尖战力，供奉一大堆，就连止境武夫沛阿香的供奉名次都不高，何况刘聚宝本身修为就深不见底，是与火龙真人、陈淳安一样，寥寥无几能入中土神洲眼的别洲大修士。

　　陈平安收起了学自崔东山的那座剑阵。

　　两拨钓客，境界都不高，所以陈平安跟老剑修的对话，都未曾听见，而且两人身处剑阵之内，所以景象模糊，外人见不真切。

　　于樾由衷赞叹道："隐官这一手剑术，抖搂得真是漂亮，让人无话可说。"

　　陈平安都没好意思接话。

　　学到了。一个所谓的无话可说，似乎就是最好的留白。

　　避暑行宫那边，对外乡剑修都有详略各异的记载。于樾这位当年还很年轻的老剑修，在剑气长城档案上边就属于很粗略的那种。

　　是上一辈隐官一脉剑仙洛衫的潦草字迹："流霞洲于樾，金丹境修士，飞剑两把，花、鸟什么，品秩尚可，战功忽略不计。"

　　老剑修于樾除外，对于两边的外人而言，这场变故，确实意外。

　　事出突然，从那一袭青衫毫无征兆地出手伤人，到密云谢氏客卿玉璞境老剑仙祭出飞剑救人不成，收回飞剑，再起身言语，不过几个眨眼工夫，那位出身中土宗门的簪花俊公子就已经奄奄一息躺在地上，所幸头顶所簪那朵出自百花福地的梅花依旧娇艳，并无半点折损。而于樾不知怎的，好像还与那容貌年轻却脾气极差的"高人"聊上了？虽然不知聊了什么，但看于樾又是抱拳又是笑脸，遇上某位游戏人间的山上前辈了？

那个斜卧饮酒喜欢吟诗的谢氏贵公子悚然挺身而坐，使劲拍打膝盖，大声疾呼道："突兀而起，仙乎？仙乎！"

修士境界高不高，是一回事，打架好不好看，是另外一回事。术法神通，行云流水，身姿缥缈，写意通神，才是真本领。换一种说法，就是这位出身密云谢氏的豪阀公孙，喜欢漂亮的出手，好看第一，得有仙家气度，风流沛然。比如自家那位首席客卿、剑仙于樾的倾力出剑，就很得人心。

于樾神色尴尬，继续以心声与年轻隐官说道："隐官别理睬这小子，缺心眼不假，心不坏的。"

陈平安笑道："看得出来。"

毕竟是喜欢打油诗的同道中人。

于樾这边，主要是三个豪阀姓氏，相对还比较安静，选择作壁上观的意图比较明显。

只有邵元王朝的仙霞朱氏，那位不知道与朱枚是什么关系的年轻女子，比较没心没肺，依旧没有选择以心声言语，直接开口与那谢氏公子笑问道："看得出什么境界吗？"

男子笑呵呵道："看得出不是下五境练气士。"

女子妩媚白眼，继而转头望向那位青衫男子，有些好奇，九真仙馆那个可怜虫，好歹是位保命功夫极好的金丹境修士，还是观主嫡传、心爱弟子，怎么落得跟小鸡崽儿差不多下场，任人拿捏？

中土神洲这边天才辈出，年轻人一个一个心比天高。至于山上各家的老祖师，其实不太介意同龄人之间的斗殴，可如果是年龄悬殊，有人仗着岁数积攒出来的境界，老人欺负晚辈，就很犯忌讳了。她怎么看，都觉得那个瞧着年轻、出手狠辣的青衫客，年纪不会小，至于到底几百岁，就不好猜了。一个能够与老玉璞境于樾"眉来眼去"的家伙，两三百岁的年轻元婴境剑仙，还是一位五百岁往上走、只是面相年轻的玉璞境老剑仙？

荷花城那位能够紧随于樾出手相救的年轻修士，尤为神情凝重。

山上随便蹚浑水，其实后患无穷。早知道对方能够无视于樾的飞剑惊鸟，他方才绝对不会贸然出手。

可是金甲洲荷花城与中土大雍王朝的九真仙馆世代交好，商贸更是往来频繁，于情于理，都该出手。

以往双方是平起平坐的关系，可金甲洲一役，荷花城虽然艰难保住山头不失，但是元气大伤,损失惨重,以至于自家城主都不得不打破誓言,首次离开荷花城,跨洲远游中土神洲,主动找到了那个她原本发誓此生再不相见的涿鹿宋子。

出身眉山剑宗的年轻女子剑修,一手攥住腰间抄手砚,一手掐剑诀,与一众好友以心声言语道:"是位深藏不露的剑修,方才对方隔绝天地的手笔,极有可能是谪仙山柳剑仙最拿手的雷池剑阵。先前那一手符箓术法,是此人的障眼法。"

那个肩头趴着一只吐宝小貂的梅花庵仙子有些花容失色,忍不住颤声道:"要不要我开启镜花水月,免得此人出手无忌,随便出剑杀人?"

荷花城男子叹了口气:"千万别去火上浇油,我们只能静观其变。忘了吗?剑仙杀人,是最不讲究什么规矩忌讳的。"

梅花庵的女修轻声道:"这是文庙附近,剑仙也不敢随便杀人吧。"

那男子无奈,只好耐心解释道:"剑仙飞剑,当然可以一剑斩人头颅,但是也可以不去追求立竿见影的效果啊,随便留下几缕剑气,隐匿在修士经脉当中,看似轻伤,其实是那断去修士长生桥的凶狠手段。而且剑气一旦渗入魂魄当中,只是搅乱些许,即便长生桥没断,还谈什么修道前程。"

眉山剑宗的那位金丹境剑修点头道:"确实很像仙人柳洲的剑阵。"

柳洲擅长以飞剑金穗画雷池禁地,练气士身处其中,就会被剑气天地压胜。练气士对上境界相当的剑修,本就已经万分吃力,再有阵法禁制,此消彼长,更是雪上加霜。

难道这位"年轻"剑仙,与那喜好弈棋的仙人柳洲,师出同门,或是谪仙山某位不太喜欢抛头露面的老祖师?果真如此,那一切就都说得通了。

众人诸多细微处的神色变化,陈平安都一一记下了。

很多时候,一个人眼睛里、脸上的细微处,那些未说之话,反而比开口所说言语更接近真相。

陈平安瞥了眼远处一位相貌清癯的老者,好像是流霞洲渝州丘氏的客卿,坐在两位年轻人旁边,先前一直在欣赏鸳鸯渚风景,手边有一个打开的木盒,里面装满了不同样式的刻刀,他没有垂钓,始终在雕琢玉石,山水薄意的路数。在陈平安以剑气造就一座金色雷池小天地后,其余修士无论是术法还是心意,一触剑气即溃散,一个个知难而退,只有这位老者能够触及雷池剑阵而不退,手腕一拧,刻刀微动,有那抽丝剥茧的迹象,只不过老人在犹有余力的前提下,很快就中途放弃了这个"问剑"举动。

此刻察觉到陈平安的打量视线,老人微微一笑,以心声歉意道:"方才破阵举动,是习惯使然,恳请剑仙不要多心,事后我以这枚即将完工的山水薄意随形章作为赔罪。"

陈平安以心声答道:"无功不受禄,先生也无须多想,山水相逢一场,人情薄意轻雕琢,点到即止是佳处。"

行走山上,其实很多时候,都不用退一步,可能只需要有人主动侧个身,独木桥就会变成阳关道。

老人微微讶异，点头笑道："不承想剑仙前辈也是金石行家，幸会。在下林清，师从杨璇。"

陈平安眼睛一亮，立即改变主意，说道："林先生的那枚随形章，我就笑纳了。"

不曾听说林清，但是对杨璇这个名字，陈平安却是如雷贯耳。杨璇出身老坑福地，喜欢在得意作品上落款一个"璇"字，价值千金。

杨璇之于符箓于玄宗门辖下的那座老坑福地，就像担任姜氏样式房掌案的曹家之于云窟福地，都属于相互成就。

营造世家的样式曹，一代代人打造出了云窟福地十八景。杨璇则仅凭一己之力，就让老坑福地的几种独有玉石成为浩然天下文房清供的必备之一。

一座山头的创建，靠开山祖师的修为、境界、人脉。一座宗门的真正底蕴，则还要看拥有几个杨璇、样式曹这样的聚宝盆。

自家落魄山，如今就已经有了一个半。莲藕福地的狐国之主沛湘，暂时还只能算半个。至于那"一个"，当然是身负神通的掌律长命了。

陈平安主动说道："如果有机会的话，希望能够拜会杨师，厚颜登门，好讨要几件玉山子，以镇家宅风水。"

在倒悬山灵芝斋购买的那本神仙书上，陈平安就曾见识到有关杨璇的记载，文字篇幅当然不多，可是对于一位工匠而言，已经是一桩莫大荣誉。

在那部讲述浩然天下风土概况的《山海志》上，有句"杨璇刻狐钮印，项上微紫，无上神品"，让人神往。书上还以仙家术法拓印了杨璇最出名的一件小型玉山子，有那十八洞天的称号。

玉山子正是杨璇最拿手的薄意雕工，雕刻有一幅溪山行旅图，天高云疏，隐士骑驴，挑夫尾随，山高处又有阁楼掩映青翠间，细看之下，檐下走马的铭文，都字字纤毫毕现，楼中更有美人凭栏，手持纨扇，扇面绘仕女，仕女对镜梳妆，镜中有月，月有广寒宫，广寒宫中犹有神女捣练……层层递进，别有洞天，可谓穷尽幽微之工。

说实话，只要是杨璇的真品，价格再高，转手一卖，都是大赚。所以山上修士，缺的不是钱，缺的是与杨璇面对面谈买卖的山上门路。

那位即将合道星河、跻身十四境的符箓于玄，号称一祖山三下宗，辖下有一座上等福地、一座小洞天和两座中等福地，财源广进的老坑福地，不过是其中之一。杨璇此人，虽然只是匠人出身，元婴境境界，据说却深得于玄器重，谁敢与杨璇强买强卖？一不小心就要符箓吃饱的。

同样是棋待诏国手，棋力也分强弱手。那么同样是飞升境，更分强弱。

符箓于玄、龙虎山大天师、火龙真人，都是公认的老飞升境，既说年纪大，更说飞升

第三章　仙人术法

境底蕴的深不见底。

林清闻言，心中极为惊讶，仍是笑着点头，答应下来。

老人作为渝州丘氏的客卿，立即以心声言语提醒那两位"平生重意气"的丘氏子弟："神功、玄绩，不要轻举妄动，此人绝非什么悖逆狂徒，说不定是与九真仙馆有宿怨之辈，总之我们远观即可，切记莫要随便言语。"

老先生想了想，又补了一句："这位不知真实岁数的剑仙，对我恩师颇为仰慕，观其气度，多半与两位公子一样，是华门世族子弟出身，所以完全没有必要为了一个口碑平平的九真仙馆，与此人交恶。"

于樾问了谢家小子几句，破例当了一回耳报神，立即与年轻隐官说道："地上这家伙，叫李青竹，喜欢吃螃蟹，所以得了个李百蟹的绰号，是九真仙馆主人云秒的嫡传弟子之一。李青竹修行资质一般，就是会来事，和他师父大概是王八对绿豆，所以深得云秒喜爱，云秒待他跟亲儿子差不多。上梁不正下梁歪。"

陈平安点点头，笑道："有数了。"

陈平安轻轻一脚踹在簪花客李青竹脑袋上，笑道："醒醒，天还没黑，别睡了。"

打了两次水漂的李青竹缓缓睁眼醒来，见着了神出鬼没的青衫客，脸色惨白，依旧躺着，却手脚并用，后移了数步。

委实是这位中土神洲的天之骄子，担心自己刚一个起身就又要躺下，既然如此，不如一直躺着，说不定还可以少遭罪。

哟，还挺会演戏。

陈平安一眼就看穿了李青竹袖中的动作，是以独门秘法搬救兵去了。

假装没瞧见，根本不拦着。因为陈平安想要看一看对方接下来的表情。

一肚子坏水晃荡来晃荡去，归根结底，得有一颗坏胆撑起那份胆识。当一颗坏胆被彻底碾碎了，变成满是苦水，坏人就会老实很多。

既然已经传信给传道恩师，肯定就是万事大吉了，所以李青竹就坐起了身。

李青竹很快就恢复了神色，风采依旧，犹有闲情逸致扶了扶发髻上所簪的那枝梅花。他理了理衣襟，自己受伤不轻，处处气府灵气乱如麻，光是养伤、调理，恐怕就要耗钱又费力，没有三两年根本别想痊愈，眼前这厮，真是可恨至极！

李青竹仍是微笑道："今日受辱，必有厚报。"

陈平安伸出手，笑眯眯道："拿来。"

来自九真仙馆的馆主嫡传李青竹有些疑惑不解。

陈平安笑道："谈钱伤感情，咱俩可没啥交情可伤的，赶紧把钱拿来啊。识趣掏出买路财，很多时候就是买命钱。"

李青竹眼神炙热，大笑道："买命钱?！那你知不知道我师父，如今就在鸳鸯渚！我怕你有命拿,没命花。"

李青竹胆气十足,缓缓起身后,一只手拍了拍身上的尘土,伸出另外那只手:"拿来。轮到你了。"

陈平安笑道:"簪花没什么,头戴梅花,就有些不妥了,容易走霉运。"

李青竹微笑道:"很好,这话说得有学问了,我一定帮你跟那位花神娘娘捎话。"

陈平安点点头:"看来还是没长记性,管不住嘴。记得说到做到,事后去跟那位命主花神转述这句话。"

李青竹这会儿真是天王老子来了都不怕,自己本就占理,说破天去也是这个家伙肆意伤人。

山上论心不论迹? 你以为自己是谁? 礼圣吗?!

不过是一个顾清崧眼中的小娃儿,真有本事,你怎么不去与火龙真人套近乎? 不去与那大剑仙左右称兄道弟?!

李青竹转头看了眼红衣女子李宝瓶,再收回视线,咧嘴一笑。怎的,老子又看了一眼,有本事再来啊? 这会儿,鸳鸯渚那边定然有不少高人都在关注此地,求你继续在众目睽睽之下行凶。

陈平安以心声与之笑道:你知不知道,云杪在鸳鸯渚岸边,等我再次出手,他才会现身此地? 所以只要我站着不动,陪着你闲聊下去,你就只能一直杵在这里,丢人现眼。你说你现在说任何话、做任何事,意义何在?

"你再好好想一想,就算等下云杪帮你找回了场子,又怎样? 李百蟹在鸳鸯渚横行一事,还不一样是一桩值得大书特书的山水奇谈? 等到文庙山水邸报解禁,会不会传遍中土神洲? 我看会。

"还有,青竹兄你有没有发现,你爱慕的那位眉山剑宗女剑修,从今天起,与你算是渐行渐远了? 甚至连原先爱慕你的那位梅花庵仙子,这会儿看你的眼神都变味了? 又或者,你那师父云杪,以后回了九真仙馆,每次瞧见你这个得意弟子,都会难免记起鸳鸯渚打水漂的美景?"

李青竹脸色铁青。

只见陈平安又开始笑着言语:"你猜猜看,我跟你这些言语,是以心声与你一人说的,还是所有人都听到了?

"青竹兄啊青竹兄,你以为我让你先后两次打水漂,图个什么,自然是帮你扬名文庙啊,顾清崧在泮水县城一役过后,估计就数你最风光了。

"其实没事,名声算什么,修道之人,山中无寒暑,几十年不下山很正常。再说了,你那些只会傻乎乎修行的师兄师姐师弟师妹,在山上肯定会安慰你几句的。

"你看看,一座九真仙馆,山里山外,从恩师到同门。我都帮你考虑到了。我连在山水邸报上帮你取两个绰号都想好了,一个李水漂,一个李斜眼。所以你好意思问我要钱? 不得你给我钱,作为感谢的报酬?"

李青竹脸色雪白,嘴唇颤抖。

这一次他再没有斜眼看李宝瓶的胆识了,甚至都没有跟眼前青衫客陈平安撂狠话的心气了。

这些言语,就像剑修某一剑递出,却持续问剑十年百年。

因为真正的出剑人,恰恰是李青竹身边所有熟悉之人。隔三岔五地,就会有人帮着陈平安递剑和问剑。

"逗你玩,真心没什么意思。"陈平安又一脚,直接将那家伙再次踹入水中,这一次,力道可不轻,李青竹如一根筷子倾斜插入水中,直接撞入河床底部:"去喊你家长辈过来。"

再领教一下九真仙馆的门风。不是真正钓客,难解此语妙处。

若是上岸的鱼儿太小,钓起也会放掉,多半会来上这么一句,与那"打窝水面涨三尺"一样脍炙人口。

陈平安揉了揉下巴:"真不是一般的头硬,这都没脑袋开瓢。"

李宝瓶看了眼远处水中央的鸳鸯渚,小声问道:"小师叔?"

她察觉到了那边的异象。她的意思是需不需要喊她大哥过来帮忙。

陈平安转头笑道:"小事。"

陈平安的意思更简单,小事其实就是没事。有小师叔在,足够了。

鸳鸯渚那边,有一人脸色不悦,得到嫡传弟子的传信求救后,仙人云杪真身始终双手负后站在水边,却施展了掌观山河神通,遥遥看着河边的一袭青衫。

云杪这位九真仙馆主人,见到那人竟敢在自己眼皮子底下故意再次伤人,怒喝一声,"贼子大胆"四字言语如江上震雷,他随之显现出一尊法相,身穿一袭雪白法袍,拖曳而出,如白虹贯日,气势凌人,转瞬之间就飞掠到了河水上方,俯瞰河边众人。

云杪法相居高临下,气势威严,沉声道:"小子何人,胆敢在文庙重地,不问青红皂白,胡乱伤人?!"

他显然没有参加任何一场文庙议事,不然也不会撂下一句"小子何人"了。

于樾还真就不乐意了。

老子是玉璞境剑修,不砍个仙人,难道砍那玉璞境练气士不成? 欺负人不是?

不认得那个漂在水里享福的小兔崽子,可这位一现身就威风八面的中土仙人,于樾还真不陌生,事实上浩然天下的山顶修士,即飞升境和仙人境修士,再加上玉璞境的剑仙,大多相互间都不陌生,或是凭借那些山水邸报,只要对方没有施展障眼法,就都能一眼认得出。比如这位白衣仙人,名为云杪,道号绿霞,他还有一位道侣,据说刚刚跻身仙人境，一座山头道侣双仙人，所以最近几年九真仙馆气焰高涨。

陈平安以心声劝阻于樾："前辈先别出剑。"

有些不适应。如果是在剑气长城那边，剑修早就开始喝彩吹口哨了，帮忙出剑？看戏都来不及，耽误喝酒。

于樾立即收敛一身剑气："隐官做主，我先看着。不过等会儿需要出剑，千万别客气，与我知会一声，或者丢个眼神就成。"

陈平安双手笼袖，抬头笑道："姓吴，名叠。咱们不熟，你直呼姓名就是。"

不是这位仙人境脾气好，而是山上打架，必须先有个道德大义，才好下死手。

云杪的仙人法相大手一探，就要将那只落汤鸡先捞取在手。

陈平安冷笑道："问过我答应没有？"

陈平安双指并拢作剑诀，施展指剑术，一道剑光凭空出现，一斩而下，将云杪法相的手臂，连同鸳鸯渚河水一并斩断。

云杪有些措手不及，那道剑光又过于迅猛，所幸自己仙人法相的那只莹白如玉的手臂连同法袍雪白大袖，很快恢复如常。

陈平安笑着以心声与河边众人言语一句。

云杪的仙人法相冷笑道："我这弟子，有何逾越举动？需要让你出手如此之重？伤他五脏六腑，殃及六处本命窍穴？！两次出手，差点就要打断他的长生桥，哪家的剑修，胆敢如此暴虐行事？！"

河边众人，神色古怪。哪怕是那位眉山剑宗的年轻女修，还有那个先前还战战兢兢的梅花庵仙子，此刻都觉得有些想笑，只是辛苦忍住，绝不能流露出来。

因为在九真仙馆云杪仙人开口之前，那个青衫剑仙好像未卜先知，说了一番言语，说咱们这位仙人，挨了一剑，觉得碰到扎手的硬点子了，肯定先要为弟子倒苦水，好拉拢鸳鸯渚那帮山巅看客，再问一问我的祖师传承、山头道脉，才好决定是武斗还是文斗。

于樾感慨万分，被蒲老儿盛赞不已的隐官大人，果然名不虚传。

云杪察觉到河边众人的异样，只是没有多想，也由不得他分心。他的仙人法相一手掐符箓道诀，一手掐兵家法诀，席卷河水，化作一条青色蛟龙，撞向河边那一袭青衫，而河水上游，出现了一尊半降真半显圣的金身神将，踏波而行。

陈平安一步跨出，来到河心处，剑气倾泻，人如立于一轮雪白圆月中。

一轮明月剑气与一条水龙相撞，罡气激荡不已，河水翻滚，掀起阵阵巨浪，汹涌拍岸，一袭青衫竟犹有余力照顾岸边，轻轻晃动一只袖口，抖擞出一条符箓溪涧，在岸边一线排开，如武卒列阵，将那些浪头悉数打碎。那位神将手持一杆长枪，拖曳出极长的金色光线，流莹长达七八十丈，长枪破开那轮剑气明月，青衫客却抬起手臂，双指并拢，轻轻抵住枪尖。

仙人法相抬起一手，竟是水中起火龙，数条火龙飞旋在水面上，远远环绕那一袭青衫，打造出一座炼丹炉的独门阵法，真火烹炼，河水沸腾，云雾升空。又一掌抬升再反掌落下，天地间出现一把青铜圆镜，光耀四方，将青衫客笼罩其中。

仙人云杪再祭出一件本命法宝，法相手持一支巨大的白玉灵芝，重重砸向河中那个青衫客。

仙人手段，层出不穷，打得很是风生水起。

至于那个好像落了下风，只有招架之力的年轻剑仙，就只是守着一亩三分地，乖乖消受那些令看客倍感眼花缭乱的仙人神通。

鸳鸯渚水边，大修士聚集，越来越多，已经不止双手之数，都是看云杪老祖跟人斗法的热闹来了。

大雍王朝有举国簪花的习俗，故而与百花福地关系极好。位于大雍王朝的九真仙馆，虽然如今是涿鹿宋氏的附庸，可历史上最为鼎盛的时期，曾是中土神洲的一流仙家势力，在那段九真仙馆最为光宗耀祖的峥嵘岁月里，涿鹿宋氏都会派遣家族子弟去九真仙馆修行。

五位同时在世的自家祖师爷，加上其余四位供奉、客卿，九真仙馆曾同时拥有九位上五境修士，当时其中一位老祖师还是飞升境。可惜未能百尺竿头更进一步，遗憾大道消亡。

祖上阔过，如今倒也算不得家道败落，两位仙人境，加上供奉、客卿，也有五位上五境修士。

九真仙馆的法统道脉比较驳杂，符箓派道人、剑修、兵家修士、纯粹武夫，都有不同的传承，可以让门内弟子选择修行道路。

祖师云杪的那位道侣，拥有一块煞气浓郁、布满蛮风瘴雨的破碎小洞天秘境，擅长捉鬼养鬼。

流霞洲仙人境芹藻的师姐葱茜一直在参加议事，尚未返回，所以芹藻就一直在闲逛。

芹藻疑惑道："哪里冒出来的剑仙？严老儿，你认得此人？"

芹藻身边是邵元王朝的大修士严格，此人名气极大，不单单因为他是一位仙人境，更因为某些山水邸报的推波助澜，什么"有酒必到严狗腿"，还有"蹭酒神通飞升境，打架功夫小地仙"，恶心人不偿命。

严格摇头道："面生。"

一旁有相熟修士忍不住问道："一位剑仙的体魄，至于这么坚韧吗？"

严格皱眉道："总不至于剑仙之外，还是位远游境或是山巅境武夫。"

芹藻撇撇嘴："要么是位隐世不出的仙人境剑修，不然讲不通道理。"

一位百花福地的命主花神面带愁容,她心中有些埋怨那个九真仙馆的年轻修士,这类山上恩怨,各凭本事就是了,扯上她做什么呢。而且不知为何,这位花神娘娘,总觉得那位青衫客与她有几分大道相亲。这就更没道理了,这种冥冥之中的玄妙牵引,一般情况,只会出现在她与自家的花神客卿身上。难不成那个年轻剑仙,心中有那足可青史留名的咏梅诗篇?

芹藻说道:"我怎么觉得有些不对劲?"

严格点点头:"那剑仙,好像在……"

一旁修士接话道:"遛鱼?"

于樾半点不担心年轻隐官的安危。

开玩笑吗?剑气长城是什么地方?需要他一个玉璞境剑修,担心剑气长城的隐官?

这位流霞洲老剑修,与蒲禾是故交好友,而且是关系极好的那种莫逆之交。不然于樾好歹是位玉璞境剑修,也不可能好心请人喝酒不说,还要硬着头皮挨顿骂,而且不还嘴。

很多年前,久到像是上辈子的事情了,于樾去剑气长城历练之时,还是个金丹境剑修,在那边待了三年,参加过一次大战。

剑气长城的剑仙,路上、战场上,见过不少,可是酒桌上,一个都没碰过杯,因为没机会与剑仙同桌喝酒。

毕竟以前的剑气长城,不成文的酒桌规矩其实不少,境界不高、战功不够的,哪怕与剑仙在一处喝酒,自己都没脸凑近酒桌。晚辈向前辈剑修敬酒?剑气长城从来没这个风俗。尤其是历练年月不久的外乡剑修,确实很难融入那座剑气长城。于樾那场历练,去时年轻气盛,意气风发,回时心情落寞,意兴阑珊。返回流霞洲后,他都不喜欢提及自己曾经去过剑气长城。反正去了也等于没去,提了作甚?

于樾的好友蒲禾却不一样,是玉璞境去的剑气长城。

蒲禾曾是流霞洲最负盛名的剑仙,因为性情偏激,出剑杀人全凭喜怒,心高气傲,远游剑气长城,是奔着"好教剑气长城知道浩然剑术不低"去的。

结果于樾很快就通过倒悬山猿蹂府,得到了一个令人哭笑不得的消息。说蒲禾在那边惹上了大剑仙米祜,问剑落败,才不得不按照赌约,必须留在那边练剑百年,久久不得返乡。这让流霞洲不少山上修士得以长舒一口气。于樾寄过几封信,好心好意安慰好友,结果蒲禾一封信都没回。

可其实连许多剑气长城的本土剑修都不太清楚此事内幕,蒲禾问剑之人,不是大剑仙米祜,而是那个出了名的"花拳绣腿破飞剑"的……米裕。

不然蒲禾一个玉璞境剑修问剑输给米祜,输给一位堂堂仙人境的巅峰剑修候补,有什么可丢人的,蒲禾哪里会难以释怀,要在剑气长城那边练剑一百年? 以米祐的作风,本就高出蒲禾一境,根本不会答应这种胜负毫无悬念的问剑,更不会为难一个小小玉璞境,什么待在剑气长城百年,其实就是看戏罢了。

蒲禾私底下抱怨不已,都是阿良,骗老子说在剑气长城这边,就数米裕这个玉璞境最为废物,说他从元婴境闭关破境跻身玉璞境,太坎坷,跌跌撞撞,耗费光阴无数,在剑气长城就是个天大的笑话,所以你去与米裕问剑,十拿九稳。

等到一场问剑落幕,蒲禾被米裕砍了个半死,被背去了孙巨源府上,在那边躺床上养伤,阿良还有脸拎酒来问候,长吁短叹,伤心不已。蒲禾当时就问他怎么回事,说好的十拿九稳?!结果阿良一脸无辜,反过来倒打一耙:"我是说了十拿九稳,可那是说你输啊,没有说你赢得十拿九稳啊。蒲老兄,你误会了啊。剑气长城的废物玉璞境,搁你家乡,那也是注定同境无敌的剑修啊。"

最后阿良一拍脑袋,后知后觉记起一事,顺便与蒲禾提了一嘴,说米裕那家伙早年在金丹境、元婴境这地仙两境之时,出剑很凶残的,凭本事赢得了一个"米拦腰"的绰号。为啥?喜欢一剑砍去,将妖族拦腰斩断嘛。

靠着那场只有上五境才有资格押注的坐庄,阿良赢了不少酒水钱。因为阿良帮着蒲禾扬名,说这家伙,剑术厉害啊,是流霞洲不世出的剑道天才,资质太好了,打遍一洲无敌手,板上钉钉的大剑仙,打个米祐,都有一战之力,问剑米裕,大材小用了。

一百年啊。整整百年光阴,蒲禾就得按照与米裕的赌约,交待在剑气长城。

蒲禾有一点好,愿赌服输不怨人,只埋怨自己剑术太稀烂。

一开始,其实挺让人绝望的,剑气长城比起流霞洲,比鸟不拉屎好不到哪里去,只是后来出剑多了,也就习惯了剑气长城的氛围。

久而久之,很多熟悉的老人先走一步,很多酒桌上不那么熟悉的年轻面孔也匆匆离去,好像剑气长城反而成了熟悉的家乡,遥远的浩然故乡反而渐渐陌生几分。

后来米裕在城头那边被崔东山拐到沟里去,面对左右的近身"问剑",毫无还手之力,米裕是连那出剑还手的念头都没有。

不是米裕太弱,而是左右太强。毕竟连那候补第一人的大剑仙岳青,其实根本不想跟左右打一架,还不是被左右一剑劈出城头,强行问剑一场?

回了家乡,于樾专程找到了蒲禾,问了那次问剑。蒲禾只说那米祐剑术凑合吧。

跌境老人蒲禾最后还没头没脑补了一番言语,说:"那米祐的弟弟,一个叫米裕的玉璞境剑修,其实剑术不差,没外界传闻那般不堪。这家伙是避暑行宫的隐官剑修一脉,我呢,与隐官大人是好兄弟,所以米裕见着我,照理说就要低一个辈分,以后有机会,介绍你们俩认识认识……"

于樾听说过米裕,却不是因为米裕的"剑术不差",而是这位英俊剑仙的风流债无数。

于樾有些猜测,但是被蒲禾一句"没用的废物"骂了个狗血淋头,完全插不上话,就没敢多问。

蒲老儿在流霞洲,实在是积威不小。于樾也怵。

就在于樾忍不住要出剑之时,天上落下两个身形,一个年轻儒士,手持行山杖,身边跟着个黄衣老者的扈从。

李槐和嫩道人,站在李宝瓶身边。

李槐一脸茫然道:"宝瓶,吗呢?"

李宝瓶没好气道:"人来了,眼睛没带来?"

李槐早就习惯了,只当没听见,继续问道:"现在咋个说法,要不要我出马?"

李宝瓶摇摇头:"小师叔不用帮忙。"

李槐冷笑道:"陈平安不用帮忙,是我不出手的理由吗?"

李宝瓶转过头。

李槐立即改口道:"当然是!"

惹谁也别惹李宝瓶嘛。

李槐一边聚音成线与这位旧盟主言语,一边以心声跟身边的嫩道人说道:"咱们如果联手,打不打得过那位……不知道啥境界啥名字的看上去很厉害的白衣服的谁?"

嫩道人痛心疾首道:"公子,你可以随便侮辱我,但是我不许公子侮辱自己啊!"

李槐一头雾水:"怎么讲?"

嫩道人斩钉截铁道:"我作为公子的贴身扈从,打个仙人境,吃饭一样! 公子先前问话,伤人了。"

这个飞升境突然改口道:"不伤人,是伤阿良。"

李槐不计较嫩道人占阿良的便宜,愣了愣,咽了口唾沫:"仙人境?"

嫩道人有些难为情:"那厮境界是低了点。"

李槐试探性问道:"那就干他? 事先说好,行就是行,不行就是不行,你别逞强。"

嫩道人眼神炙热,搓手道:"公子,都是大老爷们,这话问得多余了。"

李大爷发话了,那老子就是有老瞎子罩着了,别说那个花里胡哨给隐官挠痒痒的仙人境,鸳鸯渚那边一大堆,一起上都行。

就在此时,陈平安心声传来,与三人笑道:"你们不用出手。"

嫩道人怒道:"陈平安,你算老几?"

李槐也怒道:"啥玩意儿?"

嫩道人悻悻然闭嘴。

水面之上,陈平安微笑道出二字:"花开。"

吴霜降能学万事万物，陈平安也会。

数百位青衫客，骤然如花开四散，就像一朵青色莲花开在天地间。那一幕确实是美景。

河面上，位于中心处的一袭青衫则消失不见，来到仙人境云杪真身身后，双手攥住他的脖子，轻轻一拧……

鸳鸯渚水边云杪真身被一袭青衫拧断脖颈后，竟是当场身形消散，化作一张写有白金色文字的绛紫色符箓，缓缓飘落。

陈平安伸手将那张替死保命的珍稀符箓捏在指尖，紫白两色，宝光流转，陈平安没有将其收入袖中，而是轻轻抖腕，以武夫罡气将其震碎。

举目四望，暂时不见云杪踪迹。

看来这位中土仙人境，打架本事不大，逃命本事不小。攻伐手段要弱于万瑶宗仙人境韩玉树。

远处河面那处战场，陈平安现学现用自吴霜降的那一道术法"花开"，更多只是形似，神似不过三四分而已，不过陈平安用上了缩地符，所有如莲花绽放的青衫客"花瓣"，其实都是一张缩地符，相当于一座座临时渡口，可供陈平安任意颠倒山水，更换位置。所以当下鸳鸯渚水面之上，七八十位青衫客立在水上，颇为壮观。

一位位年轻剑仙俱是眉眼飞扬，青衫长褂，脚穿布鞋，大袖飘摇，落拓风流。

至于吃了个大闷亏的仙人境云杪，在祭出替身符箓之时，就已经收起了那尊法相，不知藏身何处。不过肯定没有走远。

陈平安先前从一只袖子里边抖搂出的黄纸符箓，都已被拍岸巨浪撞碎，伴随着一张张符箓悉数崩碎，符胆灵光流溢，四处弥漫，丝丝缕缕的灵气好像拉扯出一张渔网，要抓之鱼，正是那位仙人境。

这种以大量符箓广撒网、勘验战场细微处的手段，陈平安在剑气长城战场使用过多次，已经相当娴熟。

陈平安眯起眼，找到了。

心意微动，一道剑光迅猛激射而出，从鸳鸯渚岸边，掠过十数里水路。剑光所指，正是仙人境云杪的真身隐匿处。云杪远离开鸳鸯渚岛屿之后，施展了一门障眼法，只是些许符箓灵气的"绕路"痕迹，泄露了他的踪迹。

一位白衣仙人在河面上现出身形，一手捧白玉灵芝，尽显仙家气度，一手持雪白铜镜。铜镜镜面骤然亮如白日，光芒四射，铜镜前方，一圈圈古镜铭文，被九真仙馆的独门秘法显化为一层层山水禁制，最内一层紫色文字，以"持镜紫清"开篇，以"斩伐百精"收尾，首尾衔接，如蛟龙盘踞，鲜红符文居中，三条火龙飞速旋转，各衔宝珠一枚，最外一圈古镜铭文，是一篇九真仙馆崖刻在山门上的祈雨道诀，一层宝相光晕大如井口。

来自鸳鸯渚的那道剑光笔直一线转瞬即至，仙人云杪高高抬起手臂，心中默念道诀，手持宝镜迎敌。

宝镜第一篇铭文阵法禁制瞬间粉碎，云杪微微皱眉，定睛望去，确是一把本命飞剑，通体雪白。

第二圈的三条火龙依旧疾速飞旋画圆，其中一枚火龙所衔宝珠，砰然出现一丝裂痕。

但是那把飞剑势如破竹的前行之势，在打破第一层山水禁制之后，终于也出现了一丝凝滞，云杪心中微定。

云杪藏身宝镜光亮之后，轻呵一口气，紫烟袅袅，凝为一条五色绳索，宝物异象一闪而逝。这是九真仙馆在山上的立身根本之一，一门"天绳缚鬼神"的祖传神通，更有"捉剑术"的美誉。云杪的传道恩师、那位飞升境祖师能够名动中土，这一门术法立功不小，曾经让不少桀骜不驯的剑仙吃过苦头。

当那把飞剑完全悬停之时，或是对方见机不妙想要撤回之际，云杪就会让这个胆大包天的剑修领教一下飞剑被缉拿，再炼神魂碎剑心的滋味。

云杪总觉得身后那几十个青衫客会碍事，便有一位身穿兵家金乌甲的阴神出窍远游。阴神取走白玉灵芝，转过身去，手持灵芝朝河面轻轻一指，脚下河水滔滔，出现了一幕龙汲水的瑰丽异象，白玉灵芝上随即出现了一道青色痕迹，身披金甲的云杪阴神再用灵芝朝那些青衫客一点，一时间天昏地暗，乌云密布，以云杪阴神为圆心，鸳鸯渚方圆十数里之内，霎时间变得白昼如夜。

水面之上，好似阴兵过境，出现了一支英灵鬼魅齐聚的骑军，皆由水运凝聚而成，披青色甲胄，往下游踏波而去，煞气腾腾，声势如雷。虽是一支水运浓郁的阴兵大军，气象却不显污秽，毕竟九真仙馆是一座久负盛名的仙家宗门，不是那些百无禁忌的邪魔外道。

三条火龙所衔宝珠都已经碎裂，宝镜只剩下最后一层山水阵法，云杪反而不再单手持镜，而是双手负后，显得十分气定神闲，好像笃定那把飞剑已经是强弩之末，破不开这个九真仙馆镇山之宝的仙兵禁制。

白衣仙人，头戴高冠，鬓角飞扬，道骨清奇。只说卖相，确实是极好的。

难怪九真仙馆的练气士会被许多山水邸报誉为山中幽人。由于九真仙馆栽种有许多古梅，山中又多兰花，所以男子练气士经常被称呼为梅仙，女子则被称为兰师。

陈平安瞥了眼河面上的阴兵冲杀。阴神远游，有些羡慕。

陈平安心中默念一声："花再开。"

八十一位青衫客，人人一分为三。

以一条大河作为战场，两军对垒，只不过双方兵力有些悬殊。

鸳鸯渚岸边,距离陈平安不远处,连同流霞洲仙人芹藻在内的三位山上大修士并肩而立。

说实话,对方现身此地,三人都吃惊不小,芹藻率先移步,选择远离那人十数丈。

芹藻此刻看了眼那个神出鬼没的青衫剑仙,以心声与身边两位朋友笑道:"这一架,打得云杪都要肉疼不已。"

严格点头道:"此符珍贵,是要吃疼。寻常厮杀,哪怕遇到同境仙人,云杪都不至于祭出此符。"

那是一张九真仙馆祖师堂供奉多年的山上大符,名为紫芝白鸢遁法符。

据说仙馆那位老祖师跻身飞升境,出关之时,符箓于玄一脉的某位道门祖师早年登山庆贺观礼所赠。飞升境老祖身死道消之后,此符就传承了下来。

芹藻问道:"天倪道友,可曾看出这位剑仙的修行根脚?"

被称呼为天倪的老修士摇摇头:"看不出,只是体魄坚韧得不像话,确实难缠。"

山上修士,如果与剑修或是纯粹武夫捉对厮杀,多是依凭层出不穷的术法手段,靠那水磨功夫,一点点积累优势。攻伐法宝,防御神通,隐匿手段,玄妙遁法,缺一不可。

陈平安转头望向那三人,笑道:"戏好看?"

芹藻微微一笑,只当没听见。

剑仙嘛,脾气都差,不理会就是了。不然他芹藻还要出手?两个仙人境打一个剑仙?就算赢了,传出去名声也不好听,输了更是玩完,一世英名毁于一旦。

严格向那位剑仙点头致意。不至于为了个关系平平的云杪,与这种脑子拎不清的剑仙交恶。

那个青衫剑仙的真身依旧站在原地,抬起双手,叠放身前,手背轻轻敲击手心,神态显得十分随意。

云杪想要再次现出法相,总不能那个青衫剑仙只靠一把飞剑、些许古怪分身,就能够在和一位仙人境的道法切磋当中,好似局外人,作壁上观。

云杪瞬间心弦紧绷,脚踩罡步极快。他又祭出一件本命物至宝,是九真仙馆的一部神霄玉书。

脚踩七星,运神飞仙,同到玉京。神霄玉书,云升上景,永居紫庭。云杪脚下河面,阵阵紫气,浮现出一本白玉莹然的仙家书籍,以至于附近百余丈的整条河面瞬间下坠,往河岸两边涌去。

刹那之间,云杪真身得以跻身一种玄之又玄的"云水身"境地。

一把悄无声息的飞剑,从云杪真身脖颈一侧一穿而过。

这把轨迹诡谲的幽绿飞剑,只在云杪"云水身"的脖颈当中拖曳出些许碧绿剑光,然后就再次消逝。

云杪眼眸中、心口处、各大关键窍穴,一把幽绿飞剑穿梭不定,很快,无数条剑气流莹,就已经彻底缠绕一尊仙人的云水身。

云杪依旧不敢擅自祭出那条五彩绳索。因为第一把飞剑好似先前始终在藏拙,被剑仙心意牵引,一股精气神倏忽暴涨,竟是直接破开了最后一道阵法。

飞剑敲击镜面,先是叮咚一声,清脆悠扬,响彻两岸。然后好像一颗钉子缓缓划抹青石板的声响,令人有些本能地头皮麻烦。

云杪抬起一手,虚扶镜面。

飞剑一撞,格外势大力沉,以至于云杪一人一镜,竟是在水面上直接往后滑出数丈。

云杪心中冷笑,那把飞剑下一次撞击镜面,镜面会出现阵阵水纹涟漪,但飞剑瞬间就会被禁锢在镜面水纹当中。

云杪终于祭出了那条五彩绳索,如古藤缠树,将飞剑捆住。

天下练气士为了克制剑修,可谓殚精竭虑,费尽了心思。

哪怕是符篆于玄,年轻时候下山游历,也要精心炼制出几百张锁剑符防身,才愿意出门。

鸳鸯渚这边,陈平安身形突然消失。

两位仙人境、一位玉璞境,压力骤然一轻,身为大端王朝皇家供奉的天倪,不由得感慨道:"与剑仙待在一起,总觉得会莫名其妙挨上一剑,实在难受。"

芹藻眺望那处战场,看热闹不嫌事大,有些幸灾乐祸:"云杪连云水身都用上了,接下来是不是就该轮到水精境界?"

严格说道:"那就算结下死仇,彻底撕破脸皮了。"

天倪点头道:"听说九真仙馆的练气士心眼都不大。"

严格笑问道:"听谁说的?"

天倪微笑道:"阿良。"

严格脸色阴沉。

天倪突然说道:"鳌头山那边,好像有位前辈,与云杪的恩师关系莫逆?"

芹藻笑道:"不至于闹这么大。"

那是一位不太喜欢下山的飞升境大修士,名为南光照,道号天趣。

在山上,飞升境的朋友,往往都是飞升境。

南光照与九真仙馆的那位飞升境老祖是至交好友。

终究是在文庙地界,而且对一位飞升境大修士而言,本就规矩重重,因此不会轻易出手。而且这位中土神洲飞升境错过了先前那场大战,据说是当时刚好在闭关,现在出关才两三年,所以这次文庙议事,与仙人芹藻一样,都没有被文庙邀请。但是虽没有被邀请，南光照仍是悄悄乘坐渡船，一路上极其隐蔽，早早来了这边，落脚后也深居简出，只是在鳌头山那边与相熟的老友一同看傅噤与人下了一局棋。从头到尾，南光照都没有参加青神山夫人、百花福地花主的酒宴，至于是同样没有被邀请赴宴，还是老神仙私底下婉拒了，就不得而知了。

陈平安"现身"在河上一位青衫客身上，笑言"花落"二字，原本与阴兵迎面撞去的一位位青衫客聚拢在身。

一袭青衫，脚踩水面，拉开拳架，递出一拳，以铁骑凿阵式开路，问拳仙人。

仙人境云杪的金甲阴神手持白玉灵芝重重砸向那个……出拳武夫。

陈平安脚尖一点，身形一拧，躲过金甲阴神，身后河面被白玉灵芝一砸，好像在河床处炸出一口百丈深的"水井"，水面顿时出现了一个漩涡。

云杪神色凝重，果然如芹藻所料，不愿让那突然变成纯粹武夫的青衫剑仙近身，不得不施展出一门压箱底的神通，出现了一座水精境界小天地。

一袭青衫出拳后，如泥牛入海一般，在河面上不见身形。

云杪松了口气，正要继续对付那把被五彩绳索约束住的雪白飞剑，捉剑再炼剑，就能以山门秘法凶狠炼化剑仙的魂魄，势必伤及对方大道根本。

不承想刚刚生成的一座小天地如一盏琉璃轰然碎裂。

云杪心神大震，只知道一座水精境界是被剑气与一道雷法联手打烂的。

只是云杪百思不得其解，两把飞剑都在水精境界之外，这个剑修难不成还有第三把飞剑？

一袭青衫悬在高空处，手托法印，五雷蕴藉，道意无穷，浩然正大。

云杪眼皮子微颤。这厮又变成一位道门高真了？总不至于是龙虎山天师府的黄紫贵人吧？

云杪脸色铁青，手心处悬停有一枚大道显化的琉璃仙阁，他攥手将其收起，同时迅速归拢一座破碎水精境界的残留道韵，还好，未曾伤及这件本命至宝的根本。

天上一道雷法砸下，五彩光柱大如山峰。

云杪双指并拢，轻轻一抬，宝镜横放，悬在头顶。一轮宝镜，似月停空。

天上那位，手托法印，雷法不停，如雨落人间。仙人宝镜大放光明，出窍远游的金甲阴神也已重归真身。云杪轻轻挥动白玉灵芝，驱使河水凝聚而成的一条条青色蛟龙往高空处冲杀而去，一条河，处处是青龙出水的异象，冲天而起，飞身而去，与那坠落雷法，比拼凝练灵气之多寡、道术之高低。

宝镜与五彩绳索一起禁锢住的那把飞剑，同样被飞剑和雷法震动，开始出现松动迹象。云杪只能暂时困住飞剑，再无机会炼化以便伤及剑修的心神。

至于那把碧绿幽幽的难缠飞剑，孜孜不倦，东来西往，上下乱窜，拖曳出无数条剑光,戳得一位白衣仙人变成了碧绿仙人。

陈平安瞥了眼地上那位仙人,心中了然。

竹密不妨流水过,山高无碍白云飞。这大概就是云杪云水身的道意根本。

可惜不是吴霜降,无法一眼就将这道术法"兵解",而飞剑十五,出剑轨迹再多,确实如人过云水,云水聚散了无痕迹,所以这门九真仙馆的神通,形神都难学。

可如果陈平安愿意祭出笼中雀和井中月,云杪的云水身就肯定没这么坚不可摧了。

只要飞剑够多,竹密如河堤,依旧是一剑破道法的事情。

至于陈平安手中这方首次在浩然天下现世的五雷法印,是只差天款的月盈印,地款之外的法印四面,总计刻画有三十六尊神灵画像。陈平安跻身玉璞境后,灵气积蓄,就财大气粗了,可以全然不计较那点灵气折损,再不用像中五境练气士那般尴尬,每次切磋道法,总要落入巧妇难为无米之炊的处境。故而一袭青衫四周气象万千,幻象惊人,有雷神擂鼓、电母掣电、风伯嘘云、雨师降水,更有天人神官各具宝相庄严。

诸多驳杂神通术法,加上充斥有一股股沛然雷法道意,将那些腾空而起的水法蛟龙一一打了个稀烂。

不但如此,云杪那些放出不管的河面阴兵被雷法天然压胜,几乎不用陈平安如何心意牵引,甚至灵气消耗都几乎可以忽略不计,雷法便自行演化出一座带有金色雷池的金色云海,先是撞开了那些乌云,让原本天色昏暗的鸳鸯渚十数里山河重现白昼,然后便有数百条雷电长鞭砸向河面上的阴兵,如同一条条从天幕垂落人间的金色龙须。

这就是为何练气士修行最重"与道相契"一语,己方大道,压胜对手,同样一记道法,却会事半功倍。

先前河畔处那位精通金玉篆刻的老客卿林清赞叹道:"好个五雷攒簇,万法一山,天下正宗。"

梅花庵仙子怯生生说道:"真不能开启镜花水月吗?"

雷法绚烂,瞧得心神摇曳,这么好看的仙家斗法,独乐乐不如众乐乐啊。

眉山剑宗的女子剑修无奈道:"千万别乱来,剑仙性情难测,尤其最烦旁人看戏喧哗。"

密云谢氏那位公子哥早已起身,仰头狠狠灌了一口青竹酒,喃喃道:"要吟诗,一定要吟诗一首。"

李槐咋舌不已:"李宝瓶,陈平安这么猛了啊?"

李宝瓶神采奕奕,微笑道:"小师叔嘛。"

李槐都愿意自降一个辈分了,以心声和身边嫩道人道:"陈平安其实是我的小师叔。"

嫩道人满脸微笑,实则揪心不已,老子的辈分岂不是又跌了?

这位黄衣老者四处张望起来，倒是来个飞升境啊，年轻隐官今天这么跳，都没个英雄好汉来打压一下他的嚣张气焰？来个飞升境，就好与他过过招了。嫩道人这个刚取的名号，能不能在浩然天下扬名，就看今天老天爷给不给机会了。

鸳鸯渚上边，有个与龙虎山天师府关系不错的仙师更是惊疑不定："剑修、符箓、雷法，是那个小天师赵摇光？"

一旁好友摇头道："小天师如今身在文庙议事，而且赵摇光怎么都不会是纯粹武夫。"

"先前那拳架，瞧着惊人。得有武夫几境？远游，山巅？"

"难说。反正我如果站着不动，扛不住那一拳。"

"不会一个不小心，真能宰了云杪祖师吧？"

"云杪的这个仙人境，悉心打磨数百年，肯定没那么不堪。咱们看着就是，相信云杪一定还藏有后手。不然这场架打下来，九真仙馆就算名声烂大街了。"

云杪抖了抖法袍大袖，撒出一大把巴掌大小的金色花钱。

百余道金光冲天而起，一条条金色长线凝聚不散。与此同时，云杪一个呼吸吐纳，施展了一门九真仙馆半道门半兵家的祖师堂术法，存神内照，将眼耳鼻肝脾在内的道家所谓"十内将"炼为外将，显化为十尊雷部神将，俨然森严列阵在外。云杪为了练就这门神通，曾经专门外出寻觅雷云百余载，服雷吞电，最终在一处误入其中的远古秘府雷泽禁地，行持雷法，又潜心修行数十年。

云杪要以雷法问道雷法。以十位雷部天君，与那法印雷部领衔的诸部三十六将，一分高下。

天上河上，对峙双方，身边俱是雷法森严。电闪雷鸣，金色光线照射之下，使得整个鸳鸯渚地界都显得金光灿灿，好像一处凭空出现的金色雷池。

相信鳌头山、鹦鹉洲和泮水县城那边，都有人察觉到这边的动静，已经在赶来的路上了。

都会好奇，谁敢在文庙议事的紧要时刻，擅自斗法鸳鸯渚。

云杪以手指画掌心符，轻轻虚握，蓦然放开，震雷轰然。陈平安随手一袖，将身边一道雷法打碎。

云杪画符不停，握拳又松手，仙人满手雷霆。陈平安轻轻一推，五雷法印稍稍升空，自行运转大道，他双指并拢，随意轻轻一画，将身前一道云杪雷法切开。

鸳鸯渚那边越发议论纷纷，有人急眼了："这家伙到底从哪里冒出来的？到底是武学大宗师，还是剑仙难缠鬼?!"

设身处地，若是与那云杪互换位置，估计没有那云水身，早被飞剑戳死了，不然就是一个近身，没有那紫芝白鸾遁法符，就给拧断脖子了。到时候什么金丹元婴、魂魄阴神,还不是被那人随便跟上,几拳就碎?

云杪看似一连串仙家术法行云流水,仙气飘飘,其实是有苦自知,山上斗法,斗来斗去,所消耗的灵气,与那法宝折损,都是大堆的神仙钱,消耗的更是自身和山门底蕴。山上练气士,为何那么讨厌剑修和纯粹武夫,一个问剑,一个问拳,切磋起来,被问之人,往往是谈不上有任何大道砥砺的。

云杪又起神通。双手掐诀,脚踩七星,脚下那本玉书宝光焕然,演化为一座道场法坛,最终云杪身后出现一座巍峨凉亭,金字匾额上书"雨亭"二字。其中站立有一位身形缥缈、面容模糊的仙人。凉亭四周,天地晦暝,大雨流淹。

云杪一手持长剑,一手捏霓符,神色肃穆,心中默念一道远古法诀:"演底白云,雾霭降临,先迷日月,后化乾坤,山山生气,水水升腾,四海五岳,奉三山九侯先生律令。山巅敕神,海底斩蛟,一剑授首,头颅付与西方白童子,敕!"

仙人身形纹丝不动,只是身前出现了一把飞剑。

鸳鸯渚那边,芹藻手腕一拧,手中多出一支青翠竹笛,轻轻敲打手心,笑道:"云杪看样子真要搏命了。"

得小心被殃及池鱼了。

云杪这一手,可是听都没听过,极有可能是九真仙馆用来压箱底的撒手锏了?

天倪说道:"堂堂仙人境,一场切磋,好像被人踩在脚下,搁谁都会气不顺。"

严格举头眺望那座巨大亭子,尤其是当中那位缥缈"仙人",有些惊心动魄:"这是……何方神圣?"

芹藻笑嘻嘻道:"天晓得,有位飞升境的传道人,当然阔绰啊。"

芹藻虽然笑颜笑语,但是心中一样吃惊不小,冥冥之中,只觉得那位看不清容貌的"神人",只是在那座雨亭歇脚,并非出身远古水神一脉。

果不其然。云杪身边又起一座仙家阁楼,匾额却是"火炉"二字,犹有一位仙人坐镇其中,大道气息相近。

两座建筑内的仙人,各持一剑。

陈平安凝神望去,总觉得有些古怪。

这种感觉,就像当年在桐叶洲飞鹰堡,出门之时遇到的那个汉子,明明认不得容貌,但是总觉得有些熟悉。

当然不是说亭中两位"神人",而是那汉子,让陈平安依稀记起了一位不知姓名的老人,与姚老头关系极好,却不是窑工,与刘羡阳关系不错,陈平安当窑工学徒的时候,和老人没有说过一句话。只听刘羡阳提起过,姚老头盯着窑火的时候,两位老人经常一起聊天,老人去世后,还是姚老头一手操办的白事,很简单。

在陈平安就要祭出笼中雀之时,他转头望去,一位御风来到鸳鸯渚上空的老人身形悬停后，冷笑道："小小玉璞境剑修，也敢在文庙重地造次？"

老修士以心声和云杪言语道："云杪！疯了不成？还不速速收起这道术法！"

正是飞升境大修士南光照。

九真仙馆的这门秘术，如果达到巅峰状态，会出现五位持剑神人，修士一旦祭出，相当于五位飞升境剑修助阵，同时递出倾力一剑。

可惜九真仙馆老友耗费无数天材地宝和神仙钱，也只能炼化出水、火、木三道敕令，攻伐威势大打折扣，云杪继承道统之后，也只是再多出一道土法敕令。

关键是这座大阵只有一次出手机会。如果没有外人，南光照说不定都要对那云杪破口大骂，用过就废，你就浪费在一个玉璞境剑修身上？

至于云杪是不是虚张声势，还是真狠了心，决意要剑斩那人，又或是以此与南光照表明心意，借机求援，南光照当下都懒得多想了，云杪这家伙毕竟是老友的唯一嫡传，他不能不管。

云杪犹豫了一下，还是听从南光照之言，收起了这道施展了一半的术法。

云杪如释重负。

陈平安笑道："云杪老祖搬救兵的手段，真是让人大开眼界。"

云杪微笑不言，依旧小心翼翼运转宝镜，防止这厮狗急跳墙。既然愿意耍嘴皮子，你就与南光照耍去。

来了，终于来了，飞升境修士来了！嫩道人搓手不已，急不可耐，眼馋不已，仍是小心翼翼问道："公子？"

李槐则问道："宝瓶？"

大概这就算一物降一物。

李宝瓶想了想："可以自保的前提下，拦上一拦。"

李槐点头，转头与那个手痒不已的黄衣老者说道："小心些，打输了，就赶紧认怂，没什么丢脸的。"

嫩道人抹了抹嘴："好说，好说。"

不给陈平安废话的机会，嫩道人大笑一声，扯开嗓子嚷嚷一句"嫩道人来也"，身形化虹而去，直奔鸳鸯渚那位飞升境。

整座鸳鸯渚罡风大作，天上雷鸣不止，异象横生，如天目开睁，横七竖八，出现了一座座歪斜的巨大漩涡。充斥天地间的这股巨大压迫感，让所有上五境以下的练气士几乎都要窒息，就连芹藻这种仙人，都觉得呼吸不顺。

李槐揉了揉下巴，这个老伙计，原来是真人不露相啊。怎么在老瞎子和阿良那边，半点飞升境高手的架子都没有？

李宝瓶问道："你不知道桃亭的修为？"

李槐说道:"知道啊,不过就只是知道,从来没有多想。"

不然一多想,还怎么窝里横?

陈平安收起那方五雷法印。

云杪这才顺势收起多数宝物、神通,不过依旧维持着一份云水身境地。至于那把被五彩绳索禁锢住的飞剑,云杪觉得有些烫手。归还?留着?

方才在南光照现身那一刻,就没有这个问题。这会儿,云杪心中惴惴,总觉得有些悬。

南光照毕竟是恩师好友,不是九真仙馆的祖师。但是那个声势惊人的飞升境,自称"嫩道人",天晓得是不是这位剑仙的师门长辈。

陈平安以心声笑道:"等到鸳鸯渚那场架打完,我们再继续,所以飞剑你先留着。不然飞剑还给我了,到时候公平起见,我还得再交给你,你再祭出这条绳子,麻烦不麻烦,而且落在外人眼里,容易闹笑话,孩子过家家呢。"

云杪心中大恨。一半是恨这个剑仙的阴阳怪气,一半是恨那嫡传李青竹的惹祸上身。不成器的东西,成事不足败事有余!

陈平安好像看破仙人心事,微笑道:"别怪青竹兄,上梁不正下梁歪,家里没教好,就别怪晚辈出门闯祸,等到需要帮着擦屁股了,就别怨屎难吃。"

云杪冷哼一声。

陈平安继续道:"放心,只要你最后的下场够惨,很多看热闹的人,都只会说我的不是,不会讲究先后顺序,不探问缘由是非的。"

而这些"后续",其实正好是陈平安最想要的结果。

陈平安一边与这位白衣仙人闲聊,一边留心鸳鸯渚那边的神仙打架。

很意外,意外其中一位飞升境的名不副实,更意外那位"嫩道人"的战力,可能与剑气长城的老聋儿相差无几。

很快就有了胜负结果。

不到半炷香,在一处漩涡"大门口",黄衣老者咧嘴而笑,身形微微佝偻,正将一把雷电交织的长刀缓缓归鞘。连斩南光照法相、真身,这会儿那个连他都不晓得名字的狗屁飞升境,身上法袍被割出一道倾斜裂缝,真身流血不止。

南光照满脸遮掩不住的惊骇神色。虽说一开始是因为身在文庙周边,束手束脚,不敢倾力施展,可不承想一个不留神,就完全处于下风。

嫩道人将长刀归鞘一半,笑问道:"咋说?我可是给你台阶下了。要么乖乖认输保命,要么咱俩订立个口头的生死状?"

南光照脸色阴晴不定。该如何收场?难道真要大打出手?打是肯定打不过,可总不能就这么灰头土脸返回鳌头山吧?

嫩道人嗤笑一声:"不用为难了,不砍掉你几斤肉,老子都没脸去见公子。"

对于鸳鸯渚修士来说,那轮悬空大日,从初亏到食既,最终食甚,不过是刹那之间的事情。

天地昏暗,数百位练气士尽在黄衣老者的一座小天地中。

偷天换日的大手笔。

李宝瓶突然懊恼道:"不该帮忙的,给小师叔帮倒忙了!"

李槐心一紧。

李宝瓶说道:"怪我,跟你没关系。"

李槐哦了一声。

陈平安以心声与两人笑道:"没事。"

先前文庙那边,站在门口的经生熹平和阿良说了句话。阿良转述给身边几人。

左右正襟危坐,神色如常,看不出丝毫变化。

齐廷济笑道:"云杪?九真仙馆馆主,如果没有记错,是仙人境。隐官大人什么时候都能打仙人了?"

记得评选数座天下年轻十人的时候,陈平安当时好像还只是元婴境剑修、山巅境武夫。

陆芝说道:"坠崖捡着武功秘籍了?"

阿良疑惑道:"陆姐姐,你是认真说事,还是在开玩笑?"

阿良再转头看着闭目养神的左右:"真不管管?你要是觉得打个仙人境没意思,我来啊。"

左右睁开眼,望向那位大名鼎鼎的涿鹿宋子:"九真仙馆和大雍王朝又没长脚。"

九真仙馆如今是宋氏的附庸山头。姓氏后边加个"子",不容易的。

除了河边的陈平安,其实文庙附近一座小天地禁地中还有个陈平安,加上河畔议事,就是一分为三。陈平安像是真身背剑,登上托月山,阴神出窍远游,阳神身外身去了鸳鸯渚河边钓鱼。至于礼圣为何如此,陈平安没有多想。

合道剑气长城之后,原本这种地仙常有事,都成了奢望。

陈平安发现此处,有点类似剑气长城的那三座"作坊"。

当下陈平安站在一长排屋子其中一处门口,里边是十数位出身诸子百家的练气士,正在铸造一件机关傀儡。

屋内桌上图纸一摞摞,四处堆积了许多天材地宝。是一场诸子百家练气士的分工协同,铸造、炼制、叠加、符箓、机关,麻雀虽小五脏俱全。

一场战争,无非是物、钱、人、战术、战略、人心。

礼圣说要打，就是最大的战略。此外其实还需要无数个细节的累加，帮助浩然天下变优势为胜势。

一位老修士抬起头，望向门口的陈平安，脸色不悦："你来这里做什么？"

认得眼前这位年轻人，是那剑气长城的隐官，只是身份超然又如何，去文庙议事，站着坐着躺着都没关系，别来这边瞎掺和。

陈平安只好说道："来这边看看。"

总不能坦白说是被礼圣丢到这边的。

老修士讥笑道："精通术算？擅长机关术？是工匠名家出身？"

一连串的问题。

陈平安只是摇头，然后说道："我就看看。"

确实好奇。

老人像是听了个笑话："不然你还能做啥？"

陈平安笑着点头："不能做什么，只敢保证不耽误各位师傅忙正事。"

出门在外，有两个称呼，哪怕不讨巧，也不会惹人厌。一个是先生，一个是师傅。碰到像是读书人的，喊先生；碰到手艺人，就喊师傅。

老人大概是觉得伸手不打笑脸人，既然这小子识趣，总不好继续埋汰对方。

陈平安对此确实很习惯，半点不觉得窝囊。

轻轻跨过门槛后，双手笼袖，很快就停步，仔细打量起屋内的一切。

陈平安喜欢这里的氛围。因为有一种久违的熟悉感觉，好像回到了年少时的龙窑窑口。大家默然，各司其职，所有该说的言语，都在手头。

就像一座避暑行宫，也未必欢迎某位大剑仙的造访。跟剑修的境界、剑术高低无关，不过是术业有专攻。

在春幡斋，晏溟、纳兰彩焕、韦文龙，每天算账都很忙碌，而那位避暑行宫的扛把子米大剑仙在那边，桌子为何靠近大门？当然是每天当那门神，做做样子而已。米裕心宽，每天还能喝个小酒儿，翻几本杂书，优哉游哉，就那么打发光阴。

所有的一技之长，其实都是一座小天地。

龙窑烧瓷的老师傅，肯定没有福禄街、桃叶巷那些大姓人家有钱，但是小镇富裕门户，如果要买瓷器，去窑口那边挑选"次品"，那就别拿捏有钱人的架子了，乖乖捎上几壶好酒，见了面，放下酒，开口说话，还得次次在姓氏后边加个"师傅"的后缀。

陈平安站在原地，安安静静当个木头人，约莫一炷香工夫，始终一言不发，才悄然离去。

老修士瞥了眼门口，觉得这个年轻隐官还算守规矩。

在另外一处，陈平安发现屋内一拨人好像精通长短术。

又一处，墙壁上悬有一幅幅堪舆图，练气士在对照文庙的秘档记录，精心绘制画卷。是在纸面上，拆解蛮荒天下的山河地理。

又一处，陈平安驻足良久，屋内修士脾气极好，虽然不像先前那位匠家祖师，没有认出陈平安的隐官身份，但是都有笑脸。原来是计然家。别出商家，自成一脉。正在计算几条跨洲渡船的账目。

在鳌头山那边，刘聚宝所在府邸，这位皑皑洲财神爷正在掌观山河，大堂上出现了一幅山水画卷。

他的妻子已经自己忙去了，因为她听说鸬鹚洲那边有个包袱斋。妇人喊了儿子一起，但刘幽州不乐意跟着，妇人伤心不已。只是一想到那些山上相熟的婆姨，跟她一起逛荡包袱斋，每每相中了心仪物件，可是难免要掂量一下钱袋子，买得起，就咬咬牙，看顺眼又买不起的，便要故作不喜……妇人立即就开心起来。

除了刘幽州，还有两位刘氏供奉，雷公庙沛阿香和柳岁余。

此外还有两个外人，郁泮水与玄密王朝少年皇帝袁胄。

少年皇帝袁胄神采奕奕："这个隐官大人，暴脾气啊，我很中意！"

本事高，名气大，脾气暴，逮着个仙人，说干就干。

刘幽州嘿嘿笑道："我家里书房那幅画，这下子肯定老值钱了。"

柳岁余坐在椅子上，姿态慵懒，单手托腮，啧啧称奇道："他就是裴钱的师父啊。"

沛阿香看见画卷中铁骑凿阵式的一拳后，疑惑道："压境有点多了。与一位仙人境厮杀搏命，是不是有些托大了？"

刘聚宝轻声笑道："郁胖子，是不是很眼熟？"

郁泮水点点头，抚须眯眼："手法很绣虎了。"

河畔，老秀才没有继续登山，而是让陈平安继续登顶，他则独自返回河边。

老秀才忧心忡忡，犹豫了半天，还是忍不住问道："真的不成？"

礼圣点点头，将陈平安一分为三之后，已经验证一事，确凿无误。礼圣跟老秀才说道："早年在书简湖，陈平安碎去那颗金色文胆的后遗症实在太大，绝不是只少去一件五行之属本命物那么简单，再加上后来的合道剑气长城，使得陈平安除了再无阴神、阳神之外，注定炼不出本命字了。"

礼圣停顿片刻，看了眼托月山上走在最后边的那个年轻人，说道："是很可惜。"

老秀才憋了半天都没能说出一个字，到最后，只是轻轻跺脚，唯有一声长叹："那个知错不改的小鼻涕虫唉。"

礼圣说道："归根结底，不还是崔瀺有意为之？"

老秀才蹲下身，怔怔出神，沉默许久，点点头："其实更怨我。"

礼圣说道："不全是坏事，你这个当先生的，不用太过自责。"

白泽笑道："百志惟熙，道路很多。"

泮水县城。

先前郑居中分心来此没多久，傅噎就过来屋子这边与顾璨下棋。

顾璨棋术一般，傅噎就与顾璨相当的棋力落子。

郑居中坐在主位那边，对棋局不感兴趣，拿起几本摆在顾璨手边的书。

顾璨在白帝城和扶摇洲修道之余，都会翻看百家学问和诸多文集，杂书看得更多。比如当下郑居中手中两本，一本是绿格抄本的造大船估计工费之法，一本是科举作弊写本，字小如蚁，密而不紧，疏朗有致。

这些书，别说是山上修士，就是山下书院儒生，都不太会去碰。

对于鸳鸯渚那边凭空多出一个陈平安，郑居中其实比较意外，所以就一边翻书，一边挥袖起山河。

棋局尚未中盘，顾璨就直接投子认输。傅噎点点头。

画卷上，所有人的心声言语都清晰入耳。对此，顾璨和傅噎都习以为常。

陈平安与于樾、林清对话，都被白帝城这几位听在耳中。

傅噎笑道："这位隐官，确实很会说话。"

郑居中放下书，笑道："只有学问到了，一个人肯定他人的言语，才会有诚意，甚至你的否定都会有分量。不然你们的所有言语，嗓门再大，无论是疾言厉色，还是低眉谄媚，都轻于鸿毛。这件事，傅噎已经学不来了，年纪大了，顾璨你学得还不错。"

傅噎点头道："就像陈平安的那枚小暑钱，就是一处随人而走的行亭。所以只要陈平安在未来的人生道路上，遇到了苏子，苏子就愿意走入行亭落座。因为真诚。山巅修士如苏子，词篇豪迈如苏子，都不会拒绝这份晚辈的诚意。那么苏子即便对陈平安在别处有些不佳的观感，也会被无形打消。"

这其实是问剑，是问拳，而且他还能悄无声息赢下一场。

因为顾璨的关系，傅噎对这个陈平安了解颇多。

顾璨点点头。这个道理，很浅显，就是知易行难，因为人生路上，往往需要极多学问来支撑一个看似简单的道理。

师父说过，任何一个完整的道理，都是一座屋舍，不是几根梁柱。

这些年，他走过书简湖不下百次，当然可以发现一事，从刘老成，到刘志茂，再到章𪩘、田湖君等等，这些人性情各异，人生经验履历、登山修行道路各异，可对陈平安这个账房先生，哪怕心存敌意之人，好像对他都无太多恶感。没有聪明人看待傻子的那种轻蔑，没有境界更高之人看待半山腰修士的那种鄙夷。尤其是刘老成和刘志茂这么两位野修出身的玉璞境、元婴境，都将那个当时境界不高的账房先生视为不容小觑的对手。

郑居中笑道："陈平安有很多这样的'小暑钱'，等于他建造起了众多的歇脚行亭。至于披麻宗、春露圃、云上城、龙宫洞天，已经不单单是行亭，而是成了陈平安的一座座仙家渡口。陈灵均离乡走渎，在剑修如云的北俱芦洲，能够顺遂，道理就在这里。"

郑居中说到这里，摇了摇头："韩俏色太懒，而且学什么都慢，所以修行几门术法之外，万事不多想，反而是好事。傅噤你本来可以做到这些，可惜心有大敌，是你的剑术，也是小白帝这个称号。你们三个，身为修道之人，总不能一辈子都只像个离开学塾的市井少年，每天与人拳脚往来，被打得鼻青脸肿，还乐此不疲，胆子大些，无非是持棍提刀。"

傅噤说道："否定之否定，是肯定之基石。"

顾璨默默记下。

郑居中指了指那幅画卷，突然笑问道："他为何如此作为？"

傅噤说道："这位隐官，在为自己画出一条线。"

有意侧重剑修身份，稍稍与文圣一脉拉开距离。

顾璨低下头，看着落子不多的棋盘。

郑居中点头道："有人原本已经开始布局了。"

幕后人大概需要三五年工夫，就会让陈平安在浩然天下"水落石出"。要将这位剑气长城的末代隐官，塑造成为一位功业无瑕之人。陌巷贫寒出身，受业于骊珠洞天齐静春，齐静春代师收徒，远游万里，志向高远，心性、道德不亚于一位陪祀圣贤，功业更是年轻一辈当中的魁首，这么一个才不惑之年的年轻修士，就只是在文庙没有一尊神像而已，必须万人敬仰。

韩俏色在门口那边扭头，问道："如果没有李青竹、云杪这样的机会，又该怎么办？"

顾璨拈起两枚棋子，攥在手心，咯吱作响，笑道："远在天边，近在眼前。"

陈平安肯定会找他们的师父，和眼前这位白帝城城主做买卖。不管是鸳鸯渚，还是泮水县城或是问津渡，总归肯定会有那么一场风波。

傅噤说道："陈平安只需要给人一个印象就够了。让人知道，他其实是一个……"

坐在门槛上的韩俏色随口接话道："一个脾气其实没那么好的人？"

傅噤摇摇头："还是个年轻人。"

年少轻狂，年轻气盛。年轻人，脾气不好，很多时候就是对的。太过老成，反而有城府深重的嫌疑，容易让年轻人忌惮，老人不喜欢。

韩俏色恍然。

剑修、隐官、止境武夫、落魄山山主、儒家子弟、文脉嫡传、宁姚道侣……所有的身份、头衔，全部都是其次。因为年轻，所以学问不够，可以治学，修养不够，还是可以多读几本圣贤书。只要年轻，是个年轻人，那个隐官，就可以为自己赢得更多的回旋余地。

韩俏色说道："肯定还有人能够想明白这件事。"

傅噤说道："脑子正常的,都想得到。"

韩俏色白了一眼,继续涂抹腮红。

顾璨说道："不是防着这些想得到的人知道,他是在小心其他人的'自以为知道'。"

傅噤笑了起来："所以那个于樾,如果帮忙出了剑,陈平安的所有谋划就会功亏一篑。"

韩俏色瞥了眼这位小白帝,笑起来的时候,确实俊俏得很,可惜还是不如顾璨讨喜嘛,这就是眼缘了。

傅噤继续说道："好心帮倒忙的人和事,确实不少。"

因为一旦于樾出剑,隐官的身份,就会压过那个"年轻人"的印象。

一个年纪轻轻的隐官,半个剑气长城的剑修,回了家乡,就能够让一位刚认识的浩然剑修帮忙出剑,当然会极其招人眼红、记恨和挑刺。这与陈平安的初衷,当然会背道而驰。

顾璨猛然抬头。

郑居中微笑道："总算后知后觉了。"

九真仙馆的李青竹是心魔作祟。本心依旧,但是一粒芥子大小的心念会蓦然变大。

而那座九真仙馆,正是当年"围剿"白帝城的仙家势力之一,至于那个飞升境的身死道消,当然是郑居中的幕后手笔,以其人之道还治其人之身罢了,根本不用郑居中真正出手。一个正值闭生死关的老修士,从宗门的山水大阵,到本该帮忙护阵的得意嫡传弟子,再到一位山上仇家的悄然潜入,都变了天,还怎么活?

郑居中拈起一枚棋子,落在棋盘上,随口说道："云杪的道侣,算是你的半路师姐,在白帝城不记名。不然以她的修行资质,到不了仙人境。"

顾璨问道："陈平安知道吗?"

郑居中笑道："不然?肯定猜到了,反正确定与否,都不耽误他在鸳鸯渚大闹一场。我不过是顺水推舟,给他一个登门拜访的足够理由。"

顾璨不再言语,傅噤亦是默然。

郑居中对傅噤说道："我来帮顾璨接着下棋。"

傅噤摇头道："必输。不下。"

郑居中也没有强求此事,就自顾自下了一盘棋,棋盘上落子如飞,其实依旧是顾璨和傅噤的棋局。

人生路上,对于很多看客而言,不过打个棋谱而已,擦个脂粉罢了。

顾璨突然说道："其实陈平安更适合白帝城。"

郑居中笑道："何处不是白帝城,都适合。人生行到水穷处,恰是月到天心时。"

第四章
酒中又过风波

鸳鸯渚,两位飞升境大战正酣。

这一场架,打得没头没脑,不像是出手慎之又慎的山巅老神仙,更像是两个任侠意气的市井少年,狭路相逢,不过对视一下,就互相碍眼,非要摆翻一个才罢休。

天地晦暝昏昏然,一轮悬空大日仿佛蓦然被吃,被那黄衣老者吞入腹中一般,唯有一座座漩涡,如神灵睁开天眼,越发显得这座小天诡谲瘆人。

芹藻、严格在内的大修士都心悸异常。如此巅峰的飞升境,以前怎就没见过,甚至半点消息都没听过?什么嫩道人?严格只能确定这个桀骜不驯的老前辈绝对不是中土神洲的某位得道高人。

鸳鸯渚观战修士,境界越高,越能清晰感受到那份大道运转的磅礴气象。

鸳鸯渚就是一个被涸泽而渔的池塘,游鱼都像被抛上了岸。修士每一次呼吸,都需要消耗自身天地的灵气。

上五境神仙不太介意此事,只是苦了那些陪着师门前辈来此游历的下五境修士,哪怕师长们帮忙护道,或以上乘术法隔绝出一方小天地,或纷纷祭出山门异宝庇护一方,那些魂不守舍的年轻修士依旧担心天会塌下来,一个个脸色惨白,身形不稳,不少人都已经得了师命,干脆跌坐在地,开始呼吸吐纳,凭借各自宗门祖师堂秘传的道法心诀,用来抵御天地间那份无形的大道压迫。

南光照早已祭出一件本命重宝,竟是一座罕见的古老祠庙,是炼山为祠的一门隐秘神通。南光照真身就站在祠庙大门口,身披一件仙兵品秩的"老龙"法袍,灵气激荡,水运跌宕,以至于拖曳出一条条七彩琉璃彩带,每一条彩带其实都是一条江河的大道显化。

南光照真身躲在祠庙,祠庙又在法相眉心处,如一枚红枣印痕。

南光照运转心意,驾驭法相与那战力惊人的飞升境厮杀。

说是厮杀,其实一边倒,也就是南光照竭力防御,疯狂逃命。

那些漩涡当中,经常只是探出一臂,手持巨大法刀,随便一刀劈斩,就能在南光照那尊法相身上劈砸出无数火星,四溅如雨。

鸳鸯渚所有观战看戏的中五境修士,身边没有师长护道的,都已经施展保命术法,或是祭出一件件护身法宝,一粒粒芥子大小的渺小光亮,在这座不见天日的小天地内,受到强劲罡风吹拂,灯火飘摇不定。

一些个上五境修士,还必须护着附近那些没什么关系的下五境修士,帮助这些可怜人,让他们不至于道心崩溃,魂魄离身,瞬间沦为游魂野鬼。所幸厮杀双方那些四处崩散的道法余韵都会被芹藻、樗之流的大修士出手打散。

战场那边胜负悬殊,只要有眼睛的,都不会眼花看不真切。

严格更是一眼就看穿了山祠、水袍两件仙兵的根脚,说道:"果真被南光照成功炼化了半座破碎福地的名山大川,不然那件法袍到不了仙兵品秩。"

山上每件仙兵的铸造炼化,就等于修士拥有了一份相对完整的大道,真正神益的,不是仙兵主人的魂魄滋养,对于能够拥有仙兵的大修士而言,不差这点收获,关键是仙兵存在本身,契合大道,暗藏玄机,被天地认可,每件仙兵本身就是一种"证道得道",能为修道之人铺出一条登顶捷径。

芹藻疑惑道:"当年那桩天大风波,对刘蜕这个外人来说,就是在家修行,祸从天降,谁都知道他是遭了无妄之灾,可结果连他都被文庙那边问责了,被文庙抹掉了不少宗门功德,却从没听说南光照牵扯其中,只知道破碎福地被他花钱买了去。天倪兄,这里边有什么说法?"

山上消息极其灵通的天倪,手上管着中土神洲影响最大的山水邸报之一,迅速翻检那页老皇历,摇摇头,说道:"此事文庙那边管得严,不容外人探究。我只知道那个不知名剑修,当他从福地'飞升'到浩然后,害得家乡福地被各方势力觊觎,剑修本人很快就消失了,好像文庙都没能找着他。至于是给人灭口了,还是逃过一劫,还真不好说。"

早年扶摇洲那处福地崩碎之后,福地之内生灵涂炭,尸横遍野,山河破碎风飘絮,几位幕后大修士坐收渔翁之利,各有所得,有人得宝,有人挣钱,总之各有机缘捞取在手。不过其中一位据说是那场灾殃罪魁祸首的山巅鬼修,曾经是与刘蜕齐名的一洲山上执牛耳者,事后被文庙拘押在功德林,从此杳无音信,其余几个,好像也没能焐热钱袋子,下场都不太好。隔了几十年,其中一个扶摇洲仙人,还莫名其妙暴毙了,是被人一剑砍掉头颅,尸首被分别丢弃在山门口牌楼下和祖师堂屋顶。

不承想反而是这个南光照,当年与扶摇洲那处覆灭福地是八竿子打不着的关系,最终竟获利最大?

曾经的扶摇洲,跟桐叶洲有些相似,都是两宗对峙的山上格局,刘蜕所在的天谣乡,鬼修杨千古所在的后山,都有一位飞升境坐镇山头。

只是那个宗门名字古怪的"后山",因为山上鬼修众多,尤其是祖师堂内半数都是鬼魅修士,终究在山上山下都太不讨喜,所以声势依旧不如刘蜕的天谣乡,等到杨千古被拘押在功德林,后山在扶摇洲的地位更是一落千丈,最后被蛮荒王座白莹打破护山大阵,就此覆灭。

一座名声不佳的鬼修宗门,竟然不受那大妖白莹的招降,绝大多数力战而亡,修士十不存一,只有早早撤离扶摇洲的一拨年轻嫡传,在战争落幕后得以从中土返乡,聚拢起那些下场比丧家犬还不如的四散同门,重建山门,处境之艰难,远超过天谣乡和荷花城这类祖师堂得以保留的山头。

传说白帝城城主在扶摇洲现身后,唯独对重返家乡的后山修士颇为照拂,甚至与那拨人数寥寥的年轻鬼修说了句:"人不如鬼,后山多些鬼,又如何?"

传闻白帝城的那位狂徒、年轻修士顾璨,还破例担任了"新"后山的首位供奉。

只见天幕处凭空出现一个崭新漩涡,蓦然出现一只莹白如玉的大手,凶狠抓住南光照的法相头颅,重重一按,远处黄衣老者一刀横抹,刀光好似在天幕中铺出一道银河,将南光照法相一斩为二。法相眉心处山祠,飞升境老修士南光照的真身法袍当中飘出两条长如瀑布的彩练,最终横作腰带,将被斩法相缝补为一。

南光照终于有些神色慌张,若是寻常剑仙,剑气残余不至于让法相无法自行缝合,哪里需要他消磨实打实的道行,以江河所炼的彩练打造成一条"遮丑"的腰带?

南光照只得以心声说道:"道友,我认输。"

不料黄衣老者置若罔闻,前行一步,手腕一拧,手中长刀又是一记遥遥劈砍,分明是想要将南光照的一尊法相当头劈成两半。

南光照刚刚躲过那道无可匹敌的刀光,一条持刀手臂就从别处漩涡当中迅猛探出,一刀从南光照法相后心处一戳而过,从胸腔处透出,法刀一挑,刀尖微微倾斜,直接将法相挑高,又有手臂死死箍住法相脖颈,将南光照的法相使劲往后一拽,法刀大半都已捅穿南光照的那尊法相。

南光照法相的整个胸口处都出现了纵横交错的黑金色丝线,如一张蛛网不断蔓延开来,迅速蚕食南光照法身的灵气,甚至连法相所蕴含的道法真意都要被那些古怪丝线汲取夺走。法刀主人跨出一步,从漩涡当中走出,庞然身躯,漆黑如墨,唯有一双雪白眼眸,电光交织。它松开刀柄,伸出一手,五指如钩,攥住南光照法相一侧头颅,狠狠拽下大片"雪白",丢入嘴中,大口咀嚼,大快朵颐。

南光照这位堂堂飞升境,在中土神洲成名已久的山顶老神仙,就像被一条疯狗咬了一口,疯狗死不松口,还要带走一大块血肉。

与此同时,其他漩涡处,一杆金色长枪迅猛丢掷而出,竟是敌我不分,直接将两尊法相一并刺穿,狠狠钉入虚空天地中。

一座天地,光亮四起,各个漩涡处都有兵器一闪而逝,划破长空,直刺纠缠双方,一把把兵器倾斜钉入两副法相身躯,宛如一处"花丛"。

黄衣老者随手劈出一刀,将被禁锢住的两尊法相,一并从肩头到肋部,当场斩开。这就是答案。

南光照只得继续驾驭水袍彩练,辛苦缝补法相缺漏。

这一幕看得所有观战修士都心惊胆战。

这位不知道从哪里蹦出来的嫩道人,真是一个心狠起来,连自己都砍啊。

只见黄衣老者再一手拿刀鞘挂地,刀鞘底部所抵虚空处荡起一圈圈金色涟漪,一株株不见书籍记载的金色花卉,好像从水中蓦然生发而起,亭亭玉立,摇曳生姿。

这位嫩道人面容狰狞,认输?老子在家乡,手刃豪杰枭雄无数,做客腹中的妖族修士,就没谁口头上说"认输"二字的。

大几千年的修道岁数,遇到不对付的飞升境大妖,没有二十,也该有双手之数,打不过,各自都是直接跑路,跑不掉就是个死。而且哪个不比这个不知姓名的家伙难缠百倍?好不容易逮住个境界够高、偏是废物的好对手,过了这村儿就没这店,老子今天要是还不晓得珍惜,还不得挨雷劈?!万一被老瞎子听了去,就老瞎子那小肚鸡肠小心眼的,还不得来一手抽筋剥皮?

小天地的天幕处,金色云海随之缓缓凝聚,雷声滚滚,惊心动魄。

饶是芹藻这几位仙人,都觉得再这么打下去,多半就要处境不妙了。说不定整个鸳鸯渚,偌大一座岛屿,都要被那道术法给一扫而空。

法相眉心处的祠庙门口,南光照真身七窍流血,惨状至极,一件好不容易提升为仙兵品秩的"老龙"法袍上出现大片的鲜红。显然,南光照已经伤及大道根本,都来不及以术法收拾惨状。南光照大怒道:"嫩道人!你真要与我玉石俱焚?!"

可是南光照的心声言语则要"婉转"几分,他强自镇定,试探性问道:"道友,你我不如就此作罢?云杪一事,非但不会再管,事后我必有补偿,总之都可以商量。"

黄衣老者嗤笑一声,老子今儿真是长见识了。认输不成,就要谈钱了?在蛮荒天下,可没这些花花肠子。打架之前,不太讲究什么狗屁香火情,祖师堂又有哪些挂像,什么丰功伟绩;打架之后,更不用求饶,运道不济,技不如人,就乖乖受死!如果认怂管用的话,老子需要在十万大山那边当一条看门狗?!

众人只听黄衣老者放声大笑道："架才打了一半，你分明还有恁多手段，打算藏藏掖掖带进棺材啊，不拿出来显摆显摆?! 怎的，瞧不起嫩道人?"

嫩道人右手抬起那把雷电交织的雪白长刀，以左手轻轻一抹，在掌心攥出一粒雷电凝练的光球，丢入嘴中，如同佐酒菜大嚼起来，冷笑道："我这地盘，可不是拿来给人看热闹的，不如由你起座天地，换地方打，痛快些，分生死。"

在文庙这边切磋道法，其实谁都束手束脚。先前陈平安与仙人云杪的那场厮杀，双方一样需要处处留力，极其拿捏分寸，需要顾及鸳鸯渚众多修士的安危，免得殃及池鱼。

中土神洲历史上，有过一场两位剑仙突兀而起的搏命，方圆百里之内，剑光无数，多达百余位修士根本逃脱不及，结果都被双方飞剑带起的凌厉剑光穿成了糖葫芦，那两道剑光消散之时，就是无辜修士魂魄搅烂之际。

其中一位，原本身居高位，是一座宗门仙府的掌律祖师，结果被宗门从山水谱牒剔除名字，沦为一位不得不流窜四方的山泽野修。此人正是游历中土神洲的金甲洲剑仙司徒积玉。再后来，司徒积玉就干脆去了剑气长城。

南光照继续以心声道："嫩道人，你我无冤无仇，何必非要分个生死，再打下去，对你我都无半点好处。"

南光照哪里想得到，这位黄衣老者，在家乡那边，早习惯了只要出手，分胜负就是分生死；他更想不到嫩道人如此凶悍出手，只是因为实在窝囊太久，憋了一肚子气。

嫩道人讥笑道："叽叽歪歪像个娘们，老子先打你半死，再去收拾那个穿白衣服的小崽子。"

嫩道人倒不至于觉得真能彻底打杀眼前这位飞升境，让对方跌个境就差不多了。

用自家公子那位李大爷的话说，就是做人留一线，日后好相见。

按照嫩道人以前的厮杀风格，哪里会废话半句，打死了，吃干抹净就算完事。

离开蛮荒天下后，这一路游历，吃喝很香，睡觉安稳，经常见李槐翻阅几本破烂不堪的江湖演义小说，里边那些威震武林的江湖名宿，或是行侠仗义的白道豪杰，与人切磋之时，话都比较多，用李槐的话说，就是打斗双方，担心一旁看客们太无聊，双方若是闷头打完一场架，不够精彩，喝彩声就少了。嫩道人听完之后，觉得很有道理。

南光照脸色阴沉，不再以心声言语，而是撂了一句狠话："嫩道人，别给脸不要脸!"

嫩道人吓了一大跳，难不成眼前这个家伙，是个深藏不露的?

嫩道人一时间惊疑不定，只是再一想，去你的，一个连文庙议事都没资格的老王八，能厉害到哪里去? 你当自己是董三更，还是阿良啊?

当年只因为自己闷得慌，随便一爪子拍伤了个过路剑修，连那本命飞剑都没拍碎，闹着玩而已——毕竟自家十万大山跟剑气长城，双方井水不犯河水——结果阿良就在十万大山里边，追着自己砍了几千里，最后连老瞎子都看不过去了，出了手，还是挨了阿良接连十八剑。

仙霞朱氏女子看了眼那位御风悬停的青衫剑仙，收回视线后，与一旁正在飞快翻阅诗集的密云谢氏俊俏公子哥轻声问道："谢缘，你觉得此人年纪多大？"

谢缘正忙着从那部心爱诗集当中寻找灵感，吟诗一事，最讲究他山之石可以攻玉，被女子打断了诗兴，他哀叹一声，抬起头，看了眼远处的黄衣老者，随口说道："怎么都该是活了几千年的高龄了。"

女子气笑道："不是说他！"

谢缘呆了一呆，哈哈笑道："你说那位兼修雷法的青衫剑仙啊，要我猜啊，至多百岁，与金甲洲的剑仙徐君差不多，都是咱们浩然应运而生的剑道大才，不过咱们眼前这位，更年轻些。"

老剑修于樾听得直翻白眼，憋得难受，又不好与谢缘直说真相，眼前这位青衫剑仙，就是你这小瓜皮心心念念的那位隐官，让你谢缘高呼"见面需要俯首拜三拜"的那个人。

浩然天下最顶尖的豪阀，尤其是涉及跨洲渡船去往倒悬山，与剑气长城有商贸往来的门阀世族，对于那个曾经现身春幡斋议事堂的年轻隐官，其实或多或少都有了解，但是所知不多，十分粗略，因为剑气长城那边管得太严，比如皑皑洲密云谢氏，就只能通过各种山上渠道，尤其因为与刘氏世代交好、姻亲不断的缘故，得知那位接替萧愻位置的末代隐官，不但很会做生意，而且气势极重，首次现身倒悬山，身边就跟着一大拨本土和外乡剑仙，那可是十数位战功累累的实打实剑仙！

李宝瓶原本有些担心李槐会不会被那场山巅斗法波及，不料李槐跟个没事人一样，稳稳当当站在原地，一个人在那边嘀嘀咕咕、念念有词："完蛋了，打输了还好说，大不了拉着嫩道人脚底抹油，实在不行，反正有陈平安在，只要躲在陈平安身后，万事好说。可这要是打赢了，给陈平安帮倒忙不说，嫩道人岂不是要山上结仇？再连累我被人盯着，江湖上只有千日做贼，哪有千日防贼的道理。"

所以李槐试探性以心声言语道："嫩老哥，咱们能不能认输啊？不然以后行走江湖，我每天都要提心吊胆，担心吃闷棍。"

嫩道人如遭雷击，硬着头皮假装没听见李大爷的暗示。老子这场架打得不痛不痒，手还没热呢！

嫩道人手上动作越发凌厉，狠辣出刀，雷霆万钧。

逼着飞升境南光照要么跪下磕头，认输才有诚意，要么干脆去往他的小天地，酣畅淋漓厮杀一场。

再一想，嫩道人好像又挨了一记天劫，如今自己这小天地，他与李槐，当然可以随便言语,只是李槐怎么可以无视天地重重禁制,与自己说话?

大爷就是大爷。

难道是老瞎子传授的某种秘法?可李槐明明亲口说过,他就没跟老瞎子学过一招半式。

李槐见嫩道人没听着自己的言语,只好转去向李宝瓶问道:"宝瓶,咋办?"

李宝瓶说道:"这位前辈,会收手的。之后怎么办,你不用多想,前辈自会处理妥当。"

李槐咧嘴一笑,那就放心了,给自己补了个天经地义的道理:"再说了,不还有陈平安在嘛,我会怕麻烦?麻烦怕我才对!"

其实李槐的很多想法,打小就跟常人不太一样。

比如当年李宝瓶把他的裤子丢到树杈上,嗷嗷大哭的李槐担心的不是什么丢脸,会不会被羊角辫的石春嘉笑话很久,而是一条新裤子老值钱了,穿不回家,娘亲还不得心疼死,说不定就要拧他胳膊,不穿裤子没啥,凉快得很哪。可是被掐胳膊,那是真会疼啊。娘亲就算回头给他再买条新裤子,家里肯定就没钱买鸡腿了,瞧他姐李柳那模样,已经够瘦不拉几的了,长得还不好看,以后还怎么嫁人?所以那条高高挂在树上的裤子一定不能丢。

再比如杨老头丢了几本泛黄的书给他,在那鼓囊囊的包裹里,太不起眼。书的封面和前几页好像都给人撕掉了,里边很多内容,大概是山上术法,规矩多,这个不要学,那个不要做,这道术法有损天道功德,那门神通会被大道压胜……学个锤子,所以挑来选去,李槐就学了那门心声,这个好,没啥瞎讲究,学起来百无禁忌,还实用。

杨老头给李槐留下了一封信,在信上交代了一些事情。比如他将来该去哪里找个老先生,跟那位老前辈随便学几手符箓手段,此人曾经游历过骊珠洞天,待了好些年,与你爹经常喝酒。技多不压身,有门手艺傍身,比起兜里多些银子,总归更安稳些……

就像家里的老人,平时絮叨的时候,烦心;真等到老人不絮叨的时候,就要伤心。

南光照此时心情糟糕至极,就跟他那晚辈云杪看待嫡传差不多,觉得这个云杪,真是个丧门星、惹祸精。

与那嫩道人,道理全然讲不通,看对方架势根本就是要他跌境才愿意收手,南光照只得使出压箱底的一门神通,直接祭出了一件同样被他彻底炼化的小洞天。

嫩道人大笑一声,长刀归鞘,随手丢入袖里乾坤当中:"终于有点飞升境的气度了!"

李槐急匆匆说道:"小心!"

嫩道人回望了一眼岸边这个儒衫年轻人,愣了愣,这孩子,还会真心在意一条看门狗的生死?图个啥?想不通。

嫩道人摇摇头，想不明白就不去想了。这一点，倒是与李槐差不多。也难怪他们俩凑一堆，谁都不别扭。

随着两位飞升境的身形消逝，鸳鸯渚刹那之间便天地清明，大日重现。

几乎所有修士都如释重负，而且大部分练气士都在师长的护送下，匆忙御风远离鸳鸯渚这个是非之地。

一打就是两场架，先是一位剑仙一位仙人境，再有两位飞升境，看热闹也算看饱了。何况天晓得南光照的那座小天地，会不会当场崩碎？

仙人境云杪肯定是心情最沉重的那个修士。走又走不得，不远处还有个双手笼袖笑眯眯的青衫剑仙。

一直是九真仙馆半张护身符的南光照，看着是不济事了，谁能料到会蹦出个巅峰飞升境来搅局。

按照常理，飞升境中的最强者，哪个没去文庙？南光照这种被文庙晾在一边坐冷板凳的飞升境，本该无敌。可那位逐鹿宋子如今正在文庙那边参加议事，今天如何收场？

好些个中土大修士境界极高，在山上拣选一处洞天福地潜心修行，山中幽寂，证道长生，其实厮杀功夫与境界并不匹配。

云杪暗中谋划，底气十足，内心深处其实就很瞧不起几位神魂腐朽、暮气沉沉的老飞升，千年王八万年龟，活得久而已。

哪怕还有一把飞剑被云杪拘押在手，陈平安反而像是捏住云杪大道命脉的那个人。

陈平安没来由想起师兄左右的一番言语。说问剑，是一件很简单的事情，就是你比对手多递出一剑。比如一剑递出，对方死了，问剑结束。相互出剑，最后一剑，是你递出的，当然还是你赢。

当时陈平安一场"问剑"刚刚完毕。师兄从头到尾只是纹丝不动，师弟却已经半死不活躺在城头上。

陈平安就胆大包天来了一句："师兄说得轻巧。"

反正练剑已经结束，师兄总不能再如何收拾自己，至于下次练剑会不会遭罪，先不管了。

左右没有生气，只是说道："练剑治学，为人处世，都需要做到举重若轻。"

陈平安老老实实躺在原地，没敢得寸进尺，就问了个好奇已久的问题："师兄是怎么练剑的？"

事实上，这个问题在剑气长城，恐怕除了老大剑仙不感兴趣之外，所有人都想要好好问一问。

左右说道："出海之前，学成了直线剑术；出海几年，练成了弧线。既然两条剑术脉络已成，那么我来剑气长城之前，就不叫练剑了，只是磨剑。"

略作停顿，左右补上了一句："无甚意思。所以要来这边看看。"

陈平安那会儿赶紧坐起身，问道："然后呢？师兄是不是又学成了新的剑术脉络？"

左右没有直接给出答案，只是说道："本来破境不难，只是来了这边，才发现横竖再多，还是不成天地，加上弧线依旧不够圆满，所以合道不易。"

陈平安当时不太理解师兄的言外之意，只听出一个意思：师兄原本在剑气长城有望破境，但是突然间眼界高了，反而破境瓶颈就变得比天大。

直到遇到了裴旻，再遇到吴霜降，尤其是今天仙人境云杪祭出雨亭、火炉两剑，蓄势待发，被剑尖所指，陈平安一瞬间只觉得背脊发凉，好像有剑锋近在咫尺，随时都有可能被切开法袍、皮囊、魂魄，一剑皆斩。然后陈平安才理解了师兄左右当年那句话的真正含义。

简单来说，就是师兄左右一旦合道十四境，那么他所立之地，一座天地，不管是方圆数里，还是方圆百里之内，就会有数个、十数个，甚至可能是百余个左右，同时递剑一处，作为一场问剑。大概这就是所有剑修追求的极致境界。

所有事，一剑事。

师兄这种境界，学是学不来的。因为需要剑修最纯粹的心性。

陈平安笑着与云杪这位仙人境提醒道："我与嫩道人，都是那位青竹兄嘴里所谓的外乡佬，云杪老祖可以借机拉拢好友，引来中土修士的同仇敌忾，说不定可解此局。"

云杪养气功夫极好，当作耳边风。可如果这位青衫剑仙没有点破此事，云杪真会找机会去做成此事。

云杪心中，对此人的忌惮，越来越多。平白无故招惹上一位剑仙已经十分难缠，如果这位剑仙还城府深沉，擅长算计，行事阴险，九真仙馆的梅师、兰仙，尤其是那些祖师堂嫡传，以后还要不要下山历练了？如果宗门修士一出门，坐个渡船，或是御风，就得挨上一记飞剑，哪怕那剑仙不杀人，只求伤人，到最后九真仙馆不是就等同于封山吗？

云杪心湖又有那人的嗓音响起，听得他这个仙人境头疼不已。

"先前在鸳鸯渚岸边，我与芹藻、严格两位大修士有幸闲聊了几句，只是两位前辈义愤填膺，对我疾声厉色，很是痛斥了一番。九真仙馆的山上人缘实在太好，让我都有些后悔与云杪祖师把一场误会闹得这么大了。"

云杪心中冷笑不已，就严大狗腿？还疾声厉色？与你这位剑仙套近乎都还来不及吧？倒是芹藻，是个看热闹不嫌事大的，说不定愿意帮衬一把，却不是真心想要帮着九真仙馆脱离困境，不过是煽风点火，唯恐天下不乱。反正烂摊子再大，不需要他芹藻收拾。

云杪沉声问道："你到底是谁？为何要与九真仙馆不死不休?!"

陈平安笑道："不死不休？谈不上吧。至于我，野修出身，来中土神洲能做什么？来了这鸳鸯渚，又能做什么？至多就是钓鱼而已。青竹兄不惹我，我哪里能与九真仙馆这样的中土大宗门攀上什么关系。"

云杪心弦紧绷。

野修。天下野修，最向往何处？当然是那座彩云间白帝城。所以一听此人提及"野修"二字，云杪自然而然就会往这边想。

陈平安冷不丁说道："云杪祖师，你说咱们算不算大水冲了龙王庙？"

云杪心神一震。难道此人今天出手，是得了那人的暗中授意?! 是白帝城要借机敲打九真仙馆？

陈平安同时分心与岸边那位老剑修闲聊。因为这位密云谢氏的首席客卿方才主动询问一事，让陈平安有些哭笑不得。

"隐官大人，我几位嫡传弟子都不成器，境界最高的，也才是个魂魄已经老朽不堪的元婴境，不堪大用，其余几个，一样都是挑不起大梁的，所以……能不能？"

见隐官没答话，于樾就有些急眼了，再不言语含蓄，而是开门见山了，直截了当说道："我一定倾囊传授剑术，砸锅卖铁，帮弟子温养飞剑，将来如果没有栽培出个上五境剑仙……剑修，以后隐官大人就只管登门问罪！"

于樾是真眼馋了。

老友蒲禾走了狗屎运，就收了一对剑气长城的剑仙坯子作为嫡传，少年野渡、少女雪舟。小姑娘那练剑资质，当得起"惊艳"二字，少年资质竟然更好，尤其那谈吐……硬是要得。

不是一家人不进一家门。蒲禾对那少年弟子，中意得一塌糊涂，比晚来得子还要高兴。

不但是蒲禾，听说金甲洲的宋聘、扶摇洲的谢稚、皑皑洲的谢松花，所有这些远游剑气长城的浩然剑仙，都有收取剑气长城的剑仙坯子作为嫡传，而且听蒲禾的口气，好像都是隐官大人的精心安排。那么这就行了啊。蒲老儿是玉璞境去的剑气长城，得了俩徒弟，自己也去过，当时是金丹境，那就打个对折，隐官大人就送一个弟子？

陈平安无奈道："如果前辈早些开口，我确实可以帮忙，现在再来谈此事，就有些晚了。不过前辈如果愿意等，可以等到第五座天下再次开门，到时候游历飞升城，我可以让人稍稍早个几年就开始帮前辈挑出弟子人选。只要真有道缘，前辈就可以带离飞升城。"

于樾听得揪心不已："得等好些年啊。"

陈平安想起自家山头倒是有九位剑仙坯子，只不过大多都有了安排。

不过又想到其中两个孩子,陈平安略作思量,说道:"前辈如果有空,可以去趟宝瓶洲落魄山,我山头那边有两个孩子,有可能愿意跟随前辈练剑,只敢说有可能,我在这里不敢保证什么,还是要看前辈的眼缘,以及那俩孩子自己的想法,成与不成,前辈可以去了落魄山,先试试看。"

于樾大喜过望:"成,怎么不成,去隐官的家乡游历一番,哪怕收不成弟子,也是一桩美事。"

于樾突然又问:"隐官大人,再求个事?"

实在是难以启齿,只是机会难得,老剑修就话说一半,又开始含蓄起来。

陈平安笑道:"前辈愿意当那供奉、客卿,记名还是不记名,都没有任何问题,晚辈求之不得。只是薪俸神仙钱一事,真没得谈,我那落魄山,才刚刚跻身宗字头山门没几天,兜里没几个钱的。"

于樾大笑道:"那我就花钱与隐官大人买个客卿嘛,至于供奉,就算了,不是不想,而是我没这脸皮,毕竟没办法经常待在宝瓶洲,当个记名客卿,真要有事,飞剑传信密云谢氏便是,以后我在那边混吃混喝,会比较多,保管随叫随到。隐官大人你放心,我当这个客卿,绝对是一笔划算买卖,宝瓶洲认得于樾的人,肯定没有几个,出剑砍人,砍完就跑,半点蛛丝马迹都没有,保证把隐官大人交代的事情办得干净利落、漂漂亮亮!"

陈平安笑着说了个"好"。

于樾只觉得神清气爽,妥了。客卿也当上了,关门弟子也有希望了。

陈平安看了眼那个谢氏子弟,想起了一些事情。

皑皑洲两位剑仙张稍和李定,联袂远游剑气长城,最终一去异乡,不返故地。加上谢松花,都属于墙里开花墙外香。三位剑仙,无论男女,好像对家乡皑皑洲的风土,无一例外,都没什么好感,也不愿意在家乡修行,就更别提开宗立派了。

好像一座皑皑洲总是留不住剑仙,所以外乡剑仙只要乐意在皑皑洲挂个名,就是一大笔神仙钱。比如于樾就挂了两个供奉、三个客卿的名,当然不全是在皑皑洲,中土神洲这边,加上家乡流霞洲,都有。这些钱,躺着拿。被老友蒲禾瞧不起,也实属正常。

只是蒲老儿说话确实太过难听了些,什么家里热乎饭不吃,跑去外边吃屎啊?

刘财神曾经牵头,帮着皑皑洲跟火龙真人私下商议,希望花钱与北俱芦洲买回那个"北"字,不是刘聚宝钱多了没地方花,而是这里边涉及剑道气运一事。

陈平安率先眺望远方一处。甚至要比仙人云杪、芹藻等人,都要更早转移视线。

天幕处涟漪阵阵,嫩道人大步走出,手中攥着一位飞升境的脖颈,拖曳死狗一般。

嫩道人将奄奄一息的南光照随手丢入鸳鸯渚附近的河水中,大笑道:"道法稀烂。"

云杪眼皮子打战,主动松开五彩绳索束缚住的那把飞剑,以心声言语道:"如何赔偿?"

陈平安笑道:"既然有可能是半个自家人,那就陪我继续演一场戏?"

云杪说道:"愿闻其详。"

云杪笃定此人必然与白帝城那位很有渊源。实在太像了。

陈平安突然改口说道:"我与郑城主,其实就没见过面,云杪老祖多半是误会了。"

云杪吃了一颗定心丸。

不但言语像,行事像,而且神似!

嫩道人飘然落在岸边,其间与远处被他认出身份的老舟子遥遥对视一眼,都从对方眼中看出了欣赏神色。

蛮荒桃亭,浩然顾清崧,英雄同道,路上寂寥,难免惺惺相惜。

鸳鸯渚这边动静太大,原本待在泮水县城宅子里无所事事的一袭粉袍就觉得好个天赐良机,所以柳赤诚都懒得施展什么掌观山河神通。师兄在,哪里去不得?

所以他半拉半拽着柴伯符赶来凑热闹,结果就远远看到了那个陈平安,柳赤诚原本挺乐和,只是再一瞧,岸边还有个红衣女子,柳赤诚急急停下御风,与那龙伯老弟对视一眼,都从眼中看出了一个字:撤!

不承想陈平安已经笑着招呼道:"柳兄,这么巧?"

柳赤诚拍了拍柴伯符的肩膀。柴伯符点点头,身子一歪,当场重伤晕厥过去。

柳赤诚有些措手不及,死道友不死贫道?扶也不扶那柴伯符,柳赤诚任由龙伯老弟直不隆咚摔在地上,笑容灿烂,挥手大声道:"好久不见啊!"

看着那件扎眼的粉色道袍,再看了看那个口口声声与白帝城没关系的一袭青衫,云杪蓦然间灵光乍现,恭敬万分,与陈平安说道:"见过郑先生。"

陈平安说道:"都什么跟什么。"

胆子再大,也不会在郑居中的眼皮底子下假冒什么白帝城城主。

云杪颤声道:"晚辈明白。"

嫩道人在鸳鸯渚一战成名,打了南光照一个半死。

南光照被嫩道人丢入河水当中,一时间竟是无人敢捞。一位声名卓著的飞升境大修士,只是凭借那件破碎不堪的水袍,就那么随水漂荡。

嫩道人站在岸边,落在各方看客眼中,自然就是顾盼自雄的气度,道风高渺,无敌之姿。

鸳鸯渚岛屿那边,芹藻以心声向那位嫩道人遥遥询问道:"前辈,能否让我先救起南光照?"

嫩道人嗤笑一声:"可以,怎么不可以,随便救,捞了人,等下就可以让人救你了。"

芹藻无可奈何。这位巅峰飞升境大修士的心性绝不可以常理揣度,以后一定要少打交道,能避开就一定让路。

李槐浑身不自在,他习惯了在一堆人里,自己永远是最不起眼的那个,根本不适应这种万众瞩目的处境,就像蚂蚁满身爬,紧张万分。天晓得鸳鸯渚四周,远远近近,有多少位山上神仙当下正在掌观山河,看他这边的热闹。

李槐问道:"受伤了吗?"

嫩道人心中一暖,好像大冬天吃了顿火锅,瞬间敛起身上那份桀骜气势,咧嘴笑道:"屁事没有,些许术法砸在身上,挠痒痒呢。"

嫩道人突然一个低头哈腰,搓手不已,赔笑道:"公子,只管宽心,我与公子朝夕相处,如伴芝兰,自然而然就改了很多脾气,今儿做事,很留一线了,这老东西都没跌境,而且没那寻仇的胆子。"

那个不知姓名的老儿,要是真有这份说死就死的英雄气魄,倒好了。下一场厮杀,双方订立生死状,挑个僻静地方,出手无顾忌,事后文庙肯定都不会管。

先前没有听从李槐的意思,早早收手,千万不能被老瞎子听了去,由奢入俭难啊,跟在李槐身边,每天享福,嫩道人如今可不想回那十万大山继续吃土。

李槐说道:"山上恩怨,我最怕了,不过你境界高,有自己的脾气,我不好多劝什么,只是浩然天下,到底不比十万大山那边,一件事很容易牵扯出千百件事,所以前辈还是要小心些。最后说句不讨喜的话,人不能被脸皮牵着走,面子什么的,有就行,不用太多。"

李槐行走江湖的唯一宗旨,就是我不自找麻烦,麻烦也别来烦我。

嫩道人心中感叹一声,他能够感受到李槐的那份诚挚和担忧,点头轻声道:"公子教训得是,仅此一回,下不为例。"

李槐蓦然大笑,一巴掌拍在嫩道人肩头:"你这老小子,可以啊,原来真是飞升境。"

嫩道人有些难为情:"还好,还好。"

到了老瞎子那边,被踩断脊梁骨,一脚就得趴下。就算离开了十万大山,不过是多几脚的事。

白也,鸡汤老和尚、护法东传的僧人神清,东海观道观的臭牛鼻子老道,在蛮荒天下裂土割据的老瞎子,这几个十四境,各有千秋。

白也手持仙剑,杀力最高,毋庸置疑。神清的金身不败,最难破开。浩然山巅曾经流传一个小道消息——"半个十四境的攻伐,两个十四境的防御"。据说可能是阿良最先提出这个说法。关于这位外乡老僧的合道方式,浩然天下的山巅修士只是有些猜测,有说是合道一部《金刚经》的,还有那"龙象炼化百万狮子虫"的古怪说法。老观主道法极高,学问驳杂,注定会很难缠。至于老瞎子,性情太过古怪,孤僻乖张,喜欢搬山作画,在蛮荒天下,就没有过真正意义上的出手,所以一切都是谜团。哪怕是当了多年看门狗的嫩道人，仍是不清楚老瞎子的大道根脚。

十四境大修士的合道路数，抛开天时地利两条大道不谈，只说第三种合道人和，确实一个比一个匪夷所思，如白也的心中诗篇，吴霜降的道侣心魔，斩龙之人的世间有真龙，陆沉的五梦七心相。

嫩道人瞥了眼那一袭扎眼至极的粉色，还是忍住了出手的冲动。不然搁在十万大山，只要不是剑气长城的剑修路过，谁敢穿得这么花里胡哨，嫩道人真忍不了。

蛮荒桃亭，浩然顾清崧，白帝城琉璃阁阁主。小小鸳鸯渚，今天竟然同时聚集了三大豪杰。

白帝城琉璃阁阁主柳道醇，那一袭粉色道袍就是身份象征。柳赤诚只是借用白河国书生的名字，白帝城山水谱牒上边其实是柳道醇。

云杪手捧白玉灵芝，转过身，对着柳赤诚打了个稽首："云杪见过柳师。"

柳师是敬称。在山上，"师"字后缀，最早源于佛门，后来浩然皆用，相当于"子"字后缀。

等到柳赤诚现身鸳鸯渚，可谓一波未平一波又起，众人遥遥见着了那一袭粉色道袍，就要心里边打鼓不停，这让许多赶来鸳鸯渚凑热闹的修士纷纷停步不前，有晚辈不解，便有师门长辈帮忙解惑，说起了这位白帝城大修士的"风光"履历。因为柳阁主所过之处，必有风波。最后一桩战绩，便是掳走了一位天师府黄紫贵人，挑衅龙虎山，结果大天师便携天师印下山，据说追到了海上，赵天籁根本没有给白帝城什么颜面，直接下了狠手。而郑居中并未对这个小师弟出手相救，然后柳道醇便在中土神洲足足消失了千年光阴。前些年柳道醇大摇大摆返回白帝城，重入主琉璃阁，不过开始改用柳赤诚这个名字。

连岛屿上的芹藻、严格都倍感头疼，尤其是最为熟稔山上是非的天倪，更是感慨不已："没完没了，今天是怎么回事。"

柳赤诚看都懒得看那白衣仙人一眼，更别说搭话客套了。他一路御风直接来到陈平安身边："好有闲情逸致，跑这儿钓鱼呢？有无趁手的渔具？没有正好，我与绿蓑亭仙人褚羲相熟，关系一向不错，回头送你一套？"

与好友陈平安以心声言语？滑天下之大稽！柳某人出门在外，一身浩然气，无话不可明说，无事不是公然为之。

陈平安笑道："老手一支竿，新手摆地摊。你帮忙与褚亭主讨要一根鱼竿就行，回头我把神仙钱给你。"

对这位柳书生的无事献殷勤，陈平安心中有数，已经猜出了大致缘由。当年招惹李宝瓶的那个人，多半就是这个柳赤诚了，李宝瓶才会有那个顾璨让人意外的说法。

柳赤诚一走，重重摔在地上的柴伯符蓦然醒来，缓缓转头，瞥见柳赤诚暂时顾不上自己，便一个鲤鱼打挺，再一个鱼跃入水，运转本命水法，沿着鸳鸯渚往河水下游疯狂远遁。不愧是曾经与刘志茂争夺一部《截江真经》的野修。

别看如今柴伯符境界不高，跌跌落落，起起伏伏，前些年好不容易从元婴境再一次跌回龙门境，再通过那座龙门重返金丹境，可是这一手辟水神通，耍得相当不俗，其实不输元婴境。

柴伯符很怕顾璨，而且柴伯符知道顾璨这小子，不知为何，天不怕地不怕，好像连那郑居中都不怕，唯独很怕陈平安。

柴伯符一直觉得那座处处没道理可讲的白帝城，简直就是为顾璨量身打造的修道之地。顾璨在那里，如鱼得水。这小子在修行路上，这些年如有神助，一路破境，势如破竹，年年都有新气象。

直到现在，柴伯符都不知道顾璨是不是剑修，又学成了哪些道法。反正柴伯符确定一件事，顾璨要想收拾自己，从来无须境界。

柳赤诚神色肃穆，假装不知道那位龙伯老弟的脚底抹油。等到柴伯符逃远了，柳赤诚小心翼翼掂量几分，破例一回，以心声言语道："陈平安，瞧见没，先前被我一巴掌狠拍下去，乖乖躺在地上的家伙，恶名昭彰，歹人一个，名叫柴伯符，道号龙伯，曾经是你们家乡那边横行一洲的元婴。这种人野修出身，行事最不讲究，好像还是清风城许氏妇人的姘头，当年就是他好死不死，要与李宝瓶不对付，我当时正好与顾璨同行，路过狐国，遇到这种事情，岂能坐视不管？"

柳赤诚一转头，望向岸边，陈平安就已经帮着说话了："咦，怎么跑了？"

被抢了话的柳赤诚顿时神色尴尬，腹诽不已，不愧是小镇淳朴民风集大成的陈平安，说话实在太恶心人了。

陈平安笑问道："鬼话连篇，你自己信不信？"

柳赤诚破罐子破摔，开始祭出一门无师自通的本命神通，混不吝道："反正我已经被李希圣教训过了，还被顾璨记恨至今，不差你陈平安今天再如何。"

陈平安默不作声。

今天本来打算与那南光照大打一场，输是必然，毕竟南光照是一位飞升境，哪怕不是裴旻这般的剑修，但胜负没有半点悬念。只不过出手所求，本就是个年轻人不知轻重、脾气太差、玉璞境剑修就敢跟一位飞升境老修士问剑。可惜被嫩道人搅了局，错失了大好机会。

等到柳赤诚一来，陈平安就连跟云杪再演戏一场的心思都没了。没关系，那就在鳌头山那边对蒋龙骧提前出手。

至于还有一场问拳，是私人恩怨，问拳双方，都不会大肆宣扬。

陈平安看了眼鸳鸯渚河水，万事万物，随缘而走。比如柳赤诚的现身，就让陈平安立即有了个新的打算，效果不比和云杪再打一架来得差，说不定只会更好。

云杪屏气凝神，这对白帝城师兄弟，又开始钓鱼了？这次是郑居中持竿，小师弟柳道醇来当鱼饵？难道钓起了南光照这条飞升境大鱼，还不够？

郑居中最可怕的地方，不是棋术通天，只喜欢钓大鱼，恰恰相反，郑居中的蛊惑人心，好似遮天蔽日，被他相中了一处鱼塘，就没有任何漏网之鱼。郑居中在那些小人物身上耐心极好，一样愿意花费精力，最终串联起一张细密的渔网。当年九真仙馆那场险之又险的变故落定后，欺师灭祖的云杪受益最大，但是心有余悸，事后极小心复盘棋局，发现从祖师堂的几个供奉、客卿，再到两位嫡传弟子，涿鹿宋氏的护道人，打扫庭院的外门杂役子弟，打理花圃的不入流女修，九真仙馆藩属山头的几位山水神灵……似乎都有郑居中在棋盘落子的痕迹，真真假假，虚实不定。垂钓地点，抛竿时辰，鱼饵分量，鱼路走向，钓深钓浅……一切都在郑居中掌控之中。

好个"仙人疑似天上坐，游鱼只在镜中悬"。

云杪如何能够不怕？

陈平安转头跟云杪说道："飞剑。"

云杪早已松开那条既可捉剑还能炼剑的五彩绳索，求着那把始终悬空不去的飞剑赶紧物归原主。

陈平安收起初一和另外那把隐匿水底的十五，两把飞剑重新栖息在两处本命窍穴。

云杪问道："敢问先生，如何处置我那逆徒李青竹？"

陈平安随口说道："小惩大诫即可。事后九真仙馆传出话去，李青竹很无辜，什么话都没说，什么事都没做。"

云杪以心声答道："晚辈领命。"

这些路数，似曾相识。

陈平安只得再次说道："你是怎么想的，会觉得我是郑先生？"

云杪说道："当然不是。"

晚辈自己心中有数就是了。

嫩道人见那白衣小崽子乖乖向年轻隐官交还了飞剑，就一挥袖子，将在水中漂出去很远的南光照打到岸上。总不能就这么由着那位飞升境一路漂荡去往问津渡。人要脸树要皮，不打不相识，准确说来，自己好像还得感谢这个老头，不然找谁打去？符箓于玄，还是大天师赵天籁？是奔着长脸去了，还是着急投胎？

南光照被抛"上岸"后，依旧昏迷不醒，翻了几个大滚。足可见那位嫩道人下手之狠、出手之重。

一时间还是无人胆敢靠近南光照，严格则一马当先，御风如电掣，大袖一卷，将南光照收入袖中乾坤,小心驶得万年船,严格不惜祭出两张金色符箓,缩地山河,瞬间远离鸳鸯渚,去往鳌头山。

芹藻翻了个白眼。

天倪打趣道:"烧了好大一个冷灶。"

嫩道人心虚几分,向年轻隐官笑道:"谢就不用了,我家公子得称呼隐官大人一声小师叔,那就不是外人。"

陈平安笑呵呵道:"好说。"

陈平安得了一个心声:"这个柳赤诚,先不用管他,我自有计较。"

是李希圣。

陈平安回到岸边,以心声和李宝瓶道:"鳌头山蒋龙骧那边,小师叔就不捎上你了,因为会闹得比较大。"

"三个"陈平安,花开三朵,各表一枝,都有事做。

李宝瓶点点头:"没事,小师叔记得算上我那份就行。"

柳赤诚笑着跟随陈平安。

和身边这位年轻隐官,确实是结结实实患难与共的老朋友了。

云杪随手一抓,将得意弟子李青竹从水底打捞而起,将这只落汤鸡随便收入袖中。云杪心中依旧惴惴不安,却是闲适神色,临走之前还撂下一句狠话:"山不转水转,后会有期,九真仙馆,静待问剑。"

柳赤诚闻言大喜:"陈老弟,不如让我借此机会将功补过?!"

打不过那云杪又如何,云杪敢对自己出手? 老子躺在地上,拦住云杪去路,云杪都不敢挪步。

境界高? 一个仙人境,看把你牛气得。倒是与我师兄比去啊。不服气? 有本事你云杪也搬出个师兄啊,别说师兄了,九真仙馆的历代祖师爷,都从棺材板里跳出来,来与柳某人比画比画?

几乎同时,嫩道人也跃跃欲试,他眼神炙热,急匆匆以心声询问:"陈平安,做好事不嫌多,今儿我就将那白衣仙人一并收拾了,不用谢我,客气个啥,以后你只要对我家公子好些,我就心满意足了。"

陈平安分别回话。

"不用,我很快就会去拜会你师兄。"

"桃亭前辈,见好就收,差不多就行了。"

柳赤诚立即消停了。

嫩道人更是想起一事,立即闭嘴不言。

听说当年在剑气长城的战场上,托月山大祖就对这小子说过一句"见好就收"。

嫩道人转去和身穿粉色道袍的家伙搭讪:"这位道友,穿着打扮,十分鹤立鸡群,很令旁人见之忘俗啊,山上行走,都免去自报道号的麻烦了。"

柳赤诚扯了扯嘴角:"哪里,不如嫩老哥行事豪气,这一手偷天混日,龙虎山大天师和火龙真人以后遇到了嫩老哥,都要绕道而行吧。"

嫩道人微笑道:"道友你这根脚,都能在浩然天下随便逛荡,了不得。与那铁树山的郭藕汀是什么关系?是你爹啊,还是你家老祖师啊?"

柳赤诚嘻笑道:"郭藕汀?铁树山请我喝酒,都不稀罕去。"

柳赤诚反问道:"嫩老哥你呢?不是与我一样?修行多年,好不容易爬到这么个境界,挨了不少白眼,吃了不少苦吧?"

嫩道人冷笑道:"不凑巧,老夫来自剑气长城南边的大山。山中逍遥自在,可不用与任何人摇尾乞怜。"

柳赤诚呵呵一笑,双指扯了扯道袍领口:"原来是外乡人啊,难怪不晓得柳某人。"

然后双方皆是一愣,异口同声。

"十万大山的桃亭?!"

"白帝城的柳道醇?!"

他们爽朗大笑,把臂言欢,一见如故。

陈平安不理睬这两个脑子有病的,向李槐问道:"鹦鹉洲有个包袱斋,一起去看看?"

李槐有些无精打采:"算了吧,陈平安你别带上我。当年跟裴钱远游北俱芦洲,在披麻宗那条渡船上边乱买东西,差点害得裴钱赔钱,只能保本。"

陈平安疑惑道:"裴钱怎么跟我说你们赚了很多?事后五五分账,你们俩都挣钱不少的。"

在赚钱这件事上,裴钱不会乱说。小时候的黑炭小姑娘,从陈平安这边知道了些山水规矩后,每次入山下水,都要用自己的独有方式礼敬各方土地……不管当地有无山神水仙,都会用青草或是树枝当香火,每次虔诚"敬香"之前,都要碎碎念,说她如今是屁大孩子,真真没钱嘞,今儿孝敬山神爷爷、水仙大人的三炷山水香,礼轻情意重啊,一定要保佑她多多挣钱。

李槐瞪大眼睛:"啥?!"

倒不是觉得裴钱坑他,不至于,李槐绝对不会这么想裴钱,就他们俩那份交情,日月可鉴。只是李槐想不明白,他们俩既然明明都挣了钱,怎么后来一路远游,每次休歇时分,裴钱都时不时拿出一样物件,长吁短叹,跟亏了钱似的,再斜眼看他,让他良心不安了一路,每天都像欠了裴钱一大笔钱似的。

李槐感慨万分,难怪裴钱能继任盟主,自己还只是个没有功劳只有苦劳的小舵主,果然不是没有理由的。

李槐立即精神饱满，斗志昂扬，大手一挥："去鹦鹉洲瞅瞅！"

陈平安转过头，突然说道："稍等片刻，好像有人要来找我。"

那个酡颜夫人，远远看完了一场场热闹，有些犹豫不决，她收起掌观山河的神通，转头与那少女花神说道："瑞凤儿，你不是忧心百花福地的评选一事吗？姐姐兴许可以帮上忙，就是……"

酡颜夫人抬起手，双指捻动，笑眯眯道："可能需要一笔神仙钱，因为真正帮忙的，不是我，是那人，而那个家伙，掉钱眼里了，他眼中从无女子好不好看，只有钱钱钱。"

这位酡颜夫人有自己的小心思，既可以帮着瑞凤儿保住花神命格，与这位凤仙花神娘娘攒下一份香火情，说不定还能帮着隐官大人挣笔神仙钱，仗义不仗义？不奢望陈平安以后瞧见自己会有几分笑脸，只要眼神视线别那么瘆人，她就烧高香了。

瑞凤儿大喜过望，摘下腰间一只绣花钱袋子，神采奕奕道："只要那位青衫剑仙能帮忙，家底都给了他，也无所谓的！里边除了些谷雨钱，还有一小袋子凤仙花种，花开七彩，可漂亮了，好些做客福地的仙师向我开口讨要，我都假装说没有呢，等以后有了再说。"

这位凤仙花神随即病恹恹的："酡颜姐姐，可是我兜里没几个钱呢。百花福地就数我最穷了。"

一来跻身百花神位岁月不久，积攒不出太多的家当。况且她也实在不是个精通商贾之术的，好些其他花神姐姐能挣一枚小暑钱的买卖，说不定她就只能赚几枚雪花钱，还要窃喜几分，今儿不曾亏钱哩。再者她私底下花钱买了好些文人骚客的咏花诗篇，可都像那位九真仙馆的年轻仙师……打了水漂。最后，少女花神其实心里边委实有些怵那位青衫剑仙。她知道自己嘴笨，不会说那些山上神仙你来我往的场面话，会不会一个照面，生意没谈成，钱袋子还被对方抢了去？那个脾气好像不太好的剑仙，连九真仙馆仙人境的云杪祖师都敢招惹，在文庙重地，双方打得天翻地覆，抢她个钱袋子，算什么嘛。

酡颜夫人带着凤仙花神一起去找隐官大人。

陈平安望向河对岸。河对岸有个身形模糊的儒衫身形。

发现陈平安察觉到自己，那人也不奇怪，微微一笑。

陈平安点头致意，没有言语。

是文庙的经生熹平。这位负责看守文庙大门和功德林的儒生，其实是从那些熹平石经当中显化而生，身负浩然文运，类似一位无境之人。

按照自家先生的说法，别看熹平老弟表面上只是做些琐碎事，其实身处文庙周边，就可以视为十四境，既合道天时，又合道地利，对付个飞升境，不分强弱，小事一桩，信手拈来。

大千世界,无奇不有。

酡颜夫人领着脚步越来越慢的少女花神瑞凤儿来到一袭青衫身边。

这一路真是好走,瑞凤儿竟然走到半路就反悔了,和酡颜夫人说她钱袋里边家底太少,她得去找花主夫人借些钱。还说一位剑仙前辈,如何能够掺和百花福地的评选一事,就莫要挥霍酡颜姐姐的山上香火情了。

这些自然都是借口,少女花神分明是不敢去见那位脾气暴躁的剑仙。

酡颜夫人气不打一处来,伸手拽住小姑娘,不让她跑。你怕,我就不怕吗?那家伙分明就是在河边等着自己呢,要么咱们姐妹俩干脆就别挪步,要么就硬着头皮去见他,临时反悔,算怎么回事。

文庙继续议事。那个被礼圣丢到一长排屋子外边的陈平安则继续闲逛。

陈平安半路遇到一个消瘦老人,老人坐在台阶上,老烟杆坠烟袋,正在吞云吐雾。

陈平安停下脚步,犹豫着要不要言语几句。但他看着那老烟杆,有些神色恍惚。

老人转过头,主动笑问道:"瞧着很面生啊,年纪轻轻的,是当大官儿的,还是圣人府后裔?帮着文庙圣人们,来这儿巡查各屋进度了?"

儒家的某些君子贤人,会有些书院山长之外的文庙独有官身。

陈平安作揖行礼,直腰后笑道:"都不是。晚辈能不能叨扰老先生一番?这一路走来,挨了好些白眼冷脸。"

老人爽朗笑道,往旁边伸手道:"随便坐,文庙也不是我家,若是我家,小子更可以随意。"

远处一间屋子,有个年轻人探头喊道:"郦先生,曳落河有处水脉的宽窄,文庙的老本档案和郑城主给出的新本记录,好像有些出入,需要您老人家掌掌眼,帮忙敲定一下。"

"先空着,容我抽完这袋烟,不能又要驴推磨,又不给草吃。"

老人摆摆手,埋怨道:"就你们这帮孩子矫情,还敢嫌烟草味儿冲,不然都没这事。"

陈平安刚落座,双手笼袖,闻言后忍不住转头,双手抽出袖子,轻轻放在膝盖上,惊讶道:"老先生,您是那位'太上水仙'郦先生?"

陈平安出门远游,路走得远了,书看得多了,心中自然会有一些由衷神往之人,大多都是些"书上人",比如夜航船的那位李十郎,还有刻印的王元章老先生,为天下金石篆刻一道别开生面。而这位被誉为"太上水仙"的郦先生,更是陈平安极为推崇的一位老前辈,是陈平安心中当之无愧的圣贤。

因为这位郦老先生,真能读万卷书,行尽天下山水路,最终编撰出一部被誉为"天地间不可无一不容有二"的《山海图疏》,至于后来的《山海志》以及《补志》,其实都算是这本书的"徒子徒孙",无论是内容还是文笔,都要逊色许多。北俱芦洲水经山的那位开山祖师,显然就是一位极其推崇郦老夫子的练气士。

事实上,那条夜航船的主人,就曾经点评过古人记山水一事,有那"太上郦,其次柳,近则袁"的说法。三个姓氏,三位享誉天下的读书人。陈平安当下仍然不清楚,后两位老夫子中前者的山水游记、诗篇,正是夜航船那个文字牢笼的大道根本所在,被船主化用了去;而后者正是条目城的副城主,即站在李十郎身边的那位白发老书生,一位能够说出"能为心师,能转古人"的硕儒。

礼圣之所以将陈平安丢来此地,除了让陈平安更多理解文庙这边的谋划,也想着让这个小子自己去碰运气。错过无妨,抓住更好。

老人自嘲道:"什么'太上水仙',听着像是骂人呢。不过是运气好,胆子小,刀兵劫外幸运人。"

运气好,是没有身在桐叶洲、扶摇洲这样的山河陆沉之地;胆子小,是没那气魄赶赴战场,学那于玄、周神芝,所以才能够不受那场战争的刀兵劫难,侥幸避过一劫。逃难避劫,说到底,对这位老人来说,其实还是逃避。

陈平安笑道:"各有因缘不羡人,各有付出无愧人。"

老人啧啧道:"哟,小子这话说得漂亮,一听就是读书人。"

陈平安也觉得这话是骂人。但是作为晚辈,又遇到了仰慕之人,乖乖受着就是了,与这般令人神往的"书上人"言语,机会难得,随便多聊几句都是赚的。

老人沉默片刻,笑问道:"怎的,还翻过几页《山海图疏》?"

陈平安点头道:"仔细读过。"

老人笑呵呵道:"读书? 不是翻书?"

陈平安挠挠头,破天荒有些腼腆神色:"都算。"

老人吐出一大口烟雾,想了想,好像在自顾自言语道:"潭中鱼可百许头。"

陈平安等了片刻,见郦老先生没有继续说下去,好像是在考校? 这才接话道:"皆若空游而无所依。"

"一山当河,河水曲行。"

"河神巨灵,手荡脚踏,开而为两,水路纡深,回望如一。今掌足之迹仍存。"

老人嗯了一声,点点头,道:"修行之人,记性好,不奇怪。我那本书,随手翻翻就行。"

本以为是个套近乎的聪明人,年轻人若是为人太老到,处世太圆滑,不好啊。

老人是个顶喜欢较真的,如果真是如此,今天非要让这小子下不来台。老子一个寄情山水的散淡人,管你是文庙哪位圣贤的嫡传,哪个姓氏的后裔。

只是不承想这个年轻人还真是熟读了自己的那本著作，还不是随便瞥过几眼、随手翻过一次的那种泛泛而读。

修道之人，当然个个记性都好，可要是不用心翻书，是一样记不住所有内容的，不是不能，而是不愿，懒，或者不屑。

陈平安就一直侧身而坐，面朝那位老先生："我师兄说过，郦先生的文字，看似质朴清淡，其实极有功力，句斤字削，却不落凿痕，极高明。"

老人笑道："这番好话，先前怎么不说？可以拿来当开场白。"

陈平安咧咧嘴："先前早早说了，溜须拍马的嫌疑太大，我怕郦先生就要直接赶人。"

老人伸手摸了摸脑袋，大笑道："好小子，又给高帽戴？"

这小子可以啊，是个当真会说话的年轻人，还有礼貌。也懒得问那小子的师兄到底是谁，这类溢美之词、吹嘘之语，书里书外，这辈子何曾听得、见得少了？

陈平安笑问道："能不能与郦老先生问些书上事？"

老人摆摆手："还是别了，我是躲清静来了，案牍之劳最耗心神嘛。"

陈平安便点点头，不再言语，重新侧过身，取出一壶酒，继续留心起鸳鸯渚那边的事情。虽然一分为三，但是心神相通，所见所闻，都无所碍。

老人瞥了眼喝酒的年轻人，越看越奇怪，疑惑道："年轻人，去过夜航船？"

陈平安转过身，点点头："郦老先生为何有此问？"

老人笑道："登船容易下船难，你是剑修？"

陈平安还是点头。

老人突然瞪大眼睛，呛了一口烟，咳嗽不已，然后神色古怪，问道："听没听过破字令？"

陈平安答道："词牌名，听说过。"

老人拿烟杆敲了敲台阶，哭笑不得："不是说这个，而是说凭借儒家修行的破字令，打破夜航船的山水文字牢笼。那条夜航船，都是学问，学问根本，还是文字，所以最怕这个。"

陈平安尴尬道："晚辈不曾修行儒家术法。"

不过心中有了计较，回头就与先生问一问破字令的事情。

老人见陈平安言语不似作伪，越发疑惑，一个都不算儒家弟子的剑修，怎么能够让礼圣专门与自己言语一句？！

老人恍然，晓得了，是那剑气长城的年轻隐官？再一想，那这小子的师兄，岂不是那左右？总之不太可能是绣虎，那个绣虎，对《山海图疏》挑刺极多，是公认的。临了，骂了人，还来了句"其他书值得他崔瀺如此翻阅、批注吗"？

第四章 酒中又过风波

老人只当不知晓这位隐官的身份。

陈平安站起身，作揖告辞。他要先去趟泮水县城，再走一趟鳌头山。

文庙议事。

门口的经生熹平突然开口说道："芸编书院、兰台书院、瑚琏书院、桐历书院、春蒐书院的五位山长，即刻起不再担任书院山长，君子身份一并从文庙剔除。"

满堂愕然。落针可闻。

五位书院山长中的三位，都是各自书院的老山长，在山长这个位置上治学、传道多年，桃李成蹊，各自门生遍及一洲山河，第四位则是副山长顺势升任山长，最后一位是学宫正人君子转迁、升任的春蒐书院山长。

桐历书院山长缓缓起身，先与经生熹平作揖行礼，然后朗声问道："为何?!"

元雱抬起头，神色凝重。

五位莫名其妙就丢掉位置的书院山长，文庙各脉皆有，礼圣一脉，亚圣一脉，还有两位文庙正副教主的门生。

火龙真人也是吃惊不小，问道："于老儿，咋回事?"

于玄摇头道："我跟文庙又不熟，这些文庙家事，哪里晓得咋回事。"

桐历书院山长没有气急败坏，只是重复道："为何?!"

好像丢了个山长位置，依旧可以不悲不喜，就只是想要一个浩然正大的缘由。

熹平神色淡然道："是礼圣的意思。"

桐历书院山长惨然一笑，不再言语。正了正衣襟，向那几幅圣人挂像作了一揖。然后就打算离开文庙，不再议事。不再是书院山长，连那君子身份都被一并剥夺了，还议什么事? 以后还读什么书，做什么学问，寄情山水好了。

陆芝好奇问道："为何?"

左右说道："亚圣的学问宗旨，除了人性本善，还有四心学说，分别是恻隐、羞恶、恭敬、是非。儒家很重视此事，这几位山长，读书读歪了心思，只是平时藏得深。书斋治学，传道解惑，本事都不差。应该是先前一线之上，看到了那些剑气长城的无事牌，这几位读书人很不以为然。"

陆芝转头望向那个放下酒杯发呆的阿良。

阿良竟是没有嬉皮笑脸言语几句，也没有理会陆芝的视线，只是眯眼望向五人中年纪最小的山长，好像在等待这位亚圣一脉儒生的言行。

那位以君子身份升任春蒐书院山长的年轻儒生站起身，说道："身为礼圣，难道不是更应该非礼勿视、非礼勿闻?!"

因为他已经想明白了原因，是礼圣。礼圣对于所有书院山长的心湖、心声、念头都一览无余。

阿良站起身,身形一闪而逝,一把按住那个年轻儒生的脑袋,将其狠狠撞在墙壁上,再随手一丢,把他丢向文庙大门外。

自己所在的亚圣一脉,都已经没了个陈淳安,结果就来了个这个?

阿良拍了拍手,问其余几人:"你们四个,是自己竖着出去,还是我帮你们横着出去?"

瑚琏书院的老山长竟是不看阿良,只是抬头望向礼圣那幅挂像,沉声问道:"敢问礼圣,到底为何?"

阿良一巴掌将其拍到文庙大门外,向剩余三人淡然道:"再问便是。"

一直没有饮酒的晁朴倒了一杯酒,一口饮尽。

这位邵元王朝的国师觉得文庙早该如此讲理了。

读书人读圣贤书,总是需要比山上修道之人、山下贩夫走卒多些仁义道德的。

三位已经不再是书院山长的读书人,默默走出文庙大门。

阿良最后也走了出来,坐在台阶上,也不喝酒。

陆芝走了出来,坐在一旁,拎了两壶酒,丢给阿良一壶。

陆芝笑道:"姗姗来迟的风光。"

阿良接过酒壶,笑容苦涩:"这算哪门子的风光,很没意思的事情。"

文庙议事依旧。

经生熹平站在两人一旁,犹豫了一下,也坐下。

阿良抬了抬眼皮,瞥了眼桐历书院山长的那个黯然背影,笑道:"这种人,你都没办法打他,主持数国文坛数十年,丢了官,大不了游山玩水就好了。"

经生熹平轻声道:"酒中又过一年春。"

遥想当年,曾经有两个年轻人,春风里坐在相邻的两块熹平石经前边,一个脸上总带着些淡然笑意,好像天底下就没有能够难倒他的事,一个眼神明亮,好像天底下就没有无法心领神会的学问。师兄弟两人,一同抄书不停。

泮水县城。

当那幅山水画卷上边,仙人云杪与陈平安说出那句"晚辈明白"时,韩俏色觉得太有趣,忍不住笑出声。一个真敢骗,一个真敢信。

傅噤笑道:"云杪估计已经吓破胆了。"

韩俏色没好气道:"不过是歪打正着,不算什么真本事。换成顾璨,一样能成。"

顾璨摇摇头。

陈平安在书简湖,郑居中在浩然天下。都是很奇怪的事情。

书简湖的一个好人，是青峡岛的账房先生。一个魔道修士，却能在中土神洲开宗立派。本该格格不入，四周掣肘无数，保住立锥之地就已经是登天之难。可两人还是入乡随俗，不但站稳了脚跟，并且大展了手脚。

顾璨觉得比起这两位，方方面面，自己都差得太远。只说坐在眼前的这位大师兄，自己一样比不上。

比不上傅噪的剑术、棋术；比不上师姑韩俏色同时修习十种道法的天赋；比不上师叔柳赤诚拼了命四处闯祸，还能次次大道无恙；甚至比不上柴伯符身上那种亡命之徒的气息。别看柴伯符在白帝城混得不顺遂，其实最敢赌命。

郑居中瞥了眼顾璨，微笑道："能够肯定所有的朋友、敌人，是个好习惯。不过前提是擅长，而不是一味喜欢。

"所谓修心，就是一场炼物。别以为只有山上练气士才会修心炼物，大谬。

"山下的凡夫俗子，其实人人都是炼师。对于心中喜好，都会不断加深印象，对于心中所厌恶，同理。韩俏色喜欢顾璨，就是万般好；傅噪讨厌柳赤诚，就是万般错。

"这是一场不知不觉的炼化。而这种不由自主，对于修士来说，如果不加约束，就可能出现心魔。所以傅噪先前所说不差，能够将两种极端，以不断的相互否定，最终成就某个肯定，才是更高一层的修心。"

郑居中看了看两位嫡传弟子。

"傅噪，世界不可能是围绕某个人转动的。顾璨，世界又确实是围绕某个人而转动的。"

截然不同的两个结论，看似自相矛盾，其实无非是两种视角，世界看待个体，个人看待世界，相互为镜。

郑居中希望开山大弟子傅噪不要眼高手低，远远没有目无余子的棋力，做人出剑，就别太清高了。小弟子顾璨，刚好相反。这些年，从白帝城到扶摇洲，顾璨一边疯狂修习各种道法神通，一边遍览群书，可是做事情还是太拘谨。懂的无形规矩越多，顾璨就越束手束脚。这样的顾璨，其实是走不出书简湖那片阴影的。所以顾璨的证道之地，不会是在浩然天下，只能是在蛮荒天下。

"白帝城是路人皆知的魔道宗门，却在中土神洲三千多年屹立不倒，我一直被视为浩然天下的魔道修士，而且我还是一位十四境修士。为何偏偏我是例外？连礼圣都可以为我破例？"

郑居中指了指顾璨的脑袋："真正的打打杀杀，其实在这里。"

"老妪孱弱无力，摆摊贩卖，能与青壮收钱。妙龄女子，胆敢独自行走街巷中。为何？"

傅噪答道："天地神明，纪纲法度。"

至于师父已经悄无声息跻身十四境，傅噤毫不奇怪，甚至都心无波澜。

郑居中笑着摇摇头："这哪里够。"

傅噤开始深思此事。白帝城的传道授业，不会只在道法上。

顾璨突然问道："师父是在蛮荒天下跻身的十四境？"

这可是夺取蛮荒气运的天大事情！就像刘叉是在浩然天下跻身的十四境。为何这位大髯剑修一定不能返回蛮荒天下？就在于刘叉夺走了太多的浩然气运。

难怪文庙和礼圣会对郑居中刮目相看。在蛮荒天下合道十四境，如果这不是战功，怎样才算战功？

郑居中笑道："过程有些凶险，结果不出所料。"

顾璨抱拳道："与师父道贺一声。"

破境的时机，极有可能是趁着托月山大祖身在蛟龙沟遗址，与穗山之巅的至圣先师比拼修为，文海周密身在桐叶洲，与崔瀺、齐静春斗法之时。

韩俏色打趣道："亏得柳赤诚不知道此事，不然他还不得乐开花。"

柳赤诚此人，不是一般的失心疯，师兄的境界，就是我的境界，师兄的白帝城，就是我的白帝城，谁敢挡道，一头撞死。

郑居中继续先前的话题，说道："粒民先生撰写的那部小说，你们应该都看过了。"

韩俏色坐在门槛那边，举起一只手："我没有啊，听都没听过的。"

郑居中看向师妹的背影。是自己太久没有代师授业，所以她有些不知分寸了，还是觉得在自己这个师兄这边，言语无忌，就能在顾璨那边赢取几分好感？

韩俏色如芒在背，立即说道："我等下就去吃掉那本书。"

当然是真吃，就是字面意思。

师兄当年闲来无事，见她修行再难精进，曾经分心在一处市井为她"护道"三百年，眼睁睁看着她在红尘里打滚，蒙昧无知，浑浑噩噩，只说最后那几十年，韩俏色是与落魄书生花前月下的富家千金，是身世可怜的船家女，是路边摆摊的膀大腰圆的屠子，是仵作，是更夫，是一头刚刚开窍的狐魅。然后刹那之间，这些男女、精怪，最终在某时某刻某地，聚在一起，然后在她醒来之时的那个瞬间，同样是韩俏色，看着那些个"韩俏色"。

除了面面相觑，还能是什么结果？

这个学究天人的师兄，好像几千年的修道生涯，实在太"无聊"了，其间曾经耗费多年光阴，自问自答一事。

那是一个谁都不会去想的问题：如何证明郑居中不是道祖……

两个都看过那部书的师兄弟各有答案，只是都不敢确定。

傅噤说道："学问文章欠讲究，任你做出什么来都是野狐禅、邪魔外道？"

顾璨说道："朱子解经，自是一说，后人固陋，与朱子不相干？"

郑居中摇摇头,与两位弟子提醒一句:"第四十八回。"

两位师兄弟都恍然,已经不用说了。

书上有人说要纂三部书,一部礼书,一部字书,一部乡约书。

傅噗思量片刻,点头道:"确实,天底下读书人不少,可不曾识文断字的人更多。"

浩然天下的更多地方,道理其实不是书上的圣贤道理,而是乡约良俗和族规家法。

门槛上的韩俏色听得脑袋疼,继续用细簪子蘸取胭脂,轻点绛唇,与那面靥相映成趣。

顾璨开口提醒道:"可以仿张萱《捣练图》仕女,在眉心处描水滴状花钿,比起点'心字衣'和梅花落额,都要好些,会是此次妆容的点睛之笔。"

韩俏色嫣然一笑,轻轻点头,她相信顾璨的眼光。

画卷上边,该打的架,不该打的架,都打完了。

郑居中看了眼酡颜夫人和凤仙花神,问道:"如果你们是陈平安,愿意帮这个忙?怎么帮?怎么让凤仙花神不至于跌到九品一命,陈平安又能利益最大化?"

事情是百花福地的百年一评,由于先前苏子门下四学士之一的张文潜对凤仙花大加唾弃,不喜其艳俗,将其贬为菊婢,而张文潜此人,极为骨鲠,为官清廉,登山修行之前,当了几十年的地方小官,口碑极好,才学更高,所以"肥仙"的这番评点,对凤仙花神而言,是一场近乎致命的飞来横祸。

来自倒悬山梅花园子的酡颜夫人愿意为少女花神牵线搭桥,向年轻隐官寻求帮助。

门口韩俏色,打算从书本上吃的亏,就从书本外找回来。她率先开口,试探性说道:"花钱买些诗篇,帮那凤仙花扬名嘛。如今文庙这边,又不缺满腹诗书的读书人。陈平安又是文圣老秀才的关门弟子,随便找几位书院山长,讨要几篇诗词不难吧,都不用花钱,哪怕强拧出来的那些咏花诗词,水准不高,可只要数量一多,又是从文庙这边流传开来的,终究是立竿见影的。

"实在不行,陈平安就去找那肥仙好了,好言相劝一番,不是要当年轻人吗,出剑都可以,假装要为少女花神打抱不平,理由都有了。福地花神评选一事,是白山先生、张翊和周服卿三人真正管事,其中张翊如今好像就在鳌头山那边,陈平安就算在张文潜那边碰了一鼻子灰,也不问剑,那就找张翊,反正此人对老秀才的学问是顶佩服的。

"不然就干脆找到苏子。先前不是说了,陈平安有那枚小暑钱吗?苏子豪迈,见着了那枚小暑钱,多半愿意美言几句。说不定喝了酒,直接丢给凤仙花神一篇咏花词,压过自己学生的那番言论。"

顾璨轻轻摇头。得不偿失。

韩俏色知道自己又说错话了。

郑居中说道:"愿意动脑子,总好过不动脑子。"

韩俏色长呼出一口气。

傅噪说道:"如此一来,且不说未必能成,就算成了,陈平安这笔买卖,别说赚,是大亏。张文潜本就是骨鲠书生,对陈平安,甚至是对整个文圣一脉,都会有些意见。"

顾璨说道:"所以绝对不能绕过张文潜,尤其不能去找苏子。解铃还须系铃人。"

郑居中眯起眼:"否定他人,得有本钱。"

傅噪早有腹稿,说道:"张文潜极为仰慕剑气长城,与元青蜀是莫逆之交,陈平安就用酒铺里边的无事牌,只取元青蜀留字那一块,就当是让张文潜帮忙带回南婆娑洲大瀼水。"

郑居中摇摇头:"只是下策。还是会留下刻意雕琢的痕迹。"

至于韩俏色所说,乱七八糟,乌烟瘴气,都不算计策。

顾璨在脑海中迅速翻检张文潜的所有文章诗词,以及肥仙与先生苏子、众多好友的唱和之作,灵光一现,说道:"苏子文采无匹,在学问一途的最大功德,是破除了'诗庄词媚'的尊卑之分,让词篇摆脱了'词为艳科'的大道束缚,那么百花福地的凤仙花,是不是就可以视为天下草木花卉当中的词?张文潜你不是将凤仙花视为'艳俗''菊婢'吗,这与当年祠庙的'诗余'处境,被讥讽为艳情腻语,何其相似?陈平安是不是可以由此入手?"

郑居中笑道:"中策。不出意外,陈平安会这么做。他不会选取上策,因为会显得他太聪明,某些有心人会心生忌惮。所以是解决此事的上策,却是陈平安整个修行道路上的下策。"

鸳鸯渚那边,陈平安果然答应帮忙。只是与那凤仙花神收了一袋子谷雨钱作为定金,没有收下那袋子价值连城的凤仙花种子。而且双方约定,如果最终无法帮上忙,就会退钱。这让瑞凤儿有些犯迷糊。先前酡颜姐姐不是说此人是个财迷吗?而且近距离看着这位青衫剑仙,他和颜悦色,眼神温煦,很读书人哩。

郑居中说道:"真正的中策,与顾璨所说,还是有些差异的。"

傅噪看着画卷当中的那一袭青衫,这位小白帝第一次真正重视此人。

第一,帮了一把凤仙花神,有大道之恩。第二,给了酡颜夫人一个不小的面子。

第三,为何百花福地花主身边,除了四位命主花神,独独带了少女花神?自然是花主娘娘对这个小姑娘最宠溺心疼。所以陈平安与花主娘娘,结下了一桩不小的善缘。

第四,张文潜非但不会恼火,只会欣慰,读书人之间的切磋学问,作为文圣一脉的关门弟子,竟然能够如此亲近先生一脉学问,难怪可以让好友元青蜀在酒铺留下那块无事牌。

第五,隔着十万八千里,此人都能吹捧一通苏子。

一举五得。

被人求着帮忙，本来是一件麻烦事。结果到头来，好像出手帮忙之人，反而得了一连串的天大便宜？

傅噪突然笑了起来，果然被师父说中了。

那个陈平安，竟然没有按照顾璨看破的脉络去行事，而是选择以心声直接与凤仙花神道破天机。也就是说，肥仙和苏子那"两得"，年轻隐官选择直接不要了。

顾璨会心一笑："懂了。这就是你经常说的'余着'！"

韩俏色瞥了眼画卷，撇撇嘴，说道："这种年轻人，我可惹不起。"

顾璨说得对，这个大难不死得以返乡的年轻隐官，不但适合剑气长城，而且一样适合白帝城。

顾璨笑容灿烂道："师姑，别去招惹陈平安啊，真的。"

不然你肯定会输给陈平安，还会死在顾璨手上。

韩俏色点点头："招惹他作甚。他是你的朋友，就是我的朋友了。他认不认，是他的事情。"

韩俏色收起化妆镜和那堆瓶瓶罐罐，转过身，问道："顾璨，妆容如何？"

顾璨说道："增色三分。"

韩俏色笑问道："比那青神山夫人和福地花主？"

顾璨说道："在我眼中，是师姑好看些。在天下人眼中，应该都是她们更好看。"

韩俏色斜靠门柱，笑眯起眼。因为顾璨此语，确实真心，所以她才会开心。

不然花言巧语，哪个男子不会，来她这边说说看？敢调戏白帝城韩俏色？找死吗？韩俏色又不是没有亲手打死过仙人。

郑居中笑道："独木桥，大道之争？人心狭窄不如酒杯宽而已。路总是要越走越宽的。"

郑居中抬起头望向门外，以心声微笑道："陈先生，还有没有想要对顾璨说的话？"

门外街上，陈平安笑答道："没有了。郑先生的传授道业，已经炉火纯青，晚辈与于樾一般境地，无话可说。"

郑居中站起身，与傅噪几个说道："你们几个都留下。"

郑居中身形蓦然出现在宅子门口，向陈平安笑问道："一起走趟问津渡？"

陈平安笑着点头："有劳郑先生。"

这一天，郑居中与一袭青衫，两人并肩而行，共同游历问津渡，成了一件比鸳鸯渚两位飞升境厮杀一场更震撼人心的事情。

白帝城城主郑居中好像是主动现身大门外，去见那个外人？

在那之后，还是那一袭青衫。他从问津渡消失，现身在鳌头山，最终手里拎着邵元王朝的蒋龙骧,御风去往文庙所在的城池,将那个德高望重、上了岁数的读书人随手丢在一处地上,正是当年文圣神像被搬出文庙后的破碎之地。文圣神像曾经被一拨读书人吐完了唾沫,再打砸殆尽。其中就有蒋龙骧,他最为义正词严,当时好像还拿出了一篇措辞雄浑的檄文。

陈平安伸出一手,对那个躺地上的读书人说道:"再骂。"

第五章
不浩然

　　一行人徒步去往鸳鸯渚渡口，要去鹦鹉洲的那处包袱斋长见识。

　　陈平安、李宝瓶、李槐、嫩道人，再加上一个外人——如今已经名列龙象剑宗山水谱牒的酡颜夫人，以及一个最是外人却最不把自己当外人的柳赤诚。柳赤诚正在和嫩道人偷偷商量着如今四处渡口，还有哪些家伙值得骂上一骂，可以打上一打。

　　方才陈平安向少女花神传授锦囊妙计，没有刻意绕开酡颜夫人，一五一十，她都听得真切。

　　酡颜夫人还是有些担心："你真放心瑞凤儿一个人去拜会张文潜，真不怕她临时说错话，导致功亏一篑吗？那位肥仙，可是出了名的难打交道。隐官为何不亲自出马，不是更安稳吗？"

　　说不定你这位无利不起早、起早必挣钱的隐官大人，还能与那肥仙、再顺竿子与苏子一并攀上关系。只不过后边这句话，酡颜夫人自然不敢说出口。

　　苏子门下四学士之一的张文潜，因仪貌雄伟，身躯魁梧远逾常人，所以被称为"肥仙"。

　　陈平安笑道："反正就那么几句话，凤仙花神能说错什么？"

　　那也太小看一位百花福地的花神娘娘了。

　　而且先前闲聊的最后，陈平安还安慰了那位花神娘娘一番不算道理的道理，告诉她见着了张夫子，她肯定会紧张，其实不用担心，因为张先生知道你会紧张，你之所以紧张，是因为心诚，这才是好事，所以紧张就紧张了，到时候哪怕说话打战都不怕，只管放心去紧张，紧张到说不出话的时候，就继续紧张，都不用着急开口言语。

当时听过了青衫剑仙的这番话，凤仙花神明显轻松几分，既然连紧张都不怕了，那她还怕什么呢？

酡颜夫人问道："陈平安，你为什么愿意帮这么大一个忙？"

陈平安说道："其实不是帮你。酡颜夫人是怎样一个人，会让外人觉得陆芝就是怎样一个人。"

酡颜夫人反而轻松几分。既然不是帮她，自己就不算欠他人情嘛。

陈平安笑道："说实话，你愿意找我帮这个忙，我比较意外。"

酡颜夫人转头看了眼年轻隐官，她其实更意外，陈平安会说这句话。好像把她当自己人了？再一想，她立即又紧张起来，弯来绕去的，怎的还是帮了她？

陈平安无奈道："这些年，一直是你自己疑神疑鬼，总觉得我居心叵测。"

酡颜夫人笑容尴尬，说道："没有，没有的事。我哪敢这么误会隐官大人。"

陈平安说道："酡颜夫人，你自己想想看，我如果跟你信誓旦旦，保证自己再没惦念什么梅花园子了，当年作为，是职责所在，不得已而为之。你我各自返乡之后，哪怕不算朋友，可也绝不是什么敌人。你是愿意相信我啊，还是会更加觉得我不怀好意？"

酡颜夫人笑眯起眼，细细思量一番，还真是这么一回事。她点头道："也对。还真是如此。"

柳赤诚今天很守规矩，只是假装不认识这位与百花福地关系极好的酡颜夫人。不然按照他的脾气，身穿一袭粉色道袍，他早就是酡颜姐姐身边飘来绕去的一只花蝴蝶了。

因为他曾经在宝瓶洲总结出一个千金难买、万金不卖的结实道理：只要是与文圣一脉有关系的人，以及出身骊珠洞天的孩子，就一个都别去招惹。

先是陈平安，再是歇龙石那边的李柳，只算半个，然后是清风城外的李宝瓶，还要加上算是半个的师侄顾璨？那就刚好是三个。事不过三，得长点记性。

柳赤诚已经与身边嫩道友约好了，哥俩要一起去趟蛮荒天下，那边天高地阔，游历四方，谁能拘束？谁敢挡道？正是兄弟二人扬名立万的大好时机。

李槐探头探脑，不知道陈平安与酡颜夫人是什么关系。至于那个穿粉袍的，一看就是个不好招惹的，听说还是白帝城琉璃阁的阁主，什么白帝城什么阁主的，李槐一听就心虚。

毕竟朋友的朋友，也不是我李槐的朋友啊。既然不在窝里，那还横什么横，九真仙馆那个水上漂，就是教训。

李槐更不知道，此刻文庙，有几位陪祀圣贤聊起了他，专门就他开始了一场小规模议事。

文庙内一位学宫司业先与祭酒商议过后，再与韩老夫子试探性说道："咱们不如给李槐一个贤人头衔？"

这位学宫司业早先与经生裴平要来了一份书院档案，是关于山崖书院儒生李槐的履历以及各位课业夫子、山主的评语。

连一向严谨的韩老夫子，这位文庙副教主，都有些犹豫，显然是倾向于给，但是给了，又好像容易有些异议，李槐以后求学游历，肯定会多出些负担。

还真不是文庙这边不把贤人头衔当回事，愿意随便给。事实上书院贤人头衔的颁发，历来是一洲书院自己筛选，文庙这边几乎从不插手贤人的评定。

书院管贤人，文庙管君子，这是礼圣亲自订立的规矩。

实在是这小子功劳太大了。一个十四境老瞎子的立场颠倒，就等于一正一反，帮着浩然天下多出了两处十万大山。看架势，只要他弟子愿意开口，十万大山里边的七八百尊金甲傀儡，都能一声令下，浩浩荡荡杀向蛮荒？

再者加上档案里边的说法，李槐虽然治学一事"力有未逮"，可是好歹"治学勤恳，无有懈怠，性情温和，无骄躁气"。而且一看笔迹，就知道是礼记学宫司业茅小冬的亲笔。

儒家子弟嘛，求学的态度其实很重要。至于治学成就的高低，或是科举制艺的成绩，确实还是要讲一讲那祖师爷是否赏饭吃的。

韩老夫子问了身边的文庙教主，董老夫子笑道："问题不大，我看可行。"

韩老夫子又问了问门外坐着的经生裴平，后者答道："鸳鸯渚那边，李槐心思澄澈，很不容易。"

那就这么定了。李槐是板上钉钉的书院贤人了。

这种事情，还不至于劳驾礼圣在内的那三位主位圣人吧？再说了，那老秀才，就是李槐的文脉祖师，护犊子这一门大道，文圣可以算是当之无愧的十五境大修士。

这会儿刚刚乘坐渡船去往鹦鹉洲的李槐，肯定不知道自己即将成为一位书院贤人。做梦都不敢想的事情嘛。

小小鹦鹉洲，人头攒动，人满为患。因为包袱斋的老祖师亲自开了个包袱斋，当然不比寻常，以至于连皑皑洲财神爷的媳妇，都带着个个身份显赫的闺中好友，联袂现身，大驾光临鹦鹉洲，有她在，那就不是花钱，而是撒钱了。

渡口当地的渡船十分简陋，因为只需要往来于四处渡口，用不着太讲究排场。

大修士要串门访友，要么御风远游，要么自有渡船。

一行人站在栏杆旁边，远眺脚下山河，唯有那座文庙，云遮雾绕。

相信没有任何一位飞升境胆敢施展掌观山河，窥探那处的山水。

李宝瓶轻声问道："小师叔在想事情？"

陈平安笑道:"小师叔在鳌头山那边已经得手了,这会儿正站在大街上,准备跟人对骂。"

家乡小镇那边,只要是个稍有慧根的孩子,在这件事上本事都不低,因为街头巷尾鸡鸣犬吠里,每天都有高手帮忙"喂招",有样学样的"学拳"机会实在太多。

可惜蒋龙骧那边,这位邵元王朝被誉为"文坛宗主,坐隐神仙"的老书生,被陈平安丢在地上后,衣衫不整,发髻凌乱,坐在地上,只是忍着浑身剧痛,咬紧牙关,心中恨恨,嘴上却一言不发。

哪怕陈平安让他再骂,蒋龙骧也只是默默等着鳌头山那边的救兵赶来。留得青山在,不怕没柴烧。读书人,不必与莽夫做那口舌之争,上不得台面的拳脚之争,更是只会斯文扫地,绝非书生作为。何况不远处,就是文庙,就是熹平石经,就是功德林。

蒋龙骧还真不怕一个山上修士毫无道理的寻仇。先在地上静坐片刻就是。

蒋龙骧心中有些猜测,看架势,当年那个神像被砸的老秀才是时来运转了,说不定还要重归文庙陪祀。

无妨,老秀才重新成了文圣,更没脸与自己掰扯不清。真有脸如此行事,蒋龙骧更是半点不怕,求之不得。

眼前这个身穿青衫的年轻人,无冤无仇的,对方肯定不是意气用事,说不定是猜出了老秀才得势在即,要挣些不用花钱的名声,好与那文圣一脉抱上大腿?

蒋龙骧真正害怕的人,当然不是文圣,而是那个出海访仙百年,又去剑气长城走过一遭的左右,担心这个剑仙与自己不讲那读书人的道理。左右只会练剑,只会出剑砍人,不懂什么圣贤道理的。

陈平安耐着性子等了一会儿,见那蒋龙骧死活不开口,就一步跨出,一脚踹在那家伙面门上。

蒋龙骧倒滑出去,撞在墙壁上,一阵吃疼,只觉得骨头都散架了。他捂住嘴巴,低头一看,满手血迹,还掉了两颗牙齿,老书生眼神呆滞,又疼又怕,顿时哀号道:"有人行凶,要杀人了!"

陈平安视线微挑,鳌头山那边来人了。多半是与邵元王朝关系不错,和蒋龙骧又有些私谊的山上神仙,要来这边说几句公道话。

据说在宝瓶洲大骊边境,边关铁骑当中曾经有个说法,读书人有没有风骨,给他一刀子就知道了。

三位练气士联袂飘落在地,其中一位老修士正要开口说话。只见在鸳鸯渚大打出手的青衫剑仙,狂妄得很,根本就对他们三人视而不见,只是与蒋龙骧笑道:"别嚷嚷了,很多人瞧着这边呢。你很容易步李青竹的后尘,一趟文庙之行,辛苦赶路,到最后没挣着什么山上香火,反而得了个响当当的绰号,前有李水漂,后有蒋门神,不然你以为我这一脚,力道不轻不重刚刚好,偏偏踹掉你门牙两边的两颗牙齿?"

三人当中,有人皱眉道:"这位剑仙,若有那山上恩怨,是非黑白,在这文庙重地,说清楚就是了,能不能不要如此咄咄逼人? 一位山上剑仙,欺负个中五境的练气士,算怎么回事?"

又有一位远游境的纯粹武夫,直接轰然落地,站在了青衫剑仙和蒋龙骧之间。

陈平安笑问道:"邵元王朝,宗师桐井?"

远游境巅峰。

北俱芦洲琼林宗,中土邵元王朝,皑皑洲刘氏,陈平安在避暑行宫那边,对他们都很感兴趣。感兴趣刘氏怎么挣钱,到底是怎么个生财有术,一座倒悬山猿蹂府,眼皮子都不眨一下,就送给了剑气长城。此外两个,就谈不上有任何好印象了。对于蒋龙骧,其实陈平安知道不少事情,还真是半点不陌生,有些来自林君璧的闲聊,有些来自琐碎不起眼的山水邸报。其中就有蒋龙骧的江湖好友桐井。

那个名叫桐井的男子笑道:"怎么? 剑仙听过我的名字,那么是你问剑一场,还是由我问拳?"

反正在这里,死不了人。出几拳,挨几剑,救下蒋龙骧这位文坛领袖,这笔买卖,绝对不亏。

陈平安笑道:"你问拳就是,就怕你问不出答案。"

桐井一身拳意沛然倾泻,气势攀升,他拉开拳架,果真半点不含糊,难不成真要让这位青衫剑仙率先问剑不成? 再说了,先前鸳鸯渚看热闹,这位青衫剑仙,似乎修行路数很杂,也精通拳法?

结果桐井一拳递出,确实被他近了身,然后他就停下了身形,死活不递第二拳了。

两人近在咫尺,那一袭青衫双手笼袖,笑呵呵站在原地,桐井一样保持架势,拳头离着对方,至少还有一尺远呢。

桐井不动如山,神色从容,就是胳膊断了。

好霸道的拳罡,神灵庇护一般。果然是一位山巅境?! 放屁,肯定不止山巅境界,回了鳌头山,一定要跟好友掰扯一番,这位前辈,肯定是一位止境武夫。

陈平安笑着提醒道:"问拳结束,抱拳还礼。"

桐井觉得这位前辈真是善解人意,此举确实可行啊。就是前辈没有聚音成线,有些美中不足。

收起生平武学最巅峰的倾力一拳,胳膊绵软,只是刚好被另外一手攥住,桐井双手握拳,沉声道:"承让,技不如人,晚辈就不多说半个字了!"

那位剑仙笑眯眯,轻轻撇头,示意这位纯粹武夫可以挪步了。桐井大步离去。

陈平安转头望向那三位练气士:"桐井已经讲完道理了,你们怎么说? 反正今天的道理,在拳在剑,在术法在符箓在神通,在靠山在宗门在祖师,都随你们,嘴巴讲理,给了蒋龙骧,问拳说理,给了桐井,其余还有几样,你们自己随便挑。"

三个气笑不已却一时间只能哑然的练气士,最后还听到那位青衫剑仙微笑道:"我不是不讲道理的人。"

三人此次前来,不过是护住蒋龙骧,保证他性命无忧,再尽量让他少吃些皮肉苦头。打是肯定打不过,毕竟对方能够与仙人境云杪打得你来我往。

还有那位自称嫩道人的飞升境,打得南光照沦为笑柄。一看就是这位青衫剑仙的山上好友,说不定就是位师门长辈。

其中一位老修士,突然双指拈住一道从鳌头山那边赶来的金光,一封密信,是自家祖师爷的亲自传信。

老修士脸色微白,与那一袭青衫低头抱拳道:"多有得罪,我们立即离开!"

其余两人都有些没头没脑。老修士伸手,一手攥紧一人,力道极大,以心声言语道:"听我的,赶紧离开此地!"

老祖师的密信上其实就两句话:郑居中出门会见此人,双方同游问津渡。想要找死随你,记得别扯上宗门。

陈平安没有拦阻三人御风离去,来也匆匆,去更匆匆。

蒋龙骧错愕不已,神色呆滞,靠着墙壁。

陈平安蹲下身,抬了抬袖子,手中多出一把从路上捡来的石子,就那么一颗一颗,轻轻抛向那个读书人。

文庙里边议事,大门外边饮酒,互不耽误。

陆芝说道:"下次再有这样的议事,别拉上我。"

哪怕当着经生熹平的面,陆芝说话依旧直接。

阿良说道:"不比剑气长城,人心不一,一场关门议事,看似越絮叨烦琐,其实越有益处。因为等到最后开门,人人离去,我们脚下,就少了许多岔路。"

经生熹平会心一笑。

阿良嬉皮笑脸道:"熹平兄,我这话说得是不是很有圣贤味道?"

熹平说道:"没有最后这句,有点儿像。有了这句,就破功。"

阿良自动忽略后边那句,轻轻晃荡酒壶,说道:"陆芝,你以后在这边,会很受欢迎的。"

陆芝说道:"因为我出剑不过脑子?"

阿良笑道:"怎么可能?"

陆芝伸长双腿,仰头喝着酒。

阿良也尝试着伸长双腿，结果发现比陆姐姐要少踩一级台阶，就立即悻悻然收腿，干脆盘腿而坐。坐着不显个子矮，伸腿才知腿太短。伤了感情。

陆芝喝酒一向豪迈，很快就喝完了一壶酒，将酒壶放在一边，当然是搁在了远离阿良那一侧，不然被他讨要了空酒壶，天晓得这家伙会做什么事情。

陆芝随口问道："阿良，你怎么不去老老实实当个读书人，做个书院山长终归不是难事。"

阿良摇头道："就算当得上，也当不好。练剑，一百个茅小冬都比不上阿良，教书这种事情，十个阿良都比不上茅小冬。"

当了一本正经的读书人，就一辈子别想清净了。身在书院，不管是书院山长，还是学宫司业，或是没有官身只有头衔的君子贤人，他阿良就会像一辈子都不曾走出过那座圣人府，治学一事，只会高不成低不就，没什么大出息，那个好像永远大怒不怒、大喜不喜的男人，大概就会失望一辈子。

阿良不愿意自己只是四大圣人府后裔中的某个儒生，身份显赫，学问一般，对这个世界无甚大用处。

可要是做了放荡不羁、云游四方的剑客，文庙里有挂像、有神像的那个人，总不能天天教训他吧，教他练剑吗？不好意思的。至多只能摆一摆老爹的架子，劝他每次出剑要尽量守规矩，恪守礼仪，不可伤及无辜，更不要因为你的出剑，伤了世道人心……翻来覆去，就那么几句，没有再多了。

毕竟练剑一事，连陈清都都不太絮叨他，数座天下，就没谁有资格对他阿良的剑指手画脚。

天底下有那么多的醇酒、美人，都在等着阿良去喝、去见，岂可让双方久等？

阿良神色认真几分，转头说道："陆芝，之后咱们几个一起重返剑气长城，你悠着点，不要轻易祭出那把飞剑。"

先前左右说话留有余地，没有直接答应陆芝一起问剑托月山，其实大有缘由。这在剑气长城是一件连避暑行宫都没有记录在案的秘事，因为涉及陆芝的第二把本命飞剑。只有参与议事的城头巅峰剑仙之间，才有资格知晓此事。

剑气长城有一小撮剑修，比较剑走偏锋。

陆芝之所以迟迟没有跻身飞升境，除了她年纪确实不大之外，还有一个最根本的原因，就是陆芝耗费了太多心神、光阴和神仙钱在第二把飞剑上。

飞剑名为北斗。既是游仙诗篇当中的"玉京群真集北斗"，也是"北斗错落寒光垂，一剑提起扫八荒"，更是那个"南斗掌生，北斗注死"的北斗。可这把飞剑，从未现身战场。

阿良知道，连老大剑仙那么一个不爱管闲事的，曾经都要专门将陆芝喊到城头，问她脑子是不是进水了,为了炼化那么一把破剑,耽误自身破境跻身飞升境,划算吗? 屁股大,就用屁股想事情啊?

因为当时阿良就蹲在一旁看热闹、看风景。老大剑仙学问最高的最后那句话,还是向他借鉴的。

结果陆芝来了那么一句:杀妖多寡,战功大小,老大剑仙随便管,唯独如何炼剑一事,管不着她。

天底下没有两全其美的事情。就像左右,想要剑术更高,剑道登顶最高处,就只能延缓破境一事。而陆芝为了追求这把本命飞剑的极致杀力,亦是如此,只能做出取舍。

陆芝伸出手,向阿良要了一壶酒,痛饮一口后,用手背擦拭嘴角,轻声道:"如果那场仗晚个百年再打,就好了。"

阿良笑着摇头,打趣道:"换成我是陈平安,哪里舍得将陆姐姐让给齐廷济和龙象剑宗,舍了脸皮不要,都要请你去当供奉。"

陆芝说道:"所以你当不了隐官。"

阿良点头道:"这个我承认。"

陆芝问道:"熹平,鸳鸯渚那边散了?"

经生熹平点头道:"陈平安打算与朋友去鹦鹉洲逛包袱斋。"

至于另外那个陈平安,已经去了泮水县城找郑居中,双方游历问津渡,就不用他说了,所有人很快都会听说此事。

陆芝笑道:"重操旧业,老本行了。"

在所有城头剑修和蛮荒天下王座大妖眼皮子底下,曾经有个当时还不是隐官的外乡人,东奔西跑,撅屁股清理战场,让敌我双方都叹为观止。

后来,已经成了隐官的年轻剑修,覆女子面皮,穿红戴绿,身姿婀娜,离开城头赶赴战场,四处捡漏战功,装得比女子还女子,看似险象环生之际,还会娇叱一声,都不是什么怒喝一声,躲那术法,腰肢一拧,花枝招展,法袍飘荡,美若花开……

所以从头到尾都没有泄露身份,最后还是直言快语的陆芝一语道破天机,在那之后,陆芝再想买酒,就只能托朋友帮忙,因为酒铺那边得了二掌柜的旨意,陆大剑仙买酒,价格得翻一番。陆芝总不好跟酒铺的那些一根筋的伙计、孩子计较什么。再说了,能够让陈平安没脸走出避暑行宫,其实多花几枚神仙钱,真不算什么,只是陆芝平时兜里真没几个钱,都拿去填那把本命飞剑北斗的无底洞了。

阿良也知道,陆芝之所以不计代价炼化那把飞剑北斗,是奔着城头刻字去的。就像她早已打定主意,刻完字就走。

对于陆芝而言,一个拥有那把飞剑的仙人境剑修,剑斩飞升境大妖,尤其是她心目中的王座大妖,要比少了那把飞剑的"一般"飞升境剑修把握更大。

浩然天下的练气士,肯定不会理解陆芝的这种偏执。境界不要?为了留个名字就死了?阿良理解。

陆芝希望剑气长城的城头上,曾经有一位女子剑修在此刻字。她不希望刻字之人,全是男人。

这样的陆芝,怎么就不好看了?她很好看。

老大剑仙当初授意避暑行宫,让陆芝去往南婆娑洲,自然是希望陆芝的剑道、剑术、境界、飞剑,都能够百尺竿头更进一步。

不然哪怕陆芝运气好些,一把本命飞剑崩碎,不曾在战场上身死道消,也要跌境,那意味着她会从仙人境跌到玉璞境。

跻身上五境之后,剑修破境已经大不易,要想跌境之后再升境,更是登天难。就像阿良,与那个功德林秘境内钓鱼的刘叉,其实对于此生重返十四境,都已经不抱希望。不是什么跌境就要意志消沉,而是人力终有穷尽时,天底下的好事美事,不可能全落在一两人的头上。

老大剑仙一定希望,人间不光是有个从战场上活下来的剑修陆芝,将来还要有个能够凭借两把完整飞剑,可与某些十四境掰掰手腕的女子剑仙。

阿良笑问道:"老大剑仙一走,其实就没人管得着你了,为什么改了性子?"

陆芝说道:"没什么,就是觉得能不死就不死,好像还有很多事情可以做。"

比如五彩天下还有那座飞升城。又比如她还不曾收徒。

也可能,剑气长城一去不回的人太多,陆芝担心浩然这边一个都记不住。有她在浩然天下出剑不停,或者有一座龙象剑宗,就没人敢忘记曾经的剑气长城。

阿良点头道:"这样很好。"

陆芝转过头,认认真真看了眼他,说道:"就是长得丑了点。"

阿良捋了捋头发:"现在呢?"

细雨骑驴,头戴斗笠,斜挎竹刀,吹着口哨,行走江湖。

阿良一直觉得没什么山上山下的,人间走到哪里都是江湖。

北陇的黄焖羊肉,渝州的毛肚火锅,黄河小洞天瀑布下边的红烧鲤鱼,都是极好极好的佐酒菜。

阿良转头与熹平笑道:"咱们能不能学一学剑气长城,议事归议事,也让人出来透口气,换换脑子。"

经生熹平点点头,与文庙三位教主商量了一番,很快就有两拨人先后走出大门。

左右与齐廷济一起走出。

林君璧、小天师赵摇光、悬鱼范氏的小财神爷范清润一起走出。

最先走出文庙的两拨人,分别是剑修和年轻人。

在那之后，又有人陆陆续续跨过门槛，坐在台阶上，三三两两，高高低低。

文庙议事，也能喝酒，只是在外边喝酒，视野开阔，果然别有一番滋味。

熹平起身，回到门口那边站着，有些屁股刚刚抬起打算出门去的议事之人，就知道名额有限，便悄悄放下了屁股。

范清润坐在台阶上，手腕一拧，手中多出一把折扇，上面绘有美人仕女，美人仕女在扇面上明眸善睐，或彩楼作画，或林下抚琴，或焚香阅书。

在文庙里边，哪敢如此。

范清润小声说道："君璧，我实在好奇那个萧愻，你能不能说几句能说的？"

赵摇光点头道："加我一个。"

林君璧想了想，给出一个简明扼要的答案："上任隐官。"

范清润合拢折扇，一拍额头。

林君璧玩笑过后，取出珍藏多年的两壶哑巴湖酒水，递给范清润和赵摇光，道："尝尝看。"

赵摇光喝了一口："不咋样。"

范清润多喝了几口，点头道："真不如何。"

林君璧说道："萧愻在剑气长城威望很高，她在那边当了千年的隐官，其实她的作为，不像隐官，更像是一位执掌杀伐的刑官。"

林君璧开始喝酒，他将酒倒在碗里，轻轻摇晃酒碗，好像从微微漾开的酒水里，看到了魂牵梦萦的剑气长城。

林君璧从不否认，自己不愿意再走一趟剑气长城的战场，因为怕死，但是他这一生都会很怀念那个地方，因为曾经有个地方，让他心甘情愿舍生忘死，真真正正，有过那么一段不曾怕死的修行岁月。

一壶壶酒，都是林君璧花钱买的，喝酒花钱不赊账，酒铺那边从无破例。酒碗却是他从酒铺那边顺来的。

林君璧打算下次去五彩天下的飞升城游历，重游避暑行宫，再顺便将酒碗归还给酒铺。

喝过了一口哑巴湖酒水，林君璧继续说道："专门拨给隐官剑修一脉的避暑行宫和躲寒行宫，库藏档案，年复一年，堆积如山。我担任隐官一脉剑修后，在避暑行宫那些年，翻阅过很多秘录，因为大部分都可以翻阅，但发现其中很多都是有头没尾的糊涂账，因为萧愻太不管事了，档案上很多批注，更像是她的玩闹。一同叛变的两位剑仙，洛衫和竹庵是真正管事的，不过也只能算是恪守本分，做得不差，却不能说两位剑仙做得有多好。"

林君璧自嘲道："我与你们一样，一开始我觉得儒家这边随便拎出一位君子，都可以比萧愻做得更好,比如当时担任督战官的君子王宰,当然还有我林君璧。"

范清润疑惑道:"那还让她当那么多年的隐官?就没人有意见?是因为有想法的剑修,都打不过萧愻,所以干脆就闭嘴了?"

范清润倒是没傻到以为剑气长城的剑修都是傻子。

再说了,隔着没多远,就坐着阿良和左右、齐廷济和陆芝。说话谨慎点好,尤其是那位出身文圣一脉的左先生、左大剑仙,脾气如何,天下皆知。

林君璧摇摇头:"从老大剑仙,到董三更、陈熙这些老剑仙,再到所有剑修,几乎剑气长城所有人,甚至新隐官一脉的隐官大人、愁苗,以及后来的我,都觉得撇开叛变一事不谈,之前萧愻当隐官,就是剑气长城最合适的人选,不做第二人想。"

身边两位好友,注定会是第一次听说愁苗这个名字。

林君璧抬起酒碗:"考考你们,剑气长城屹立万年的立身之本是什么?"

赵摇光笑道:"除了剑修如云,还能是什么?"

范清润说道:"不贪钱,不怕死?"

林君璧笑道:"这个问题,是隐官大人当年问我的,我只是照搬拿来问你们。如果你们是隐官一脉的剑修,呵呵,等着吧,隐官大人就要从一只大箩筐里挑飞剑了。"

剑气长城曾经流传一个说法,年轻隐官那些阴阳怪气的言语得有几大箩筐,骂人都不带重样的。

林君璧当年的那个答案,也没有让年轻隐官感到满意,所以林君璧这会儿直接给出了陈平安的那个答案:"不浩然。"

因为一座剑气长城,永远不会变成浩然天下。这就是陈平安的答案。

范清润用并拢折扇狠狠一拍膝盖:"服气。"

赵摇光提起酒壶:"得喝一大口。"

林君璧继续给出一个外人绝对不知道的内幕:"其实如果没有陈平安出现,一样会有愁苗站出来,由这位年轻剑仙担任末代隐官。"

愁苗如果身在浩然天下,就会是宝瓶洲的风雪庙魏晋,金甲洲的剑仙徐君,会名动天下。

林君璧自顾自说道:"愁苗在我心中,仅次于隐官大人。他是一位很厉害的剑修,不是剑术,而是愁苗掌控大局运筹帷幄的能力。"

曾经的避暑行宫,是一个特别让人心安的地方,会有争吵,会有怒目相向摔椅子掀桌子,可是到最后,朋友成了更好的朋友,原本不是朋友的也都成了朋友。

林君璧双手笼袖,微微弯腰,眯眼眺望远方:"那些年里,避暑行宫,偶有闲暇,隐官大人就会与我们一起复盘。"

"比如?"

"比如剑气长城稍稍放入更多的三教、诸子百家修士,剑气长城百年之内,五百年之内,千年之内,分别会有怎样的局面。你们猜这场复盘的开场白,是什么?"

林君璧自问自答,反正身边两个朋友肯定猜不到:"是一个小姑娘,说了一句很不客气的话,她说就算他们进得来,也待不住啊,会被咱们砍个半死的,有脸来,没本事留下,笑哈哈,惨兮兮。"

林君璧一只手抽出袖子,指了指自己,笑容灿烂道:"我刚到剑气长城那会儿,按照当地习俗,得过三关,我就差点滚蛋。再与你们说个不怕家丑外扬的事情好了,当年苦夏剑仙,被我们这拨愣头青坑惨了。剑仙孙巨源,听说过吧,一开始他对我们还有个笑脸,到后来,见着我们,就跟见着了一只只会走路的两脚粪桶,一开口就是喷粪,别怨旁人鼻子灵,得怨屎屎真不香……你们没有猜错,就是隐官大人从箩筐里随手捡起的一个比喻。"

你们没有去过剑气长城,所以永远不会知道,那种不被当人看的视线,从四面八方而来,是什么滋味。

只是这句话,林君璧忍住了,没有说出口。

剑气长城还在,只是剑修都已不在,或战死,或迁徙,所以浩然天下的练气士,其实已经再没有机会去剑气长城游历了。

林君璧笑问道:"我说这些,听得懂吗?"

范清润和赵摇光面面相觑,感觉被林君璧这个兔崽子侮辱了。

年纪小,棋术高,破境快,脑子灵光,模样俊俏,年少成名,美玉无瑕……就可以这么欺负人吗?

林君璧喝酒不停,碗是小,可一碗碗喝得快啊,都已经是第二壶酒了。

"接下来这场仗,想要打赢,其实有件事很关键,就两个字——'意外',我们需要送给蛮荒天下足够多的意外。不然就会很麻烦。我们不要觉得蛮荒天下打输了,元气大伤,连那王座大妖都折损大半,败退撤回,就会只剩下一堆土鸡瓦狗。我们要坚信一件事,蛮荒天下也有豪杰,也可以在汹汹大势冲击之下,挺身而出,力挽狂澜。"

反正喝了酒,又在文庙大门外边,身边又是意气相投的好友,林君璧就愿意说几句不知天高地厚的话。

他还年轻,他在喝着一壶哑巴湖酒水,他除了是剑修,也是一位读书人,他的背后就是一座文庙。所以他要趁着些许酒劲,趁着自己还没有身居高位,没有那么多的规矩束缚和利弊权衡,说一些以后可能就不愿意多说的话。

"为什么中土神洲、皑皑洲、流霞洲三洲,在先前那场战争的后期,能够将各国、各山的底蕴迅速转化为战力?能够第一次真正意义上,彻底发挥出浩然天下物资富饶的地利优势?是因为有桐叶、扶摇和金甲三洲的前车之鉴。我们被打怕了,哪怕只是远远看一眼就肉疼，谁都不敢说可以置身事外了，人心反而就凝聚起来了。

"我们可以，蛮荒天下一样可以。那边大妖真正搏命的凶悍程度，其实浩然天下这边的练气士领教得还不多。僵持对峙的战事，还是太少。除了宝瓶洲，我们好像就只有金甲洲中部那场战事可以借鉴，这怎么行，所以等下我进了文庙，就要直接对那宋长镜问一句，大骊宋氏有无暗中搜集一幅幅光阴长河走马图，如果不愿白白拿出送人，我就与文庙三位教主建言，文庙必须花钱买，大骊宋氏若是死活不肯卖，觉得价格低了，一定要狮子大开口，胆敢坐地起价，那就不让宋长镜离开文庙……"

经生熹平看了眼林君璧的背影，轻轻点头，不愧是在避暑行宫待过几年的年轻人。

年轻人有点喝高了。

林君璧神采飞扬，不再是少年，却还是年轻的剑修，喝了一碗碗酒水，脸色微红，眼神熠熠，说道："我不佩服阿良，我也不佩服左右，可我佩服陈平安，佩服愁苗。"

这种话，正因为阿良和左右就在身边，我才说。

他们剑术通天，战功彪炳，可以力挽天倾，可他们却未必能够，或者说未必愿意一点一点补天缺。

左右太孤僻了。阿良太潇洒了。

阿良笑了笑。左右面无表情。

阿良突然有了喝酒的兴致。

剑气长城的大街上，有那剑修在路上瞧见了董三更，直呼名字即可，大不了被一巴掌拍飞就是了。

在浩然天下，瞧见了符箓于玄、大天师赵天籁这些老神仙，不知多少年轻人、晚辈，甚至是老人、山巅修士，会惴惴不安，会说话打战，会仰慕会敬畏，会心生谄媚，会嫉妒不已。

阿良突然记起林君璧这小子，准确说来，还是亚圣一脉的儒生吧？

林君璧打着酒嗝，满脸红光，开始舌头打结："我多半是不济事了，得躺着睡会儿，你们先回里边议事，不用管我。让我眯一会儿，小半个时辰后，如果还没醒，你们谁再来晃醒我。"

他又抬起酒碗，反正打定主意不回去，就可以多喝几碗。

天大地大，大门里边的议事，不差他一个文庙小小军机郎。

醉倒文庙台阶上，呼呼大睡，鼾声如雷，这样的机会，估计这辈子，只此一回了，要珍惜。

赵摇光以心声与范清润笑道："花农兄，你先回里边，我在这里陪着君璧就是了，倒地就睡没什么，千万不能发酒疯。这小子肚子里憋了太多话，不可能由着他一次性说完。不然以后咱仨再聚头喝酒，可就瞧不见这么好玩的画面了。"

范清润笑着起身离去。

林君璧酒嗝不断，低头怔怔看着手中的空酒碗，难怪酒铺的酒水卖得好，如此小碗满饮，多豪气。"我干了你随意。"其实一碗酒水干了，也没多少酒量，不是海量的剑修，喝当下那一碗，人人都能豪迈，自然是越喝越有英雄气概。

按照那间酒铺的规矩，问剑可以输，问酒不能尿。问剑输，是咱们当下剑术还不高，可如果酒桌上，与人问酒还尿，就是人品有问题，没其他借口了，那就是一辈子打光棍、次次喝酒与人借钱的命。

听说到最后，还有位老剑修汇集百家之长，成功编撰出了一本小册子，如何劝酒不停我不倒的三十六个诀窍，每次去酒铺喝酒之前，人人胸有成竹，稳操胜券，结果次次全部趴桌底下称兄道弟。毕竟不过几枚雪花钱一本的单薄册子，去那边喝酒的赌鬼酒鬼光棍汉，谁没看过谁没翻过？

酒桌落座之时，我就是无敌的。酒醒之时，给朋友背着一起晃荡在回家路上，或者一起桌子底下躺着，或是路边墙角窝着，就觉得这辈子都不要再喝酒了，花钱伤身遭罪丢脸，真没什么意思。结果等到酒劲一过，只需要跟朋友一个眼神交汇。

"走？"

"好！"

好像剑气长城，酒局是如此，战场亦是如此，人生都是如此。

林君璧又狠狠灌了一口酒，然后忍了忍，仍是一口喷出，结果一个后仰，昏睡过去。

陆芝喝过了酒，将酒壶收入袖中，回文庙议事，听着就是了。

齐廷济跟随陆芝一起返回座位。

阿良挪了位置，去林君璧和赵摇光那边坐了会儿，跟龙虎山小天师好好商议一番，五五分账，肯定不成。

重返剑气长城之前，阿良肯定是要走一趟天师府的，好像都还没去过龙虎山呢。去过吗？没有吧。炼真姑娘都还不曾见过，龙虎山怎会去过？那就是去了也等于没去过。

左右依旧坐在原地，独自一人，出门喝酒的，一拨又一拨的人，也没谁主动凑过去，连随口搭讪一句、招呼一声，都没有。

这个左右，剑术太高，脾气太差。

站在门口那边的经生熹平突然笑道："左右，你那个小师弟，在揍蒋龙骧。"

左右只是问道："那边有没有飞升境要跟我小师弟讲道理？就算没有靠近，躲在远处用掌观山河的飞升境，也行。"

经生熹平点头道："有两个飞升境，对你小师弟的出手，都有些不以为然。"

在功德林跟老秀才相处久了，难免染上一些臭毛病。

反正都是跟南光照差不多，没资格参加文庙议事的飞升境。一个私底下笑话过南婆娑洲的那位醇儒，说陈淳安死得不是时候，不够聪明。一个曾经被周神芝砍过，所以悄悄走过一趟山水窟，倒是没说什么，就是在战场遗址，老修士笑得很含蓄。

其实文庙对于很多事情，不是不知道，而是给了山上修士太多的自由。文庙过于讲究一个问迹不问心了。所以先前一场穗山之巅的议事，参加议事之人屈指可数，至圣先师、礼圣、亚圣、老秀才，再加上从那些熹平石经显化的经生熹平。

关于此事，礼圣当时亲口与至圣先师承认一件事情：以前是我太死板，只以山下眼光看待山巅人，是我错了。

看着那位作揖认错的读书人，经生熹平当时在穗山之巅其实很伤感。

然后是亚圣在其他事情上认错，老秀才也认错了，好像人人都有错。

所以经生熹平此刻对左右说道："只管出手，我会收拾残局。"

左右说道："给个确切地点，文庙禁制太多，我懒得找。"

经生熹平一挥袖子，两粒光亮一闪而逝，帮忙带路。

两位飞升境老修士，一个身在泮水县城，被群星拱月，谈笑风生；一个在鹦鹉洲，正在关起门来，与山上好友议事，如何在桐叶洲挣钱，建立下宗，各取所需，相互帮衬。

如果他们今天参加了文庙议事，知道了五位书院山长是怎么离开文庙大门的，做事肯定会谨慎许多，更会小心说话。

左右站起身，摘下佩剑，猛然拉开，剑鞘与长剑一分为二，一左一右，分别去往泮水县城和鹦鹉洲两处。

左右为难，先砍哪个？

渡船离地颇高，天风吹拂，不是神仙客，也像云中人。

陈平安笑着打趣李槐："游学这么远，还跟裴钱一起走过江湖，就没有遇见心仪的女子？"

何谓心仪，大概是人海熙攘，惊鸿一瞥，再难忘记。

李槐摇头道："没呢，我长得歪瓜裂枣，相貌随我爹，女子只要眼睛没瞎，都瞧不上我。这点自知之明，我还是不缺的。就算我想要被骗钱骗色，也没那家底和美色啊，所以有一点好，以后真要有女子喜欢我，肯定是真心喜欢我。所以急什么，耐心等着。"

其实李槐模样不差的，一个浓眉大眼的年轻后生，长得怎么都能算周正。

嫩道人感慨道："公子真是谦虚得可怕。"

柳赤诚点头附和道："我第一次见着李公子，就觉得龙章凤姿，天质自然。"

酡颜夫人想起春幡斋的米裕，突然有些明白，自己为何与陈平安的关系一直半生不熟了，原来是差这个。

对于嫩道人和柳阁主的"肺腑之言",李槐就没当真,骂我不重,夸我更轻。

只说骂人,真正有气力的,不在书上,也不在山上,还是家乡那边的村骂最厉害,偶然一两句,就能戳得人好些年抬不起头、直不起腰,挑水都得拣选人少的时候出门。

李槐趴在栏杆上,怔怔出神。好像自己的人生,总是莫名其妙、措手不及的,让他只能脚踩西瓜皮,滑到哪里算哪里。

小时候,只是觉得学塾的齐先生是个传授学问很严厉、平时又很好说话的教书先生,就是穷了些,不然能连个媳妇都没有?所以那会儿的李槐,小小年纪就打定主意,以后跟着爹娘下地干活,上山砍柴烧炭,去龙窑当学徒都成,就是千万不能当教书先生,这不是一只能让人吃饱的饭碗啊。后来才知道,原来齐先生学问比想象中要大很多,是儒家七十二书院的山长,更是文圣老先生的嫡传弟子,还是大骊国师崔瀺的师弟,齐先生是一个很了不起的读书人。了解越多,就越觉得他了不起。

与董水井和石春嘉分别后,只有他和林守一选择出门远游,追上了陈平安和李宝瓶。山山水水的,大白天的,瞧着挺好,一到晚上,就黑咕隆咚的,看着吓人。草鞋换了一双又一双,手脚都是老茧。

李槐从没有跟谁说过,当年跟着林守一出门,在赶上陈平安和李宝瓶之前的那段路上,他念叨最多的一句话,就是让林守一一遍遍发誓,哪天他李槐反悔了,要回家,你林守一定要陪自己一起回家。

后来遇到了阿良,那个戴斗笠牵驴的邋遢汉子,怎么看都会被朱河随便一拳撂倒在地上,滚来滚去。

很多时候,李槐觉得阿良说话那么欠,跟郑大风一路货色,一看就是那种家里床铺底下有木箱的人,里边说不定就会装满了妇人的衣裙、肚兜,都要担心阿良这个嘴巴没把门的,不小心哪句话惹恼了朱河,毕竟朱河是福禄街那边走出来的人,讲究多。所以李槐才会一直帮着打圆场,自己年纪小,说话不着调,朱河总不好动手打人。

阿良来得神神秘秘,走得又没头没脑的,然后在路边还遇到了大白鹅、于禄、不客气。

那个不客气,长得很可以啊,得有两个李柳那么好看吧,一看就是不愁嫁的姑娘,可惜林木头竟然还是一门心思喜欢李柳。李槐就想不明白了,他姐是给林木头灌了迷魂汤?

崔东山当时说陈平安就是他先生了,李槐一头雾水,总觉得这些外乡人的脑子都拎不清,你咋个不认爹?

爹娘去了远方,搬家了。姐姐在狮子峰当了山上的神仙。爹娘在山脚开了间铺子,生意不错,省吃俭用,没什么大开销,听说娘亲这次回到家乡,在街坊邻居那边说话都硬气了,嗓门大了很多,带着姐夫一起回了娘家,如今都敢挑三拣四了,不是嫌弃掌厨的小姑子,一顿饭做得油水不够,不然就是笋干老鸭煲嚼着不够筋道,鱼肉略带土腥味。

　　最要好的朋友裴钱,她好像突然从一个小黑炭就变成了个大姑娘。李槐直到现在,还是不确定裴钱到底是哪国的公主,怎么就落难民间了,怎么就给陈平安顺手捡着带在身边了?

　　天下大乱了,天下太平了。郑大风不在落魄山看大门了,杨老头不在了。姐姐嫁人了。陈平安当上隐官了。

　　剑气长城,被老瞎子收了徒弟,挡都挡不住,踹都踹不走,他李槐细胳膊细腿的,能跟谁说理去?当时陈平安又不在身边。

　　从来不知道个为什么,反正事到临头,就得过且过,不然还能如何。

　　不过李槐觉得自己很幸运,所以一直提醒自己要惜福。

　　陈平安说道:"知道自己的斤两,碰到难关,不怨天尤人,这就叫平常心,这一点大概是随你爹,平时不明显,其实是一件很了不起的事情。"

　　李槐听着开心,不过嘴上还是说道:"得了吧,我就是窝里横,外边尿。"

　　印象中,陈平安好像很少骂人,也很少夸人。

　　在一处街道,另外那个陈平安,一样没骂人,就是丢着石子。

　　鳌头山,刘聚宝和郁泮水两位修士,自然是以阴神远游姿态在此碰头。

　　事先询问过董老夫子和经生熹平,真身留在文庙、阴神出窍一事得到了文庙那边的许可。

　　董老夫子还难得开了句玩笑,说文庙这边不敢耽误两位财神爷挣钱。

　　皑皑洲刘聚宝,一天到底能够挣着几枚神仙钱,一直是浩然天下的一个谜。比如这次议事,刘氏夫妻双方,就都没闲着,妇人去了鹦鹉洲包袱斋,刘聚宝更是早已暗中花高价买下了整座山头的府邸,只等议事结束,再对外公布此事。

　　刘氏接手鳌头山后,各个府邸的瓜果酒酿明显都好了不少,尤其是那水八仙,滋味清绝。

　　文庙这边乐见其成,除了既有的问津渡,文庙建造其余三座临时渡口的开销,都已经回本,还有赚。

　　刘聚宝心中已经有了计较,山上很快会打造出鳌头六景,两个弈棋处,一处是少年姜太公的守擂处,另外一处只等悬挂匾额的凉亭,傅噒、林君璧、郁清卿,都可以拿来宣扬,至于那个蒋龙骧就算了,太跌份,不招客,还容易赶人。

　　此外还有张文潜领衔的诗词题壁,多达数十人联袂题诗花押,群贤荟萃。有画家老祖师的一幅水陆画,赭红配绿色,色彩绚丽,各色人物五百余位,琳琅满目,各有千秋……以后凡有仙师游历、议事文庙,必然下榻鳌头山。

　　少年皇帝袁青满脸涨红:"可以可以,隐官大人好个渊渟岳峙,光凭剑气就对那云杪老贼施展了定身术。

"严大狗腿,捡漏功夫一流!竟然给他捡了个飞升境!羡慕死老子了。

"怎么不打了,云杪小儿,竟敢还有胆子放狠话?隐官大人,一剑戳死他……"

大堂上,刘聚宝几个安安静静地看着那幅山水画卷,各有心思,就只有少年皇帝袁胄在那边聒噪不已。

郁泮水实在忍不了这位皇帝陛下的烦人,说道:"陛下,你不口渴啊?"

柳岁余笑道:"挺好啊,哪里烦人了。"

她早已踢了靴子,盘腿坐在椅子上,没有穿袜子,露出一双美如羊脂的脚丫,脚指甲涂抹红脂,十分惹眼。

对面那位玄密王朝的皇帝陛下,跟个初出茅庐的说书先生差不多,关键是感情诚挚,听着很解闷。

少年皇帝袁胄学那书上的江湖人,高高抱拳道:"柳姐姐,我们真是一见投缘,如果不嫌弃的话,咱俩可以结为异姓姐弟,欢迎去我家做客!"

柳岁余笑道:"好说。只要俸禄钱足够,别说姐弟,我这黄花大闺女,认个干儿子都没问题。"

袁胄立即不搭腔了,碰到高手了,敌不过。

这些个混江湖的姐姐,荤素不忌,到底不是宫中那些木头人可以媲美的。

刘聚宝和郁泮水突然对视一眼。

有人身形如虹,直奔鳌头山而来。

沛阿香疑惑道:"陈平安怎么来鳌头山了?如此兴师动众的,想做什么?"

袁胄白眼道:"这还用想,肯定是揍那个有宿怨的蒋龙骧啊,官场上一般人是烧冷灶,这家伙倒好,猪油蒙心拆冷灶,这下好了吧,把自己老骨头拆散架了吧。不打白不打,打完就跑,搁我是隐官大人,一定把那蒋龙骧打出屎来,再喂给他,让他吃饱!"

刘聚宝挥袖再起一幅山水画卷,正是鳌头山,很快,一袭青衫就将蒋龙骧拽走了。

袁胄一拍椅把手:"不愧是隐官大人,处处出人意料!这一手拖狗远游,风采绝伦了。"

袁胄转头:"郁爷爷,求求你了,帮忙牵线搭桥,和隐官大人好好说一声,来咱们这边,不当国师,就搞个宗门啊,咱们玄密出钱出力出人,什么都好商量的,只要他愿意开口,玄密就敢答应。我这个当皇帝的,去他那个宗门挂个记名客卿,都是完全没问题的,到时候隐官的法驾莅临京城,我再让礼部好好谋划一番,非要来个青史留名的万人空巷。我到时候再亲自为隐官牵马走入宫城,以后佩剑登殿,骑马乘舆,不受官禁……"

刘幽州说道:"捎上我,我也要当个记名客卿。"

他越看这个少年皇帝越顺眼,以后有机会一定要多逛玄密王朝。

袁胥说道:"刘兄,以后你要是去咱们玄密做买卖,甭管瞧上了什么,从朝廷到地方,山上山下,友情价,一律八折。一口唾沫一个钉,我今儿就把话撂在这里了!"

郁泮水揉了揉额头,摊上这么个貌似傻子实则心黑的小崽子,能不头疼吗?

刘聚宝笑道:"我在桐叶洲那边生意摊得有点大,不适合跟陈平安和落魄山走太近,你们玄密王朝,是没有问题的。"

郁泮水摇摇头,不觉得陈平安与玄密王朝缔结盟约,就一定是什么好事。一来容易树大招风;再者近则生怨,久住令人贱,频来亲也疏。这些老话得听,老话的岁数,总归是大过老人的。

陈平安这个年轻人,只是行事像绣虎,可到底不是真绣虎。

玄密王朝的国势蒸蒸日上,不用谁来雪中送炭,更无须锦上添花。一切稳步有序,只需按部就班行事,百年之内,就可以提升王朝名次。如果能够抓牢这次攻伐蛮荒的机会,说不定只一代人,就可以让玄密王朝坐八争七望六。

郁泮水开始挑刺:"桐叶洲那么个八面漏风的烂摊子,看着处处有钱捡,遍地是机缘,可如果落魄山的下宗选址桐叶洲,与幕后刘氏,说不定就要狭路相逢,双方闹个面红耳赤。你是个讲究人,可是最近几年你们刘氏手底下拢起的那些生意人,鱼龙混杂,挣钱心很凶,就未必讲究了。"

一个家族,一个山头,只要人多了,其实很多时候做事情就会过头。比如会担心自己沦落至尸位素餐的尴尬境地,要保住屁股底下那个风光的位置,做事挣钱,往往就容易太过用力,就像管着山水邸报的,哪怕是一处清水衙门,落笔就往往管不住笔头,就会好心办错事。再有祠堂和祖师堂负责掌律的,冷眼冷脸,看人都是错,会习惯去挑刺,还有那些负责管钱袋子的,就会没事找事,处处刁难自家山头的求财之人……

皑皑洲刘氏家族,就是在这些事情上,一直处理得比外人更好。

大富在命,不在劳身。大贵在时,不在力耕。

听着有理,其实不尽然。没有力耕劳身打底子,什么不是空中楼阁,经不起几次风吹雨打。

所以刘聚宝比谁都在意"家风"二字,所有刘氏子弟都必须从最底层的位置上去摸爬滚打,靠自己混出名堂。往往是改名易姓,去市井,去庙堂,去江湖,各自历练多年。在这个过程当中,家族只会暗中出手帮助两次,哪天被祠堂确定当真成材了,才得以返回家族,此后依旧还有层层审核等着他们,一关接着一关,最终独当一面。

至于独子刘幽州,需要他挣钱吗?当然不需要。刘幽州出门在外,尽管花钱就是了,比如那座倒悬山猿蹂府。

刘聚宝说道:"模棱两可之事,刘氏在桐叶洲的那些个藩属势力,以后起了纷争,都可以退让几分。"

大可以避其锋芒,总之别学九真仙馆去触霉头。桐叶洲那边做事不讲究的别洲过江龙,其实很多,随着时间推移,只会越来越行事无忌。刘氏目前真正需要打交道的对象,其实是那个此次文庙议事不显山不露水的韦滢,一个愿意主动扶持桐叶宗修士的玉圭宗宗主,值得刘氏多花心思,所以坐镇驱山渡的剑仙徐獬那边,很快就会得到刘聚宝一封亲笔书写的飞剑传信。

至于陈平安和落魄山,不用刘氏上竿子套近乎,只要对方生意足够大,买卖门路一多,就注定绕不开已经在桐叶洲落地开花的皑皑洲刘氏。

这不是刘聚宝目中无人,小觑那位年轻隐官,而是事实。

郁泮水以心声问道:"你觉得从泔水县城宅子门口,到问津渡那段路程,郑居中会和陈平安聊些什么?"

刘聚宝笑道:"我猜这个做什么,猜不到的,比做买卖亏钱还难。"

郑居中这个人,城府太深,大智近妖,毕竟是一个下棋能够赢过崔瀺的人。

郁泮水发出一连串的啧啧啧。听听,这是人说的话吗?

刘聚宝犹豫了一下,以心声问道:"你觉得郑居中如果合道十四境,合道所在,是什么? 早年崔瀺跟你聊得多些,有无暗示?"

郁泮水龇牙咧嘴:"滚滚滚,别跟我提这茬,会惹一身腥的。我什么都没听说,什么都不知道,我都不认识什么郑居中。"

然后郁泮水似笑非笑,看着这位寥寥几次出手、打架全靠砸钱的皑皑洲财神爷。

你刘聚宝呢? 将来合道何在?

修士合道十四境,就是山巅一场悄无声息的争渡。

刘聚宝笑道:"我除了挣钱,什么都不会。"

郁泮水心服口服。

刘聚宝没来由说了句:"文庙这次议事,不一样,不太容得下那些装糊涂的明白人。"

除了南光照,还有其余几位同样没资格参与议事的飞升境,文庙不邀请,他们却都不敢不来。比如道号青宫太保的荆蒿,流霞洲修士。还有那位道号青秘的冯雪涛,出身皑皑洲,却是个野修,常年渺无踪迹。两位都是喜欢隐世不出的飞升境,都是战力不俗的浩然山巅大修士。

郁泮水伸手抵住下巴:"须把诗书开太平,脚边村犬吠不休。"

刘幽州笑道:"是得踹一脚。"

昔年神诰宗的金童玉女并肩而行,散步不散心。

在这名字寓意极好的鸳鸯渚水畔,可惜两人却不是一对鸳鸯,只有男子的一厢情愿。

高剑符看了眼她,轻声道:"你这是何苦?"

多年之前,从宗主那边,他得知一事。贺小凉在北俱芦洲曾经公然对外宣称,她已经有了一位山上道侣,只等对方点头。

高剑符越发心情凄凉,喃喃道:"我又是何苦。"

总觉得自己比那风雪庙魏晋都不如。

当心爱女子,虽近在眼前,实际却远在天边时,这个滋味,喝水都是愁酒。

高剑符更无法接受,被贺小凉认定的心中道侣,竟是当年那个骊珠洞天里边的草鞋少年。思来想去,哪怕他不断回忆当年那场初次相逢,高剑符都只能记起是个脸庞微黑、身材消瘦的泥腿子,寒酸,胆怯,太不起眼。

贺小凉转过头,轻声笑道:"心上人有了心上人,就这么难以接受吗? 我就觉得天没塌,道路还在。"

高剑符神色黯然,点头道:"你能接受,我做不到。"

贺小凉摇头说道:"很多时候的做不到,就是自己与自己说多了,次次扪心自问,只作一答,才会真的做不到,所以我们才要修心。"

高剑符苦涩道:"我不是在和你说道法。"

贺小凉笑道:"你不和我说道法,又能说什么?"

高剑符心中悲苦至极,眼前这个女子,从来都是这样,说话做事修行,都我行我素,道心通明。可越是这样,越是让旁人牵肠挂肚,割舍不下。

贺小凉提醒道:"再这么放任不管,你的心魔,会让你一辈子无法跻身上五境。这次祁天君故意带上你,所求何事,你当真不明白? 是希望你和我重逢后,能够慧剑斩情丝,当断则断。"

高剑符转头望向鸳鸯渚的河水,好像都是心湖里的愁酒,只恨饮不尽,不见底。

贺小凉心中叹息一声,不再多劝。

高剑符久久不曾收回视线,轻声问道:"他到底有什么好?"

有些痴心人,只希望遥不可及的心上人,天下男子都配不上,连同自己在内。

七情六尘五欲,人在红尘里滚。

贺小凉说道:"我之大道契机所在,不是他好不好的问题。"

言下之意,就是好也是心中道侣,不好仍是道侣。

高剑符喃喃道:"早知道,当年就在中部陪都战场死了算了。"

贺小凉哭笑不得。

高剑符看着身边女子的细微表情变化,竟是痴了。

陪着桂夫人走在两人身后的老舟子,一样在没话找话,说道:"蛮荒桃亭,名副其实,确系豪杰。"

一头蛮荒天下出身的飞升境大妖,敢在文庙重地的鸳鸯渚,将那南光照收拾得服服帖帖,顾清崧还是比较服气的。

唯一不太服气的地方,就是那位桃亭兄是个飞升境,境界一高,就略显美中不足。这就不如自己这个从仙人跌境的玉璞境了。

顾清崧瞥了眼清凉宗的女子仙人,听说这个小师妹和那陈平安很有些不可告人的故事。

老舟子心中盘算着,回头怎么与那小娃儿讨教学问,前辈架子就别摆了,不讨喜。他这个人,分得清轻重缓急,一向被山上公认,行事稳重,言语得体。

陈平安这个小贼,真是人不可貌相,深藏不露啊,当年连他都看走眼了,误以为是个嘴上无毛办事不牢的愣头青,懂个屁的男女情爱,不承想真是个无师自通的绝顶高手。

失之交臂,扼腕痛惜,直教人悔青肠子。

只说那本横空出世又骤然停刊的山水游记,顾清崧简直就是所有翻书看客当中最虔诚的一个,翻来覆去被他背了个滚瓜烂熟,许多陈凭案与各色女子相逢,那些言语对话的精妙处,都被他一一拿笔圈画出来。只可惜学成了十八般武艺,偏偏走到了桂夫人身边,连话都说不出口,与书上所写、心中所想,差距太大了,纸上得来终觉浅啊。

顾清崧一边觉得陈平安那小子天赋异禀,一边伤心自己的资质鲁钝,不知道与陈平安虚心请教那门学问,哪怕对方真愿意倾囊相授,自己又能够学到几分功力。顾清崧忍不住轻声喊道:"桂……夫人。"

桂夫人置若罔闻。这个仙槎,只与陆沉学成了一门本事——牛皮糖。

顾清崧试探性说道:"金粟能够与孙嘉树走到一起,是桩不错的姻缘。"

桂夫人还是没有言语。寻常人还好说,给点颜色就开染坊的,理他作甚。

顾清崧小有得意,此遭没有挨骂,是不是意味着有眉目了?

河边道路上,两拨人迎面走过。

顾清崧神色古怪,是那徐铉与好友路过。

奇了怪哉,怎的一个个,都非要喜欢贺小凉这个小师妹。

双方都没有什么眼神交汇,只当是陌路相逢。等到走远了,徐铉才回头望去。对那个跟在贺小凉身边的高剑符,报以冷笑。

林素依旧在说先前那场切磋,道:"剑术高明,一直藏拙,面对一位仙人,竟然还能留有余力,非我能敌,一步慢步步慢,说不定这辈子都要望尘莫及。"

徐铉没好气道:"你想笑就笑,那个家伙,就是贺小凉心中认定的山上道侣。"

此人和贺小凉曾经在北俱芦洲济渎西边的入海口相逢,据说这对男女,还曾一起登上山海边高台,看那天高海阔。

在那之后,就是贺小凉与徐铉在花翎王朝圈定地界,厮杀一场,贺小凉出手极重,不但伤了徐铉,还斩杀了徐铉身边两位金丹境婢女,直接夺了咳珠、符劲两把刀剑,事后贺小凉将刀剑随便丢在了清凉宗山门口,放话一洲,让徐铉自己去取,如果没胆子又没本事,就让师父白裳帮忙。

那会儿远游他乡的青衫客,徐铉是有机会宰掉的,可惜贺小凉没有给他这个机会。

情关门口,门内下五境,完全可以随便笑话门外的飞升境。

林素笑道:"你如果不说,我还真不知道此事。我知道他跟刘景龙是朋友。"

林素是典型的山中客,幽人独居,潜心问道,不问山外世事。天下事是天下人的事,修道一事,才是需要上心的自家事。

火龙真人曾经评点过林素,是个不缺仙气的修道坯子,就是没什么人气,不该牛在北俱芦洲,投胎皑皑洲,出息更大。褒贬皆有,既是骂人,也是夸人。

不过对北俱芦洲的修士而言,别说被趴地峰老真人夸一句,被骂个半句,都是荣幸。至于火龙真人顺便骂了皑皑洲,也算事?这叫给皑皑洲脸了。

曾经的北俱芦洲年轻十人,徐铉第一,林素第二,太徽剑宗的刘景龙排在第三。

因为贺小凉的缘故,徐铉受伤极重,原本极为顺遂的破境,如跻身上五境,成为剑仙,被极大地延缓了。

结果前几年最新出炉的年轻十人,徐铉依旧第一,但是林素和刘景龙都已经不在此列,林素是因为跌境。山上恩怨,不会因为某一方的与世无争就此罢休,只不过林素对此看得很开。刘景龙则是因为接任宗主之职,不合适。加上跻身了玉璞境,三位剑仙的先后三场问剑,郦采、董铸、白裳,刘景龙都一一接下。于是北俱芦洲都认可了刘景龙的剑仙身份。就不拿来欺负那些还在登山的晚辈了。

林素以心声说道:"你悠着点,别落话柄。当下那个年轻剑仙,和谁问剑都是占便宜。"

徐铉微笑道:"山上道路迢迢,不争一时高低。"

林素有些疑惑,总觉得好友话里有话,不过他实在无心纠缠这些山上恩怨。

鸳鸯渚岛屿上,严格已经跑去"抱得美人归",天倪也打好了腹稿,回了鳌头山那边的宅邸,开始落笔,今天鸳鸯渚风波,值得大书特书,只等文庙解禁山水邸报了。只剩下个芹藻,找到了那位福地四位命主花神之一的梅花花神玉面。

文人墨客赠予这位花神的雅名实在太多了。只说这次文庙议事,不谈那些文庙圣贤,苏子、柳七、曹组……就都有过脍炙人口的咏梅花诗词。以至于她每过百年,就会换一个名字。与那女子每天更换妆容,其实差不多。

比如她曾经比较喜欢那个清客,等到连那瑞凤儿都得了个羽客的名字,她就将其打入了冷宫,彻底弃而不用了。

此外,艳魄与瓤仙,都是她比较钟情的。至于百花魁和玉霄神,名字太大,浩然读书人敢给,她可不敢拿来用,只敢私底下喜欢,篆刻在藏书印、玉佩上。至于那驿使……算了吧,委实是土气了些。

芹藻笑问道:"去熹平石经那边瞧瞧?"

她点头答应下来。

这位花神娘娘与几位山君关系莫逆,比如山中多菖蒲、山上亦多梅树的九嶷山。而同为福地命主花神之一的水仙花神,就与五湖水君关系极好,这是大道亲近的缘故,争抢无益。

曾经有个偷偷逛荡百花福地的剑客,替她打抱不平,蹲在庭院墙头上,嚷着什么东君也不爱惜,雪压霜欺弯腰。姐姐你放心,总有一天,我就算踏破铁鞋,找遍浩然,都要帮姐姐找回场子。一开始,她将那人当作了油腔滑调的登徒子,后来她才知道,自己没有误会他,他就是。

可惜此次雅集酒局数场,都没能见着那个喜欢远游的浪荡汉。

严格到了鳌头山府邸,南光照一振衣衫,蓦然清醒,老人站在庭院中,一双眼眸,精光四射,收起了那件仙兵品秩的水袍。

只说修缮一事,就需要消耗一大笔谷雨钱。更麻烦的不在钱,在那些被嫩道人打碎的炼化江河。

南光照此刻哪里还有半点重伤的样子。严格看得有些心悸。

南光照其实当真受伤不轻,只是不愿和严格交心罢了。

先前在那小天地内,嫩道人只给了他一个选择,要么装死,要么被他活活打死。如果识趣选择前者,回了鸳鸯渚,还要记得多装一会儿。嫩道人在说这些话的时候,已经现出真身,一爪按住南光照法相身躯,一嘴咬住南光照法相的头颅。

此刻严格虽然心中惊讶,仍是满脸愧疚道:"南仙师,是晚辈多此一举了。"

南光照当然清楚严格是个什么货色,但是此次鸳鸯渚,自己遭此大劫,消磨大道不说,更是颜面扫地。身边有个仙人境严格,心里终究好受几分。

南光照神色和悦几分:"有劳了。"

严格满脸受宠若惊,抱拳道:"不敢。"

南光照随即开门见山道:"挑选出两三个严家子弟,送去我山头修行。"

云杪这个家伙,如果事后没点表示,老子就去他那九真仙馆走一遭!

严格抱拳低头道:"不敢太过叨扰南仙师,晚辈家族这边,只有一个资质尚可的严厉,南仙师在闲暇时稍稍指点几句,就是这孩子的莫大造化了。"

其实严格最看好严律，因为那小子是剑修，还去剑气长城历练过。但是严格又不是傻子，这会儿给南光照送个剑修上门，算哪门子事。所以算是白白便宜了那个严厉。

南光照眼神闪烁不定，云杪当年在那场云谲波诡的谋划中，偷偷摸摸欺师灭祖，对外宣称是师尊闭生死关，不幸尸解。云杪和他道侣这对狗男女得了那桩天大机缘，自以为神不知鬼不觉，真当他是傻子吗，看不真切九真仙馆的变故？云杪的那位传道恩师，是出了名的惜命。

而那仙人境云杪，并没有直接返回鳌头山住处。

在鸳鸯渚下游处，他飘落在地，抖了抖袖子，将李青竹摔在地上，再挥袖起迷障。

云杪默不作声，眼神冰冷，看着这个曾经的得意弟子。

李青竹战战兢兢起身，委屈万分："师尊，那剑仙简直就是丧心病狂……"

云杪一挥袖子，打得李青竹身形旋转，摔落在地，之后又是一扯，将白玉灵芝敲在李青竹额头上，李青竹贴地不起。

李青竹趴在地上，呕出一口鲜血。

云杪冷笑道："怎么，在我这边讨不到好，就想着找你师娘诉苦了？"

李青竹颤声道："不敢，弟子绝不敢再给师门招惹任何麻烦了。"

云杪转头看了眼鳌头山，开始担心南光照那个老王八了。

南光照看似慈眉善目，不过是道貌岸然。不然能和他师父凑一块儿去，还称兄道弟多年？按照师父的说法，早年与南光照几次联手寻访神府仙迹、秘境遗址，南光照不出手则已，一出手就心狠手辣，而且斩草除根，绝不留半点后患。师父当时笑言，如果不是境界相同，双方各有压箱底手段藏掖，自己根本不敢与南光照同游。

云杪收回视线，对地上的李青竹大骂道："真是个废物，连个眉山剑宗的金丹境小娘皮都拿不下！你那些花丛手段呢，不是屡试不爽吗，还敢自称只要是个女子，便是玉璞境，都会被你手到擒来？你以为那些个腌臜混账事，九真仙馆一座祖师堂，当真不清楚?！你知不知道，涿鹿宋氏的耳目，对此一清二楚，早就记录在册了，随时都会向九真仙馆发难?！"

李青竹抬起手背，擦了擦嘴角血迹，轻声道："师尊，弟子在山下行事，还是有些分寸的。那些女子，到最后都会对弟子死心塌地，涿鹿宋氏无法拿这些小事借机与师门发难。"

云杪讥笑道："靠那点不入流的移魂术？几张上不得台面的偏门符箓？真是好大本事，你还有脸说?！"

如果不是九真仙馆需要这位弟子去做成一事……不然这小子，真以为师娘对他青眼有加了？

眉山剑宗那个女子剑修，名为许心愿，是现任宗主的嫡孙女，她还是眉山老祖的关门弟子。小娘们运道绝佳，不知怎的，被那谪仙山不练剑、转去下棋的柳洲看中了修道根骨，破例收为不记名弟子。三者叠加，许心愿在山上，就是个出了名的香饽饽。

也就是说，李青竹如果真能与许心愿结为道侣，就不仅是两座宗门联姻那么简单了。云杪自有手段，小心经营，扶持这个弟子，在五百年之内，将那座眉山剑宗改姓李，再悄无声息变成九真仙馆的藩属。

云杪想起一事，冷笑不已。

先前在那河边，梅花庵那个小娘们，没心没肺的，傻人有傻福，见李青竹风流倜傥，便喜欢，成了落汤鸡，就大失所望，估计以后再见面，就不会心仪李青竹了。

倒是那个许心愿，之前对李竹青没个好脸色，不承想落难之后，反而起了怜悯之心。对那位青衫剑仙颇有不满，是觉得同为剑修，却行事太过跋扈？女子却不知道，正是那人，等于间接救了你这个蠢娘们，救了你们眉山剑宗的香火传承。鸳鸯渚这场风波一起，九真仙馆的这桩密谋，就真与李青竹一般打了水漂。哪怕许心愿傻，眉山剑宗的那些老人不傻，绝不会让她与一个沦为笑柄的修士结契。

云杪最后长叹一声，大道无常。

云杪神色缓和几分："青竹，你起来吧。"

李青竹站起身，打了个稽首，低着头，泣不成声道："是弟子给师尊添乱了，百死难赎。"

云杪伸出白玉灵芝，虚扶一下："你就当是一场修心。对了，边走边聊，你将先前事情经过一一道来，不要有任何遗漏。"

李青竹抹了抹眼泪，开始复盘此事，只说自己好像鬼迷心窍了，好像那会儿说话不过脑子，按照自己以往的脾气，他绝不会一而再再而三挑衅那个青衫剑仙。

云杪心中一震。

果然！果然是那位被自己敬若神明的郑城主。果然，那个柳道醇的突兀现身，是障眼法。

等到云杪带着李青竹一同返回鳌头山，骇然得知问津渡一事。

云杪呆滞无言，心中敬畏，无以复加。

好个奉饶天下先的郑城主，真是骗尽天下人了！这要不是郑居中，谁是？

鹦鹉洲的包袱斋，钱财往来如流水。

好些个花枝招展的年轻仙子游山玩水，观镜花水月，顺便结交山上的年轻俊彦，一举三得。

一位流霞洲小国山君辛辛苦苦跑来，就为了恳请符箓于玄撤走那枚托起山岳的悬空符箓。

一个自称来自经纬观的中年道士，在邻近文庙的城池中找到一户市井人家，说他家祖师爷相中了你们家孩子的根骨,孩子有仙缘,宜在山中修行养道气。孩子的爹娘,哪敢随便将家中独苗交出去,反复确认对方不是骗子,还拉着那个脾气不错的半路仙师,找到了学塾夫子,再去了趟县衙,仔细勘验过对方的过境关牒、仙府谱牒,才确定此事。应该真不是歹人拐骗,况且得知那座听名字就很大气的经纬观,还是宗字头的道门仙府。那个从头到尾犯迷糊的孩子,鼻子上好像还挂着两条青蛇。

作为观主的道士,正是中土符箓于玄的再传弟子,经纬观也是一山三宗之一。

有人把文庙那边的熹平石经抄录了一份,也有些嫌抄经麻烦,就在周边店铺直接买了拓本。更有心思活络的,干脆花钱聘请一位专门靠抄书挣钱的经生,帮忙撰碑。比起买那拓本,要更有意义些。若是这些暂时落魄的经生,以后成了文庙圣贤、书院君子,说不定都能拿来当传家宝。

泮水县城那边,不少练气士买了好些书籍,价格便宜得令人发指,神仙钱都派不上用场,能算花钱?买了书,多沾些文气,回了家乡,好送人,礼轻情意重。再说了,天晓得这些书籍,有没有被哪位陪祀圣贤、山巅修士摸过?

这趟游历文庙,人人不虚此行,尤其是那些年轻女修,更是激动得好像每天都有破境。

那柳七,着实是风流无双,腰别一截柳枝,人间最谪仙。

傅噤这位小白帝,更是名副其实,不让女子失望,见之倾心。

而那曹慈,笑起来的时候,简直醉人。

年纪轻轻的许白,确实仙气飘飘,无愧许仙这个绰号。

许白因为在鳌头山那边守擂,所以最易寻见,曹慈和朋友也在鳌头山出现过,傅噤与郁清卿下过一局棋,当然是让子棋,作为当之无愧的上手,傅噤让两子给郁清卿,气度非凡,神仙坐隐,颇有“师父之外我无敌”的韵味。柳七曾经在鸳鸯渚乘船夜游,所以有些运气好的,又不惜在四处往返奔波劳碌,见着了两三位,甚至将四人都见着了的,大饱眼福,女子都要被那“美色”吃撑了。

有些仙子,都开始设想,若是天底下有那么一座宗门,能够聚拢柳七、傅噤、曹慈、许白这些美男子,再来开启镜花水月,她们岂不是要疯?山上修行一事,都可以放下了。

一个与好友一起在鸳鸯渚垂钓的年轻人收竿打道回府。他是个专门帮人抄写熹平石经的经生,其实没有儒家弟子身份,但是写得一手漂亮的小楷,靠此赚钱有几个年头了,积少成多,都已经在泮水县城那边租下了一间店铺,开始卖书。与其他外乡人都不一样,他不是因为张条霞那些山巅宗师来此垂钓才慕名而来,而是他平时就喜欢一个人跑来这边钓鱼。他平时不太喜欢说话,偶尔笑起来,就会很腼腆,显得真诚,比如与那些游学世家子讨价还价的时候。

这个年轻人,本名刘材,是一位剑修。

第六章
一剑破万法

渡船临近鹦鹉洲,陈平安转头望向那位正与柳赤诚唾沫四溅的嫩道人,问道:"听说前辈与金翠城相熟?"

金翠城法袍炼制手艺之高超绝妙,名动蛮荒,不然王座大妖仰止的那件墨色龙袍,就不会用上金翠城水路分阴阳的独门秘法。

彩雀府就是靠着一件陈平安得手,再通过米裕转交的金翠城法袍财源广进,从而偏居一隅的彩雀府才有了跻身北俱芦洲一流仙府山头的迹象,仅是大骊王朝,就通过披云山魏山君的牵线搭桥,一口气向彩雀府定制了上千件法袍,被大骊宋氏赐予各地山水神灵、城隍文武庙,这使得彩雀府女修,如今都有了纺织娘的绰号,反正缝制、炼化法袍,本就是彩雀府练气士的修行。

落魄山也通过和彩雀府既定的抽成分账,一本万利,每过五年,就会有一大笔谷雨钱落袋,被韦文龙记录在册,收缴入库。

彩雀府掌律武崿每次去牛角山渡口送钱,渡船一路,她都走得战战兢兢,生怕遇上那些上五境修士的剪径贼寇,登上披麻宗的那条跨洲渡船后,还好些。只说从彩雀府到骸骨滩这一程山水路途,她走得尤其提心吊胆,因为身边只有一个"金丹境剑修余米"。余米几次护送武崿到骸骨滩渡口,她都会反复询问:"真不需要披麻宗修士帮忙护驾?你们落魄山反正和披麻宗关系不错,花钱雇人走一趟彩雀府,求个稳当,不过分吧?"米裕却说:"花这冤枉钱做什么,还要挥霍山主与披麻宗的香火情,有我在呢。"

武崿就忍不住问那个相貌得有上五境、境界却只有金丹境的男子:"真要给人半路抢了钱,算谁的过错?"

米裕笑着回答:"真要丢了钱,算我的。"

好看的男子说大话的时候,委实是哪怕让人不喜欢,却也讨厌不起来。

武魁便无可奈何,钱是落魄山的,落魄山自己都不上心,她又何必着急忧心?

好在她几次送钱到落魄山都无意外。毕竟是披麻宗渡船,大骊北岳披云山,都是护身符。

至于什么剑气长城,什么中五境的米拦腰、上五境的米绣花,远在天边的山水故事,近在眼前的身边男子,姓余名米,来自落魄山,两者是八竿子打不着的关系。

陈平安很清楚,当下成为彩雀府最大聚宝盆、落魄山最大一笔"偏门横财"的那件法袍,品秩就像兵家甲丸里最低的神人承露甲,还可以往上再跨出一个台阶,如何做到,自然是向蛮荒天下的金翠城寻宗问祖,让那炼制技艺一事,百尺竿头更进一步。

只是金翠城修士不曾过剑气长城去浩然。在让人帮忙转交给大骊王朝的那本小册子上边,陈平安就曾提醒大骊,务必在战场上缴获金翠城出产的法袍,多多益善,一定要拆解出更多的术法禁制。最好抓几个金翠城修士,境界越高越好。

嫩道人如临大敌,赶紧否认道:"不熟,几百上千年没个往来,关系能熟到哪里去?金翠城所有金丹境女修的开峰分府仪式,甚至连那城主三百年前跻身仙人境的庆典,仰止那婆娘都跑去亲自观礼了,隐官可曾听说桃亭现身祝贺?没有的事。"

陈平安笑着点头道:"原来如此。避暑行宫那边的秘档,不是这么写的,不过大概是我看错了。回头我再仔细翻翻,看看有无误会前辈。"

嫩道人一脸没吃着热乎屎的憋屈表情。在飞升境南光照那边挣来的英雄豪气,硬是还给了这位心黑隐官。

嫩道人在心中迅速做出一番利弊权衡,试探性问道:"隐官和金翠城有仇?金翠城可没有任何修士侵扰浩然。"

陈平安摇头道:"于公于私,都无仇怨,晚辈只是一向对金翠城的法袍炼制神往。"

事实上,当年北游剑气长城的那驾车辇上,一群妖族女修,莺莺燕燕,其中既有大妖官巷的家族晚辈,也有一位来自金翠城的女修,因为她身上那件法袍,就很惹眼。

嫩道人恍然道:"也对,听说隐官每次上战场,穿得都比较多。"

陈平安犹豫了一下,以心声说道:"如果前辈能够拿出足够多的金翠城炼制秘法,我可以给出半成分账。"

嫩道人抬手抹了抹嘴,隐官大人真是个会说笑话的,老子差点笑掉大牙。关键只有半成的分红,你小子当是打发乞丐呢?五成还差不多。

陈平安继续说道:"文庙这边,除了大批量炼制铸造某种兵家甲丸之外,有可能还会打造出三到五种制式法袍,因为还是走量,品秩不需要太高,类似早年剑气长城的衣坊,北俱芦洲有个彩雀府,有机会占据其一。嫩道友,我知道你不缺钱,但是天底下的钱财,干干净净的,细水长流最可贵,我相信这个道理前辈比我更懂,何况在文庙那边,凭此挣钱,还是小有功德的,哪怕前辈光风霁月,不要那功德,多半也会被文庙念人情。"

蛮荒桃亭当然不缺钱,都是飞升境巅峰了,更不缺境界修为,那么"浩然嫩道人"如今缺什么? 无非是在浩然天下缺个安心。

怕来怕去,归根结底,桃亭还是怕自己身为异类,在文庙那边不受待见,许多可错可对的事情,文庙会偏袒浩然大修士。

那么当下,年轻隐官就等于帮着嫩道人把一条弯弯绕绕的请香路铺好了。走远路心更诚,年关更易过。

嫩道人神色肃穆起来,以心声缓缓道:"那金翠城是个与世无争的地方,这可不是我胡说八道,至于城主鸳湖,更是个不喜欢打打杀杀的修士,更不是我胡诌,不然她也不会取个'五花书吏'的道号,避暑行宫那边肯定都有详细的记录,那么,隐官大人,有无可能?"

话说得含糊。

陈平安心中了然,微笑道:"如今不好承诺什么,不然别说前辈不信,我自己都觉得没诚意。但是前辈帮助金翠城多出一条退路,事有万一,到时候城主鸳湖走不走这条路,就是她自己的选择了,前辈这边,已算很厚道极念旧了。"

嫩道人想了想,说道:"回头我得跟李槐的师父说一声,事情太大,我可不敢自作主张。"

其实说个屁说,老瞎子稀罕听这些芝麻绿豆大小的事儿? 不过是桃亭觉得好像两人这场闲聊,一直被年轻隐官牵着鼻子走,太没面子。

陈平安点头道:"前辈年长,处世之道,老成持重。"

嫩道人记起一事,小心翼翼问道:"隐官大人,我当年偷溜出十万大山,去为鸳湖那小婆姨道贺破境,避暑行宫那边怎就发现了? 我记得自己那趟出门,极为小心,不该被你们察觉踪迹的。"

陈平安笑道:"没写过,我瞎说的。"

避暑行宫的档案秘录,只写了十万大山的桃亭和金翠城鸳湖关系不错,再就是上代隐官萧愻在上边批注一句,字迹歪扭:姘头无疑了。

嫩道人笑容尴尬。信好还是不信好? 好像都不好。

陈平安沉默片刻,疑惑道:"前辈对那半成收益,就没点异议? 其实晚辈是很希望前辈能够开口讨个一成的。"

嫩道人刚要说话,陈平安就已经神色诚挚地感慨道:"不承想前辈实在慷慨磊落,竟是半点不提此事,晚辈佩服,这份山巅风范,浩然罕见。"

嫩道人还能如何,只能抚须而笑,心中骂娘。只是转念一想,嫩道人又觉得自己其实不亏,赚大了,当然身边这个年轻人只会赚得更多。

嫩道人憋了半天,以心声说出一句:"和隐官做生意,果然神清气爽。"

陈平安摇头笑道:"晚辈远远不如前辈才对,因为前辈根本就不是一个生意人,所以为人处世,才能气定神闲。"

这话,实在。

嫩道人这下子是真的神清气爽了。

这艘文庙安排的渡船,走得慢悠悠,快不起来。一路上,几条更晚动身赶赴鹦鹉洲包袱斋的渡船都更早到了那边渡口,都是山上的私人渡船,不过路过时,有意无意都改变路线,选择稍稍绕开,显然是对那位脾气极差的青衫剑仙,以及脾气更差的嫩道人,有了极大的心理阴影。谁都不希望成为下一个仙人境云杪或是飞升境南光照,说不定一个眼神交汇,就碍了对方的眼,然后自家渡船就会挨上一剑?

唯独一条流霞洲渝州丘氏的私家渡船,不远离反靠近,陈平安主动向那条渡船遥遥抱拳行礼。

身为丘氏客卿的林清,抬手向对面渡船那一袭青衫抛出一物,是那方刚刚雕琢完毕的山水薄意随形章。老人以心声笑道:"欢迎剑仙去老坑福地做客。"

陈平安伸手接住印章,再次抱拳,微笑道:"会的,除了向林先生请教金石学问,再厚着脸讨要几本《玉璇斋印谱》,还一定要吃顿天下无双的渝州火锅才肯走。印谱肯定是要花钱买的,可要是火锅名不副实,让人失望,就别想我掏一枚铜钱,说不定以后都不去渝州了。"

林清笑道:"都没问题。"

两条渡船就此别过。

林清与丘氏兄弟说了那位剑仙想吃火锅一事,丘神功和丘玄绩这对渝州丘氏俊彦相视一笑,家乡渝州别的不说,火锅最留人。

丘神功问道:"林先生,这位不知名剑仙,是故意拿这渝州火锅和我们套近乎,还是真老饕?"

林清笑道:"这么一位连云杪都不放在眼里的剑仙,需要刻意和渝州丘氏攀关系吗?别忘了九真仙馆的靠山,是那位正在文庙议事的涿鹿宋子,你看他客气了吗?"

丘玄绩笑道:"那敢情好,老祖师说得对,喜欢我们渝州火锅的外乡人,多半不坏,值得结交。"

陈平安打量起那方工料俱佳的老坑田黄印章,入手极沉,对喜欢此物的山上仙师和文人雅士来说,一两田黄就是一两谷雨钱,而且供不应求。

印文:金天之西,白日所没,仙人醉酒,月窟中来,飞剑如虹,脚拔南辰开地脉,掌翻北斗耀天门。底款:曾见青衫。

陈平安一见倾心,立即觉得手中印章更沉了。

渡船停靠鹦鹉洲渡口,有人早就在那边等着了,是一拨年纪都不大的少年少女,人人背剑,正是龙象剑宗十八剑子中的几个。

陈平安一行人下船后,其中一位少女壮起胆子,独自走出队伍,挡在道路上。

作为龙象剑宗客卿的酡颜夫人,假装不认识这位练剑资质绝好的少女。在宗门里边,就数她胆子最大,和师父齐廷济言语最无忌讳,陆芝就是对这个小姑娘寄予了厚望。

陈平安停下脚步,问道:"你是?"

少女微微脸红:"我是龙象剑宗弟子,我叫吴曼妍。"

陈平安轻轻点头,表示自己知道了。然后,他静待下文。

吴曼妍瞬间涨红了脸,生怕这个剑气长城的隐官大人、她心中的陈先生,误会了自己的名字,赶紧补充道:"是百花争妍的妍,美丑妍媸的妍。"

陈平安只得继续点头,这个字,自己还是认得的。

吴曼妍话一说出口,就后悔了。天底下最让人难堪的开场白,她做到了?先前那篇腹稿,怎么都忘了?怎么一个字都记不起来了?

见吴曼妍既不言语也不让路,陈平安就笑问道:"找我有事吗?"

吴曼妍额头都渗出细密汗水了,她使劲摇头:"没有!"

可她就是不挪步。

其实走到这里,不过几步路,就耗尽了吴曼妍所有的胆气,哪怕这会儿内心不断告诉自己赶紧让开道路,不要耽误隐官大人忙正事,可是她发现自己根本走不动路啊。小姑娘于是头脑一片空白,觉得自己这辈子算是完了,肯定会被隐官大人当成那种不知轻重、半点不懂礼数、长得还难看的人了,自己以后乖乖待在宗门练剑,十年几十年一百年,躲在山上,就别出门了。她的人生,除了练剑,无甚意思了啊。

陈平安没有半点不耐烦的表情,只是轻声笑道:"好好练剑。"

吴曼妍总算回过神来,脸上的笑容比哭还难看,她抽了抽鼻子,侧身让路,低头喃喃道:"好的。"

陈平安其实也很尴尬,就硬着头皮和吴曼妍多说了一句:"以后可以向你们陆先生多讨教剑术疑难。"

吴曼妍微微抬头,仍是不敢看那张笑容和煦的脸庞,嗯了一声。

酡颜夫人心中幽幽叹息一声,真是个傻姑娘。此时此刻,好像飞来一片云,停留少女容颜上,俏脸若朝霞。所幸有位少年帮着解围,以心声向那位年轻隐官说道:"我叫贺秋声,以后跻身了上五境,就与隐官大人问剑一场!"

陈平安转头望向那个朝气勃勃的背剑少年,点头笑道:"可以。"

看来自己的晚辈缘也不错。

两拨人分开后，吴曼妍擦了擦额头汗水，向贺秋声问道："你方才与陈先生说了什么？"

贺秋声说道："双方约好了，等我成了玉璞境，就问剑一场。"

吴曼妍疑惑道："等你晃晃悠悠跻身上五境，陈先生不该是十四境了？还打什么，问什么剑？"

贺秋声伤心道："师姐！"

师姐，不能因为我喜欢你，你就这么欺负人。

吴曼妍头一甩，马尾辫微微晃，望向那个青衫背影，突然觉得山上练剑有意思极了。

还没走到鹦鹉洲那处包袱斋，陈平安就停步转过头，望向远方高处，两道剑光散开，各去一处。其中一道剑光，正是脚下这座鹦鹉洲？

陈平安有些疑惑，师兄左右为何出剑？是与谁问剑，而且看架势好像是两个？一处鹦鹉洲，另外一处是泮水县城。

陈平安亲眼看到那道剑鞘带起的剑光，就落在了不远处。

至于一般修士，境界不够，早已本能地闭眼，或是干脆转头躲避，根本不敢去看那道璀璨剑光。

鹦鹉洲本身并无太多异样，只是岛屿四周的河水骤然一浅，使得一座原本不大的鹦鹉洲仿佛水落石出，山根地脉露出极多。

所有刚刚从鸳鸯渚赶来的修士，叫苦不迭，今天到底是怎么回事，走哪哪打架吗？

嫩道人拍了拍身边好友的肩膀："柳道友，托你的福。"

柳阁主所到之处，必有风波。

柳赤诚笑道："好说好说。"

鹦鹉洲一处府邸，道号青秘的飞升境大修士冯雪涛正在和几位山上好友议事。所谓好友，其实就像南光照身边的那位严大狗腿，会说话，识得趣而已。他们一起商量着如何在桐叶洲开枝散叶，言语之间，除了皑皑洲刘氏需要礼让几分，此外什么玉圭宗，不值一提。

而泮水县城那边的流霞洲大修士荆蒿，这位道号青宫太保的一宗之主，也是差不多的场景，只不过身边比野修出身的冯雪涛帮闲更多。二十多号人和坐在主位上的荆老宗主一同谈笑风生，先前众人掌观山河看鸳鸯渚，对于山上四大难缠鬼之首的剑修都很不以为然，有人说那家伙也就只敢与云杪掰掰手腕，如果敢来此地，连门都进不来。

一把出鞘长剑，破开宅子的山水禁制，悬在庭院中，剑尖指向屋内的山上群雄。

荆蒿停下手中酒杯，眯眼望向屋外那把长剑，瞧着眼生，是哪个不讲规矩的剑修？

屋内有人开始起身，来到门口这边破口大骂："哪个不长眼的东西，敢来打搅荆老喝酒的雅兴?!"

一人身形飘落在庭院中，伸手轻轻握住长剑，淡然说道："左右。"

门口那人就像被人掐住了脖子，脸上惨白无色，再说不出一个字。

左右说道："我找荆蒿。闲杂人等，可以离开。"

左右瞥了眼门口那人："你可以留下。"

那人进退两难，很想与这位左大剑仙说上一句：别这样，其实我可以走的，第一个走。

此地所有人，就算没见过左右，肯定听过左右的大名。

屋外那人，被誉为浩然剑术最高者，是公认的儒家脾气最差的读书人，两者都没有什么之一。

荆蒿站起身，拧转手中酒杯，笑道："左先生，既然你我先前都不认识，那就不是来喝酒的，可要说是来与我荆蒿问剑，好像不至于吧?"

左右说道："问剑过后，我是喝酒还是问剑，都是你说了算。"

懒得继续废话。左右向前跨出一步，持剑随手一挥，向这位号称"八十术法大道共登顶"的青宫太保递出第一剑。

门口那人与屋内众人，纷纷使出看家的遁法本领，纷纷从两侧疯狂逃离这处是非之地，五花八门的术法神通，一时间让人眼花缭乱。

却只有门口那人，蓦然悬停在墙头处，因为四周如牢笼，皆是剑气，造就出一座森严天地。

左右递出一剑后，头也不转，向那人说道："不认个错再走?"

那人立即抱拳低头道："是我错了!"

刹那之间，那位玉璞境修士被剑气牢笼裹挟，重重摔在泮水县城数百丈之外的一处屋脊上，所幸只是一身法袍稀烂，此人起身后，仍是遥遥抱拳致谢一番才远遁。

荆蒿丢出手中酒杯，酒杯蓦然幻化出一座袖珍山岳法相，杯中酒水更是变成一条碧绿长河，如腰带环绕山岳，与此同时，在他和左右之间，出现了一座百里山河的小天地。抬手间，便是袖里乾坤的大道外显。不想却被一剑悉数劈斩而开，百里路途，剑气转瞬即至。

荆蒿伸出并拢双指，指间拈有一枚不同寻常的青色符箓，堪堪打消了那条纤细剑气。青宫太保荆蒿手中那张价值连城的符纸也被剑气残余打散了灵气，迅速燃烧殆尽，小小符箓，竟有灿若星河的气象。

只是不知左右这随手一剑，使出了几成剑术?

左右持剑一步跨过门槛，提醒道："起座天地。"

荆蒿不得已,好像听命行事一般,只好祭出数座环环相扣的小天地。

片刻之后,这位大名鼎鼎的青宫太保坐镇自家天地,八十道术法尽出,可那个左右,每次就只是递出一剑,或破荆蒿一道术法,或数道。至于荆蒿层出不穷的术法,哪怕侥幸成为一道道剑光下的漏网之鱼,却根本无法近身左右,稍微靠近那人,就自行崩碎。

最终左右好像之前和小师弟说的一样,打架有什么复杂的,你多递出一剑就行了。当真就只是多递出一剑的左右,仗剑走出屋子,就此御风离去,在天上拦下一位见机不妙就跑路的飞升境大修士,问道:"要去哪里?送你一程?"

冯雪涛没有停下身影,越发快若奔雷,朗声道:"不敢劳驾左先生。"

左右就刚好与那位道号青秘的大修士真身并驾齐驱,说道:"可以劳驾。"

那个山泽野修出身的冯雪涛,相较于泮水县城的青宫太保,要更果决,见左右今天不像是会留情面的,立即就祭出了一门压箱底的攻伐神通。

这位道号青秘的飞升境大修士眉心处蓦然金光灿灿,如开天眼,隐隐约约,就像大门开启,显露出一座小巧玲珑的帝王宫阙小天地,再从中走出一位蟒服白玉腰带的少年,金色眼眸,双手持铁锏,两支铁锏每次相互敲击,磕碰之下,就绽放出一条金色闪电,不断壮大,最终交织成网,好似一座道意无穷的雷池重现人间。

左右每递出一剑,就会在天地间留下一条清晰稳固的出剑轨迹,不可撼动。所以天幕处,就像多出了十几条悬空停滞的丝线。这大概就是最名副其实的划破长空。

冯雪涛其实已经施展了数种玄妙遁法,可是不知为何,左右总能精准找到他的真身所在,瞬间御剑而至。

而那位蟒服白玉腰带的少年,也就是冯雪涛的阳神身外身,名为青秘,铁锏所化雷鞭,一样可以自行寻觅左右,可惜那些雷法一接近左右,便要落个雷声大雨点小的下场。

并非那青秘是什么绣花枕头,而是这般声势等同于天劫的攻伐雷法,面对左右,才显得寻常。换成任何一位仙人,早就焦头烂额了。

陈平安仰头眯眼,细看之下,每条雷电都蕴含着一长串的金色文字,仿佛就是一篇完整的雷部秘籍。

只是这么一个多看几眼的细微动静,天幕处的一条雷电长鞭,就好像一尊雷部神将,察觉到了凡夫俗子的冒犯,迅猛劈砸而下,气势汹汹,往鹦鹉洲渡口附近的陈平安一冲而去。

陈平安脚尖轻轻一点,瞬间离地十数丈,伸出一只手掌,五指如钩,以手心挡住那条金色雷电,另外一手再拧转手腕,驾驭武夫罡气,不让那些雷电真意崩散流逝,最后抖了抖袖子,将一粒金色雷电珠子丢入袖中。等于是收下了一部雷法真箓的残篇,意思不大,聊胜于无,闲暇时争取多炼出几个字。

能够不损分毫雷法道意、全盘接纳下这条雷电长鞭的练气士极少,寻常飞升境都未必有这个本事，除非龙虎山大天师和火龙真人这样的半步登天大修士。

山巅秘传的仙家宝箓，差之毫厘谬以千里，差一两句话，或是几个关键文字，说不定就会让修习之人误入歧途。

成为落魄山供奉的目盲老道士贾晟，撇开某个隐秘身份不谈，就是因为修习一道残缺不全的旁门雷法，伤到了脏腑，继而导致双目失明。

嫩道人心中惴惴，显而易见，离开剑气长城之后，左右剑术又有精进。

李槐是第一次见到这位只闻其名、不见其面的左师伯。

一想到自己肚子里的那点浅薄学问，李槐就很心虚，总觉得自己见着了这位左师伯，估计要被骂死。

因为裴钱早年说过，左师伯学问高啊，当年她跟随大白鹅一起游历剑气长城，三生有幸，见着了学问比剑术更高的左大师伯，那一番学问考校，左师伯问得惊天地泣鬼神，亏得她死记硬背，才能够涉险过关，要知道左师伯一口气问了她几十个难题，她只回答了个七七八八。所以李槐对这位师伯的最大印象，就是"喜欢逮住晚辈，问很多问题"。

嫩道人刚要言语，柳赤诚已经抢先一步，赞叹不已："好个左前辈，剑术已通神。"

嫩道人说道："前辈？柳道友，不至于吧。按照岁数，你可比左右大了不少。"

柳赤诚感叹道："闻道有先后，术业有专攻，达者为师，如是而已。诚心诚意喊那位左先生一声前辈，是柳某人的肺腑之言。"

陈平安向嫩道人提醒道："前辈。"

嫩道人疑惑不解："作甚？"

他是在装傻，心中却大骂不已，他娘的，你师兄左右出剑，老子掺和什么，是帮忙啊，还是找砍？

在那剑气长城，宁肯骂阿良一百句，不与左右对视一眼，是傻子都知道的道理。

陈平安只得耐心解释道："地上有一堆白捡的香火情，前辈就这么懒得弯腰？"

嫩道人恍然，大笑一声："有理有理。"

原来是来鹦鹉洲逛荡的不少修士，境界不够，胆量不小，不知轻重利害，看惯了山上一般热闹，不晓得山巅修士切磋道法的玄妙，尤其是那青秘道人的雷法，太过诡谲，长眼睛一般，竟然能够自行生发，轰砸一切睁眼窥探之人，如此一来，便有数十条雷电长鞭垂落而下。

嫩道人一个身形离地而起，悬在鹦鹉洲岛屿上空，大袖挥动，将那些金色雷电一一打碎。

陈平安再次提醒道："前辈救人过后，记得骂人，不用客气。"

嫩道人便顺势低头大骂道："小娃儿们不知天高地厚，不想要一对招子了吗?!"

鹦鹉洲附近的道谢声连绵不绝，一些对晚辈劝诫不及的护道人竭尽全力也能护住身边晚辈的性命,只是有人出手相助,当然更好,可以免去诸多道行消磨和法宝折损。

一时间众人唏嘘不已,不承想这位横空出世的嫩道人,先前在那鸳鸯渚瞧着行事跋扈、气焰嚣张,竟还是个爱惜晚辈的世外高人?果然人不可貌相。

陈平安又提醒道:"若有人邀请前辈登门做客,可以拣选两三个顺眼的,答复他们一个有空再说。"

嫩道人一掌遥遥打碎一条金色雷鞭,怒道:"这点人情世故,老子还需要你教?!"

陈平安呵呵笑道:"哪敢教前辈做事,教前辈做人还是可以的。"

跟这位蛮荒桃亭相处,就不能太顺着对方。

嫩道人瞥了眼那个看似远在天边却能一剑近在眼前的左右,悻悻然御风返回原地。

柳赤诚轻声问道:"桃亭老哥,你觉得双方要打多久?"

至于胜负,毫无悬念。

嫩道人嗤笑一声:"不是飞升境大圆满,经不起左右几剑的。将左右视为大半个十四境剑修就是了。"

大半个十四境,听上去好像还没一位飞升境巅峰好听。可事实上,别说大半个,哪怕只是半个十四境,就与一般飞升境拉开了一条天堑。因为这意味着一位山巅大修士到底有无登天的资质。

由于暂时性命无忧,那冯雪涛就有意无意瞥了眼鹦鹉洲那边的青衫剑仙。不承想青秘道人的这么一个分心,就平白无故多挨了一剑。

左右一剑横抹再竖切,使得那座雷池对半再对半。

先前在泮水县城打那青宫太保也好,当下在这天幕处打这冯雪涛也罢,左右还是留力不少,只以出海访仙时的剑术境界,向两位飞升境问剑,而且还没有倾力出手。这等于是压境又压境了。

一来这两位飞升境的出手顾忌重重,都太过担心被文庙问责,同样不敢全力施展神通。再者左右也不清楚对方飞升境的底蕴深浅,不太愿意没出几剑,就不小心将对方砍个半死。

可如果是在海上,两说。不小心就不小心了。

说到底,浩然天下的某些飞升境,南光照、荆蒿之流,捉对厮杀的本事,确实是要逊色于蛮荒天下的飞升境大妖。

浩然天下的练气士,更多是为了境界,为了证道长生。蛮荒天下那边,更加纯粹,境界我也要,长生不朽也要,但是说来说去,还是为了大道之上的打杀痛快。同样是追求与天地同寿的那个结果,却是两条不同的修行道路。

冯雪涛不愧是野修出身,以心声言语道:"左剑仙要是一心杀人,就别怪方圆千里之地，术法流散如雨落人间，到时候殃及无辜，当然主要怨我，只是人死脸朝天，怨不着我，就只好怪左剑仙的咄咄逼人了。"

左右说道："你大可以试试看。"

冯雪涛一时语噎，差点没被这个左右气出内伤。

换成别人如此混不吝，冯雪涛还会认为是虚张声势。可是眼前这位转去练剑的读书人，不可以常理揣度。

冯雪涛问道："你到底为何要与我问剑一场？打架总需要理由吧？我与你，与你们文圣一脉，素无恩怨。"

左右说道："看你不爽，算不算理由？"

冯雪涛脸色阴沉："凭什么我一定要置身战场?！老子在山上清净修行几千年，修身养性，也不曾妨碍浩然山下半点，你左右莫不是当自己是文庙教主了，管得这么宽?！"

左右皱眉说道："最后与你废话一句，只有骨头硬的人，才有资格在我这边撂句硬话。"

这几个飞升境，修行本事不弱，给自己找借口的本事更强。

去了各洲战场，哪怕学不来周神芝，难不成学那算盘子怀荫都不会？会，不愿意而已，半点亏都不肯吃。若只是如此也就罢了，等到天下无事了，还要幸灾乐祸。比如流霞洲的南边，是有几场惨烈战事的，那位家乡和宗门都在流霞洲的青宫太保，就从头到尾都没有露面。中土剑修周神芝战死在扶摇洲山水窟，与周神芝有宿怨的冯雪涛，事后就跑去瞻仰遗址。哪怕到了文庙这边，这些个躲过刀兵劫的山巅大修士，还是不知收敛。

天将倾之时，低头弯腰，苟且偷生，可以。等到世道太平之时，关起门来偷着乐就是了，别得寸进尺，装得好像自己顶天立地，腰杆挺直，只是不小心错过了那场席卷天下的战事。

左右与那冯雪涛说话其实没几句，只是每多说一句，就不爽此人一分，所以左右打算递出最后一剑。

就在此时，文庙那边突然有一个身影暴起，高声喊道："让我来!"

左右犹豫了一下，没有递出那一剑。

任由那人与自己擦肩而过，按住躲无可躲的冯雪涛脑袋，一同"飞升"离开浩然天下。

看架势，是带人直接去剑气长城了。

文庙周边的各地修士，一个个目瞪口呆。

左右收剑归鞘，飘然返回文庙。没有多余的出剑，也没有多余的言语。

回了文庙门口，左右坐在台阶上，林君璧还在呼呼大睡，小天师赵摇光护在一旁。

赵摇光犹豫了半天，还是壮起胆子说道："左先生，晚辈赵摇光，有一事相求。"

左右说道："不会答应，别开口了。"

赵摇光憋了半天，只得乖乖说道："好的，晚辈知道了。"

将来回了天师府，对家中那位长辈，也算有了个交代。真不是自己没心没肺，而是左剑仙根本不给自己开口邀请的机会。

左右横剑在膝，开始闭目养神。

遥想当年，在剑气长城那边练剑，陈清都曾经私底下对他说过一个道理。如果你没有办法保证在十剑之内，彻彻底底砍死一个飞升境，就去跻身十四境，有意思吗？没意思的。

临了，那位老大剑仙拍了拍左右的肩膀，又撂下一句话："岁数不小了，剑术不够高，替你着急啊。"

门口那边，经生熹平以心声笑道："左先生两次出剑，都比预料中要轻巧几分。"

左右答道："只要文庙这边给句准话，我可以再重些出剑。"

经生熹平摇摇头，无言以对。

鹦鹉洲这边，嫩道人说了些公道话："比起南光照，这个道号青秘的家伙，确实是要强些。不过脸皮更厚，愿意在众目睽睽之下，站着不动，挨那一狗爪子。"

反正阿良不在，随便骂，不骂白不骂。

柳赤诚笑道："冯雪涛其实不止这么点本事，藏私颇多。野修嘛，都是这个德行。当然，主要还是冯雪涛不敢动。"

已经招惹了板上钉钉会跻身十四境的左右，再来个早已领略过十四境风光的阿良，浩然天下没人敢这么不怕死。

陈平安说道："大修士青秘，更适合战场厮杀。"

嫩道人只当耳边风。打架本事不如自己的，都不值得上心。

柳赤诚却听出了陈平安的言下之意，冯雪涛当年比南光照更适合下山。

嫩道人交给陈平安一块宝光莹然的玉版。上边篆刻了金翠城法袍炼制的诸多关键秘术，以蝇头小楷写就，洋洋洒洒七八千字之多。

嫩道人笑道："说好了，一成分账。"

陈平安没计较桃亭的这点耍无赖，以心神迅速浏览一遍，心中大定，按照这份秘录记载，确实能够将彩雀府法袍拔高一个品秩。别说一成分红，两成都不过分。

陈平安说道："每过一甲子，落魄山都会按约结账给钱，除了那笔神仙钱，再加上一本账簿。"

是每一甲子给钱，还是十年三十年一结账，其实差距不小。

嫩道人皱眉道："烦不烦，查账，当我是打算盘的账房先生吗？是你小子信不过我，还是觉得我信不过你？信不过你，还做个屁的买卖。要是你信不过我，以后就你走你的独木桥，我走我的阳关道。"

陈平安笑道："当朋友有当朋友的规矩，做买卖有做买卖的规矩，尤其是朋友合伙做生意，半点含糊不得，前辈可以不翻账簿明细，落魄山却不能不给账本。如果觉得这都会伤了感情，就说明根本不适合一起挣钱。"

嫩道人不耐烦道："都随你。"

一行人去了包袱斋，是一处别有洞天的山水秘境，有点类似倒悬山的那座黄粱酒铺。

这一路走去，旁人多有侧目，纷纷主动让道。

一个不讲道理的青衫剑仙，一个差点打死南光照的嫩道人，再加上一个久负盛名的白帝城柳道醇，只说这三人同行，确实会有一种"求你们来惹我啊"的独有气势。

陈平安一直觉得自己这个包袱斋当得不差，等到今天走入这处秘境，才知道什么叫真正的家底，什么叫道行。有些自惭形秽了。

自家牛角山那边，连同渡口，加上那些店铺，其实就是包袱斋"前人栽树后人乘凉"的手笔，让披云山和落魄山得了个天大便宜。

包袱斋是个松散门派，听说都没有什么正儿八经的金玉谱牒，也没有山头和祖师堂，开山老祖师也行踪不定，门派修士反正走到哪里，生意就跟着做到哪里。至于练气士如何进入包袱斋，门派律例又有哪些，都是个谜。

只知道包袱斋的老祖师每次现身，亲自做生意，都会取出随身携带的一处"和气斋"，开门迎客，总计九十九间屋子，每间屋子，一般只卖一物，偶有例外。

陈平安一行人依次走过屋子，几乎都会步入其中，看一看那些包袱斋所卖货物。

有那出自琳琅仙府的笔海，雕刻有一幅仙家走马图，二十四节气，各取一景，依次展现；篆文极其稀少的小暑钱；绘五谷丰登进宝图的五彩大碗；几点力士石像头颅；山鬼雷公八卦花钱；一对彩绘门神大木板；清禄福地山水画册；一只山上名为下山罐的小陶罐，看着不起眼，却是一件压胜鬼物的山上重宝。还有几座破碎的洞天福地，只要钱足够，一样都可以买走。

如果已经卖出货物，屋内的符箓美人就会在门外挂个小木牌，上书四字："已结善缘。"

说实话，如果不是这些包袱斋老祖师亲自掌眼的宝物不存在任何捡漏的可能性，陈平安很想一扫而空。

只说当下屋内所见那把玉竹扇子，一面节录苏子《祈雨贴》，一面草书《龙蛰诗》，末尾写那"芒种时节，风雨雷电，闭户写此"。落款是谪仙山柳洲。陈平安就差点想要跟柳赤诚借钱，买下此物，只是一看那个价格，实在让人知难而退。这处包袱斋，所有宝物，都是毋庸置疑的大开门,可惜价格确实让人只恨挣钱太难,自己钱袋子太瘪。

陈平安没着急挪步。屋内那位姿容清秀的符箓美人好像暗中得到了包袱斋祖师爷的一道敕令,她突然向陈平安施了个万福,笑容婉约,嗓音轻柔道:"剑仙若是相中了此物,可以赊欠,将这把扇子先行带走。以后在浩然天下任何一处包袱斋,随时补上即可。此事并非单独为剑仙破例,而是我们包袱斋历来有此定例,所以剑仙无须多心。"

包袱斋最大的特点,就是买方可以赊欠一事,不论是谱牒仙师,还是山泽野修,囊中羞涩的修士,都有机会和包袱斋订立一张契据,然后就可以带走货物,比山下买卖屋舍,都要更加简单,而且契据几乎没有任何约束力,也就是说还不上钱,包袱斋认栽,绝不追债。所以浩然天下的历史上,经常会有时隔百年,甚至是千年,才有修士现身,与包袱斋还上当年所欠的那笔神仙钱。

当然不是人人都可如此,修士也要看能否入包袱斋的眼。

陈平安对此有些猜测,多半是包袱斋有那秘宝,能够窥探他人的财运。不然天底下哪有这么做买卖的路数。

陈平安与那符箓美人先道了一声谢,然后问道:"是相中了任何物件,我都可以与你们赊欠吗?"

符箓美人笑着点头:"都行。我们包袱斋这边只有一个要求,九十九间屋子,依次走过后,剑仙不能回头。"

陈平安看了眼李槐,李槐点点头,说道:"那就去下一处看看。"

酡颜夫人以心声道:"隐官大人,我其实还有些积蓄,买下这把扇子,还是够的。"

陈平安笑道:"不用。"

其实陈平安是想要先与包袱斋欠个人情。唯有如此,才会有人情往来。

最后他们足足走过三十多间屋子,看得李槐眼睛都有些发涩,才下定决心,相中了一件颇为奇怪的物品,是块拳头大小的石头,篆刻"山仙"二字,有一株老根盘踞的袖珍柳树,就好像一处盆景,树底下还站着个观海境修为的树精,白发苍苍的老翁模样,自称城南老仙君,见着了进屋子的客人,后者稍有动心,刚有买下的念头,老翁就破口大骂,跳起来朝那些练气士吐唾沫,说:"你们这些不长眼的玩意,也配请爷爷去家中落脚,可把你们能耐的,咋个不白日飞升去啊……"

包袱斋这边标价不过十枚谷雨钱。柳树精魅的境界、山石的材质等事,屋内的符箓美人都会与客人一一说明。

不过这处山水秘境所卖,也不全是价值连城的珍稀之物,那几十枚雪花钱的奇巧物件一样有,门槛高的屋子,会一直挂不出那块木牌,门槛低的,却是谁都买得起,客人先到先得罢了。

等到李槐跟树精大眼瞪小眼时,约莫是骂得费劲,着实有些口渴了,老柳树精背靠石壁,摘下腰间酒葫芦,咕咚咕咚喝了一大口酒水。

只是十枚谷雨钱,陈平安其实完全可以自己买下,只不过犹豫了一下,还是与那符箓美人签订契据,算是打了张只是十枚谷雨钱的欠条。

在那之后,陈平安东拼西凑,向柳赤诚和醍颜夫人都借了谷雨钱,陆陆续续买下了几件李槐觉得有眼缘的物件,一座价格不菲的镇妖塔,一对脂粉气比较重的小金葫芦耳坠,还有一幅画满虾兵蟹将的水仙夜游图。其间碰到了一群山上女修,其中一位气态雍容的妇人,将那满屋子数十件之多的法袍衣裙全部包圆了,她眼睛都不眨一下。到了下一处屋子,有十套百花福地的花神杯,加在一起,可就是千只酒杯,她只给后边的人留下一套,其余九套,全部带走。关键是陈平安都没有看到那妇人取出什么方寸物,与包袱斋掏钱结账。

两位符箓美人好像早已习以为常,根本就没有多说一个字。

陈平安也就认出了那妇人的身份,天底下最有钱之人的道侣、皑皑洲刘财神的妻子。

出门不用带钱,一样可以大手大脚。

离着文庙不远的城内,那个陈平安拍拍手站起身。

背靠墙壁的蒋龙骧挨了顿揍不说,还被砸了几十颗石子,老书生当下气得浑身颤抖:"你到底是谁?!有本事就报上名来,难不成堂堂剑仙,还怕一个中五境修士寻仇?!"

这个岁数不小的读书人,其实脸上写满了四个大字:色厉内荏。

读书人的所谓寻仇,当然不会打打杀杀,岂不是有辱斯文,他当然是去请求文庙的圣贤,帮忙主持公道,好好管一管这些以武犯禁的山上修士。

陈平安指了指蒋龙骧的嘴巴,提醒道:"这是上次你在这里没管住嘴的下场,这次还要不要去文庙那边告状,自己掂量。话可以随便说,牙齿就那么几颗,好好珍惜,不然以后在家乡传道授业解惑,口齿不清,听课的学子们容易听不懂你到底在说些什么。"

蒋龙骧脸色阴晴不定。他现在最大的疑惑,其实不是对方为何对自己出手,这件事已经不重要了,而是对方为何有胆子出手行凶,为何近在咫尺的文庙圣贤们,就没有一人赶来管一管!

陈平安笑道:"今天在文庙这边,我不敢动你。不过千万别以为这样就算了,我以后肯定还会去邵元王朝游历一趟,到时候咱俩接着叙旧,所以不用你辛苦寻仇。"

蒋龙骧心中愤懑万分,悲苦与畏惧各占一半。

这也叫不敢动我?!下次见了面,你还想要怎的?

陈平安抬起手,轻轻伸出一只手掌,微笑道:"我会好好跟你算账,连本带利,一一拿回来。"

蒋龙骧刚要挣扎着站起身,陈平安作势要打,吓得他赶紧转头。

陈平安笑着离去。

头戴幂篱的女子从拐角处现身,然后停步不前,远远望向那一袭青衫。

虽然不见容貌,但是身姿婀娜,她就只是站在那边,便宛若墙角一枝梅。

陈平安就将蒋龙骧晾在一边,向那幂篱女子走过去,抱拳笑道:"见过姚掌柜。"

女子笑着抱拳还礼道:"陈公子。"

陈平安说道:"喊我名字就可以了。"

两人并肩走在巷子里,陈平安身边这位正是九娘,她当初先是跟随荀渊离开大泉王朝去了玉圭宗,在那边修行数年,之后跟随大天师赵天籁离开桐叶洲,就在龙虎山天师府后山潜心修道。

她与十尾天狐炼真属于同源不同脉,只不过天然相亲,这些年朝夕相处,情同姐妹。

天狐炼真大道已然高远,极为超脱,山中久居,仙气缥缈,早已不是寻常精怪可以媲美,偏喜欢听九娘讲那些充满市井气息的江湖故事,就连狐儿镇那些衙门捕快与鬼物邪祟的斗智斗勇,炼真也能听得津津有味。

九娘转过头,伸出手指,揭开幂篱一角,笑眯眯道:"都快要认不出陈公子了。"

当年在大泉边陲客栈,双方初次相逢,陈平安还是少年。一身白袍,腰悬一枚朱红酒葫芦,身边带着个古灵精怪的黑炭小姑娘,还有几个气象各异的扈从。

曾经的少年郎,如今却已经是一个身材修长的青衫男子,是当之无愧的山上剑仙了。

陈平安笑道:"姚掌柜风姿依旧,很是怀念客栈五年酿的青梅酒,再有一只烤全羊,实在是山上没有、山下少有的风味。"

九娘松开手指,放下幂篱一角:"喊什么姚掌柜,生分,公子喊我九娘就行了。"

陈平安笑着点头。

这辈子第一次听说"人生路窄酒杯宽",就是这位九娘在酒桌上的言语。

九娘笑问道:"那个魏海量,如今没跟在公子身边当扈从了?"

那个姓魏的武夫,自称海量,结果一碗酒下肚就成了一摊烂泥,趴在桌上鼾声如雷。实在让人印象深刻。

陈平安摇摇头:"都有自己的人生。"

九娘叹了口气:"理是这么个理。"

陈平安以心声说道:"听说钟魁如今还在西方佛国,错过了这场议事。"

九娘跟他陈平安没什么好叙旧的,一场萍水相逢,虽说双方关系不差,可还不至于让九娘赶来找他。话没问,可她来了,本身就是在问话。

九娘却说道："提他做什么，混得不人不鬼的，喜欢自讨苦吃。"

陈平安就说道："钟魁当年胆子小，可能是因为他猜到了后来的处境，由不得他胆子大。"

九娘白了一眼："他的胆子还小？"

她随即笑了起来："胆大胆小，跟我没什么关系，他就只是个账房先生，聚散都随缘。"

陈平安就不再多说什么。

和九娘闲聊几句大泉王朝的近况后，双方就分道扬镳了。

钟魁跟这位身份特殊的九娘，就像是一笔姻缘簿上的糊涂账。

这位九娘，或者说浣纱夫人，对那担任账房先生的钟魁，最大的生气，甚至不会是钟魁隐藏书院君子身份，在那边监视客栈，盯着她这位浣纱夫人的一举一动，而是钟魁的胆子太小，他所有看似胆大包天的胡言乱语其实都是胆小。

我未必答应你钟魁，但是你钟魁既然喜欢我，却连"喜欢"二字都不敢说，算怎么回事？

可能她希望的，是钟魁这个账房先生，规规矩矩地站在她面前，诚诚恳恳地说那"喜欢"二字。

女子不是真的全然不讲道理，只是男子所讲的道理，与她们想要听的道理，往往不在一条脉络上。女子的道理，其实更多在心情。如果男子连她为何不讲理都整不明白，那就没辙了，自然只会说多错多。

陈平安一直觉得自己对男女情爱一事，只是开窍晚了些，其实真能算是天赋异禀，懂得不少。同门师兄，只说这件事，就算加在一起，都不如自己。

这种话，当着左师兄和君倩师兄的面，他都敢说。当然，前提是先生在一旁。

陈平安独自走在巷弄中，没来由想起一事，先前与郑居中一起游历问津渡。其实这位白帝城城主，一路上只说了三句话，陈平安就只是听着。

斐然和周清高无疑是这次两座天下对峙中蛮荒天下最露脸的两个。

郑居中对此只点评了一句："斐然很聪明，大道可期。周清高的下场，可能会比较可怜，所以复盘一事，有机会的话，你不如满足他。"

另外一句，更有深意："人生如梦，灵犀一动，不觉惊跃，如魇得醒。"

剩下最后一句，是当之无愧的前辈言语："喊你一声陈先生，再出门见你，理由很简单，我今天所见之人，不是今天之年轻隐官，而是未来山巅之陈先生。"

接下来，陈平安打算去问拳一场。

那条夜航船上灵犀城内，头生鹿角的俊美少年跟着女主人，主动去见了来此做客的宁姚一行人，说欢迎他们在此逗留。

先前陈平安就没这待遇了，路过灵犀城的时候，双方差点大打出手。

下榻在灵犀城一处仙家府邸，夜幕中，宁姚带着裴钱、小米粒和白发童子，一起坐在屋顶赏月。

游历途中，宁姚每过一城，就会劈出一剑，打破渡船禁制。夜航船这边也没有任何阻拦的意思。

此刻宁姚笑问道："小米粒，会不会因为多出个我，你们在北俱芦洲就要少去很多个地方啊？"

小米粒用心想了想，摇头道："不会不会。"

得过过脑子，显得深思熟虑，可不能随便脱口而出，那就太没诚意嘞。

裴钱坐在一旁，有些提心吊胆，实在是担心这个小米粒说话八面漏风。

小米粒一个眼神斜视裴钱，然后身体后仰，偷偷伸手绕后，竖起大拇指，与裴钱邀功，顺便表扬自己。她又不是个小傻子。

先前在条目城客栈那边有些个小纰漏，其实都是她故意装傻的障眼法哩。

小米粒犹豫了很久，还是小心翼翼问道："山主夫人，你是在担心好人山主会喜欢其他人吗？"

宁姚笑着没说话。

小米粒双手抱住膝盖，轻声道："没有的哦，当年我站在他背后的那只大箩筐里，陪着好人山主一起闯荡江湖，走了好远的路，他每次遇到了好看的姑娘，都不搭理的。好人山主，可喜欢宁姐姐啦，每天都会想的。"

宁姚说道："其实从没有担心过，只是不这样的话，我好像经常聊着聊着，就不知道自己要说什么了。"

宁姚停顿片刻："其实担心，还是有的。"

怎么会半点没有呢，是有一点的。

陈平安如果想要去一个地方，就一定会走到那里去，绕再远的路，都不会改变主意。可如果他想要离开一个地方了，就一定不会回头。

小米粒好奇道："山主夫人，听好人山主说，你们俩是传说中的一见钟情呢。"

宁姚哭笑不得，没有搭理这茬，什么一见钟情，没有的事。她对小米粒说道："喊我宁姐姐好了。"

裴钱故意喝酒呛到了，咳嗽几声。

小米粒立即心领神会，说错话了？于是立即补救道："晓得了，那就是好人山主对宁姐姐一见钟情，那会儿，宁姐姐还在犹豫要不要喜欢好人山主，是吧？"

宁姚想了想，摇头笑道："别听他胡扯，当年在泥瓶巷刚见面那会儿，我不喜欢他，他也没喜欢我。"

小米粒立即双臂环胸，转过身看着宁姚，认认真真说道："不是的嘞，好人山主说那会儿，他只是不晓得自己已经喜欢你了。"

宁姚气笑道："道理都被他说去了。"

不过第一次听到这个，她到底是开心的。

白衣少年和青衫书生模样的两个家伙，大摇大摆返回了正阳山的那处白鹭渡仙家客栈。

田婉的真身竟然依旧躲在正阳山，不过她被这两个脑子有病的家伙硬生生逼得不得不主动现身白鹭渡。

因为她先前分身远遁的手段，不但被两人看破，还被他们拘押了所有魂魄。如果只是被抓住魂或魄，田婉是做好了最坏的打算，舍了不要便是，她自有手段弥补大道，但是魂魄皆有，就由不得她了。

姜尚真笑眯眯与那一袭粉绿衣裳的田婉姐姐说道："水上月如天样远，眼前花似镜中看，翡翠衣裳白玉人，见时容易近时难。"

剑气长城那边，"一个"身影笔直坠地。

被强行飞升远游别座天下的大修士冯雪涛一阵头晕目眩，好不容易稳住身形，举目远眺，竟是蛮荒天下了。

至于某个狗日的，双脚就站在他这位飞升境的肩膀上，双手捋过头发，感叹道："登高望远。"

第七章
为 何 问 拳

冯雪涛问道:"为什么要带我来这里?"

浩然山巅大修士要想飞升别处天下,一来规矩重重,首先需要文庙许可,再由坐镇天幕的儒家圣贤帮忙开门,不然很容易迷路,不小心去了各种稀奇古怪的天外秘境,极难原路返回。再者修士在飞升远游的过程当中,也十分凶险,要与那条大道显化而生、七彩焕然的光阴长河打交道,一着不慎,就要消磨道行极多,让修士减寿。所以此次与阿良"携手"远游剑气长城,因为有阿良开道,冯雪涛走得十分轻松,至于阿良为何不通过倒悬山遗址大门来这蛮荒天下,冯雪涛都懒得问,就当是这厮与自己显摆他的剑道高妙了。

阿良说道:"你跟那个青宫太保还不太一样。"

冯雪涛嗤笑道:"不一样?不一样挨了左右的剑?"

阿良啧啧笑道:"脾气还挺冲?"

南光照、荆蒿、冯雪涛,三位飞升境的道号分别是天趣、青宫太保、青秘。一个比一个牛气哄哄。

我就没有。

阿良一想到这个,就有些伤心。

他脚下这个冯雪涛,和中土神洲的老剑仙周神芝是有私怨的。冯雪涛山泽野修出身,道号青秘,不是白来的,这辈子的修行路上,鬼祟之事当然不会少做,私德有亏的勾当肯定多了去了。

荆蒿则是最货真价实的谱牒仙师出身,生在山上,天生的修道坯子,此生修行,顺遂得很。当初蛮荒天下的妖族碾碎金甲洲一洲山河,跨海登陆流霞洲南端,荆蒿所在的祖师堂议事,一开始的风向是龙门境之上的宗门修士,至少得有半数下山,决意赶赴南方,死战一场。其中有年纪大的,破境无望的,也有不少修士的亲人好友死在流霞洲那边,故而此次出山杀妖,既为大义,也报私仇。但是这座流霞洲首屈一指的大宗,却出人意料地选择了封山闭门不出,别说事后外界非议不断,就连宗门内部都百思不得其解。

听说是那位准备亲自带队下山的宗主,在祖师堂那场议事的末尾,突然改变了口风。因为他得到了老祖师荆蒿的暗中授意,要保存实力。等到妖族大军向北推进,打到自家山门口再说不迟,可以占据地利,学扶摇洲刘蜕的天谣乡、桐叶洲的荷花城,死守山头,行事更加稳重,一样有功于家乡。

流霞洲输了,争取自保,浩然天下赢了,那么一洲广袤的南方疆域,各个山上仙家,清扫干净,就是宗门大展手脚开疆拓土、收拢藩属的千载难逢的机会。

至于外界如何得知这个不传六耳的"听说",是因为那位宗主在祖师爷出关后,就立即失去了宗主位置,受了责罚,名义上则是贻误战机,身为宗主,毫无担当,愧对那些挂像上的列祖列宗,必须面壁思过百年。

冯雪涛问道:"你能不能下来说话?"

这处剑气长城遗址,除了一位文庙陪祀圣贤坐镇,犹有几位来此驻守的各洲大修士,都在看好戏。

阿良抱怨道:"你叫我下来就下来,我不要面子啊?你也就是蠢,不然让我别下来,你看我下不下来?"

冯雪涛只得捡起了早年的那个野修身份,反正我是野修,我要什么面子。

阿良没有让冯雪涛太难堪,飘落在地,坐在墙头边缘,后脚跟轻磕墙面,拿出了一壶酒。

冯雪涛犹豫了一下,蹲下身,望向南边一处,问道:"那就是老瞎子的十万大山?"

阿良点点头:"算是我的地盘,常去喝酒吃肉。老瞎子当年吃了我一十八剑,对我的剑术佩服得不行,说如果不是我相貌堂堂,年轻俊朗,都要误以为是陈清都铆足劲出剑了。"

冯雪涛对这些左耳进右耳出,只是自顾自道:"阿良,为什么你会拦阻左右出剑?我大不了站着不动,挨一剑好了,撑死了跌境。"

阿良说道:"印象中,你们这些野修都很会算账啊,要跌境,去南边,在浩然天下算怎么回事,名声不好听。"

冯雪涛问道:"所以我想不明白,你为什么要帮我一把。"

阿良说道:"记不记得中土神洲某个王朝的秋狩十六年,王朝诏令几个藩属,再联手几大邻国,所有谱牒仙师,加上山水神灵,浩浩荡荡举办了一场搜山大狩,大肆打杀精怪鬼魅?"

冯雪涛面无表情:"不记得了。"

阿良说道:"我记得,有个过路的山泽野修,大打出手了一次,打了两个仙人境,让那些谱牒仙师很灰头土脸。"

冯雪涛疑惑道:"这种小事,提了作甚?"

他只是看不惯那些谱牒仙师的做派,年纪轻轻的,一个个老气横秋,城府深密,擅长钻营。

阿良喝着酒,随口说道:"如果修道之人聚集的仙家门派只是将山下的官场搬到了山上,我觉得很没劲。"

冯雪涛只是蹲着,有些无聊。

阿良转过头:"能不能有那么一份胆识,来证明文庙看错了你,左右出剑砍错了人?"

冯雪涛冷笑道:"还是算了吧,说实话,我没觉得自己有错,却也没觉得他们错了。"

阿良揉了揉下巴,感叹道:"天底下没有一个上五境的野修。"

冯雪涛心有戚戚然。这个狗日的,如果愿意正经说话,其实不像外界传闻那般不堪。

阿良问道:"你这辈子有没有剑修朋友?"

冯雪涛摇头道:"酒肉朋友不少。知己,没有。"

准确说来,是没有了。很久之前,曾经有过。

阿良站起身,大笑道:"那么我就要恭喜你了!"

冯雪涛心知不妙。

果不其然,阿良一本正经道:"只要陪我杀穿蛮荒,你就会有个剑修朋友。"

冯雪涛苦笑道:"是不是没得选?"

杀穿蛮荒?他冯雪涛又不是白也。

阿良语重心长道:"只管放心,我还护不住一个飞升境?"

冯雪涛长叹一声,开始想着怎么跑路了。只是一想到这个蛮荒天下,好像身边这个狗日的,要比自己熟悉太多,怎么跑?

阿良丢了空酒壶,双手抵住额头:"浩然凿穿蛮荒者,剑修阿良。"

不等陆芝姐姐了,要留给她一个潇洒伟岸的背影。

冯雪涛收拾心中的杂乱情绪,叹了口气,一个挑眉,眺望南方,沉默片刻,有些笑意,学那阿良的说话方式,喃喃自语道:"野修青秘,皑皑洲冯雪涛。"

鹦鹉洲包袱斋这边，逛完了九十九间屋子，陈平安谈不上满载而归，却也收获不小。

陈平安问柳赤诚，能不能在岛上帮忙找个落脚地儿，他打算给大家做顿饭。柳赤诚说当然没问题，他山上朋友茫茫多，不认识他的，不多，没听说过他的，没有。

那个自称城南老天君的树精老翁，好像身上有一门仙家禁制，暂时恢复不了真身，他身高约三寸，这会儿正坐在嫩道人肩头喝闷酒，斜眼一旁那个大言不惭的柳赤诚，见他穿得花里花俏，就骂了句"娘们唧唧的"。结果被柳赤诚一把抓过去，攥在手心一顿搓捏，再丢回嫩道人肩膀，老树精醉酒似的，晕头转向，问李槐："姓李的，心腹给人欺负了，你不管管？"李槐说："管不了。"

老树精立即站起身，将酒葫芦别在腰间，正了正衣襟，作揖说道："这位仙师，一袭粉袍，真是别致，如绝代佳人遗世独立……"柳赤诚觉得好生腻歪，一巴掌轻轻拍下，老树精双手托起那座山头，叫苦不迭。李槐只好帮忙求情，柳赤诚这才收手。柳树精不敢骂那个粉袍仙师，转过头，吐了一口唾沫，突然想起是那嫩道人的地盘，赶紧拿脚尖擦拭一番。

李槐想起一事，与陈平安以心声说道："杨家药铺那边，老头子给你留了个包裹。信上说了，让你去他屋子自取。"

陈平安点点头。

李槐从袖子里边摸出一本泛黄的书："落魄山跻身宗门，我没有观礼，黯然失色了吧，美中不足了吧，老头子送我的，上边都是些乱七八糟的鬼画符，我不想学，也学不会，瞧着就脑瓜子疼，送你了，别嫌弃。"

陈平安没有客气，接过去后说道："算借的，看完还你。"

李槐恼火道："还我。"

陈平安笑道："又没看完。"

陈平安突然停下脚步，转头望去。是老剑修于樾与那帮豪阀子弟也逛完了包袱斋，除了密云谢氏，还有仙霞朱氏的年轻女子，只是没有剑修朱枚那么讨喜就是了，不知道她们双方怎么算辈分。

于樾笑呵呵与身边年轻人说道："谢缘，老夫今儿心情不错，告诉你个秘密，能不能管住嘴？"

这位皑皑洲密云谢氏子弟，有些无赖，与自家的首席客卿说道："先答应了于先生，至于管不管得住，听过再说，到底是身不由己、口不由心的事。"

于樾说道："你这趟赶来文庙凑热闹，最想要见的那个人，远在天边近在眼前。"

谢缘快步走去，这位风流倜傥的世家子，好像没有任何怀疑，与那位青衫剑仙作揖，却无言语，此时无声胜有声。这就叫谢缘一生俯首拜隐官。

陈平安看了眼于樾，老剑修以心声笑道："隐官大人且宽心，谢缘瞧着不着调，其实这小子很知道轻重，不然也不会被谢氏当作下任家主来栽培。他早年通过家族秘密渠道，听过隐官大人的事迹，仰慕不已，尤其是倒悬山春幡斋一役，还专门写了部艳本小说，什么梅花园子的酡颜夫人、剑气长城的纳兰彩焕、金甲洲的女子剑仙宋聘，都帮着隐官大人一锅端了。隐官大人有所不知，皑皑洲近十年流传最广的那些山上艳本，十之四五，都出自谢缘之手，想打他的女修，没有一百，也有八十。"

陈平安与年轻人抱拳还礼，其实很想将这个"皑皑洲姜尚真"一拳撂倒。

谢缘直腰起身后，突然伸出手，大概是想要一把抓住陈平安的袖子，只是没能得逞，他悻悻然道："想要沾一沾仙气，好下笔如有神。"

陈平安笑着提醒道："谢公子，有些书别外传。"

谢缘看了眼年轻隐官身边的酡颜夫人，点点头，都是男人，心领神会。

双方分道，谢缘要去拜访下榻鹦鹉洲这边的一位世交前辈。

昵称瑞凤儿的少女花神满脸雀跃，御风赶来鹦鹉洲，向年轻隐官施了个万福，由衷道了一声谢，说那张夫子非但没有生气，反而很高兴。

陈平安笑着点头，邀请这位花神以后去落魄山做客。

其实家乡小镇，刘羡阳祖宅门口那边，有条小水渠路过，石缝间就半悬空生长有一株凤仙花，而且花开五色。早年家乡许多半大姑娘，好像都喜欢摘花捣碎，将她们的指甲染成鲜红色，陈平安当时也没觉得好看。刘羡阳曾经一直念叨这花儿，长在他家门口，老人们是有说头的，有关风水。结果后来就被眼馋的小鼻涕虫拎着小锄头摸上了门，大半夜偷挖走了。天亮后，刘羡阳蹲在门口傻眼了半天，骂骂咧咧，等到当晚，将那凤仙花偷偷栽种在别处的小鼻涕虫，就被人一路扯着耳朵，把花还了回去，对蒙在鼓里的刘羡阳来说，门口那棵凤仙花就好像自己长了脚，离家出走一趟又回了家。失而复得，刘羡阳反正很开心，说这花儿，果然奇怪，当时陈平安点头，小鼻涕虫翻白眼做鬼脸。

其实等到后来刘羡阳和陈平安各自求学、远游返乡，都成了山上人，就知道那棵当年看着漂亮的凤仙花，其实就只是寻常。

酡颜夫人跟陈平安告辞离去，带着这位凤仙花神重新去逛一趟包袱斋，先前她偷偷相中了几样物件。

柳赤诚走到半山腰一处鹦鹉洲府邸门口，重重叩响铺首门环。

里面走出一位怯生生的女子，自家长辈和几位山上好友一个个如临大敌，不敢出门来见这位白帝城柳道醇，最后就让她来了。

至于那个青衫剑仙，还有那个嫩道人，年轻女修更是看都不敢看一眼，她哪怕出身宗门谱牒，可是面对这些个能够与大宗之主掰手腕的凶悍之辈，哪敢造次。

柳赤诚微笑道："这位姑娘，我与你家长辈是挚友，你能不能让出宅子，我要借贵地一用，款待朋友。"

那位女修使劲点头。师父说只要柳道醇开口，什么都可以答应。

柳赤诚双指拈出一枚谷雨钱："姑娘，收下谷雨钱后，记得还我两枚小暑钱。"

女修一双眼眸里边满是疑惑，只是不敢不从，收下那枚谷雨钱后，她再从袖子里摸出两枚小暑钱，战战兢兢，交给这位大名鼎鼎的琉璃阁阁主。

柳赤诚笑道："天下美色，若是十枚小暑为满，姑娘就有八钱姿容了，今天得见，姻缘不浅，让小生耳目一新，大饱眼福，敢问姑娘芳名，家住何方，何处修行，如今有无道侣……"

陈平安来到柳赤诚身边，直接一巴掌甩在他后脑勺上，再与那年轻女修表示歉意道："叨扰了。"

如果早知道柳赤诚是这么个山上好友遍天下，自己就不开口了。

那女子摇摇头，一言不发，只是让出门口道路。

宅子里边的修士已经从侧门离开，都没敢御风，和那年轻女修在渡口会合，乘坐渡船直接离开了鹦鹉洲。

女子惴惴，师父却以心声笑道："立了一功，回头祖师堂那边会记录在册的。"

进了宅子，在一处柏树森森的僻静庭院，陈平安先从袖子里边拿出那只鱼篓，再打开咫尺物，动作娴熟地取出了家伙什，当起了厨子，准备给李宝瓶和李槐露一手。

李槐和嫩道人搬来了桌椅凳，柳赤诚取出了几壶仙家酒酿。

一桌子饭菜，几条鸳鸯渚金色鲤鱼，清蒸红烧炖煮都有，色香味俱全。

陈平安笑问道："如何？"

李宝瓶点头道："美味。"

李槐说道："比裴钱手艺好多了。"

柳赤诚和嫩道人对视一眼，都觉得必须拿出一点风骨，不说那昧良心的言语。

陈平安瞥了眼那两个好吃到已成为哑巴的家伙，点点头，心满意足，可能这就是大美无言。

酒足饭饱，陈平安已经放下筷子，李宝瓶依旧在细嚼慢咽，李槐还在那边狼吞虎咽。

李槐突然有些难为情，凑近陈平安，压低嗓音说道："陈平安，我也是看过几本书的，能不能与你胡乱掰扯个书上道理？要是不对，你听过就算。"

陈平安笑道："当然可以，你尽管说。"

李槐好像还是很没底气，只敢聚音成线，偷偷与陈平安说道："书上说当一个人既有高世之功，又有独知之虑时，就会活得比较累，因为对外劳力，对内劳心，你如今身份头衔一大堆，所以我希望你平时能够找几个宽心的法子，比如……喜欢钓鱼就很好。"

这个儒衫青年，此刻眼睛里满是担心。

李槐从来就不擅长与人讲道理，今天算是尽最大努力了。

陈平安点头道："这么好的道理，我肯定会上心的。"

李槐哈哈大笑，都能与陈平安讲道理了，那么自己不当个贤人，真是可惜了。

陈平安握拳，轻轻一敲肚子："书上看到的，还有听来的所有好道理，只要进了肚子，就是我的道理了。"

李槐看着他，说道："陈平安。"

陈平安疑惑道："怎么了？"

李槐嘿嘿笑道："你叫陈平安嘛，所以一定要平平安安的，有你在，我们就会想着，得找个机会聚在一起，哪怕没什么好聊的，也要聚一聚。"

陈平安不在，好像大家就都聚散随缘了，当然相互间还是朋友，只是好像就没那么想着一定要重逢。

陈平安笑着点头。李槐继续低头扒饭。

不客气，林木头，当然都是好朋友，可就是性子清淡了些，不太讲究什么久别重逢。还有那个于禄，反过来的谐音，就是卢余，大概是说那"卢氏遗民有余下"，也可能是在表明心志，不忘出身，于禄在不断提醒自己"我是卢氏子弟"？当年就只有于禄，会主动与陈平安一起守夜。再加上当年在大隋书院，于禄为他出头，出手最重，李槐一直记着呢。

其实李槐挺想念他们的，当然还有石春嘉那个小算盘，听说连她的孩子都到了可以谈婚论嫁的岁数。

当年远游路上，李槐最亲近陈平安，也最怕陈平安，因为还是孩子的李槐凭借直觉知道陈平安耐心好，脾气好，最大方，最舍得给别人东西，都先紧着别人。如果这么一个好脾气的人都开始生气了，不理睬他了，那他就真的很难走那趟远路了。

山中无水，大日曝晒，找条溪涧真难，口干舌燥，嘴唇干裂，草鞋少年手持柴刀，说他去看看。陈平安回来的时候，已经过了大半个时辰，身上挂满了竹筒，里边装满了水。

李槐会忘记许多的琐碎事情，但是总忘不了，陈平安带给他的那种感觉，好像在说"有我在，没事的"。

那会儿，李槐会觉得陈平安是岁数大，又是从小吃惯苦头的人，所以什么都懂，自然比林守一这种有钱人家的孩子，更懂上山下水，更晓得怎么跟老天爷讨生活。等到李槐自己到了十四岁，才知道好像不是那么回事。后来哪怕再长大十岁，等到了二十四岁，还是觉得自己远远不如十四岁的陈平安。

没有谁愿意每天跟那些最能消耗耐心的鸡毛蒜皮打交道。

李槐始终觉得照顾别人的人心，是一件很累人的事情。他就不会，也没那耐心。所幸，齐先生拐了个陈平安给他们。

远游路上,永远会有个腰别柴刀的草鞋少年走在最前方开路。

在人生道路上,与陈平安相伴同行,就会走得很安稳,因为陈平安好像总会第一个想到麻烦,见着麻烦,解决麻烦。

崔东山曾经说过,越简单的道理,越容易知道,同时却越难是真正属于自己的道理,因为入耳过嘴不上心。

那个家伙还说过,很多人是凭运气混出头,很多人却是凭真本事把日子混得越来越不如意。

柳赤诚看了眼红衣女子,再看了眼李槐。

这位天不怕地不怕的琉璃阁主人,一时间感触颇多。

骊珠洞天的年轻一辈,开始逐渐被宝瓶洲山上视为"开门一代"。只不过因为山水邸报不够灵通,目前缺了不少人。

但是柳赤诚不一样,当时带着龙伯老弟,亲自走过那座槐黄县城小镇,曾经亲眼见到了那拨气象各异的年轻人。

如果不谈李柳和那个女子。一样还有落魄山陈平安,龙泉剑宗刘羡阳,白帝城顾璨,杏花巷马苦玄。泥瓶巷宋集薪,大骊藩王。福禄街赵繇,大骊京城刑部侍郎。桃叶巷谢灵,龙泉剑宗嫡传。督造衙署出身的林守一。当然还有山崖书院的李宝瓶、李槐。

陈平安笑问道:"宝瓶,最近在读什么书?"

李宝瓶摇头道:"没读书了,就是想些事。"

陈平安好奇道:"什么事?"

李宝瓶说道:"一件事,是想着为什么上次吵架会输给元雾,来的路上,已经想明白了。还有两件事,就难了。"

陈平安笑道:"说说看。"

李宝瓶想了想,指了指桌子:"比如书上都说文思如泉涌,我就一直在琢磨读书人的文思,到底是怎么来的。我就想了个法子,在脑子里想象自己有一张棋盘,然后在每个格子里边,都放个词住着,就像住在宅子里边,伤心、开心、幽寂、悲愤什么的,好不容易填满了一张棋盘,就又有麻烦了,因为所有词的走门串户,都很麻烦啊,是一个格子走一步,就像小师叔走在泥瓶巷,必须跟隔壁宋集薪打招呼,还是可以一口气走几步? 直接走到顾璨或是曹家祖宅门口? 或是干脆可以跳格子走? 小师叔能够一下子从泥瓶巷跳到杏花巷,或是福禄街我家门口? 还是想看桃花了,就直接去了桃芽姐姐的桃叶巷那边? 我都没能想好个规矩,除了这个,再就是伤心与悲恸串门,是加法,那么如果伤心与高兴串门碰头了,是减法,这里边的加加减减,就又需要个规矩……"

李宝瓶横抹,再双手竖起,然后一个歪斜倾倒,好像将两座天地重叠在一起:"除了情绪,我又想了第二张棋盘,是更加具象化的词了,比如小桥、流水、大门、朋友、书籍……又多了一张棋盘，因为很多念头，除了在格子里待在，就像在家里自己一个人瞎想，肯定是见着了东西，才会有那通感、移觉和想象……

"我在想这些的时候，我就又想到另外一件事情，那就更难了。比如书上说道生一，我就假设这个一，就是一点，小师叔，比如这样……"

李宝瓶的思维很跳跃，加上说话又快，就显得十分天马行空。

说到"道生一"的时候，李宝瓶拇指和食指抵住，好像拈住一粒芥子，她伸手将其放在空中。说到"一生二"的那一刻，李宝瓶蓦然放开，立即有横竖两条线，穿过那粒芥子，刹那之间，又有无数条直线瞬间生发而起……

陈平安瞬间祭出一把笼中雀。

这座建造在白鹭渡高山之上的仙家客栈，名为过云楼。

山脚渡口除了芦苇荡，附近还有大片呈现阶梯状的稻田，白鹭飞旋，雀抓芦秆，静谧祥和，一派乡野气息。

水上渔翁，田间农夫，对那些仙家渡船的起起落落早已见怪不怪。白鹭渡距离最近的青雾峰不过百里路程，这些山下俗子，世世代代在正阳山地界居住，实在是见多了山上神仙。

崔东山亲自煮茶待客，白衣少年就像一片云，让人见之忘俗。

田婉落座后，从崔东山手中接过一杯茶水，只是不敢喝下。毕竟她今天是以真身在此露面，之前她手段尽出，分别以阴神出窍远游、阳神身外身远遁，再加上障眼法，不料一一被眼前两人拦截，而且对方似乎早已笃定她真身还在正阳山，这让田婉倍感无力，她在宝瓶洲操控红线、玩弄人心多年，第一次觉得自己人算不如天算。

崔东山笑道："这可是我先生从清源郡仙游县带回的茶叶，十分珍惜，价值连城，我平时都不舍得喝，田婉姐姐尝尝看，好喝不用给钱，不好喝就给钱。喝过了茶，我们再聊正事。"

田婉冷笑道："就不怕我让人去那仙游县顺藤摸瓜？"

崔东山无奈道："聪明人不说傻话，田婉姐姐这就很没有诚意了。"

田婉的聪明，在于她从不做任何多余的事情，这也是她能够在宝瓶洲大隐于正阳山的立身之本。

邹子的这位师妹，可以让很多聪明人都觉得她只有一些小聪明。

正阳山宗主竹皇，玉璞境老祖师夏远翠，陶家老祖陶烟波，宗门掌律晏础，这些个名动一洲的老剑仙，就都觉得田婉这个婆娘在正阳山祖师堂的那把座椅，其实可有可无。

姜尚真没有去那边喝茶，只是独自站在观景台栏杆那边，遥遥看着水边稚童的嬉戏打闹,有拨孩子围成一圈,以一种俗称羞姑娘的花草拔河,有个小脸蛋红扑扑的姑娘赢了同龄人,咧嘴一笑,好像有颗蛀牙。姜尚真笑眯起眼,趴在栏杆上,眼神温柔,轻声道:"今朝斗草赢,笑从双脸生。"

崔东山伸出一只手,示意田婉别不识趣:"敬茶不喝,难道田婉姐姐铁了心要喝罚酒?"

田婉只得硬着头皮喝下那杯茶水,片刻之后,她瞬间脸色惨白,哪怕她早有准备,施展了一门封山秘法,在几处本命窍穴聚拢灵气,做好了舍去一身皮囊不要的最坏打算,虽然体内那些残留在经脉间的些许灵气,不过丝丝缕缕,原本完全可以忽略不计,只是当这些灵气如结冰一般时,便有锥心之疼,最终那些结冰灵气,如一排排浮木大舟,一一聚拢,在人身小天地内的"江河"之上横冲直撞,让田婉微皱眉头。

姜尚真转过头,笑道:"旧时天气旧时衣,白鹭窥鱼凝不知。"

崔东山大骂道:"拽什么文,你当田婉姐姐听得懂吗?!"

下一刻,田婉花容失色,猛然抬头,死死盯住崔东山:"你真不怕我与你玉石俱焚?!"

原来那些"浮舟渡船"最前端,有眼前白衣少年的一粒心神所化身形,如舫公正在撑篙而行,头戴青箬笠,身披绿蓑衣,在那儿高歌一篇渔舟唱晚诗词。

崔东山翻了个白眼。

田婉心湖间,那舫公不知从哪里取出一只绿竹鱼竿,抛竿而出,提竿而起,竟是直接将这个"心念"拉出心湖。

田婉一时间有那剜心之痛,忍不住捂住心口。

少年舫公伸手攥住那条"游鱼",凝神一看,啧啧摇头:"果然是吓唬人。"

崔东山将那心念碾碎,随手丢回水中,继续驾驭脚下越聚越多的巨木浮舟,远游而去。

好个"白鹭窥鱼凝不知"。

崔东山说道:"那我们开始谈正事?"

田婉正要说话,心湖中那舫公又一次抛竿提竿,伸手攥住一条游鱼,哈哈大笑道:"师兄在,就好了? 田婉姐姐不厚道啊。"

田婉只得急急运转一门心斋道门神通,心湖之中,汹汹河水,千里冰冻,原本倏忽远游的那排浮舟随之凝固静止。

那少年舫公双手合掌,一个鱼跃跳下,直不隆咚地脑袋砸在地上,他轻喝一声,头脚翻转,双手摊开,双脚落地之时,冰面上彩色涟漪阵阵漾开。少年舫公蹲下身,手指轻敲几下,然后整个人滑步横移,去别处屈指敲击几下,就这么东敲西敲,好像在寻找适合垂钓处,好凿开窟窿抛竿钓大鱼。

崔东山这一粒心神,转过头,笑了笑,总算来了。

远处出现一顶金箔贴花的轿子,有点类似民间所谓的万工轿,极尽豪奢精巧。无人抬轿,花轿自行飘荡而来。

崔东山站起身,笑眯眯道:"不掀开你的压箱底嫁妆,田婉姐姐总归是口服心不服啊。"

他环顾四周,朗声问道:"李抟景与道侣,何在?"

掀开轿子门帘一角,露出田婉的半张脸庞,她手心攥着一枚羊脂白玉敬酒令:"在这里,我占尽天时地利人和,你真有把握打赢一位飞升境剑修?"

轿子里边,如同一处富丽堂皇的女子闺阁,有金丝楠木的衣搭、柏木福字挂屏,画案上铺开一幅苏子真迹的《朱竹图》,还有一幅字帖,是那白玉京三掌教陆沉的《说剑篇》,以及不知出自何人手笔的一方印章,在轿厢内悬空而停,底款篆刻四字:吾道不孤。

那个心神所化的少年艄公,绕着轿子撒腿狂奔,嚷着"别杀我别杀我"。

心湖之外,崔东山一脸惊骇道:"周首席,怎么办,田婉姐姐说我们肯定打不赢一位飞升境剑修!"

田婉对面的崔东山,手持茶杯,颤颤巍巍。

田婉真的是受不了眼前这个家伙的拙劣演技,有意思吗?

姜尚真转过身,背靠栏杆,笑问道:"田婉,什么时候,我们这些剑修的战力,可以在纸面上边做术算累加了?几个元婴境剑修凑一堆,就是一位玉璞境?几个玉璞境,又是一个仙人境?最后这么个飞升境,就算飞升境?我读书少,见识少,你可别糊弄我!"

对于田婉的撒手锏,崔东山是早就有过估算的,半个飞升境剑修,周首席一人足矣。只不过要牢牢抓住田婉这条大鱼,还是需要他搭把手。

崔东山放下茶杯,说道:"不废话了,谈买卖。"

田婉刚要问话,崔东山笑嘻嘻道:"能。"

田婉又要说话,姜尚真取出一把折扇,轻轻扇动清风,笑道:"崔老弟作为我们山主的得意弟子,说话作数。"

姜尚真补了一句:"何况不作数,你又能如何?"

不等田婉开口,崔东山又说道:"你没什么余地,想要活路,就得答应一事。"

姜尚真并拢折扇,指了指自己手腕,道:"不是喜欢摆弄姻缘,乱点鸳鸯谱吗?很好,炼化了这根红绳,冲我来,周某人一力承担,后果自负。"

一直没机会说话的田婉脸色铁青:"痴人说梦!"

对方此举,真可谓打蛇打七寸,一把抓住了她的大道命脉。

田婉最大的忌惮,当然是姜尚真看似风流,实则最无情。换成寻常男子,比如魏晋、刘灞桥这些痴情种,哪怕牵了红线,她一样有把握脱困,说不得还能得利几分。可一旦与姜尚真牵扯不清,她的下场,绝对好不到哪里去。尤其牵扯到大道根本,也就是说,不管双方离着多远，对于田婉而言，无论她逃到哪里去，哪怕是别座天下，依旧时时刻刻，皆在"情"字牢笼中。最可怕之处还在于，岁月拖延越久，她只会涉足越深。

就像水边一株杨柳，与一处激流滚滚的江心砥柱，两者用一条铁索捆绑起来，遭罪的，肯定不会是那砥柱。

姜尚真的道心稳如磐石不说，更有乱流激荡，只能是她独自一人，吃亏又吃苦。

姜尚真哀怨道："我模样又不差的，还小有家底，如今又是单身，没有山盟海誓的山上道侣，怎就配不上田婉姐姐了？"

崔东山嬉笑道："我早就说过，周首席重返飞升境，没那么难，是也不是？"

姜尚真双手抱拳，高高扬起，重重晃荡："心服口服！"

田婉看似胡乱翻检姻缘簿，乱牵红线，搅乱一洲剑道气运，可她一旦和姜尚真牵了红线，双方的关系，就会比山上的道侣更加道侣。有点类似陈平安与稚圭的那桩结契，如果陈平安没有解契，如今就可以分摊水运，坐享其成，何况陈平安本就大道亲水，神益极大，只会更加事半功倍，所以田婉一直觉得那个年轻人脑子不正常。

好像这就对了，只有这种人，才会有这么个学生弟子，落魄山才会有这么个首席供奉。

田婉叹了口气，说道："我可以拿出正阳山的所有消息、一切秘密，为自己换取一个自由身。这是算计刘羡阳的，我再拿出一座并无记载的洞天，补偿你们落魄山。"

崔东山笑道："一座没名字的洞天？既然不在七十二小洞天之列，你也有脸拿出来？"

田婉脸色阴沉道："此处洞天，虽然名不见经传，但是可以撑起一位飞升境修士的修行，其中有一座绛阙仙府，更有玄妙；此外一条丹溪，溪涧流水极重，阴沉如玉，最适宜拿来炼丹；一座赤松山，茯苓、灵芝、人参以及灵树仙卉众多，遍地天材地宝。我知道落魄山需要钱，需要很多的神仙钱。"

姜尚真一脸震惊道："钱？"

崔东山皱紧眉头，作深思状："咱哥俩缺吗？"

田婉真是被这对活宝给恶心坏了。

崔东山眯起眼，说道："别扯这些，你拿出那座蝉蜕洞天，我说不定还愿意考虑考虑。"

田婉摇头道："不在我身上。"

蝉蜕洞天是古蜀最重要的遗址之一，传闻曾经有多位远古剑仙在此飞升，白日仙去，仙心脱化，遗留皮囊若蝉蜕。

崔东山哀叹道："那就没得谈了。"

田婉沉默许久，问道："你们到底图什么？"

崔东山双臂环胸:"我家先生说了,要让你将剑术和气运还给宝瓶洲,一切从哪里来,就到哪里去。"

田婉讥笑道:"还给宝瓶洲?是交给落魄山吧?"

崔东山摇摇头,眼神可惜:"井蛙谈天言海,夏虫语冰说霜。时耶?心也。"

鹦鹉洲宅子这边,当一袭青衫和那红衣女子蓦然消失时,嫩道人和柳赤诚对视一眼,陈平安这一手,不简单。

李槐在拿牙签剔肉,对此好像浑然不觉,不理解的事,就不要多想。

柳赤诚却是吃惊不小,好奇问道:"嫩道友,陈平安什么时候可以随手起天地了?"

至于那个李宝瓶随便几句话带来的那份异象,柳赤诚则是半点不感兴趣。

嫩道人夹了一大筷子菜,大口嚼着鱼肉,腮帮鼓鼓,一语道破天机:"不是拼境界的仙家术法,而是这小子某把飞剑的本命神通。剑气长城那边,什么古怪飞剑都有,陈平安又是当隐官的人,柳道友无须大惊小怪。"

嫩道人再提起筷子,随手一丢,一双筷子快若飞剑,在庭院内风驰电掣,片刻之后,嫩道人伸手接住筷子,微微皱眉,拨弄着盘子里仅剩的小半条红烧鲤鱼。原本嫩道人是想寻出小天地屏障所在,好与柳赤诚来那么一句:"瞧见没,这就是剑气藩篱,我随手破之。"不承想年轻隐官这座小天地,不是一般的古怪,好似全然绕开了光阴长河?嫩道人不是当真无法找到蛛丝马迹,只是那就等于问剑一场了,得不偿失。嫩道人心中打定主意,陈平安以后只要跻身了飞升境,自己就务必得远远的,什么一成收益什么账簿,去他的吧,就让落魄山一直欠着老子的人情。

柳赤诚不晓得嫩道人耍这一手驭剑术深意何在,问道:"嫩道友,这是?"

嫩道人哈哈笑道:"帮着隐官大人护道一二,免得犹有不知死活的飞升境老无赖以掌观山河的伎俩窥探此地。"

柳赤诚将信将疑。如今文庙附近的飞升境大修士,尤其是没资格参加议事的,南光照和荆蒿落了个半死,冯雪涛被阿良拽去了别座天下,剩下的,胆气尽碎,哪个不是夹着尾巴做人?天晓得会不会一个浩然"嫩道人"收手了,再跑出个"老道人"?左右、阿良都已经出手了,接下来会不会轮到齐廷济、陆芝这几个剑修跟着凑热闹?

管着文庙大门的经生熹平,可是从头到尾一次都没有插手,就由着这些山巅修士自了恩怨。

故而当下四处渡口显得风雨迷障重重,不少大修士都有些后知后觉,那座文庙,不一样了。

桌旁涟漪阵阵,陈平安和李宝瓶在原地现身。

陈平安好像什么事情都没有发生,开始收拾碗筷。

李宝瓶怔怔出神，似乎在想事情。

李槐瞥了眼李宝瓶，习以为常，反正她打小就这样，总有问不完的问题，想不完的难题，大概这就是所谓的读书种子？

不过李槐觉得还是小时候的李宝瓶可爱些，经常不知道她怎么就崴了脚，脚上打着石膏，拄着拐杖一瘸一拐来学塾，下课后，竟然还是李宝瓶走得最快，敢信？

柳赤诚觉得装傻这种事情，在陈平安这边似乎不济事，就试探性说道："陈平安，这等高妙手段，最适合拿来当撒手锏，所以使用起来，需要慎之又慎啊，千万别轻易泄露了消息。你放心，我除了师兄之外，与谁都不会提半个字，而且保证只要师兄不主动问起，我就绝对不说。"

陈平安点点头。

柳赤诚能这么说，说明很有诚意。

嫩道人开始摆修行路上的前辈架子，说道："柳道友这番金玉良言，忠言逆耳，陈平安你要听进去，别不当回事。"

陈平安笑道："疾风知劲草，我对柳道友的人品，心里有数。"

嫩道人突然问道："以后有什么打算？要是去蛮荒天下，咱仨可以结伴。"

陈平安说道："走一步看一步，没什么长远打算。我暂时没打算回剑气长城那边，你和柳赤诚自己多加小心。"

比如先走去北俱芦洲，再去桐叶洲，游历一趟中土神洲，再去五彩天下飞升城，去青冥天下，岁除宫、大玄都观、白玉京，都会拜访……总之都是一步一步走去的事情。

翻阅五岳之图，自以为知山，不如樵夫一足。山中人不信有鱼大如木，海上人不信有木大如鱼。其实只要亲眼见过，就会相信了。

陈平安收拾完桌子，笑问道："要不要喝茶？"

在春露圃玉莹崖那边，跟好友柳质清学了一手仙气缥缈的煮茶手艺。

柳赤诚点头道："尝尝看。"

嫩道人自己取出一壶酒："我就免了。"

陈平安从咫尺物当中取出一套茶具，开始煮茶，手指在桌上画符，以两条符箓火龙煮沸茶汤。

眼前事、手边事、心中事，其实都在等着陈平安去一个个解决。有些事情处理起来会很快，几拳几剑的事情，曾经的天大麻烦，渐渐都已经不再是麻烦。有些事情还需要想得多些，走得慢些。

陈平安给李宝瓶三人各递去一杯茶，突然向柳赤诚问道："打造一条山上渡船，是不是很难？"

柳赤诚点头道："造船不难，找几个墨家、匠家练气士，只要不是骗子，都能拼凑出一条,难的是真正挣钱,这里边学问不浅,水更深。至于跨洲渡船,门槛更高,浩然天下靠这个吃饭的仙家山头,数来数去,能打造出这类渡船的,其实就十来家,屈指可数。怎的,你们落魄山需要自己的跨洲渡船?陈平安,不是我泼冷水,劝你真的别蹚这浑水了,太吃神仙钱,与人花钱买就行了,我可以帮忙牵线搭桥,省心省力还省钱。"

陈平安无奈道:"就像今天敲门? 这样的省心省力,敬谢不敏?"

陈平安确实需要帮助落魄山找几条新的财路,一旦在别洲创建下宗,山头拥有一条跨洲渡船就成了燃眉之急。

柳赤诚埋怨道:"小瞧我了不是? 忘了我在白帝城那边,还有个阁主身份? 在宝瓶洲落难之前,山上的生意往来,极多,迎来送往,可都是我亲自打点的。"

说到这里,见陈平安依旧不为所动,柳赤诚突然扬扬得意起来,手指轻敲桌面,眯眼笑道:"陈平安,与你悄悄说件山巅秘事好了,火龙真人前些年,卖了我好些不知从何处搜刮来的琉璃瓦,品相极好,足可位列琉璃阁一等珍品,足足一百片,一百片碧绿琉璃瓦! 火龙真人竟然只喊价一千五百枚谷雨钱,如今我那琉璃阁,得此机缘,终于炼制成了一件无瑕品秩的仙兵,每次雨后初霁,便会天开七彩,宝光焕然,美不胜收,以后再有浩然十景的评选,曾经多次落选的琉璃阁,必然能够跻身一席之地。火龙真人这般的老神仙,都要与我做买卖,何谈其他宗门修士?"

陈平安神色古怪。

柳赤诚沾沾自喜道:"可不是我自夸,我那师兄,已经两千年不曾踏足琉璃阁了,师兄去往扶摇洲之前,就专门登顶琉璃阁赏景。"

陈平安婉拒道:"算了吧,跨洲渡船一事,还是不麻烦你了,我自己找门路。"

记得当年打了个对折,将那辛苦得手的一百二十片碧绿琉璃瓦,在龙宫洞天那边卖给了火龙真人,收了六百枚谷雨钱。

好嘛,老真人转手一卖,就是一千五百枚收入囊中,关键是老真人好像还留了二十片琉璃瓦?

嫩道人赞叹道:"能从火龙真人这边占到大便宜,柳道友真是凤毛麟角的生意奇才,我看柳老弟完全可以在落魄山当个财神爷,也不至于让陈平安为了条破渡船大费周章,与人求东求西的,让我一个旁人看着都好不落忍。"

柳赤诚瞥了眼陈平安,跃跃欲试,自己在落魄山那边当个记名的账房先生,也是可以的,大材小用就大材小用了。

陈平安扯了扯嘴角,不搭话。

李槐随口说道:"这次文庙议事,来了这么多大人物,陈平安你长辈缘那么好,做生意又公道,听裴钱说,跟你合伙做买卖的,都赚到钱了,还能缺了你一条跨洲渡船? 我看不能。"

陈平安一笑置之。

看着喜欢上了喝酒、也学会了煮茶的陈平安，柳赤诚没来由唏嘘不已。

他认识陈平安极早。好像一个恍惚，须臾间不是少年。

有客来访，是一个富家翁模样的老人——郁泮水，身边跟着个锦衣少年，正是玄密王朝的皇帝陛下袁胄。

其实先后两拨人，都只算这宅子的客人。

陈平安立即去往门口那边，开门后，作揖道："见过郁先生，本该是晚辈登门拜访的。"

李宝瓶笑着喊了声"郁爷爷"。

李槐犹豫了一下，还是跟着陈平安称呼对方为郁先生，其实根本不知道对方是何方神圣。姓郁的高人，只知道有个叫郁泮水的，好像是玄密王朝的太上皇，手段厉害得很，绵里藏针笑面虎，至于相貌，只听说是位气质儒雅、形容清癯的老书生，尤其是年轻时候"美风神"，跟眼前这个胖乎乎的老先生不搭边。

郁泮水一一点头致意，笑得一双眼眸都不见了，他最后望向陈平安，点点头，好像慈祥和蔼的家中长辈见着了远游归来、久未见面的家族俊彦，既欣慰年轻人的出息，又埋怨晚辈的生疏，道："与我客套什么，如此见外，简直心碎。"

双方其实之前都没见过面，却已经好得像是自家人了。

两拨人落座后，郁泮水笑呵呵问道："会不会下棋？不如咱们一边手谈，一边闲聊？"

陈平安摇头道："弈棋一道，晚辈是门外汉。"

郁泮水惋惜不已，也不强求。

少年皇帝袁胄瞪大眼睛，总觉得自己这会儿所见的青衫剑仙是个假的隐官大人。

怎的如此温文尔雅、谦谦君子了？坐在郁胖子对面，毕恭毕敬，以晚辈自居。

下棋？嗖嗖嗖祭出那些飞剑，停在郁胖子这个老臭棋篓子的脑袋上，教他下棋好了，要郁胖子下哪里就哪里。

外人可能不清楚，他会不知道？郁老儿每次赢棋，都是与那位身为"木野狐"的婢女串通作弊。

郁泮水指了指身边的袁胄，笑道："这次主要是陛下想要来见你。"

陈平安笑着抱拳，轻轻摇晃："一介匹夫，见过陛下。"

袁胄总算没有继续失望，若是年轻隐官站起身作揖什么的，他就真没兴趣开口说话了。少年神采奕奕抱拳道："隐官大人，我叫袁胄，希望能够邀请隐官大人去我们那边做客，走走看看，瞧见了风水宝地，就建造宗门，见着了修道坯子，就收取为弟子，玄密王朝从朝堂到山上，都会为隐官大人大开方便之门，要是隐官愿意当那国师，更好，不管做什么事情，都会名正言顺。"

陈平安笑道："谢过陛下厚爱，只是术业有专攻，刀剑治木，不如斤斧。玄密国势，蒸蒸日上，朝堂上文武荟萃，将相相宜，哪里需要我一个外乡剑修去指手画脚，太不合适，我也没这脸皮去丢人现眼。不过以后如果我游历中土神洲，一定会在玄密王朝多作停留。"

袁胄失望不已，依旧不愿死心，试探性问道："隐官大人，那有什么事情，是我可以帮上忙的？"

陈平安递过去一杯茶水，说道："以后到了玄密王朝，相信肯定会有麻烦陛下的事情。"

袁胄还要说话，郁泮水笑眯眯道："堂堂九五之尊，别跟个娘们似的。"

袁胄也不恼，哀叹一声，从陈平安手中接过茶水，一口闷了。结果烫得他站起身，哇哇直叫，最后扎了个马步，满脸涨红，气沉丹田。

看得一旁的李槐大开眼界，这个少年，就是浩然十大王朝之一的皇帝陛下？很有出息的样子啊。

郁泮水笑问道："咱们玄密武库里边，有条闲置的渡船，放着也是吃灰，不晓得落魄山那边有无需要？"

袁胄含糊不清道："只要需要，送给隐官便是，反正那条渡船是记在我名下的私人物件，谁都管不着。宗人府那帮老头子，谁敢絮叨，我就让郁爷爷与他们掰扯。"

郁泮水笑着点头："陛下此话不假。陈平安，你这边的意思是？"

陈平安说道："无功不受禄。落魄山可以花钱买，不知道需要多少枚谷雨钱？"

郁泮水伸出两根手指，说道："不多，就这个数的谷雨钱。事先说好，这条名为风鸢的跨洲渡船，很有些年头了，想要跨洲远游，经得起风吹雨打、剑仙乱砍，可能还需要缝补几分，会是一笔不小的谷雨钱。"

陈平安听得眼皮子直打战。

一条风鸢跨洲渡船，买是能买下的，韦文龙管着的落魄山财库那边小有积蓄，但是如果都用来买船，建立下宗一事就会捉襟见肘，尤其是这修缮一事，连郁泮水都说了是一笔"不小"的神仙钱，陈平安实在是没底气。

郁泮水看得乐和，还矫情不矫情了？若是那绣虎，一开始就根本不会谈什么无功不受禄，只要你敢白给，我就敢收。

陈平安放下手中茶杯，微笑道："那我们就从郁先生的那句'陛下此话不假'重新谈起。"

随后陈平安眼神诚挚道："我们落魄山需要这条渡船，至于修缮费用，就只好先与玄密王朝赊账了。"

郁泮水一时间错愕无言。

少年皇帝袁胥觉得这才是自己熟悉的那位隐官大人。

白鹭渡这边，田婉还是坚持不与姜尚真牵红线，只肯拿出一座足够支撑修士跻身飞升境所需钱财的洞天秘境。

崔东山也不着急，姜尚真更是坐在田婉一旁，取出一件观看镜花水月的花鸟彩笺，水雾升腾，桌上出现一幅山水画卷。

田婉说道："我的底线是护住自身大道，辛苦千年，总不能付诸流水，不然与死何异？此外一切身外物，只要我有的，你们只管拿走，只希望你们不要得寸进尺，强人所难，我也不信你们两个此次专程来找我，一场奔波劳碌，就是求个竹篮打水一场空。"

崔东山笑道："如果我们就真的只是找个乐子呢？"

田婉摇头道："我意已决，要杀要剐，随便你们。"

崔东山抖了抖袖子，将田婉的一魂一魄分别从雪白大袖中取出，手指捻动，捻为灯芯。

哪怕近在咫尺，田婉一样不敢出手争夺，只是心神牵引，疼得她身躯颤抖，她仍是咬紧牙关，一言不发。

姜尚真一门心思在那画卷上，崔东山瞥了眼镜花水月，震惊道："周首席，你口味有点重啊！"

那画卷中是个浓妆艳抹的胖女子，头饰插满了脑袋，在那儿搔首弄姿。

姜尚真叹息道："崔老弟，这就是你不如老厨子的地方了。"

那位女子只是置若罔闻，开始翩翩起舞，跷起兰花指，身形旋转，蓦然娇羞，回眸一笑。

有人丢下神仙钱，开始狂骂不已。

姜尚真丢下一枚小暑钱，熟门熟路，更换了嗓音，大声喊话道："金藕姐姐，今儿格外漂亮啊。"

那女子笑骂一句："死样，没良心的东西，多久没来看姐姐了？"

之后女子聊起了风雪庙剑仙魏晋，言语之间，爱慕之情溢于言表，许多男子又开始骂骂咧咧。而好些原本沉默不言的仙子，开始与那些男子针锋相对，对骂起来。她们都是爱慕魏大剑仙的山上女修。

姜尚真一边帮着姐姐妹妹们骂男人，一边又取出一方砚台，这边也刚刚开启一场镜花水月。

画卷中是一位魁梧汉子大马金刀地坐在一张椅子上，大笑道："诸位，那姜贼被韦滢成功篡位，当不成玉圭宗宗主不说，结果连那下宗的真境宗位置都保不住，肯定是江河日下的光景了，大快人心，共饮一碗？"

喝彩声不断，咔溜喝酒声，此起彼伏，能够出声的，当然靠砸钱，看来都是不缺钱的主。其中就有姜尚真。

有人丢钱，与那汉子疑惑道："宗主，这个姜色坯，当年不过是仙人境，怎么能够在桐叶洲四处乱窜的，这都没被打死？到底怎么回事？"

姜尚真立即跟上，一边砸钱，一边扯开嗓子喊道："好没道理，崩了崩了，气煞我也！"

"好好好，崩了真君也在！"

"姜次席，好久不见，幸会幸会。"

姜尚真砸钱不断，与那些同道中人——言语叙旧。

有人问道："崩了真君，你儿子肯定是隐藏极深的蛮荒反贼，袁首、绯妃那几个王座大妖，故意放水了。是也不是？"

姜尚真冷笑道："等到山水邸报解禁，咱们就可以说几句公道话了，好教那姜老宗主有则改之，无则加勉。我作为姜贼的爹，定要大义灭亲！"

有人感慨不已："崩了真君，确实心善。"

崩了真君？姜次席，姜尚真他爹？饶是崔东山，都要一脸疑惑。

姜尚真一本正经道："这个山头，名为倒姜宗，聚集了天下各路英雄豪杰，桐叶、宝瓶、北俱芦三洲修士都有，我出钱又出力，一路升迁，花了差不多三十年工夫，如今好不容易才当上次席供奉。一开始就因为我姓姜，被误会极多，好不容易才解释清楚。"

有人突然骂道："他娘的，老子先前游历桐叶洲，都不是姜贼的云窟福地，只是个玉圭宗的藩属山头，不过骂了几句姜贼是废物，是个败家子，就有个家伙跳出来，与我聒噪……"

有人问道："打了没？"

"打了，给人打了。还被记仇了，不许老子以后去那几处渡口。"

姜尚真立即砸钱："豪气！对方人多势众，兄弟你这算虽败犹荣。"

"还是姜次席快人快语。"

"玉圭宗的修士，都不是什么好东西，上梁不正下梁歪，仗势欺人，屁本事没有，真有能耐，当年怎么不干脆做掉袁首？"

"全是那姜贼的功劳，袁首堂堂王座，竟然都没能打死这只跌境的蝼蚁，可恨可恨。"

"姜贼这家伙，其实没啥本事，不过是苟老宗主老眼昏花，才挑中了他当宗主，无非是背靠玉圭宗这棵大树好乘凉，云窟福地才有今天的些许风光。"

姜尚真立即怂恿各路好汉："各位兄弟，你们谁精通障眼法，或是逃遁术法，不如去趟云窟福地，悄悄做点什么？"

一时间议论纷纷，出谋划策，纵横捭阖。

不承想那位宗主大手一挥："我等豪杰，骂归骂，打归打，却也做不来那下作勾当。"

姜尚真砸下一枚小暑钱："宗主果真义薄云天！"

田婉看得目瞪口呆，听得无言以对。

这些人到底是真心如此笃定，还是凑堆闹着玩？

崔东山双手抱住后脑勺，轻轻摇晃竹椅，笑道："比起当年我跟老秀才逛荡的那座书铺，其实要好些。"

姜尚真点点头，听过那个故事，是在太平山遗址门口那边，陈平安曾经随口聊起。

有人日丽中天，云霞四护。

有人一味蝇营狗苟。

有人随日开眼界，随月息心。

有人只顾着低头刨食。

有人只恨读书写字，不到古人佳处。

有人在辛苦过活，不奢谈安心之所，只求立锥之地。

有好人某天在做错事，有坏人某天在做好事。

可能学塾里读书最好的少年，飞黄腾达，当了大官，再不返乡。

可能学塾里的顽劣少年，混迹市井，横行乡野，某天在陌巷遇见了教书先生，恭敬让路。

人生有很多的必然，却有一样多的偶然，都是一个个的可能，大大小小的，就像悬在天上的星辰，明亮昏暗不定。

那日丽中天之人，有天骤然跌落泥泞，身上都是过客的鞋印。

那蝇营狗苟之辈，也能为身边人庇护出一方荫凉。

那眼界大开之人，突然有一天对世界充满了失望，人生开始下山。

那些低头刨食之辈，偶然一抬头，便对生活生出希望，走向了远方和高处。

有人觉得人生没意义，没劲，只需要有意思。

有人觉得人生没意思，很苦，但是得有意义。

有些少年暮气沉沉，有些老人少年意气。

有人大梦一场，不曾醒过；有人痛苦万分，难求一醉。

有人觉得只有书上的圣贤才能说道理，有人觉得庄稼汉辛勤劳作就是道理，一位孤苦无依的老妪也能把生活过得很从容。

有人觉得自己什么道理都懂，过不好，怪道理。如果一辈子都过不好了，咬牙切齿，怨天尤人，白走一遭。

有人觉得自己什么都不懂，过不好，是道理还懂得太少。如果一辈子还是过不好，对自己说,那就这样吧,到底走过。

有人自己从不曾杨柳依依,草长莺飞。人生道路上,却一直在铺路搭桥,一路栽种杨柳。

有人瞪大眼睛,费尽气力,寻找着这个世界的阴影。等到夜幕沉沉就酣睡,等到日上三竿就再起床。

明月山头,荆棘林中,绿水池塘,春浪桃花。一样米养百样人,不同的人生不同的道路上,可能都曾昨夜梦魂中,花月正春风。

另外那个陈平安在与郑居中告别,离开问津渡后,找到了一位来自大端王朝的武夫,说要问拳。

那男子疑惑不解:"为何?"

陈平安说道:"不为何。"

竹林森如帱,有茅屋几点。

对峙双方,一栋茅屋门口,是大端王朝女子武神的大弟子马瓃仙。访客男子,身材修长,青衫长裾,脚穿布鞋,站在竹林中。

从别处两栋茅屋当中分别走出两位女子,面容年轻,但是真实岁数都已不小,她们是马瓃仙的两位师妹,一位出身大端顶尖豪阀云幢窦氏,另外一位则是山泽野修出身,中途转为纯粹武夫,投军入伍,最终在一场惨烈战事中被主持战局的国师裴杯相中习武资质,收为弟子,武夫境界提升极快,势如破竹。

头扎灵蛇髻的窦粉霞体态丰腴,背靠一棵青竹,意态慵懒,这会儿她眯眼微笑,仔细打量起那个来者不善的青衫男子。

她方才停步之前,弯腰从地上捡起了几颗石子和几片竹叶,这会儿正抬起脚尖,一下一下轻轻戳地。

不远处的师妹廖青霭,因为曾经涉足修行,早早跻身洞府境,所以哪怕已是半百岁数,依旧是少女容貌,腰肢极细,悬佩长刀。

这三位同门,作为大师兄的马瓃仙,山巅境圆满。窦粉霞和廖青霭,都是远游境瓶颈的纯粹武夫。

三位纯粹武夫,都有希望跻身十境。所以在外界眼中,若是将来一门之内同时出现五位十境武夫,届时大端王朝的武运之昌盛,可谓前无古人后无来者。

清风过竹林,远处那一袭青衫,鬓角发丝微微拂动,衣袖轻摇,云水涟漪。恍惚间,此人好似跻身天人合一的幽玄境地。

这一幕清灵画卷，实在养眼，看得窦粉霞神采奕奕，好个久闻其名不见其面的年轻隐官，难怪在少年时，便能与自家小师弟在城头上连打三场。

廖青霭却是脸若冰霜，对陈平安没什么好感，打不过师弟，便趁着曹慈参加文庙议事，来找师兄的麻烦？这算怎么回事？

马瓶仙笑问道："陈平安，你是不是找错人了？马某人什么时候名气这么大了？如果你只是想着问拳切磋、砥砺武道，别处不还有其他前辈高人？好像轮不到我吧。"

陈平安摇头道："没找错人，就是找你，除非你不是马瓶仙。"

当下文庙周边，站在武道山巅的大宗师，明处暗处加在一起，约莫得有双手之数。

中土张条霞，宝瓶洲宋长镜，北俱芦洲王赴愬，桐叶洲吴殳，皑皑洲沛阿香……都是拳高一洲的十境武夫。

马瓶仙虽然一向心高气傲，却不至于眼高于顶，觉得自己如今已经能够与这些前辈媲美。

先前评选出来的数座天下年轻十人，眼前这位隐官第十一，凭借九境武夫和元婴境剑修的双重身份占据一席之地。

只不过马瓶仙从师父和小师弟那边得知，陈平安其实已经在桐叶洲那边跻身了十境。

所以陈平安今天登门拜访，看架势还要与自己问拳，等于是以十境问九境，绝对不合理，赢了也不光彩。

当然，陈平安真要执意问拳，马瓶仙也不介意接拳。

马瓶仙是大端武夫，更是崛起于卒伍的沙场武将，如今还统领着一支人数多达二十万人的精锐边军。

所以马瓶仙也懒得多想，笑问道："怎么个问法？"

"给你两个选择，输了拳，先道歉认错，再归还一物。"陈平安说道，"输拳不输人，那就跌境，此生无望十境，以后我再与裴杯问拳，取回那件东西。"

马瓶仙听得一头雾水，这都什么跟什么？道什么歉，与谁认错？归还何物？他与陈平安，根本就没有任何交集。

窦粉霞嫣然而笑，攥紧手中石子，抬起手背，抵住嘴唇，觉得这个年轻隐官咄咄逼人得有些可爱了。

廖青霭冷声道："陈平安，这里不是你可以随便撒野的地方！"

陈平安置若罔闻，只是朝马瓶仙伸出一只手掌，示意对方可以先出拳。

恩怨分明，今日造访，只与马瓶仙一人问拳，要以马瓶仙擅长的道理，在武夫拳脚上，以其人之道还治其人之身。

与什么大端王朝，与裴杯、曹慈这对师徒，还有与窦粉霞、廖青霭两位女子武夫，自然都没什么关系。但是如果有人一定要掺和其中，那陈平安就一并讲了道理。

廖青霭骤然间转头望向一处，满脸不悦，竟然还有山上修士胆敢对此地遥遥掌观山河。

与此同时，窦粉霞笑嘻嘻抬手，指尖一片竹叶一闪而逝，竹叶若袖珍飞剑，扯起笔直一线，青翠竹叶最终悬停在某处，好似剑修问剑一般。

一位在鳌头山仙府内施展神通的仙人境修士只得收掌撤回神通，在府邸内，仙人摇摇头，苦笑几分。他是大端王朝的一位皇家供奉，于情于理，都要对国师裴杯的几位弟子护短几分。竹林茅舍那边的三位武学宗师，可能当下还不太清楚问拳一方的根脚，大端仙人境修士却见识过鸳鸯渚那场风波的首尾，知道那位青衫剑仙的厉害。

而让仙人苦笑不已的缘由，还有一个，就是那位青衫剑仙置身竹林中，那份气度，实在瞧着熟悉，竟是与九真仙馆仙人云杪的云水身有几分形似。

不过事实上，马瘸仙三人虽然与陈平安都是第一次打照面，他们对这个剑气长城的末代隐官却并非一无所知。

一来少年时候的陈平安，在剑气长城遇到了在那边结茅练拳的曹慈，有过三战三输的事迹。再者陈平安后来收取的开山大弟子、一个名叫裴钱的年轻女子，单独游历中土神洲期间，曾经去往大端王朝，找到了曹慈，自报名号，问拳四场，胜负毫无悬念，但是裴杯却对这个姓氏相同的外乡女子武夫颇为欣赏。裴钱在国师府养伤的那段岁月里，就连裴钱每天的药膳，都是裴杯亲自调配的方子。

窦粉霞笑容妩媚，问道："陈公子，能不能与你打个商量，在你跟马瘸仙生打死之前，容我先与你问个一招半式，不算正儿八经的问拳。"

马瘸仙训斥道："窦师妹，不要胡闹！"

窦粉霞却已横移数步，手中三颗石子迅猛丢出，又有数片竹叶快若飞剑，直奔那一袭青衫而去。她再伸手按在身旁那棵青竹上，竹叶簌簌而响，纷纷落下，一大团翠绿竹叶汇聚在空中，凝为一大团苍翠颜色，仿佛祭出了数百把飞剑。

陈平安左手一挥袖子，将那扑面而来的石子、竹叶随手打散，再抬起右手，双指并拢，轻轻一指，窦粉霞眉心处剑气凛然，好似有一股沛然剑气凝聚为一粒芥子，轻轻抵住了她的眉心，如访客只站在门口却不敲门，窦粉霞的整张白皙脸庞微微漾开，头上灵蛇发髻悄然松动。

窦粉霞再不敢有任何动作，那些失去武夫神意、纯粹以真气支撑的竹叶砰然散开，不少飘落在她的发髻间、肩头上，她一跺脚，露出少女娇羞的模样，哀怨道："果然低两境，根本没得打。"

窦粉霞拍了拍手掌，先前被陈平安一袖打碎的石子、竹叶消失处，一粒粒金光，被她一拍而散。

陈平安心中了然，这个窦粉霞是故意显露身份的一位捉刀客，这一脉武学，本身就是纯粹武夫所学，却又能够通过秘法天然压胜武夫。同境武夫碰到她，就像练气士遇到剑修，难缠至极，胜算极小。只不过捉刀客一脉武夫，好像只听说青冥天下那边有不少，浩然天下这边却罕有行迹。可惜就连学生崔东山对这门捉刀术也所知不详，所以陈平安只学了点皮毛，只能拿来吓唬吓唬人，遇到生死一线的厮杀，是绝对没机会使用的。

窦粉霞笑意盈盈，依旧打量着那个气定神闲的青衫客，暗中则聚音成线，与马瓞仙提醒道："师兄，被我猜中了，陈平安除了是剑修，果然还是深藏不露的捉刀客，算是我的同行了。接下来的这场问拳，师兄一定要小心，怎么小心都不过分。"

马瓞仙却不太领情，一场问拳而已，生死自负，窦粉霞这般算计对方，自己输了更窝囊，都不仅仅是技不如人，就与师妹答复道："师妹不必如此花费心思。"

窦粉霞神色自若，好像在与那个年轻隐官眉目传情，可是与师兄的言语却是怒气冲冲："一看对方就不是个善茬，你都要被一个十境武夫问拳了，要什么脸不脸的，就你一个大老爷们最娇气！换成我是你，就三人一起闷了他！"

陈平安笑了笑。

大致猜出了窦粉霞的想法，只是也不当面道破。

马瓞仙开始缓缓前行，对方都找上门了，自己作为距离山巅只差半步的九境圆满武夫，师父名义上的大弟子，没理由不领拳。

裴杯原本有意这辈子只收取一名弟子，就是曹慈。

只是因为前些年大战落幕后，大端王朝的那位皇帝陛下，向裴杯开口请求一事，说自己是以一个最喜欢看江湖演义小说的老人，为自家江湖，向瞧着还很年轻的裴姑娘求上一求，让大端王朝以后的江湖，热闹些，高手多些，什么四大宗师，什么十大高手，都得有嘛。

裴杯答应了。所以如今裴杯才会名义上有了四位嫡传：大弟子马瓞仙、窦粉霞、廖青霭、关门弟子曹慈。

对内，除曹慈之外，三人其实都只是裴杯的不记名弟子。曹慈依旧是那个开山大弟子，同时也是关门弟子。对外，因为曹慈年纪最小，就成了马瓞仙三人的小师弟。

曹慈对这件事无所谓，但包括马瓞仙在内的三位师兄师姐都心知肚明，他们只有跻身了十境，才有机会被师父真正视为嫡传。

陈平安始终站在原地，只是轻轻卷起两只袖管。

马瓞仙一步微沉，脚下泥地出现些许塌陷，身形瞬间离开原地。马瓞仙一身沛然拳意汹涌倾泻，那一袭青衫所在的四周大片竹林同时向后倒去，千百竹竿弯出一个巨大弧度。

陈平安纹丝不动，一手掌心抵住对方的顶心肘，向后滑出几步，一手递出，倾斜向上，托住马瓤仙下巴，骤然发力。

马瓤仙猛然间一个转头，躲过陈平安那看似轻描淡写实则凶狠至极的随手一提，屈膝拧腰坠肩，身形下沉、旋转，一腿横扫，随即不见青衫，只有大片青竹被拦腰折断。马瓤仙站在空地上，远处那一袭青衫飘然落在一截断竹顶端，一手握拳，一手负后，微笑道："喜欢让拳？只是年纪大，又不是境界高，不需要这么客套吧。"

窦粉霞眯起眼，换成自己，方才仅是年轻隐官那么一抬，她就肯定躲不过了，被结结实实打中，估计就已经问拳结束，再乖乖养伤个把月。

马瓤仙默不作声，深吸一口气，拉开一个拳架，有弓满如月之神意，以这位九境武夫为圆心，四周竹林作俯首状，瞬间弯下竿身，一时间崩碎声响不绝于耳。

竟然是汲取天地灵气再炼化为一口纯粹真气的拳法？这么一位武夫，与炼师何异？与练气士对阵，岂不是等于天然坐镇一座无法之地？

马瓤仙一闪而逝，窦粉霞和廖青霭竟是无法捕捉到大师兄的踪迹。

只听见双方好似对拳一声，如一串春雷炸响在竹林间，下一刻，就轮到马瓤仙站在了那一袭青衫站立处，出拳的那条胳膊微微颤抖，有血迹渗出衣袖。

两位女子武夫的视野更远处，那人站在了一根仿佛头点地的青竹竿身上，双手负后，居高临下，依旧眼中只有马瓤仙，笑问道："还要让拳，真当我是远道而来的江湖朋友了？"

廖青霭沉声道："问拳就问拳，以言语羞辱他人，你也配当宗师?!"

陈平安点点头："有道理，听上去很像那么一回事。"

宝瓶洲有个老人，佩剑屹然，竹黄剑鞘，老人每次行走江湖，出门前都会翻一翻老皇历。结果老人有次在家中，被一位别洲武夫登门购买剑鞘，不卖就死，还要再搭上孙子孙媳妇两条人命。大概从那一天起，老人心中就再没有江湖了，老人开始服老，翻不动那本老皇历。

怎么，我陈平安今天只是与你们闲聊了几句，就觉得我不配是武夫了？

马瓤仙想到这位年轻隐官是宝瓶洲人氏，突然记起一事，试探性问道："你跟梳水国一个姓宋的老家伙是什么关系？"

终于记起来了。

陈平安眯起眼，缓缓道："什么关系？前辈跟晚辈的关系。宋前辈教过我一门剑术。"

一剑所往，千军辟易。

与剑气长城，大道相通。

陈平安横移一步，走下竹竿，双脚触地，身边一竿青竹瞬间绷直，竹叶剧烈晃荡不已。

陈平安问道："你是不是都已经忘了那位老人的名字？"

马瘤仙嘻笑道："原来如此。不错，老家伙是什么名字，我还真记不住。"

记得那个什么庄子里边的老武夫，是那六境还是七境武夫来着？对于宝瓶洲小国而言，大概就算一国江湖魁首的大宗师了？马瘤仙只依稀记得对方一开始不识好歹，境界低微，胆子不小，坚决不卖那剑鞘，庄子里的一对年轻男女好像是那老人的晚辈，更是豁出性命不要，到最后老人估计是觉得为了一把剑鞘，弄出个家破人亡不值当，就乖乖交出了剑鞘。

陈平安略微分神，微微皱眉。

因为那场古怪至极的河畔议事好像结束了，所有十四境大修士都已经重返光阴长河之畔。

马瘤仙抓住这稍纵即逝的一线机会，瞬间来到陈平安身前，悄无声息递出生平拳意最圆满的一拳。

陈平安伸出一手，抓住马瘤仙那一拳，轻轻拨开后，第一次主动出拳就是神人擂鼓式。一拳落定，打得马瘤仙魁梧身形笔直后退十数丈，一线之上，撞碎无数青竹，拳拳衔接，马瘤仙一退再退，毫无招架之力。

窦粉霞脸色微白，难道师兄真要被此人打得跌境？

武夫跌境本就是一桩天大的稀罕事，后遗症要比那山上练气士的跌境更加可怕。

廖青霭下意识就要跨出一步，打断那一拳的连绵拳意，但她仍然压下出拳的念头，眼睁睁看着师兄被那一袭青衫出拳不停。

武夫问拳有问拳的规矩，甚至要比胜负、生死更大。

窦粉霞直到这一刻，才真正相信一件事：陈平安如今可能真有资格与曹慈问拳分胜负了。

师兄马瘤仙曾经说过，世间武夫无数，却只有师弟曹慈，在跻身十境之前，能够在任何一个境界的同境相争之中，彻彻底底碾压对手，想要几拳赢下，就只需要几拳。等到那个小师弟曹慈跻身了十境，对付世间任何一位九境武夫，无论资质如何，只要他想分出胜负，就只是一拳的事情，绝对不需要递出第二拳。

当年那个年轻女子前来大端问拳，曹慈对她的态度，其实更多像是早年在金甲洲战场遗址对待郁狷夫。

不过裴钱也确实表现得让人惊讶，那几场拳法切磋，曹慈虽说有点类似上手的让子棋，而且刻意压了境，但是曹慈从头到尾，每次出拳，都极其认真，尤其是第三场问拳期间，曹慈竟然不小心挨了对方两拳。以至于那场问拳结束后，输拳的裴钱已经昏死过去，却依旧死死背靠墙头，不让自己倒地。就好像在说，我拳未输。而曹慈事后不得不坐在大端京城的墙头上，一手托着腮帮子，一手揉额头，先散淤青。

竹林被马瘤仙撞出一条长达三里的道路，一路两侧皆是被拳罡崩碎的遍地竹竿，最终这位人身小天地内山河破碎的武夫，前一刻的九境武夫，这一刻的八境武夫，背靠一棵绿竹，满脸血污，只能瞪大眼睛，双臂颓然下垂，双脚却竭力撑住，试图让自己的身体靠住竹子，却依旧没能止住缓缓滑落的趋势。

那一袭青衫弯腰，伸出一手，按住马瘤仙的额头，帮着他勉强站着，低头说道："记住了，那位前辈，姓宋名雨烧，是梳水国剑圣。"

陈平安松开手，马瘤仙一口纯粹真气完全流散，他滑落在地，背靠青竹，身受重伤后，耷拉着脑袋，好似昏睡。

挨了将近二十拳神人擂鼓式，跌境不奇怪，不跌境才奇怪。

至于马瘤仙到底挨了自己几拳，陈平安没去记，记这个做什么。

陈平安转头看了眼茅屋那边的两位女子武夫。

窦粉霞心情沉重，神色肃穆，再无半点妖媚神色。她和那一袭青衫对视一眼，后者微微点头，然后脚尖一点，去往竹海顶端，踩在一根竹枝之上，眺望远方，好像问拳结束，马上就要御风离去。

窦粉霞一掠而去，蹲下身，伸手扶住马瘤仙的肩头，一时间满脸悲苦神色，师兄果真跌境了。

廖青霭仍停在茅屋门口，她向前跨出一步，猛然抱拳，厉色道："陈平安，三十年内，等我问拳！"

陈平安转过头，看了她一眼："随你。"

下一刻，一袭青衫在竹海之巅凭空消失。与此同时，鹦鹉洲宅子里边的陈平安也一样身形消失。

两个一直在文庙外边晃荡、四处闯祸的陈平安，得以重返河畔，三人合而为一。

这场河畔议事，才是最大的古怪事。

早前跟随吴霜降在内的那些十四境修士，登上一座假象近乎真相的托月山，当陈平安一脚登顶后，结果下一脚，陈平安就发现自己回到了河边。

陈平安只依稀发现那条光阴长河有些微妙变化，甚至记不起、猜不出，自己在这一前一后的两脚之间，到底做了什么事情，或是说了什么话。

陈平安总觉得事情没那么简单。

等到他回到河边，就只见到了礼圣与白泽。

先生、亚圣都与其他十四境修士一样，不见了踪迹。她也不知所终。

陈平安就只好蹲在水边，继续盯着那条光阴长河，学那李槐，整不明白的事情就不多想了。

只是在鹦鹉洲那边得知柳赤诚这个土财主，竟然花了整整一千五百枚谷雨钱，才从火龙真人那边买下一百片碧绿琉璃瓦。就这么个"顶会做生意"的，别说去自家落魄山当账房，就是学那米大剑仙，给自家财神爷韦文龙看一看大门，你柳赤诚都没资格啊。在鹦鹉洲包袱斋那边就跟人借钱，结果等到与郁泮水和袁胄相逢后，又有欠债。

所以陈平安看着那条玄之又玄的光阴长河，真没多想什么，就觉得自己在盯着一条神仙钱长河。

陈平安忍不住转头看了眼礼圣。

礼圣笑道："左右管钱袋子，真不如换你来。"

陈平安就知道自己打光阴长河的主意，肯定没戏了，便转去询问关于破字令的学问，礼圣只回了一句："等到离开此地，熹平会准许你翻阅文庙秘档。"

陈平安起身作揖致谢。

礼圣笑道："夜航船那边，经常有剑光，希望你不会让人觉得久等，因为回头可能还需要去见一个人，你才能重返夜航船。"

陈平安点点头，疑惑万分。

见谁？总不会是至圣先师吧？

陈平安也不敢多问什么。

白泽撇下礼圣，独自走到陈平安身边，年龄悬殊的双方，就在水边，一坐一蹲，闲聊起了宝瓶洲的一些风土人情。白泽当年那趟出门，身边带着那头宫装女子模样的狐魅，一起游历浩然天下，与陈平安在大骊边境线上，那场风雪夜栈道的相逢，当然是白泽有意为之。

关于陈平安承载大妖真名的处境，白泽先生笑言一句："等到隐官大人跻身仙人境，情形就会好很多了。"

听着白泽先生称呼自己为隐官，陈平安难免别扭。

如果将来哪天重返剑气长城，再南下游历蛮荒天下，陈平安遇到谁都无所谓，只希望自己不要遇到身边这位。可只要去了那座只剩下两轮明月的蛮荒天下，好像会很难不遇到白泽先生。

"陈平安，你不用想太多，各自做好分内事就行了。"白泽微笑道，"不管别人如何，作为读书人，笃定心中一个道理，宜行厚德事，中有人为书，那么修行路上，未必能够凭此获利，可至少能够让你一步步走得心安。"

一袭白衣的高大女子率先出现在陈平安身边，盘腿而坐，横剑在膝。

随后是老秀才、亚圣，之后余斗、陆沉、僧人神清、女冠、斩龙之人、老观主、吴霜降，以及陈平安不知身份的其余几位，都一一重新现身河畔。

仿佛人人远游一场，毫发无损，好像所有十四境大修士都是大梦一场，初醒时分，对那梦境，略作思量，就模糊起来。

众人皆如岸上临水观月，任何一个念头便是一颗石子，动念便是投石水中，水起涟漪，只会使得水中明月越发模糊不清。所以真正站在山巅的一众大修士，都陷入沉思，没有谁开口言语。

可能那个吊儿郎当的白玉京三掌教是个例外，陆沉好像犹豫着要不要与陈平安叙旧，询问一句，如今字写得如何了。

坐在陈平安身边的白衣女子率先开口，微笑道："前些年在那天外，闲来无事，我就将一处古战场遗址开辟成了练剑之地，主人以后可以飞升前往，在那边修行，想去就去，想回就回，文庙这边不会阻拦，对吧，礼圣？"

礼圣笑着点头："前辈说了算。"

陈平安听得心惊胆战。

果然礼圣稍稍转移视线，望向他这个背剑年轻人，补了一句："对吧，陈平安？"

陈平安只得硬着头皮说道："礼圣先生说了也算。"

陆沉抬起一只手掌，扶了扶头顶歪斜的莲花冠，然后拊掌而笑，赞叹道："我这家乡，礼仪之邦。"

东海老观主微笑道："几年没见，功力见长。"

老僧神清双手合十，"阿弥陀佛"一句，点头道："慧根，慧根使然。"

陈平安颇为无奈："你们都是十四境，你们说了都算。"

河畔氛围随之轻松几分。

礼圣突然与众人作了一揖，再起身，微笑道："议事结束，各回各家。"

无一人开口询问什么，但是冥冥之中，好像都猜到了一事，这场议事，三教祖师虽然未曾露面，但是绝对就在幕后看着所有人。

"各回各家"之后，多半就会有个水落石出的结果在等着所有人。

礼圣打开禁制，白泽站起身，率先从河边消失。

老秀才屁颠屁颠一路小跑，顶替白泽坐在了陈平安身边，伸手一摸，失望道："这个白泽老先生，怎么当的长辈，也没落个金疙瘩在地上。"

陆沉踮起脚尖，遥遥挥手道："陈平安，回见啊，等你啊。"

陈平安置若罔闻。

老僧神清好像与陈平安打了个机锋，微笑道："东山气象，北海风流，修定慧戒，神会药师佛。"

陈平安虽然什么都没听懂，依旧站起身，双手合十，恭敬还礼老僧。

陆沉一脸欣慰笑意，自顾自点头道："果然还是与小道亲些，都不用讲究这些虚礼。"

光阴长河之畔，最终一位位十四境大修士如一颗颗彗星起于大地，去往天幕，转瞬不见。

吴霜降会继续游历蛮荒天下，找那剑气长城老聋儿的麻烦。

余斗先前瞥了眼那个一袭青衫的背剑青年，随后重返青冥天下，继续坐镇白玉京。

那位当下化名陈浊流的斩龙之人，打算去找那鸠占鹊巢三千年的荆蒿，该挪窝让给旧主人了。

青宫太保？什么青宫？自然是他的修道之地。若非当年他决意斩龙，那么浩然天下就不会只有一座白帝城了，会先有一座青帝城才对。

陈平安坐回原地。

她转过身，伸出手，虚握拳头，递给陈平安。陈平安不明就里，伸出手掌，却被她突然握住手，笑道："既然好像只是个眨眼工夫就是二十年过去了，这么一想，甲子之约，也不算什么，我在练剑之地打个小盹就行了，到时候可别带其他女子去天外啊。如果到时候没有跻身飞升境，就跟礼圣打声招呼。"

陈平安叹了口气，轻轻点头，算是答应了她。

老秀才倒抽一口冷气，目不斜视，腰杆挺直坐如钟，大义凛然道："对岸风景美极了。"

她松开手，站起身。

陈平安跟着起身，说道："为什么一定要去天外，可以逛逛浩然天下啊，先前万年，其实一直都在家乡那边，也没怎么走动。"

她眨了眨眼睛："留在浩然天下？我怕醋味太大啊。"

陈平安神色尴尬，立即闭嘴。

她看着陈平安，从他的眼中看到自己，她眼中的自己的眼中，又只有他。

她展颜一笑，后退一步，柔声道："走了。"

陈平安点点头。

她化虹离去，打破天幕，直奔天外。

下一刻，陈平安发现自己来到了一处山巅——穗山之巅。

有个老先生站在不远处，笑呵呵望向自己。

陈平安作揖不起，破天荒不知道该说什么。

老秀才跳脚道："这怎么成，怎么成，礼太大了，我这关门弟子，年纪再轻，治学再勤勉，修心修力再优秀，为人处世再出类拔萃，终究还是当不起这份天大的殊荣啊……"

礼圣站在一边，最见不得老秀才这副得了便宜还卖乖的德行，笑道："礼太大了？先前是谁死皮赖脸求啊。"

老秀才搓手道："打人不打脸，骂人不揭短，礼圣这点规矩都不懂，就不善了啊。"

当先生的，能求之事，为何不求。

那位老先生笑呵呵道："秀才，你这弟子，没你说的那么模样俊俏嘛。"

陈平安直起身，有些赧颜。随即灵光乍现，陈平安心头一震。

那么先前十四境大修士齐聚河畔，结果到最后连议什么事都不知道，就说得通了。

老先生嗯了一声，点头笑道："聪明，倒是比想象中更聪明。这才对嘛，读书不开窍，读书做什么呢。"

老先生笑呵呵道："一人兴善。"

陈平安犹豫了下，等待片刻，只好接话道："万人可激。"

老先生继续问道："更大学问？"

陈平安答道："在行。"

那位至圣先师笑着点头："很好啊。"

重新背剑的陈平安出现在了文庙大门外的台阶下。

林君璧这小子胆子不小啊，好像刚刚酒醒？

见着了拾级而上的陈平安，林君璧立即驱散一身酒气，喊了声"隐官大人"，然后笑着不说话。

陈平安点点头，称赞道："敢在文庙大门口醉醺醺，不成体统，君璧好大的官威，霸气外露，出门不得随身带个大箩筐装着，免得误伤旁人。"

林君璧汗颜不已。

旁边还有些出来喝酒解闷的修士，都对那一袭青衫侧目而视，实在是由不得他们不在意。

有资格在这边议事的，小道消息一个比一个灵通。知道眼前这位背剑青年，别看笑眯眯的，其实脾气很差，极差。

当那隐官，在先前那场议事当中，就是此人，敢把一座托月山和整个蛮荒天下都不放在眼里，说要打，然后现在文庙就真跟着打了。

然后再当文圣一脉的弟子，竟然比那师兄左右还要有过之而无不及。

在文庙所有圣贤眼皮子底下，鸳鸯渚那边打了个仙人云杪，好像云杪差点就要祭出九真仙馆的镇山之宝，那可就是搏命，而不是切磋。还不肯罢休，之后又招惹了邵元王朝？城内不远处打蒋龙骧，据说就在刚才，还打了裴杯的大弟子马瓤仙，只以武夫问拳的方式，都打得对方直接跌境了？好像马瓤仙才跻身九境不到二十年吧，结果就这么被人将一份原本有望登顶再登天的武道前程硬生生打没了，马瓤仙此后能否重返九境，都是个不小的疑问。

先后三场架,练气士,读书人,纯粹武夫,都打了个遍?

打是真的能打,脾气差是真的差。

那位龙虎山小天师惊讶道:"是你?!"

当时在夜航船条目城的客栈有碰过面。赵摇光那会儿可绝对想不到,随便遇到个青衫客,就会是剑气长城的隐官陈十一。

一叶浮萍归大海,人生何处不相逢。

当年下山之前,请人帮忙算了一卦,是支好签,果真不假,自己这趟出门,总能遇到贵人。

只说文庙这边,就有久闻其名未见其面的左先生,双方聊得特别投缘。

还有眼前这位大名鼎鼎的隐官大人。至于那个阿良就算了,算不得什么贵人,是患难与共的好兄弟。

陈平安笑道:"是我,没想到这么快就又见面了。"

估计这位满身山中道气的黄紫贵人,更想不到那个卖物件给他们的店伙计是吴霜降。

赵摇光打了个稽首,起身后再次赔礼道歉,笑容灿烂道:"上次在渡船上边,小道多有冒犯,陈先生大人有大量,莫要计较。陈先生真要计较,也好说,以后去了龙虎山,小道肯定要搬出几坛好酒,陈先生与它们计较去。"

陈平安抱拳笑道:"游历中土神洲,若是不去龙虎山天师府,岂不是等于白走了一遭。不过事先说好,锣鼓迎客就免了。"

龙虎山的五雷正法,是当之无愧的天下正宗,陈平安神往已久,只希望下次拜访天师府,龙虎山这边能够准许自己多看几本书。

赵摇光愣了愣,锣鼓声?怎么个说法?难道隐官大人是暗示自己折腾得热闹些,排场大些?关键自己不是当代天师,不好胡来啊。自家祖师爷身子骨多硬朗,模样瞧着比自己还年轻,拳头上立得人,胳膊上走得马。

陈平安见这位小天师没听明白,就道了个歉,说自己胡扯,别当真。

林君璧只得与身边不开窍的好友解释道:"阿良有次偷摸到龙虎山,你们天师府的待客之道听说阵仗很大,雷法不断,锣鼓喧天。"

赵摇光立即恍然,笑道:"不能够,真心不能够。"

因为文圣老秀才的关系,龙虎山其实与文圣一脉关系不差的。至于左先生早年出剑,那是剑修之间的个人恩怨。再说了,那位注定此生当不成剑仙的天师府长辈,后来转为安心修行雷法,破而后立,因祸得福,道心澄澈,大道可期,每每与人喝酒,毫不忌讳自己当年的那场大道劫难,反而喜欢主动提及与左剑仙的那场问剑,总说自己挨了左右足足八剑之多,比谁谁剑胚、某某剑修多挨了几剑,这是何等不易的战绩,神色之间,俱是虽败犹荣的豪杰气概。

几拨在一旁台阶上喝酒闲聊的，此刻都有个差不多的观感。这位重返浩然家乡的年轻隐官，瞧着好说话，不意味着好惹。

其中有个老人，喝了一大口酒，瞥了眼那个年轻人的身影，青衫背剑，还很年轻。老人忍不住唏嘘道："年轻真好。"

陈平安与两人一起跨过门槛，进了文庙后，刚好就坐在阿良那个位置上。

得知阿良已经远游，陈平安就放弃了去拜访青神山夫人的念头。本来是打算登门道歉的，毕竟铺子打着青神山酒水的幌子好多年，顺便还想着能不能与那位夫人，买下几棵竹子，毕竟隔壁魏大山君的那片小竹林，真经不起旁人几下薅了。老厨子总惦念着小米粒每天那么惦记，陈平安这个当山主的，良心上过意不去。

陈平安发现就自己附近这边桌上空荡荡的，酒水瓜果都被一扫而空，阿良这是打劫再跑路了？

陆芝问道："这么闹，文庙都不管你？"

陈平安摇头道："不会管的，我出手有分寸，都在规矩里边。"

齐廷济打趣道："剑出鸳鸯渚，拳打鳌头山，只差一脚踢翻鹦鹉洲了。"

陈平安笑道："齐宗主好文采。"

陆芝说道："裴杯那边，会不会找你麻烦？"

如果裴杯一定要为弟子马瘤仙出头，陈平安肯定讨不到半点便宜。

陈平安说道："再说。船到桥头自然直，不直，就下船登岸好了。"

左右淡然道："马瘤仙有师父，你也是有师兄的人，怕什么。君倩的拳头，一样不轻。"

陈平安转头笑道："师兄一人问剑两飞升，先生知道了，肯定会很高兴。"

不管在剑气长城如何，师兄只说在中土神洲，实在太久不曾出剑。

左右对此不置一词，只是说道："关于九真仙馆一事，涿鹿宋子那边已经跟我道过歉了，还希望你以后可以去涿鹿郡书院待几天，负责为书院儒生主讲兵略一事。"

这就是有先生有师兄的好处了。

陈平安疑惑道："涿鹿宋子请错人了吧，我去不如师兄去。"

左右看了眼陈平安，陈平安立即说道："有机会我一定去涿鹿听课，主讲书院课业就免了，必须拒绝。"

左右点点头，不再说话，开始闭目养神。

陆芝好奇问道："那个裴杯，到底多大岁数？"

陈平安答道："如果大端王朝那边的官家史书没骗人，年纪不大，不到两百岁吧。"

陆芝说道："那就是两百多岁了。"

陈平安无言以对,这是什么道理。

之后陈平安以心声向火龙真人询问了张山峰的近况,还说自己马上要去北俱芦洲,这次会做客趴地峰。

火龙真人笑道:"做客好,做客好啊,你小子一定要去。山峰那小子,这些年境界猛涨,拦都拦不住。这不前不久刚刚出关,你这趟游历北俱芦洲,肯定可以见着他。"

有人做客当然好,趴地峰就有登门礼收,趴地峰毕竟还是穷啊,揭不开锅倒还不至于,可到底不是什么财大气粗的山头,说话没什么底气。钱是英雄胆,在北俱芦洲尚且如此,去了漫山遍野都是神仙钱的皑皑洲,他还不得低着脑袋与人说话?

火龙真人一直觉得自己的山上好友一个比一个不懂礼数,仗着年纪大就脸皮厚,都是山上修仙的,一个个不务正业,除了有钱,也没见你们修为有多高啊,自家人,谁跟你们一帮钱包鼓鼓的老家伙自家人呢。

所以以往每次出关,老真人都要询问袁灵殿在内的几个嫡传,你们最近有无结交新朋友啊,可以邀请来山上做客嘛。可惜一个比一个傻,不解其中真意。

陈平安听到张山峰刚刚破境,放心不少。犹豫了半天,小心翼翼与老真人提了一嘴,说自己在鸳鸯渚那边碰着了白帝城的柳道醇。

老真人疑惑道:"柳道醇?贫道听说过此人,可他不是被天师府赵老弟镇压在了宝瓶洲吗?何时冒出来了?赵老弟赵老弟,是不是有这么回事?咋个被柳道醇偷跑出来了?是柳道醇修为太高,还是老弟你早年一巴掌拍下去,手中天师印就没能拍个结实?"

赵天籁笑答道:"不太清楚,估计是时日一久,天师印道意流散了,何况当年本就没下狠手。至于柳道醇怎么跑到了鸳鸯渚,就更不清楚了。"

以前火龙真人还兼着龙虎山外姓大天师的时候,见了面,一口一个老天师,现在好了,卸去头衔后,一口一个赵老弟。看来当时龙虎山拒绝了张山峰继任一事,让火龙真人还是有些意难平,怨气不小。

于玄就跟着感慨道:"是啊是啊,这符箓一途,道意难以久存,就像老道一枚符箓托山岳,若是再不主动撤去,至多再过个百八千年,就要松动几分了。"

三位老道人的闲聊,陈平安听得头皮发麻。

自己与火龙真人的单独言语,怎么全被旁人听了去?

符箓于玄与大天师两位得道高人,肯定不至于偷听对话,没这么闲,那会不会是循着光阴长河的某些涟漪推演衍化?

陈平安只得主动与两位前辈打招呼。

赵天籁微笑道:"隐官在鸳鸯渚的一手雷法很不俗气。"

于玄笑眯眯道:"丢石子砸人,这就很过分了啊,不过瞧着解气。"

火龙真人则继续打瞌睡。

曾把百万睡魔都战倒,使得我一条风骨倍精神。

一老一小离开鹦鹉洲,在渡口乘坐渡船去往鳌头山府邸。

因为少年皇帝袁胄想要乘坐这条简陋渡船,理由充分,说是能够多看几个外乡修士,说不定里边就藏着隐官大人这样的世外高人,然后一见他根骨清奇,就要收为弟子,最后得知他是个当皇帝的,只得错过了一位良材美玉的修道奇才,高人黯然离去,抱憾终生,以后在山上每每想起,就要掬一把辛酸泪……

不过袁胄等到登船,就发现没人搭理他。

袁胄站在栏杆旁,说道:"郁爷爷,咱们这笔买卖,我总觉得哪里不对啊。"

第二场议事,袁胄虽然身为玄密皇帝,却没有参加议事。

郁泮水的理由是陛下年纪太小,风头太大,风一吹,容易把脑袋刮走。所以是他辛苦与文庙求来的结果,陛下如果觉得憋屈,就忍着。袁胄当然愿意忍着,玄密袁氏开国才几年,他总不能当个末代皇帝。

郁泮水笑道:"不对劲? 刚才怎么不说,陛下嘴巴也没给人缝上吧。"

袁胄说道:"我好歹是当皇帝的人,说出去的话,泼出去的水,就都是一道道圣旨啊,真要反悔,还会被隐官大人白白看轻了几分,更亏。"

来时路上,两人都商量好了,将那条风鸢渡船半卖半送,就当内库里边没这玩意儿。

玄密王朝与落魄山搭上线,双方还有些私谊,都算点到即止。

反正这份人情,最后得有一半算在郁泮水头上,所以就撺掇着皇帝陛下来了。

结果临了,皇帝袁胄不但白送了一条跨洲渡船,玄密王朝好像还要搭上一笔风鸢渡船的修缮费用。以至于郁泮水都登船离开了鹦鹉洲,还是觉得有些憋屈。

赊账? 那你小子倒是好歹说清楚什么时候还钱啊。我们不问,你也就不说了? 天底下有你这么欠钱的? 最后还有脸说句"却之不恭,受之有过"?

郁泮水握着手把件,使劲蹭着自己那张越年老越有味的脸庞,心想当年做客家中的小姑娘裴钱瞧着就挺憨厚老实啊,规规矩矩一丫头,多懂礼数一孩子,如果不是老秀才臭不要脸,从中作梗,那件老值钱了的咫尺物差点就没送出去,打了个旋儿,就要成功返回囊中。不贪钱的裴钱,怎么摊上这么个财迷师父?

袁胄环顾四周,没来由说了句:"郁爷爷,原来外边天地,黄颜色的物件这么少啊。"

在家,宫里边,不一样。自打他记事起,一想到那边,少年皇帝脑海里就全是黄颜色的物件,高高的屋脊,一眼望不到边,都是黄灿灿的。身上穿的衣服,屁股坐的垫子,桌上用的碗碟,在两边高墙中间摇摇晃晃的轿子,无一不是黄色。好像天底下就只有这么一种颜色。

其他颜色，比如宫内有座藏书楼，就是黑色的，里边放了很多少年一辈子都不去碰、外人却一辈子都瞧不见的珍贵书籍。

至于那些将相公卿身上的颜色，就跟几条兜圈圈的溪涧流水差不多，每天在他眼前来来去去，周而复始，经常会有老人说着孩子气的话，年轻人说着高深莫测的言语，然后他就坐在那张椅子上，不懂装懂，遇到了不知所措的大事，就看一眼郁胖子。

对于这个玄密王朝的太上皇，许多白发苍苍的老文官，在郁胖子不在身边的时候，都曾或多或少拿言语暗示过少年，袁胄其实听得懂，是懂了装不懂。有些老人是真心为他好，有一些，则是想着郁泮水离开了朝堂，那么许多官场位置就要跟着往前挪一步。可是袁胄都没理会，至多偶尔配合着老人们咬牙切齿一番，或是微微红眼。其实很麻烦的，他最后还提醒身边司礼监的几个宦官，回头与郁爷爷言语时，别忘了自己那几个逢场作戏的小动作。

闹什么呢，对他有什么好处？郁泮水又不会当皇帝，玄密王朝也注定缺不了郁家这个主心骨，既然如此，他一个屁大孩子，就别瞎折腾了。

宫中那棵活了七八百年的老杏树，据说还是前朝的前朝，一位开国皇帝亲手栽种的，一到秋天，树下就会铺满金黄落叶，年年落叶，还不是年年又有绿叶？根深蒂固的中土郁氏，可是四季常青不落叶的。

郁泮水难得有些和蔼神色，摸了摸袁胄的脑袋，轻声道："当家做主，都会辛苦。"

袁胄脑袋一歪，埋怨道："皇帝脑袋，也敢乱摸。"

郁泮水哈哈大笑，拍了拍袁胄的脸庞："这趟陪你出远门，郁爷爷心情不错，所以将来皇后是谁，你以后自己挑选，是不是姓郁，不打紧。"

袁胄跺脚道："听说郁狷夫和郁清卿这两个最好看的姐姐都心有所属了，轮到我能挑谁啊，啊！？"

郁泮水笑眯眯道："清卿那丫头属意林君璧，我是知道的，至于狷夫嘛，听说跟隐官大人在剑气长城那边问拳两场，嘿嘿，陛下懂不懂？"

袁胄以拳击掌，由衷赞叹道："狷夫姐姐，哦，不对，是嫂子，也不对，是小嫂子好眼光啊。"

郁泮水一巴掌打得小崽子晕头转向。

泮水县城那边。

一位满身寒酸气的年轻书生找到了一位正在养伤的飞升境大修士。

青宫太保荆蒿，哪怕在左右那边受伤不轻，依旧没有离开，像是在等文庙那边给个公道。

那个与左右拦路又逃跑再道歉的，是事后第一个跑回宅子当门神的修士。只是个玉璞境,为一位飞升境大修士看家护院,不丢人。

其余的山上帮闲,多是作鸟兽散了,美其名曰不敢耽误荆老祖的休养生息。

只不过这位玉璞境修士眼前一花,就已倒地不起。晕厥之前,只依稀看到了一袭青衫,与自己擦肩而过。

这处院落雅静,一丛翠绿芭蕉,肥得好似滴水。

荆蒿走出屋子,看着那个站在庭院里的年轻书生,既然看不出对方的修为深浅,那就是境界很高了。

那个不速之客好似闲来无事,踮起脚,拽下一片芭蕉叶,轻弹几下,

有左右问剑的前车之鉴,荆蒿就没着急生气,神色温和,笑道:"道友登门,有失远迎。"

陈浊流看着这位号称术法冠绝流霞洲的青宫太保,摇头道:"你们青宫山真是一代不如一代,越混越回去了。"

荆蒿微笑道:"道友难道与我们青宫山祖师有旧?"

陈浊流懒得与这个家伙兜圈子,问道:"你那师父,她屋内就没挂我的画像?"

这位青宫太保二话不说,作揖不起,竟然有些颤音,不知是激动,还是敬畏:"晚辈荆蒿,拜见陈仙君。"

能被一位飞升境敬称为仙君,当然只能是一位十四境大修士,至少也是一位飞升境的剑修。

剑修,斩龙之人,白帝城郑居中的传道恩师,这桩宗门秘事,荆蒿的几位师兄师姐,都不曾知晓。还是师父在临终前,与他说的。师父当时神色复杂,向荆蒿道破了一个惊世骇俗的真相,说脚下这座青宫山是他人之物,只是暂借给她,一直就不属于自家门派,那个男人,收了几个弟子,其中最出名的是白帝城的郑怀仙,以后若是青宫山有难,你就拿着这幅画下山去找他,找他不得,就找郑怀仙。

荆蒿是青宫山一对祖师堂道侣的独子,当他还是年幼孩子的时候,修行资质不算太好的爹娘千求万求,才与作为上任山主的师父求来了一个嫡传身份。后来有了师徒名分,又因为他年纪小,得以去过师父住处几次,知道那边悬了一幅男子的挂像,还有题诗,可能是因为画卷材质太过粗劣,字迹漫漶,缺了许多内容。

青衫一笑白云外……野梅瘦得影如无……

荆蒿少年时曾经与一位年长师姐问过此事,师姐猜测大概意思,是说当年有人下山远游了,只留下佳人在山中独居,憔悴消瘦得厉害。

荆蒿这一脉,往上推两代,也就是荆蒿的祖师爷,其实是个横行天下的山泽野修,屹立山巅千年,却一直没有找到个合适的落脚地,听闻后来是师父福缘深厚,帮助祖师爷找到了这处青宫山。然后就开始开山立派,在文庙那边积攒功德,跻身宗门,开枝散

叶，最终成为流霞洲山上的顶尖仙府，如今更是稳居头把交椅。

青宫山三千多年来，一直都算顺遂，所以荆蒿一直没机会取画下山。

师父的修道之地，早已被荆蒿划为师门禁地，除了安排一位手脚伶俐的女修在那边偶尔打扫，就连荆蒿自己都不曾踏足一步。

陈浊流讥笑道："我今天莫不是攀亲戚来了？好与一个废物晚辈，讨要几个磕头声响？"

荆蒿轻轻晃了晃袖子，竟是一跪在地，伏地不起，额头轻触地面三下："晚辈这就给陈仙君让出青宫山。"

荆蒿的师父，以及历史上那位曾经跻身过浩然十人之列的祖师，都是飞升境，尤其是后者，中土神洲野修出身，货真价实的名动天下。这就是真正的山上传承了。

等到荆蒿接手青宫山，也不差，顺风顺水修成了个飞升境。

不过青宫山现任宗主，或者说前任山主，就要逊色不少，这辈子都会只是个仙人境。此人如今得了荆蒿的法旨，已经闭关思过去了。等到荆蒿此次返回青宫山，还要为这个口无遮拦的弟子再下一道法旨。成事不足败事有余的东西，竟敢往自己师尊身上泼脏水？

此人的那些嫡传，境界最高不过玉璞境，未来大道成就，未必就能高过此人。

所以眼前这位既没背剑，也没佩剑的青衫书生，说他们青宫山一代不如一代，没有半点水分。

至于荆蒿的师父，她在修道生涯最后的千年光阴里，颇为可怜，破境无望，又因一桩山上恩怨受了重伤，不得不转入旁门歧途，修道未能彻斩三尸，炼至纯阳境，只能堪堪避开兵解之劫，一念清灵，出幽入冥，形神契合远古地仙，最终熬不过光阴长河年复一年的冲击，身形消散天地间。

她为青宫山传下一门掷剑法，专门为不是剑修的练气士量身打造，但是规定后世青宫山弟子，一代只有一人可以研习此剑术。小至花草树叶，大至江河山岳，都可以"掷如飞剑"。

其实先前在竹林茅屋那边，窦粉霞丢掷石子、竹叶，就是使出了这门掷剑法。

当然，最早都是陈浊流传下的。嬉戏人间数千年，其实这个斩龙之人，不光光是贾晟、白忙这般处境。

荆蒿直起身后，就一直跪坐在地。

陈浊流啧啧道："难怪那傻妮子会挑选你当山主，人不咋样，倒是机灵啊。起来吧，地上跪久了，膝盖不疼吗？"

荆蒿这才站起身。由不得他在此人跟前不如此卑躬屈膝。

左右问剑，剑术再高，也只问荆蒿一人。眼前这个神出鬼没的前辈，却能在手掌反覆间,就让整座青宫山和山上数百号修士全部翻天覆地。

陈浊流临时改变主意,吩咐道:"青宫山你留着就是了,不过以后可能会有个我的朋友去那边做客,记得好好款待,失了礼数,我拿你是问。对了,你那个被关禁闭的弟子,我看还凑合,就继续当他的山主好了,你要是不愿意就算了。"

"愿意,晚辈能有个弟子,侥幸入得仙君法眼,是他的造化,更是荆蒿的荣幸。"

见那位前辈转身要走,荆蒿忙不迭弯腰抱拳道:"敢问仙君的山上好友,姓甚名谁,可有道号?免得晚辈将来遇见真人,却不认得。"

陈浊流大步离去,笑道:"我那好兄弟,是青衣小童模样,道号落魄山小龙王,你以后见着了,自会一眼认出。"

荆蒿始终低头,沉声道:"谨遵仙君法旨!"

等到那位青衫书生倏忽消失,荆蒿继续弯腰片刻,才缓缓起身,一位"经脉金枝玉叶,道身几近无瑕"的飞升境,竟是不由自主满头汗水。只是荆蒿心中难免疑问,不知那位"小龙王",是哪位山巅老前辈?

一行人离开鹦鹉洲宅子,走去渡口,李宝瓶准备乘坐渡船去往文庙那边抄写熹平石经。李槐一听就头大,又不敢开口拒绝,便想着与经生买几本抄录本,蒙混过关,保证以后多翻多看就是了。

离开宅子之前,柳赤诚取出了一张白帝城独有的彩云笺,在上边写了一封邀请信,放在桌上。当然是邀请先前那位还不知道姓甚名谁的"八钱"姑娘,有空去白帝城琉璃阁做客赏景,她的柳哥哥定会扫榻相迎。

李槐当时趴在桌旁,看得摇头不已,壮起胆子,劝说那位柳前辈,信上措辞,别这么直白,不斯文,不够含蓄。

在岸边等待渡船的时候,柳赤诚半点不奇怪陈平安的凭空消失:"来也匆匆去也匆匆,大忙人啊。"

嫩道人嗤笑道:"年纪轻轻的,劳心劳力劳碌命,都不知道成天瞎忙活个啥。"

李槐埋怨道:"当我面这么说我兄弟,不给面子是吧。老嫩啊,你再这么混江湖,可就吃不香喝不辣了。"

嫩道人立即低头弯腰笑脸小声说话,行云流水一气呵成:"公子,我这不是变着法子夸陈平安有担当吗,话里有话呢。"

顾清崧御风迅猛而至,身形轰然落地,狂风大作,渡口这边等待渡船的练气士有不少人七歪八倒。只是等到看清楚那人的面容,便个个故作沿水游览状,赶紧移步远去,躲得远远的。

老舟子看了一圈,还是觉得只有那个浩然嫩道人有资格与自己聊几句,至于那个白帝城柳道醇，花俏个什么劲儿，咋个不干脆当个娘们嫁给郑居中得了？

顾清崧急吼吼问道："嫩道友，那小子人呢？脚底抹油滑哪去了？"

嫩道人一听这话，就觉得神清气爽，与这位同道中人和颜悦色道："顾道友，你说那小子啊，一个不留神就没影了，天晓得去哪里。找他有事？若非急事，我可以帮忙捎话。"

顾清崧大骂不已，好小子，竟然躲着自己？

李宝瓶看着这个说话越来越难听的老人。

顾清崧察觉到她的视线，一瞪眼，他倒是忍了忍，毕竟是个小姑娘家家的，长得也着实顺眼，这么灵气盎然的姑娘，不常见的，所以这位老舟子就只发挥了不到一成功力，说道："瞅啥?!"

只是话一说出口，顾清崧自己就觉得有些古怪，就只是个玄之又玄的感觉，而顾清崧这辈子闯荡天下，吵架就没靠过境界，单凭一个感觉。

老舟子总觉得好像错漏掉了什么紧要的事情，但是偏偏想不起了。近在咫尺，水中捞月一般徒劳无功。

柳赤诚忍不住打了个激灵，欲言又止，只是转念一想，就没敢提醒什么，就学那龙伯老弟一回，死道友不死贫道。等老子回了泮水县城，就与龙伯老弟好好讨教一下辟水神通。

李宝瓶转移视线，喊了一声"哥"。

原来来了个儒衫书生李希圣。

顾清崧，或者说仙槎，呆滞无言。

有些事，他是有猜测的，只是不敢多想。

如果猜中了，那么这个先前曾经与青玄宗掌书人周礼并肩而行的读书人，就会是自己师父的……半个师兄？

白玉京大掌教，代师收徒且授业传道了两位师弟余斗、陆沉。

李希圣微笑问道："仙槎，你方才说什么？"

顾清崧呆呆无言。

李宝瓶说道："哥，前辈就这脾气，没什么。"

李希圣转过头，向小宝瓶笑着点头。

至于方才对顾清崧的微笑，和对李宝瓶的和煦笑意，当然是天壤之别。

李槐老老实实作揖行礼："见过李先生。"

李希圣笑道："李槐，只要不是刻意起念，就都没事。"

李槐听得迷糊，仍是点头。听不懂又没关系，照做就是了。是李宝瓶的大哥，又是读书人，还是同乡，总不能害自己。

书上书外，天底下的道理千千万，其实牢牢抓住一两个，比起满脑子记住道理，嘴上知道道理，更有用处。

李希圣再对那仙槎以心声言语道："先前摘掉你的些许念头，是有理由的，真相如何，多说无益。既然事已至此，我就不故技重演了，只是以后再遇到我这个妹妹，就要委屈你绕路了。"

顾清崧挺直腰杆，毕恭毕敬道："不委屈！怎会委屈！"

老舟子不是畏惧此人的身份，而是由衷尊敬此人。

行走天下，想让人怕，拳头硬就行。可要想让人敬重，尤其是让几座天下的修道之人都愿意敬重，只靠道法高，依旧不成。

这也是年轻一辈修士里，老舟子独独对北俱芦洲太徽剑宗的刘景龙，愿意高看一眼的缘由所在。

不然就算二师伯、号称真无敌的余斗站在这里，顾清崧扪心自问，一样半点不怵的。

甚至顾清崧早就酝酿好了腹稿，什么时候去青冥天下的白玉京，遇到了余斗，当面第一句话，就要问他个问题：二师伯当年都走到捉放亭了，怎么不顺路去跟陈清都干一架呢，是太过礼敬那位剑修老前辈，还是根本打不过啊？

老舟子打了个稽首。读书人还了个作揖。

顾清崧告辞，却不是御风离开渡口，而是往水中丢出了一片树叶，化作一叶扁舟，随水往下游而去。既然见不着陈平安，就赶紧去陪着桂夫人，免得她不开心不是？

李希圣走到李宝瓶身边，轻声说道："先前在宅子那边，胡闹了啊，以后注意。"

李宝瓶说道："有小师叔在，我怕什么。"

李希圣笑道："对对对，反正大哥在不在，是半点不重要的。"

李宝瓶笑眯起眼。

柳赤诚羡慕不已，自己要是有这么个大哥，别说浩然天下了，青冥天下都能躺着逛荡。

李希圣转头问道："柳阁主，我们聊聊？"

柳赤诚心弦紧绷，一脸茫然道："我师兄在泮水县城那边呢，不如我为李先生带路？"

自己是打死都不要与这位大掌教聊的，要聊就找师兄，到了泮水县城，随便你们聊。棋术、道法、长生、十四境十五境的学问，都随便。

李希圣笑道："可以。"

只是柳赤诚就像被拖曳而走，划过一道极长的弧线，直接从鹦鹉洲这边，摔在泮水县城一处宅院内。重重坠地的柳赤诚，干脆就躺在地上发呆。

李希圣随之听到了一个心声，就以心声言语答复："好，百年之后，在白帝城和白玉京，与郑先生各下一局棋。"

然后李希圣带着笑意，望向那位不太守规矩的嫩道人。

嫩道人悔青了肠子，千不该万不该，不该偷听这番对话的。

这种话，不是谁都能跟郑居中说的。对弈这种事情，就像在剑气长城那边，有人说要与陈清都问剑，然后陈清都答应了。差不多就是这么个道理，至于谁是谁，是不是陈清都，对他桃亭而言，有区别吗？当然没有，都是随便几剑砍死蛮荒桃亭，就完事了。

李希圣微笑道："人字易写人难做，桃亭道友还需慎重。"

李槐就知道肯定是身边这个"老嫩"又胡来了，一手肘打在嫩道人的肋部，轻声道："规矩些。"

嫩道人悻悻然道："有理有理，为人是要规矩些。"

李希圣笑了笑。

嫩道人如释重负。

渡船停岸，一行人登上渡船，嫩道人老老实实站在李槐身边，觉得还是站在自家公子身边比较心安。

早先白帝城韩俏色御风赶至鹦鹉洲，逛了一趟包袱斋，买下了一件适宜鬼魅修行的山上重宝，价格不菲，东西是好，就是太贵，以至于等她到了，还没能卖出去。再者在文庙附近，修士公然入手一件鬼修重器，终究有些不合时宜，犯忌讳。

但是韩俏色一眼相中此物，又买了去，却没人觉得有丝毫奇怪，这位白帝城的城主师妹，是出了名的术法驳杂，与柳七，还有青宫太保荆蒿，是一个修行路数，境界高，术法多，神通广，只要不是实力悬殊的厮杀，一方如果手段层出不穷，切磋起道法来，自然就更占便宜。只不过相较于文庙周边的一场场风波，韩俏色的这个手笔，就像打了个极小的水漂，完全不惹人注意。

韩俏色回了泮水县城宅子，将那物件随手丢给了依旧独自打谱的顾璨，问道："就这么放不下书简湖？"

顾璨摇头笑道："做做样子，给自己看。"

韩俏色甚至没觉得这个说法有什么矛盾的地方。

他人眼中的狂徒顾璨，此刻在韩俏色眼中便是美玉粲然。

顾璨收起棋盘上的棋子，下棋慢不说，连归拢棋子都慢，看得韩俏色都要替他着急。

然后突然一袭粉袍从天而降，摔在地上后，柳赤诚就开始装死。韩俏色瞥了眼屋外："哟，师弟这次不找师兄告状啦？"

柳赤诚闷闷道："别管我，赏景呢。"

宅子别处院落，郑居中站在檐下，大弟子傅噤站在一旁。

郑居中微笑道："月晕而风，础润而雨。天下形势，越发明朗了。"

郑居中不去河畔参加那场议事，反而会比去了河畔更能推演出更多的脉络。

郑居中看了眼天幕，轻松了几分。

傅噤开口说道："师父，我想学一学那董三更，独自游历蛮荒天下，可能至少需要耗费百年光阴。"

言下之意，他就不管师父和白帝城的布局了，一人仗剑，砥砺修行。至于两座天下接下来的那场冲撞，他只会看情况出剑。

郑居中点头道："有何不可。善钓者谋趣，不善钓者求鱼。"

蛮荒天下，金翠城悄然更换了主人，是那仙人女修的城主鸳湖心甘情愿，而且此事极其隐蔽。

白帝城郑居中等于为浩然天下先下一城。

第九章
一笑抚青萍

　　礼圣、亚圣、老秀才三位圣人重新返回文庙,参与议事,使得原本已经逐渐轻松几分的气氛霎时间又凝重起来,使得一些个想要出门喝酒闲聊的修士都规规矩矩留下议事。

　　老秀才正襟危坐,等了半天,也没能听见一句道贺声,有些摸不着头脑,都说人走茶凉,才见人情冷暖,世态炎凉,怎么冷灶重起,这帮大大小小的人精,也都没个表示?在文庙这边恢复陪祀圣贤身份,自己是不以物喜不以己悲的,可也不是你们屁都不放一个的理由啊,欺负好好先生,埋汰老实人?

　　伏老夫子见老秀才自顾自横眉竖眼的德行,就笑着与老秀才解释了先前文庙这边的大致变故,芸编、兰台、瑚琏、桐历和春蒐,总计五座书院,这些山长们都丢了头衔,闹了一场,其中最年轻的春蒐山长,还公然质疑礼圣,最后都被阿良礼送出门了。所以这会儿大家的心声言语比较谨慎。

　　老秀才赞叹一声:"虎父无犬子啊。"

　　亚圣从书案上一大摞册子中取出一本,看了眼刚刚被年轻隐官顶替的位置,有些无可奈何,就这么不着家吗?

　　金光一闪,大门口的经生熹平伸手接住,是一张书页,得到了一封来自剑气长城陪祀圣贤的亲笔密信。

　　礼圣放下手中一本刚刚从别处送来的地理册子,说道:"阿良和青秘已经到了剑气长城,看样子是要两人联手,先行一路南下。"

说完此事，礼圣笑道："你们继续议事。"

亚圣微微皱眉。

礼圣以心声与亚圣说道："阿良带着冯雪涛先去了十万大山，在那边搭起灶台，说是'火锅就酒，天下我有'。"

亚圣伸手抵住额头。

陆芝听闻此事后，问道："这个藏头藏尾的野修青秘，不过是被左右砍了几剑，便立即转性去当豪杰了？"

齐廷济笑道："肯定是被阿良赶鸭子上架，由不得他青秘不答应。"

左右说道："这个青秘，遁法不错，战力比荆蒿要高出一筹，又有阿良带路，他们在蛮荒天下很难陷入包围圈。"

杀阿良，最麻烦。这已经是浩然天下和蛮荒天下的共识。

捉对厮杀，打不过，可真要合伙围追堵截，哪怕最终形成了围杀之局，阿良最喜欢不过，说不定就要被他单挑一群。

不过阿良此行，明摆着是要带着青秘这么个扈从，一口气杀穿蛮荒天下，其间有凶险是必然。

陈平安说道："阿良是想要凭借一己之力，搅乱蛮荒山巅形势，为文庙钓出几条隐藏极深的真正大鱼。"

想要真正拦下阿良，蛮荒天下就必须拿出一个能够与阿良相互问剑的强者，比如刘叉这样的巅峰存在。

蛮荒天下的台面上，身份公之于众的，暂时只有两位十四境，其中萧愻就算对上阿良，双方肯定打不起来，只会喝酒。

萧愻也好，旧隐官一脉的两位剑仙竹庵和洛衫也罢，再加上曾经在倒悬山看门的大剑仙张禄，和阿良的关系都极好。

至于那个野修青秘，哪怕是飞升境，此次被阿良拉着联袂南游，估计想要不好好修心几场都难。

陆芝冷笑道："他要是能够活着回来，给他摸几下腿，也不算什么事。"

齐廷济、左右、陈平安三个在男女情爱一事上都很洁身自好的男人，都识趣地没说话。

齐廷济的山上道侣，从头到尾只有一位，妻子过世后，这辈子他就再无续弦的想法。事实上蛮荒天下的女修，爱慕这位姿容俊美老剑仙的数量不少，而且个个都是上五境。好像只要齐廷济点头，随便给个名分，她们叛出蛮荒都愿意。

至于左右，不用多说。

而陈平安在剑气长城，更是出了名的目不斜视，就好像天底下女子只有宁姚一人。

陈平安一边翻册子,上边是郦老先生那间屋子的汇总成果,一边询问经生熹平,虚心请教关于破字令的学问。

在夜航船那边,极有可能,破字令就是下船之法,而且可以成为类似通关文牒的存在,将来再有登船的机会,就无须以剑开路,强行下船了。

陈平安对这条行踪不定的渡船是有深远谋划的,如果确定后遗症不大,陈平安甚至想要在夜航船上主动担任一城之主。

熹平说回头带给陈平安几本文庙藏书,只是书都不能带出功德林,需要看完即还。因为这几本书,文庙按例只有陪祀圣贤、书院山长可以翻阅,可既然是礼圣亲自许可了,自然可以酌情而论,但是同样不能太过违例。陈平安心有疑惑,却没有多问。

熹平好像猜出了陈平安的心思,主动解释说要想修成破字令这门儒家神通,就需要先学书院君子贤人的借字法。

陈平安听过之后,先与这位经生熹平道谢,再厚着脸皮与他讨要了一套手抄本经文,说是为自己学生曹晴朗求的,因为错过了这个学生的及冠礼,若是能以石经手抄秘本补上,曹晴朗一定会珍重再珍重。

熹平笑道:"我这边确实珍藏有两套手抄本经文,很有些岁月了,品相还不错,不过读书人抄书不易。"

陈平安立即说道:"按照如今文庙经生抄书的市价,最贵的那种,再翻一番。"

大门口的熹平转过头,看了眼那个满脸诚意的年轻隐官,笑着没说话,既不点头答应,也不摇头拒绝。

听说在剑气长城那边,就没谁能从陈平安这边挣钱?

一块块熹平石经在文庙门口立起之后,后世经生抄书,以此作为谋生活计的,多是还不曾有科举功名在身的寒族子弟,一般都挣不了几个钱,靠这个在这边游学,挣取还乡盘缠的,哪怕有人写得一手极其漂亮、极见功力的小楷,也就是与人要价十几两银子。所以价格再翻一番,能翻到哪里去?

一套经生熹平的手抄秘本熹平经文,隐官大人三十两银子就买走了?

熹平突然笑了起来:"行吧,卖一套送两套,总价算你一枚雪花钱。能从隐官大人这边挣大几百两的银子,不容易。"

陈平安试探性问道:"至少有一套,是熹平先生亲笔吧?"

熹平点点头,转身就走,抄书去了。

火龙真人啧啧称奇道:"陈平安,你做买卖,都做到经生熹平头上了?可以可以,那你应该也知道,山峰也是喜欢读书的人,嗯?"

陈平安痛心疾首道:"前辈怎么不早说,不然晚辈就算撒泼打滚,也要与熹平先生开口买下两套。"

火龙真人立即起身,去找经生熹平,看得陈平安心惊胆战,拦也不敢拦。

火龙真人走出文庙,很快跟上熹平,勾肩搭背,说:"陈平安那小子临时反悔,觉得机会难得,一套不够,好小子,狮子大开口啊,一口气与你要了三套手抄经书,一开始是五套来着,是贫道好说歹说,劝那小子做人要知足,不能太过劳烦熹平先生。"

经生熹平轻轻拨开老真人的手,笑道:"那我就多抄两套,先前谈妥的价格照旧,只是多出来的两套,得算一枚小暑钱。"

火龙真人抚须而笑,大步返回文庙,到了台阶那边,立即放缓脚步,磨磨蹭蹭才跨过门槛,落座后与陈平安说道:"谈妥了,与熹平先生商量此事,贫道可谓老脸卖尽,才帮你多求来一套。"

陈平安笑容尴尬,还能如何,点头致谢而已。

火龙真人好像记起一事,说道:"不过多出来的这套,得算一枚谷雨钱,乍一听,价格好像是贵了点,不过你小子要知道,文庙这边,熹平先生可是从来不与任何人交际应酬的,多少文庙圣贤,同样苦求不得,所以从没听过浩然天下有任何一套'熹平真迹'现世,一枚谷雨钱,是你赚大了。你要是不舍得这笔钱,罢了,贫道就帮你出了?"

陈平安说道:"不用不用,虽说刚才在鹦鹉洲包袱斋那边花钱不少,又与玄密王朝买了一条渡船,花光了积蓄不说,还欠了一屁股债,可是一枚谷雨钱,这笔钱晚辈咬咬牙,还是出得起的。"

火龙真人一挑眉头:"渡船?跨洲渡船才对吧,莫不是那条贫道惦念了好几百年,趴地峰却死活买不起的风鸢?"

陈平安硬着头皮说道:"郁先生就没说渡船名字。"

火龙真人点点头:"是好事,趴地峰跟落魄山啥关系,是你的渡船,就等于是贫道的了,以后你小子把生意做大了,做到了趴地峰门口,再帮着建造个仙家渡口就更好了,贫道也好免去一笔渡船开支。好说好说,都是小事一桩,回头我就与郁小胖子打声招呼,风鸢从中土去往宝瓶洲的一切开销,不算你的,偌大一个玄密王朝,郁小胖子又是出了名的腰缠万贯,与你们落魄山斤斤计较这点毛毛雨,像什么话。"

只是阴神出窍远游、真身就在文庙参与议事的郁泮水,没来由觉得事情不妙,果然心湖当中很快就响起了火龙真人的爽朗笑声:"郁老弟。"

郁泮水干笑道:"火龙老哥,有事吗?"

火龙真人埋怨道:"郁老弟你这个人,不讲究啊,以前是贫道看错人了,竟然会把你当作义薄云天的好兄弟。"

郁泮水抬起手,擦了擦额头上硬生生被自己逼出来的细密汗水:"火龙老哥,怎么个说法,小弟有哪里做得不对的,我可以改,立即改。"

好兄弟?可拉倒吧,这次文庙议事之前,咱俩就根本没碰过面啊。

火龙真人就与这位玄密王朝的太上皇聊了几句掏心窝子的公道话。郁泮水小鸡啄米,聆听教诲,有则改之无则加勉。

到最后,火龙真人抚须而笑,转头与陈平安说:"事情成了,郁泮水这个人,虽说是初次见面聊天,却出人意料地好说话,特别通情达理。"

老真人不转头还好,这一转头,郁泮水就越发确定心中猜测,老胖子心中悲苦万分,眼神呆滞,直愣愣看着陈平安。

好个童叟无欺、买卖公道的隐官大人,好,很好,最好不过了。这下子玄密王朝都得将那条修缮完毕的风鸢渡船,一路帮忙送到落魄山的牛角山渡口了。你就逮住咱玄密和我老郁,使劲薅羊毛吧,可劲儿薅。以后我郁泮水再主动登门谈买卖,老子就跟你姓。

陈平安又不敢和郁泮水以心声辩解什么。叹了口气,该咋咋的,等到老真人不在身边了,再与这位郁氏家主好好解释清楚。

渌水坑澹澹夫人突然主动找到陈平安,轻声询问道:"听说白也的一把仙剑太白,其中一截剑尖,就落在了你手中?"

陈平安没有对这位浩然天下的新任陆地水运共主掖什么,微微侧身,面朝这位女子,点头道:"青钟前辈,确实如此。"

澹澹夫人犹豫了一下,开门见山道:"能否让我见一见?"

浩然山巅修士其实都知道渌水坑大门上写了什么,都知道这位身材臃肿的肥胖妇人,对那位人间最得意的白也最是崇拜,不然她就不会从白也诗篇中截取二字,最终取个"青钟"的道号了。

陈平安婉拒道:"太白剑尖已经炼为晚辈背后这把长剑。"

言下之意,就是身为剑修,总不能拔剑出鞘,只是为了让旁人看几眼。

等到想起落魄山自家库房里边那些堆积成山的渌水坑虹珠,宝光照射,灿灿生辉满屋室,陈平安就赶紧又补了一句,道:"以后如果有幸与青钟前辈同在战场,晚辈肯定会出剑。"

青钟夫人心中便有些不快,一个大老爷们,忒不爽利了。陈平安也就只当没有察觉到这位澹澹夫人的不悦。

左右突然说道:"有意见?"

齐廷济微笑道:"好像有点。"

陆芝就一个字:"哦?"

青钟夫人斩钉截铁道:"回左先生话,绝对没有!"

又来。

先是火龙真人在内三个老道士你一句我一句地吓唬人,现在又是左右在内三位剑仙。总欺负我一个孤苦伶仃又安分守己的娘们，到底做啥子嘛。

你们真有本事，就去找萧愻这个蛮荒天下的十四境剑修啊。澹澹夫人再一想，好像天底下找萧愻麻烦最多的，就是眼前这位左先生，于是她就傻乎乎赔着笑。

不再理会那个身份境界都不低、唯独胆子不大的澹澹夫人，陆芝问道："这场议事，文庙到底准备开多久？"

齐廷济说道："什么时候结束，我们说了可不算。你要是实在等不了，就先去门外喝壶酒，然后回南婆娑洲就是了，事后文庙这边我来解释。"

陈平安笑道："陆先生中途跑路，是没事的，不过陆先生最好别在文庙大门口御剑远游，尽可能麻烦些，先去跟龙象剑宗十八剑子碰个头，再一起返回南婆娑洲。"

齐廷济点点头。毕竟他和陆芝都不是阿良这种来文庙跟吃饭差不多平常的人。面子上该有的礼数，还是要给文庙的。

陆芝觉得可行，喝个酒就开溜，多走几步再御剑跑路，其实跟剑气长城没啥两样。

陆芝就装模作样，跟陈平安要了一壶酒拎在手里，往大门口走去。

跨过门槛，这个面容消瘦、身材修长的女子独自坐在台阶上喝着酒，不承想很快就有人跟着走了出来，在她身旁坐下。

是那个青神山夫人，她笑着向陆芝递过去一壶醇正地道的青神山酒酿，称呼了一声"陆先生"。

陆芝快速仰头饮尽一壶酒，将酒壶收入袖中，再从青神山夫人手中拿过那壶酒，揭了泥封，嗅了嗅，说道："闻着是要香些。"

青神山夫人问道："听说陆先生是中土人氏？"

陆芝淡然道："你们觉得是就是，反正我觉得不是。"

陆芝将手中酒壶放在台阶上。

身边女子长得好看是好看，偏是个不会说话的。

青神山夫人笑道："我有个嫡传弟子，名叫纯青，是个年纪不大的小姑娘，想要向陆先生学习剑术，不知陆先生愿不愿答应。"

陆芝说道："敢去蛮荒天下杀妖练剑吗？"

青神山夫人点头道："敢。"

陆芝就拿起脚边那壶酒，问道："纯青资质如何，太差我教不了。"

青神山夫人想了想："不管学什么，纯青的资质，都能算很好。"

陆芝问道："比我们隐官如何？"

青神山夫人无奈道："陆先生这么问，还怎么聊。"

陆芝说道："收徒一事，我可以答应，作为报酬，很简单，听说你们青神山的竹子不错，夫人回头送落魄山几棵。听陈平安说过，家乡附近有个叫披云山的地方，有个姓魏的山君,最喜欢种竹子。"

青神山夫人答应下来,笑道:"姓魏名檗。"

只说陈平安在剑气长城"帮忙"竹海洞天卖酒一事,她其实就愿意白送出几棵青竹。只是那个年轻隐官自己一直不开口,她总不能上竿子送东西。

陆芝说道:"夫人不要多想,我跟陈平安没有一腿。只是当年离开倒悬山,海上斩妖,陈平安把半数功劳都让给了我。既然没有当成落魄山的供奉,就一直欠着这笔账。刚好夫人自己送上门,我教剑,顺便还了人情。"

青神山夫人点点头,细细看了眼陆芝,笑道:"难怪那人会觉得陆先生好看。如今我也是这般觉得。"

陆芝笑了起来:"那人是谁? 齐廷济,左右? 总不能是陈平安吧?"

青神山夫人摇摇头,轻声道:"跟陆先生聊天,真难。"

陆芝喝了一大口酒,瞥了眼身边的绝美女子:"我倒觉得假装不喜欢一个人,更难。"

青神山夫人问道:"陆先生呢? 又是如何?"

陆芝摇摇头:"不如何,练剑已经不易,何必难上加难,自讨苦吃。"

在她心目中的家乡那边,实在是有太多的男男女女,因为离别一事,叫活下来的一方伤心得一辈子都缓不过神。因为剑气长城,几乎从来没有什么生离死别,只要有人离开,就注定再不相见。

青神山夫人说道:"预祝陆先生早日打破瓶颈,跻身飞升境。"

陆芝说道:"那我就不客气了,竹海洞天再借我一笔谷雨钱,练剑炼剑都费钱,让人头疼。"

陈平安走出文庙大门,犹豫了半天,先前见着了青神山夫人走去外边,陈平安觉得机会难得,就还是壮起胆子,打算与这位青神山夫人开口,看能不能从竹海洞天那边买下几棵竹子,自然没脸与青神山赊欠,毕竟双方先前没什么香火情可言,那就找人借,与嫩道人,与柳道醇,与酡颜夫人借,与谁借不是借。

陈平安抱拳道:"晚辈陈平安,见过青神山夫人。"

陆芝和青神山夫人都站起身,后者笑问道:"陈先生找我有事?"

陈平安有些难为情:"晚辈想要与夫人买几棵青神山竹子,只是囊中羞涩,不敢打肿脸充胖子,所以必须先与夫人问一问价格。"

竹海洞天的竹子,一般都是送人,极少有买卖这种情况,所以就谈不上什么市价了。可要是按照竹海洞天之外浩然天下的行情,陈平安还真没底气搬回落魄山一两棵青竹,毕竟一座竹海洞天,青竹千千万,品秩也分三六九等,陈平安又说了是青神山竹子,当然只会价值连城。陈平安还是想着有陆芝在,阿良又不在,与青神山夫人就好商量些。

青神山夫人看了眼陆芝,陆芝笑道:"隐官要买,那就卖呗。"

陈平安难得与陆芝这么客套,抱拳道:"谢过陆先生。"

陆芝笑呵呵道:"不用谢我,是你自己要花钱买的。"

陈平安将各色青竹的价格问了个遍,心中所属,是那两棵连理竹,以及一棵文气竹、一棵武运竹。两棵送给魏檗的披云山,其余两棵自家留着,分别送给小暖树和裴钱,只要落魄山水土合适,就种在她们院子里边。

当然不是那几棵竹海洞天的祖宗竹,想都不用想的事情,不过这几棵在青神山上已经足生长五六千年的青竹,在竹海洞天的"辈分"都不低,所以青神山夫人给出的价格,听得陈平安觉得自己原来是很敢打肿脸充胖子了。

看着眼前这个一句话不说的年轻隐官,青神山夫人故意沉默片刻,笑道:"落魄山可以赊账,不过得算利息。"

可陈平安还是没敢答应,一棵竹子就是几百枚的神仙钱,谷雨钱谷雨钱,又不是天上下场雨,落在手里就真能变成钱。

尤其是一听到有利息,陈平安就特别心虚。这趟出门,在鹦鹉洲包袱斋开销不小,再与玄密王朝买下一条渡船风鸢,这会儿如果再买下这几棵竹子,陈平安都要担心财神爷韦文龙要造反。怎么,当山主的,好容易不当那甩手掌柜了,然后出门在外,就开始大手大脚了?

青神山夫人笑道:"利息可以算在某人头上,他本来就欠竹海洞天不少酒水钱。相信陈先生对这些竹子知道不少,从青神山移栽在外的竹子,只要山上仙师栽种、经营得当,每一棵竹子都会是摇钱树,说是只小聚宝盆都不过分。"

陈平安立即腰杆挺直:"晚辈没问题了。买了!"

赊账而已,又不要利息,怕个什么。大不了在落魄山那边,都不与韦文龙提这事,什么时候靠着包袱斋挣了点私房钱,自己还债。等到哪天实在瞒不住了,就拉出崔东山好了。

青神山夫人笑道:"回头我让人送去落魄山。"

陈平安说道:"不敢如此劳烦夫人,可以直接送往玄密王朝郁氏,到时候会有一条渡船跨洲去往晚辈的山头。"

青神山夫人就要返回文庙,不承想陈平安继续问道:"对了,夫人,还有那驱山竹和汲泉竹、紫府生云竹、道簪捞酒竹,价格分别又是如何?"

青神山夫人停下脚步,微笑道:"陈先生的生意经,确实很厉害啊,怎么不干脆赊欠了整座竹海洞天? 都是可以谈的。"

陈平安立即抱拳歉意道:"那晚辈就不耽误夫人议事了。"

都是穷闹的,不然遇见了这位仙气缥缈的青神山夫人,陈平安只会敬而远之,谈钱太俗,不谈钱又没什么可聊。

青神山夫人突然改变主意,坐回台阶,陈平安只好坐在一旁,两人中间好像隔了几个陆芝。

青神山夫人眺望远方,轻声问道:"陈平安,剑气长城是怎么个地方?"

陈平安想了想,答道:"按照林君璧的说法,是个可以让人舍生忘死的地方。"

青神山夫人又问道:"我是想知道你心中所想。"

身边年轻人,与他都是读书人,都曾是剑气长城的外乡人,却又都能被那边的剑修视为家乡人。

陈平安挠挠头,没说话,只是看那青神山夫人好像不等到答案就不走了,就借用了徐远霞的那个说法:绝非藏污纳垢之地,是报仇雪恨之乡。

反正这也是陈平安的心里话。

至于陈平安没说出口的另外那个答案,没什么可与外人说的。

自己与心爱女子,都还是少年少女时,宁姚从剑气长城来找他,他就去剑气长城见宁姚。

宝瓶洲,夜幕中。

正阳山的那处白鹭渡细雨淅沥,道路松软,夜风清凉。

来时两人,去时三人。

青衫书生、眉心有痣的白衣少年,身边多了个眼神凌厉的少女,袅袅婷婷,她此刻帮着那白衣少年撑伞。

少女一双灵动眼眸中偶尔会闪过一抹痛苦神色。每当这个时候,白衣少年就会轻轻扶住伞柄,然后少女的眼神,就会立即恢复清明。一双水润眼眸,偶有情绪,好似池塘生春草,清清浅浅,一眼见底。

这就是田婉跟崔东山打了一个赌的下场。

赌注是崔东山不用田婉与周首席牵红线,只需要让他游历一遍她的心扉,在这之前,会先给她几天工夫,随她关门,设置重重心关障碍,在人身小天地之内,各大窍穴气府打造层层禁制。崔东山唯一的要求,就是那只花轿别动。如果违反誓约,那人间就再无田婉了。

姜尚真感慨道:"花生,花生,好名字啊。崔老弟真是尽得山主真传。"

崔东山一本正经道:"名字当然取得妙趣横生,只是连我家先生一半的功力都没有。"

少女眼神幽怨,没觉得这个名字有多好,土里土气的。她只知道自己失忆了,什么都记不得了,而且最头疼的是隔三岔五就会全部忘掉昨天的事情。

至于身边两个人,一个是她哥,一个是她爹娘指腹为婚的未婚夫……的爹。也对,那青衫男子,长相是年轻,却已经鬓角霜雪,真实岁数肯定不小了,只是不显老。再一想,自己的未婚夫,若是模样随爹几分,估计不会太差。

他们两个,都是来正阳山与一位老神仙求灵丹妙药的,就为了治好她的那个失魂症,不承想在山脚那边就吃了闭门羹,连山上仙人的面都没瞧见,白费了好多银子,家底都快掏空了。

姜尚真以心声问道:"什么时候又打造出来了个瓷人?连我和你先生,都要瞒着?"

崔东山笑嘻嘻道:"先前不是折腾了个高老弟,就想着给他找个伴儿,这不赶巧,刚好派上用场了。不是遇到田婉,都快忘了有这茬。"

姜尚真转过头,放缓脚步,破天荒地,满脸认真神色,而且要与崔东山寻求一个确切答案。

崔东山叹了口气,点点头:"我知道轻重,既然先生回了,以后都有先生在前边,自然就不用我这么做了。"

姜尚真如释重负,笑了起来,说道:"这样好。不然我舍了首席位置不要,都要离落魄山远远的。"

崔东山拍了拍姜尚真的肩膀:"不是失散多年的亲兄弟,根本说不出这样的暖心话!"

姜尚真笑道:"咱们哥俩谁跟谁。"

崔东山转头说道:"花生,以后到了落魄山,你先打杂几年,将来时机成熟了,你就会负责搜集和汇总情报一事,以后说不定还要管着山水邸报和镜花水月,责任重大,非常人能够胜任。你的上司呢,就一个,当然是我,你异父异母的亲哥了。"

少女点点头,问道:"我也姓崔?"

崔东山眼神那叫一个慈祥,摸了摸少女的脑袋:"这都能猜中?小脑袋瓜子灵光是真灵光,都快要追上小米粒哩。"

姜尚真眯眼点头:"是哩。"

崔东山摇头晃脑,手掌翻转:"哩哩哩。"

少女有些难为情,觉得身边两个男人这么说话,让人听着怪别扭的。

亏得大晚上走夜路,碰不到什么人。

于是她就开始转移话题:"哥,那是个江湖门派吗?"

"嗯,必须的,那里是天底下最有江湖气的地方了,你去了之后,肯定会喜欢。"

"情报什么的,我不懂啊。"

"不懂就学,落魄山不养闲人,学不会,你就要一辈子在骑龙巷那边卖糕点。不过你是我妹，能笨到哪里去，肯定一学就会。"

少女还想说话，其实心底里觉得卖糕点就挺好。

崔东山敲了个栗暴，教训道："别总是打岔啊。"

"还有，切记切记，以后如果山上有个叫长命的老姑娘，要与你过问情报，你也顺着她一点，看就看了。那个姐姐啊，年纪大了，脾气差，又管着咱们家里的钱袋子，咱们兄妹两个，都别跟她一般见识。"

少女使劲点头："晓得了。"

崔东山笑着摸了摸她的脑袋。

落魄山掌律长命，以后花生，还有装钱捡回来的小哑巴，都会是她的左膀右臂。一个心狠，一个手辣。会是落魄山两个躲藏在树荫里边的影子，任劳任怨，只做脏活累活。前提当然是先生愿意答应此事。

这就是落魄山一条不成文的规矩，谁都不用违心，万事好商量。

崔东山希望这条规矩，可以在落魄山上延续百年千年万万年。

"当断不断，乱象则起；当杀不杀，大贼乃发。"

姜尚真以心声笑道："在这件事上，我会帮你跟陈平安说道说道，一次说不通，就多说几次，说到他烦为止。"

当这位周首席对陈平安直呼其名的时候，必然是很认真在说事情了。

比如在对待藕花福地和狐国这些事情上，落魄山大方向没错，却有不少瑕疵。只不过当时还没捞着首席供奉的座椅，不着急查漏补缺。何况有些小道理，早讲不如晚说，因为更能有的放矢，就事论事，改小错变大对。

三人走到渡口岸边，等着那条渡船，大晚上的，岸边修士寥寥，多是瞥过那三人一眼就不再多看。

崔东山眨了眨眼睛，笑问道："周首席，如此良辰美景挚友佳人，你才情惊人，就没点诗兴？说不定我就有点灵感了。"

姜尚真咳嗽一声，在渡口撑伞踱步缓行，沉吟片刻，眼睛一亮，有了："墙外见秋千，回荡腰肢细，窈窕与云平。咯咯笑声郎仰面，痴痴墙外唤小名。"

崔东山竖起大拇指："真真令人绝倒。"

少女突然抬起一手，手背抵住额头，没来由记起了一连串的前尘往事。

她的家族是一个藩属小国的地方郡望，父亲满腹诗书，娘亲是大家闺秀，两人是令旁人艳羡的金玉良缘。父亲早年一帆风顺，金榜题名之后，任工部铅子库都水司主事，后转去地方担任郡县通判，又升任知州。只是宦海沉浮不定，被同僚陷害，丢官回乡，在家乡汾阳府担任书院主讲。

不承想位列中枢的官场仇家施压地方官府，父亲被排挤得厉害，连书院都待不下去了，郁郁而终，故而家道中落，一年不如一年。以至于连累哥哥都无法参加科举，只得远离家乡避难，寻了一处山上门派作为依靠。得了家书，一听说她得了失魂症，就又立即不辞辛苦，回家找到了她，再靠着未来夫婿他爹的那点门路，三人一起万里迢迢，好不容易才走到这座一洲执牛耳者的仙山，要寻一个山上道号"搬山老祖"的德高望重的老仙师……

少女泣不成声，转头颤声道："哥。"

崔东山白眼道："闭嘴，别总是烦我，冻雀须无声。"

少女顿时噤若寒蝉。

崔东山蹲在岸边，少女只得弯着腰撑伞，听见这个相依为命的哥哥好像是在那自顾自吟诵一首游仙诗。

> 帝居在震，龙德司春。仙人碧游长春宫，不驾云车骑白龙。尽道东山寻仙易，岂知北海觅真难。
>
> 补天修月人去，千古想风流。却与南海涨绿，酿造长生酒。唯愿先生频一顾，更玄玄外问玄玄。

姜尚真感叹道："崔老弟这等诗文，仙气激荡，我这种凡夫俗子，得跪着听。"

崔东山拍拍手掌，站起来，后退一步，然后朝着姜尚真身后膝窝处就是一脚。

两个人就开始推搡起来，嬉戏打闹，呼喝几声，拳来脚往，不快不重。

看得少女只觉得这一幕，好像挺……温情的。她一时间对那座落魄山，好像不那么怕了。

姜尚真抬头望向夜幕，细雨停歇后，云开月渐来。多谢月怜我，今宵不忍圆。

遇见，错过，想念，都是好签，只是山上，不是山下。

两鬓双白的男人撑伞看着沉沉夜幕，眼神温柔，喃喃道："人生苦不足，已经有卿，还想长生。"

少女觉得男子这句话，可比先前那首打油诗好太多了，怯生生望向白衣少年，轻声喊道："哥。"

崔东山笑道："别管，他是出了名的痴情人。"

好像在北俱芦洲，许多山上仙子和江湖女侠，不曾错付了身子，却早已错付真心。

渡船停岸。从远在天边的一粒芥子大小，变成了近在眼前的庞然大物，看得少女花生惊愕不已，原来这就是仙家渡船啊。

回头看了眼正阳山青雾峰，少女花生想起哥哥为了自己治病一事，跋山涉水，吃尽苦头，耗尽钱财，依旧不得上山，不由得愤懑不已，什么一洲仙家领袖的正阳山，什么打遍一洲无敌手的搬山老祖！

崔东山大手一挥："回家喽！"

文庙附近，这天卯时，一位中年道士带着个离乡的孩子。昨晚夜宿在此，从帐篷那边喊起了孩子，然后一大一小，一起坐在水边，孩子迷迷糊糊打着瞌睡，道士也没有着急让这个孩子学自己做功课，其实孩子只要坐在一旁，本就是修行。

这个来自经纬观的道士，双手叠放在腹部，轻声笑问道："景霄，有没有听过一句话：莫饮卯时酒，昏昏醉到西？"

青冥天下白玉京的道家秘籍当中，有本"高真大书"，名为《景霄大雷琅书》。

名叫吴景霄的孩子，伸手拍了拍嘴巴："没听过。我都不晓得卯时酉时是啥时候。"

这就让道士许多打好的腹稿都没了用处。

他名为赵文敏，道号松雪道人，是位中土道门的天君，赵文敏的师尊是符箓于玄的六位嫡传之一。

赵文敏在上山之前，家族世代儒业，他更是少年神童，科举得意，尚未弱冠之龄，就担任了翰林院编修官，后来在市井遇到一位自称垢道人的跛脚老道，再后来，又遇到过数场仙家机缘，最终进入了经纬观，修行道法。岁月悠悠，三百年前，师尊卸去世俗职务，潜心修行，由他继任观主一职，主持大局。再后来，一个消息传回道观，他才知道被他误以为在后山闭关的师父战死在了南婆娑洲。

经纬观是中土神洲一流宗门，虽然不算最顶尖，却也不是一般宗门能够媲美的。

赵文敏缓缓呼吸吐纳，若有上五境练气士在旁，就会发现这位松雪道人的一呼一吸，竟然是在快速炼化水运，只是每当凝聚出了丝丝缕缕的水运后，都会一一归还河中，好像这位道士的修行一事，就只是那个炼化的过程，而非结果。

赵文敏说道："景霄，我们道门修真之人做早课时，多在卯时，因为此刻阳气初升，阴气未动，饮食未进，气血未乱。"

也不管会不会鸡同鸭讲，有些道理，可能长辈说多了，孩子就会耳濡目染，默默记在心头，只等哪天开窍。

吴景霄犯困得很，说道："功课嘛，我这还不晓得？学塾背书呗，背不好，就挨夫子的板子嘛。当了道士，也还是有课业的啊。"

赵文敏笑着点头道："功课者，课自己之功，明真我之性，修自身之道，当然重要，怠懒不得，修心炼性，是我们所有道门中人修持寻真的门户所在。不过你不用着急，上山修行不迟。"

吴景霄听得更困了。

赵文敏就笑道："可轮不到我来打板子，你如今算是我的小师……弟。"

没说实话，其实按照谱牒辈分，是自己的小师叔。这位经纬观的道观之主，怕吓着孩子。

吴景霄别看经常鼻涕一抽一抽的，其实鬼精鬼精着呢。

吴景霄用手背擦了擦鼻涕："啥？你年纪一大把了，瞧着至少得有四五十岁吧，才是我的师兄？得嘞，看来咱们这个门派，高人不多。"

赵文敏笑着不说话。僧不言名，道不言寿。

吴景霄的爹娘，得了县衙那边官老爷的暗中授意，就没和他说太多经纬观如何了不得，以及宗字头仙府什么的。

吴景霄笑逐颜开，自顾自开心起来："倒也好，门派小，人不多，读书规矩就不会那么严，以后我可以赖床。

"课业啥的，师兄说得对，不着急，到了山上一样不着急。

"师兄你说实话，偷偷给了我爹娘多少银子啊？卖了自己崽儿还那么开心，肯定不少，刚出门那会儿，可把我伤心坏了。"

赵文敏哑然失笑，只得安慰道："你爹娘那边，银子是有给些，但是不多。他们之所以开心，还是对师兄的门派比较信任，不会太过担心你在山上的修行。"

吴景霄哦了一声，问道："师兄，咱们这个门派，可以娶媳妇不？"

"可以的。"

"那等我上山几年，就下山娶邻居家那个笨妮子，她念书笨得很呢，字也写得歪歪扭扭，总是爬出格子，先生看着都要叹气。"

如果到时候她长得不如小时候好看了，就再说。

吴景霄的小算盘打得噼啪响。

吴景霄打起精神来，轻声问道："当什么师兄，不如你来当我的师父好了？"

还是打着小算盘。身边这家伙看着就是个好脾气的，当师兄，不管事啊，以后做错事了，挨骂挨打，护不住自己的，可要是当了自己的师父，呵呵。对吧，师兄，我看你就是个好人，脾气好，说话中听，好得很哪，我的师父，以后就是你了，咱们要不要拉钩发个誓……"

赵文敏有些头疼，祖师爷挑弟子的眼光，一如既往地……刁钻啊。

其实他当年能够上山修行，就是祖师爷帮自己嫡传弟子收了个再传。这次自己算不算还债？

一位腰悬酒壶的紫衣老道蓦然出现在一旁，赵文敏就要赶紧起身打稽首，老道摆摆手，虚头巴脑的，烦不烦人。

于玄与文庙那边找了个借口，出来散散心。这场议事，耗时太久，真真磨人。

如今好不容易新收了个嫡传，总要过来多看几眼。

于玄想了想,咳嗽一声,难得板起脸,摆一摆山上老神仙的架子。

赵文敏小声提醒道:"你的师父来了。"

吴景霄抬起头,看到一张极其不好说话的老脸,跟学塾那个闭着眼睛都能用炭笔砸中自己的夫子有啥两样?

吴景霄皱着脸,委屈得想哭,这次不是演戏,是真怕了。他的想法很简单,学塾到底离家近,到了山上,还怎么跑?得吃多饱,才能一口气跑回家还不饿着?

于玄赶紧蹲下身,狠狠瞪着那个收个小师叔这么点小事都做不好的赵文敏,再与孩子安慰道:"景霄啊,我是师父啊。"

吴景霄愣了愣,怎么好像是那个连糖葫芦都买不起的老骗子?他磨磨蹭蹭,掏出一把铜钱,差点就是全部家当了,只留下买糖葫芦的钱,其余都递给那个师兄:"就这么点钱了,你给他,我回家了,多拿点钱给你们啊,你们在这里等我,我认得路,不用送……"

把铜钱往赵文敏手上一拍,吴景霄就跑了。

赵文敏目瞪口呆,小心翼翼看了眼老祖师。

于玄笑着摇摇头,示意不用阻拦,就在这边等着。

吴景霄倒退而走,再转身,脚步不快,回头看了几次,然后撒腿狂奔。

只是跑出去老远,吴景霄停下脚步,一边喘气,一边转头看了眼那个中年道士。

吴景霄挠挠头,好像有些过意不去,欲言又止,最后还是胆子小,转头跑了。

两位差着辈分的道士在水边并肩而立。

赵文敏小声问道:"师祖,不如我隐匿身形,护着小师叔回家一趟?"

于玄没好气道:"谁是他师父?轮得到你?修道之人,得有风骨,溜须拍马,要不得!"

终于有机会与祖师爷打了个规规矩矩的道门稽首,赵文敏起身后说道:"差点忘记祖师教诲了,人之德行,方是符箓灵胆,心中诚敬,正是道法根柢。"

于玄眯眼笑道:"文敏,这次帮我收了个弟子,需要记你一功,回头去跟你经纬观管钱的师叔领赏,一件半仙兵起步,品秩不高,品相差了,都不像话。你就与他说,这不是我的意思,他可以自己看着办。至于你师叔找谁说去,反正我马上要去天外星河,就更管不着你们的叽叽歪歪了。"

赵文敏打了个稽首。

他这经纬观,是祖师几条道脉当中钱财家当一事最为寒酸的一个了,所以就有了"最会诉苦喊穷经纬观"那么个说法。

听祖师爷的意思,是想要让自己师叔去祖山那边发挥经纬观的看家本事?那就是奉师祖旨意行事了,师叔在祖师堂那边的嗓门不会小了。

于玄问道:"文敏,虽说如今是咱们浩然天下的太平盛世了,你愿不愿意下山远游杀贼去?"

赵文敏笑道:"师祖,原本弟子是想着回了经纬观,再与祖山书信一封,不管那边点不点头,弟子都会去往蛮荒天下,祖山几位师伯师叔,总不好把我抓回经纬观。至于观主一职,弟子心中有了合适人选,不会耽误传承一事。既然今天与师祖说了此事,这次返回经纬观,就可以少去寄信一事。"

于玄点点头:"福生无量天尊。"

于玄瞥了眼站着不动的赵文敏,道:"愣着做什么,还不快去替你小师叔护道,景霄那么点孩子,你这个当师侄的,能放心,啊?!"

赵文敏笑着告辞离去。

于玄抬头看天,摘下腰间那枚朱红色葫芦,喝了一口酒。

物我两忘,炼化星河,隤然入道乡。

于玄收回视线,蛮荒天下的那几头老王座,喜欢围殴是吧,都伸长脖子等着,迟早会有一条星河砸在头顶。

陆陆续续有人开始离开文庙,这次不再是出门喝酒解闷,而是他们的议事已经结束。其中就有邵元王朝的国师晁朴,带着得意学生林君璧。

晁朴说道:"陛下那边,由你接任国师一事,已经没有什么问题。其余大小问题,明处暗处的,就都要你自己解决了。"

其实本该再晚个二三十年,为弟子铺路更多才稳妥,只是时不我待,拖延不得了。何况如此也好,林君璧可以磨砺更多。晁朴自己则需要马上赶赴别洲,担任一宗之主,纯粹以山上修士身份谋划一洲。

不得不承认,就是走一走绣虎崔瀺走过的老路。至于最终高度,尽人事听天命。

林君璧点头道:"争取不让先生失望。"

晁朴提醒道:"可以多学学陈平安,但是不要成为第二个陈平安,其实这一点,你最应该学他。"

林君璧心中了然:"会的。"

火龙真人出了大门就一直没走。几乎所有路过的人,都会主动与这位老真人打招呼,多多少少客套几句。

等到那位道号青钟的渌水坑澹澹夫人与百花福地花主一同走出,见着了火龙真人的背影,她立即就要绕远路下台阶。

不承想老真人转过头,望向那个体态臃肿的妇人,笑眯眯道:"澹澹夫人脚步沉稳,贫道捂住耳朵都听得见。"

澹澹夫人一把拽住花主娘娘的袖子,一起来见火龙真人。

老真人满脸遗憾神色，喟然长叹一声，道："贫道还没去渌水坑游历一番，澹澹夫人也不曾去趴地峰做客，这可是贫道心中一桩生平不小憾事啊。"

澹澹夫人懂了，破财消灾嘛。刨开给文庙的那笔，她的私房钱其实还是有点的。

韦滢与宋长镜一同走出。玉圭宗与大骊宋氏缔结盟约。没有任何誓约，也不需要任何纸面契约，只是两人的口头约定。

比如大骊刑部的粘杆郎，每隔十年就会为书简湖真境宗送去不少于十人的头等修道坯子，一旦跻身地仙，就要担任大骊刑部各等供奉，为期一甲子，承担起各种见不得光的秘密任务。而真境宗也会派遣地仙剑修去往大骊边军担任随军修士，每人在行伍中，至少历练三十年，任何真境宗地仙修士都不得推托。

亚圣站在文庙大门外的台阶顶部，远望天幕某处。

经生熹平站在一旁，笑问道："既然不放心，为什么不让他知道？"

亚圣说道："他也不是孩子了，说这些做什么。"

熹平笑问道："十分好奇，不当问也要问了，城头那边，崔瀺没骂人？"

亚圣摇摇头："没有。只说他如果早生个一两百年，人间会少死很多人。可惜生得太晚，只有百余年筹划，必须脚步匆匆，难免捉襟见肘。"

熹平哭笑不得，绣虎你这还算捉襟见肘？

亚圣想起城头那边的最后一幕。

双方一番坐而论道之后，崔瀺抬起手掌，竖在耳边，好似在聆听什么。仿佛先前天倾之时，风吹散世间所有呜咽声，既有浩然，也有蛮荒。

鳌头山那边，南光照突然有些心烦意乱，便给自己算了一卦。

君子问灾不问福，是那儒家子弟的讲究，至于贫富贵贱、宿生有载、寿夭短长、人生分定，南光照也不信这个。

看了卦象之后，南光照一身大汗淋漓，茫然失措，心弦紧绷起来，打定主意闭关，必须闭关去。哪怕文庙这边让他赶赴战场，也要找借口拖延几年。

百花福地的那位福地花主回了下榻处，在书案铺开彩笺，提笔却不知写什么，手臂慵懒压臂搁。

她幽幽叹息一声，终究是没能见着那个失踪多年的男人。

低头瞥了眼臂搁，上面以行草篆刻有四行文字：

溶溶琥碧青丝骑，璨璨宝珠红粉妆。

桥上酸风射眸子，葫芦面上生芝草。

最后两行落款，分别只有二字，是他刻出的两个名字，如山上道侣，相依相偎着。

当年她还只是百花福地的一个寻常花神,品秩不高,当时花名"向秀"。

向秀这个名字,他离去有几年,就已经弃而不用多少年了。

她放下笔,轻轻翻开臂搁,里边又篆刻有四个小字:"清神养气"。写得龙蛇飞走,字的精气神,就像那个人一样。

哪怕她明知道此次文庙议事遇见他的机会不大,可到底是念着那个万一的。

万一那万一就是一万呢。

文庙功德林。

文圣一脉。老秀才。左右,刘十六,陈平安。李宝瓶,李槐,还有那个被刘十六从羽化福地带到浩然天下的小精怪。还有茅小冬。

老秀才今天喝酒很凶,都不用谁劝酒。老人很快就喝了个醉眼蒙眬,低声喃喃道:"是真的吗?"

好酒醉后,美梦成真,让这个老人都有些不敢置信了。

老秀才突然一拍桌子:"喝酒不吼,滋味没有。谁来两句?"

所有视线,无一例外,都丢给了那个学生、师弟、小师叔的陈平安。

陈平安先前只是横剑在膝,小口喝着酒,想着某人呢。

一时间哑然,见所有人都继续盯着自己,陈平安只好举起酒杯:"除了敬酒劝酒,我不会什么行酒令啊,不然我就自罚一杯?"

李宝瓶说道:"小师叔你就不要藏拙了。"

李槐立即附和道:"找酒喝呢,这就过分了啊。"

茅小冬点头笑道:"随便拽文几句,我看那酒铺的对联,就不错。"

陈平安摆摆手:"真不成。"

左右说道:"那就喝酒。"

刘十六笑道:"罚酒得有诚意,三碗起步。"

陈平安果真连喝了三大碗酒。

老秀才要劝,也没能拦住,就开始大骂左右、君倩和茅小冬三个。不过老人骂人的时候,眼睛里都是藏不住的笑意。

陈平安喝过了酒,竟然觉得酒碗怎么这么小,就先给先生倒了一碗,再给自己倒了一碗,最后一饮而尽。

今天酒量好像不行,陈平安竟然喝酒不多,就有些眼神恍惚。

先前熹平拿来三套手抄本,一套是临时写就,另外两套,却是一对师兄弟的手笔,想来熹平当年花钱买下,那会儿可能就没花几两银子。十两,二十两? 不会更多了。那也是陈平安两位同门师兄的亲笔抄本。

轻拍横膝剑,笑言春风中。

一笑抚青萍,睨醉乡,天地小,乾坤窄,古今短。

剑客手中三尺剑,书生不曾负平生。

夜航船,灵犀城。

这天黄昏时,宁姚打算去往下一处城池,她就又是随手一剑,打开夜航船禁制,剑光直冲云霄,好让中土文庙那边知晓这条渡船的行踪。

临行之前,宁姚带着裴钱、小米粒和白发童子,找到那位被誉为浩然天下婉约词宗的女子城主,除了感谢灵犀城的款待之外,还帮着陈平安的朋友姜尚真捎话给她。

李夫人与那位头生鹿角的俊美少年带着几位外乡客人走在高过云海的廊桥,廊桥附近有片晚霞似锦,就像铺了一张鲜红颜色的名贵地衣,众人登高远眺,景色宜人,"山气日夕佳,飞鸟相与还",天地静谧祥和。

李夫人突然心情不悦,因为廊桥一端尽头,从形貌城赶来一拨不速之客。

她欣赏宁姚,并不意味着她喜欢所有剑修。

宁姚之于天下剑道,就像她之于词篇一道,绝不输给任何男子,无论古人今人。

宁姚微微皱眉,不知道这条夜航船怎么会平白无故多出一位飞升境剑修。

难道此人是冲着陈平安来的? 不过对方像是受了点伤?

宁姚转头与李夫人说道:"是来找我们的,夫人袖手旁观就是了,如果不小心打坏了灵犀城,我事后肯定照价赔偿。"

她没钱,陈平安有。

李夫人点点头,确实不愿掺和这些浩然天下的是非和山上恩怨,就带着那位文运显化而生的鹿角少年离开了此地。

刑官。嫡传弟子杜山阴。婢女汲清,祖钱化身。

杜山阴见着那个背剑女子,有些紧张,喊了声"宁剑仙",然后自报名号,说了他在剑气长城的住处街巷。

汲清笑容嫣然,施了个万福,喊了声"宁姑娘"。

宁姚点头还礼。

刑官那张死气沉沉的脸上难得有几分笑意,自报名号:"我叫豪素。之前在剑气长城一直待在牢狱。"

宁姚心中恍然,抱拳道:"见过刑官前辈。"

她没有见过刑官,但是听说过"豪素"这个名字。在飞升城改名为陈缉的陈熙,前几年有跟她提及过。说下次开门,如果此人能来第五座天下,并且还愿意继续担任刑官,会是飞升城的一大臂助。

刑官豪素虽然对陈平安有一种天然成见,可那只是因为陈平安拥有一座福地的关系。

对于任何一位天下福地的主人,豪素都没好感。但是他对宁姚,却颇有几分长辈看待晚辈的心态。

这还是作为唯一嫡传弟子的杜山阴第一次知道师父的名讳。只是不知道师父是从无姓氏,还是刻意省略了。

白发童子有些心里发毛,一点一点挪步,站在了裴钱身后,想了想,觉得还是站在小米粒身后更安稳些,站在小矮冬瓜背后,她双膝微蹲,自己瞧不见那位刑官,就当刑官也看不见她了。

豪素瞥了眼那个白发童子,与宁姚以心声说道:"先前在容貌城那边,被吴霜降纠缠,被迫打了一架,我不舍得拼命,所以受了点伤。"

不舍得。这位刑官的措辞有些微妙。

宁姚点点头。

剑修越境杀敌一事,在真正的山巅,就会遇到一道极高的关隘。

那位岁除宫吴霜降,到底怎么个难杀,宁姚前不久刚刚领教过。

宁姚问道:"这次重返浩然天下,前辈是要与人寻仇?"

她不喜欢与人客套寒暄,也不喜欢说话弯来绕去。如果这位剑修不是刑官,双方都没什么好聊的。

豪素点点头:"是要寻仇,为家乡事。中土神洲有个南光照,修为不低,飞升境,不过就只剩下个境界了,不擅厮杀。其余一串废物,这么多年过去,哪怕没死的,只是苟延残喘,不值一提,只不过宰掉南光照后,若是运气好,逃得掉,我就去青冥天下,运气不好,估计就要去功德林跟刘叉做伴了。飞升城暂时不去了,反正我这个刑官,也当得一般。"

宁姚对于这些旧账,就只是听听。

这位刑官没来由说了句:"找谁当道侣不好,偏要找个陈平安。"

宁姚摇头道:"这件事,前辈没资格指手画脚。"

白发童子偷偷转过头,再悄悄竖起大拇指,这种话,还真就只有宁姚敢说。

瞧瞧,什么刑官,屁都不敢放一个。哟,还有脸笑,你咋个不笑掉大牙嘞?

豪素斜眼望向那边。白发童子立即躲回去,缩了缩脖子。

小米粒反正什么都不懂,只管手持行山杖,站着不动,帮身后那个白头发的矮冬瓜遮挡风雨。

黑衣小姑娘对那个男人咧嘴一笑,赶紧变成抿嘴一笑。豪素笑着点点头,算是与小姑娘打过招呼了。

小米粒立即学那好人山主,怀抱绿竹杖,低头抱拳,老江湖了。

宁姚介绍道:"小米粒是落魄山的右护法。"

豪素小有意外,陈平安的家乡山头,就找了这个洞府境的小精怪当护山供奉?

豪素站在廊桥上,看客不一样的心境,同样的景致,就是两种风情。

寒山冷水残霞,白草红叶黄花。

本来打算与宁姚打声招呼就走的豪素,犹豫了一下,以心声言语道:"让他小心些暗处的算计。有那么二十来号人,分散九洲,至于具体是谁,有誓约在,我不能多说。"

话就说这么多。哪怕能说,他也懒得讲。

宁姚笑道:"谁该小心,还说不定。"

豪素叹了口气,莫不是世间任何女子,只要喜欢了谁,都是这般没道理可讲的?

豪素说道:"撇开我那点没道理的成见不谈,他当隐官,当得确实让人意外,很不容易了。"

宁姚说道:"我不觉得意外。"

豪素一时语噎。

汲清偷偷笑着,这个宁姚与年轻隐官好像是截然相反的性子啊,两人是怎么走到一起的呢?

豪素笑道:"在剑气长城那些年,相较之下,不管是萧愻,还是陈平安,就我这个刑官而言,当得最无所事事,等到此次了却心愿,与仇人算清旧账,以后只要还有机会,能够纯粹以剑修身份为飞升城出剑,责无旁贷。"

宁姚抱拳致谢。

豪素告辞离去,剑开夜幕,带着嫡传和婢女一同离开夜航船,准备安置好身边两人后,孑然一身悄然赶赴中土神洲。至于那座百花福地,就不去了,相思了无益,见不如不见。

离开了夜航船,大海茫茫不知何处,豪素看了眼夜幕星象,找准一个方向,御风时向嫡传弟子提醒道:"杜山阴,记得那个承诺,学成了剑术,必须杀绝浩然天下的山上采花贼。如果你毁约,就算我无法亲自问剑,你一样会死。"

杜山阴先前有些魂不守舍,闻言悚然,恭敬说道:"师父,弟子一定会信守承诺,此生跻身飞升境之时,就是山上采花贼灭绝之日。"

不知道师父与那百花福地有何渊源,以至于让师父对山上采花贼如此痛恨。

豪素点点头:"有汲清留在你身边,以后你就算想要开宗立派,也不是什么难事。不过将来有了自己的山头,祖师堂就别挂我的画像了,你就当自己是山泽野修,没有什么师承,杜山阴就是开山祖师。不过遇到难关,只要我能够出剑,答应帮你出剑三次。我给汲清留下了一封密信,当你身陷绝境之时,就是退路所在,记得不可提前看信。"

豪素抬头看了眼天幕。

我当少年时,盛气何跋扈。向秀甘淡薄,深心托豪素。

觉昨是而今非,看过几回满月。

杜山阴是谨小慎微的性子,不适宜问的绝不多问一句。在豪素这边,远远不如侍女汲清那么随意。

汲清好奇问道:"主人,我们真不去百花福地看看吗?"

说到底,她还是希望能够在刑官身边多待几天,其实她对这个杜山阴印象很一般。

豪素摇头道:"不去了。以后你和杜山阴可以自己去那边游历。"

汲清有些想不明白,欲言又止。

豪素说道:"不要多问。"

汲清赧颜一笑。

其实豪素真正念念不忘的,不是百花福地的那位花神娘娘,她只是相貌酷似一位家乡女子。豪素当年出剑斩杀一位上五境修士后,避难远遁,机缘巧合之下,逃到了百花福地,在那边曾经有过几年养伤练剑的安静光阴。

他从家乡福地飞升到浩然天下之前,其实曾经与一个女子约定,一定会回去找她。

当时的豪素,志得意满,将只存在于古书记载上边的"飞升"一事视为囊中物,立誓要为家乡天下的有灵众生开辟出一条长生不朽的登天大道。

为后世开辟新路者,豪素是也。

只是没有想到,就因为他的"飞升",引来了浩然天下各大宗门的觊觎,最终导致福地崩碎,山河陆沉,生灵涂炭。

等到远游客再回首,故乡万里故人绝。

所以这位剑气长城的刑官,才会不喜欢任何一位福地主人,但男人真正最憎恶的人,是豪素,是自己。

灵犀城那边,宁姚因为刑官随后出剑打破渡船禁制离去,担心陈平安误以为自己与刑官起了冲突,就与城主李夫人打了个招呼,又剑斩夜航船,这才带着裴钱她们几个去往别座城池。

宁姚笑问道:"小米粒,记得我递出几剑了吗?"

小米粒神色认真想了想:"记不得了,好像不多呢。"

宁姚笑道:"那就好。"

裴钱背着大箩筐,松了口气,心中默默在账簿上边又给小米粒记了一功。

小米粒哀叹一声,一边用行山杖戳着地面道路,一边挠挠脸,可怜兮兮道:"好人山主虽说是忙正事去了,但肯定每天觉得度日如年哩,想一想,怪可怜的。"

白发童子一拍额头,手掌狠狠抹脸,这个小米粒,真是半点没白当那落魄山的护山供奉。

裴钱问道:"师娘,飞升城那边的剑修,会想念师父吗?"

宁姚笑着点头:"会的。"

裴钱犹豫了一下:"印象好吗?"

宁姚点头:"老人、年轻人,对他的印象都不差。当然肯定也有不好的,不过数量很少。"

尤其是飞升城年轻一辈的剑修、练气士和武夫。对独自留在城头上的隐官大人,有什么观感? 幸亏是自己人。

裴钱笑道:"那以后我就去那边的天下游历啊。"

宁姚想了想,这是什么道理?

灵犀城廊桥中,双手笼袖的鹿角少年轻声问道:"主人真要卸任城主一职? 给谁好呢? 这么多年来,来来往往的渡船过客,主人都没挑中合适人选,城内驻留修士,主人又看不上眼,我们与渡船之外也无联系。"

李夫人笑道:"放心,肯定不会是让仙槎来当城主。"

鹿角少年伸出一根手指,揉了揉太阳穴,只要一想到那个老舟子,就要让他心生烦躁。

多年之前,仙槎乘舟泛海,无意间碰到了夜航船,那次身边没了陆沉,依旧非要再次登船,说是一定要见李夫人,当面道谢,没头没脑的,灵犀城就没开门,那个仙槎就兜兜转转,在夜航船游弋各大城池之间,一路磕碰,这里吃闭门羹,那边碰了一鼻子灰,隔三岔五地,老舟子就要忍不住骂人,骂完被打,被打就跑,跑完再骂,打完再骂,铁骨铮铮……

老舟子仙槎足足耗费了百年光阴,还在那边死撑,非要走一趟灵犀城才肯下船,看架势,只要一天不进灵犀城,他就能在夜航船一直逛荡下去。

最后主人实在看不下去了,又得了船主张夫子的授意,后者不愿意仙槎在夜航船逗留太久,因为说不定会被白玉京三掌教惦念太多,一旦被隔了一座天下的陆沉借机掌握了渡船大道所有玄妙,说不定一个不小心,夜航船便离开浩然,漂荡去了青冥天下。陆沉什么事情做不出来? 甚至可以说,这位白玉京三掌教,只喜欢做些世人都做不出来的事。

李夫人这才与仙槎见了一面,不承想这个老舟子,的的确确是个脑子进水的,鬼打墙百余年,就真是只为了与她道谢一声,说李夫人有首词写得天地间最好,第一好,什么苏子什么柳七,都乌烟瘴气写得啥玩意儿,遇到了李夫人这首咏花词,全要靠边站……

原来李夫人曾经随手写过一篇咏桂词,不过是她自比桂花。

自是花中第一流,梅定妒菊应羞……

结果就被那个仙槎"钦定"为世间词篇第一了。

道了谢，仙槎就被船主张夫子礼送出境了。张夫子笑着提醒此人，以后别再来了，夜航船不欢迎。不承想老舟子呸了一声："破地方，请我都不来。"

一想到仙槎就糟心，鹿角少年赶紧转移话题，说道："那个话不多的女子武夫，一双眼眸很出彩。"

李夫人心不在焉，点点头随口道："既然人的眼睛都装得下日月，山上修道之士，山下凡夫俗子，怎么就都容不下几个眼前人。"

主人伤感，鹿角少年就跟着伤感。

主人生前最后在一个古称临安的异乡落脚，却始终不曾为那个山清水秀处写过任何一篇诗词。

易安建安临安，齐州青州杭州。

文庙功德林这边，访客不断，多不久留，只是与文圣闲聊几句。

柳七与好友曹组，玄空寺了然和尚，飞仙宫怀荫，天隅洞天的一对道侣，扶摇洲刘蜕……

中土五岳山君，来了四个。除了穗山那尊大神，都来了。

五湖水君更是联袂而至，其中就有皎月湖李邺侯，带着婢女黄卷、扈从杀青，李邺侯是一位止境武夫的英灵。

李邺侯给老秀才带来几壶自家酒酿，一看就是与老秀才很熟的关系，言笑无忌。

老秀才每次接待访客，身边都会带着陈平安。

君倩是懒，左右是不适合做这种事情，闷葫芦站那儿不说话，很容易给客人一种热脸贴冷屁股的感觉。

可是带着关门弟子就不一样了，待人接物，滴水不漏，该笑脸就笑脸，该开口就开口，与他这个先生打配合，天衣无缝。

九嶷山的贺礼，是一盆凝聚水运的千年菖蒲，苍翠欲滴，其中有几片叶子上有水珠凝聚，摇摇欲坠。山君笑言，滴水时拿古砚、笔洗这类文房清供接水即可，拿来炼制水丹，或是送给蛟龙水仙之属作为饵料，皆极佳。

老秀才说"笑纳了笑纳了"，转手就交给了陈平安，嘀嘀咕咕，与关门弟子说那九嶷山其实还有几盆三千年的菖蒲，凝出的水滴了不得，得有拳头大。陈平安就说先生这种道听途说，不能信，按照书上记载，水滴至多铜钱大小。

听得九嶷山山神战战兢兢，担心这对师徒明儿就去自家山头打秋风。

还有一位湖君送了幅字帖，上书"烂醉如"三字，水纹宣纸，依稀可见其中有虫游弋，细微若丝线，字帖满纸酒气，清香扑鼻。

那条被养在这幅名贵字帖中的虫子,按照古书记载:南水有虫名曰酒泥,在水则活,登岸出水则醉,能吐酒酿,少则盈碗,多辄满缸。此物神异,极难捕捉,唯有一壶佳酿搁水中,酒为鱼饵,壶作鱼篓,方有百一机会,更难饲养,规矩极多。

一幅名贵字帖搁放在桌上,诸君共欣赏,结果老秀才开口就问值几个钱,问得那位湖君头直疼。

不过老秀才这边也有些表示,早就备好了字帖、楹联,来个客人,就送一份,当作回礼。

加上陈平安对中土神洲的风土人情极为熟稔,如数家珍。作为晚辈,没啥可送,与访客们言语,唯有一份真诚而已。

陈平安看得出来,每个得了先生回礼的客人都有意外之喜。

意外分两层,一是礼重,毕竟字帖、楹联,都是货真价实的文庙圣人手笔,尤其自家先生,圣字之前是个文,分量岂会不重。况且老秀才每个字都写得极为认真,以至于湖君李郇侯那边,先前是婢女黄卷主动帮着主人接过字帖,结果一个踉跄,手中字帖竟是差点掉在地上。还是陈平安第一时间弯腰接住了字帖,再笑着交给了那位名叫杀青的十境武夫。再者好像来功德林的所有客人大概都没想到这个老秀才竟然真会回礼吧。

烟支山的女子山君,名叫朱玉仙,道号古怪——苦菜。

她来时身边带了邵元王朝的年轻剑修朱枚。双方有结契的那层仙家机缘在。

朱枚与陈平安久别重逢,笑呵呵的,她可没有半点生疏,抱拳玩笑道:"小女子见过温良恭俭让的隐官大人啊。"

陈平安笑道:"朱姑娘言重了。"

老秀才抚须点头道:"朱姑娘这番话说得好。仙霞朱氏,出了个朱姑娘,真是祖上烧高香了。"

陈平安便铺开纸笔,老秀才就临时写了首关于仙霞古道的诗篇送给朱枚。

作为烟支山的道贺礼物,朱玉仙这位中土唯一的女子山君,除了拿出一只装满十二盒珍稀胭脂、水粉的长条竹盒,还拿出了一只折纸的乌衣燕子。燕子身上凝聚有两份浓郁文运和山川灵气,可以放在宅子屋梁上边,或是匾额后边,家中就等同于多出一位香火小人。不过有个要求,就是搁放折纸燕子的祖宅必须近山,百里之内有高山,有那一国正统山岳更佳,不可是地处平原地带或是大水之畔的屋舍。

来功德林为老秀才庆贺恢复文庙神位的,毕竟还是少数,更多修士都已经陆陆续续离开文庙地界。

比如墨家钜子议事结束,就已经在去往剑气长城的路上了,身边有游侠许弱跟随。

当许弱提起那个年轻隐官时,神色木然的墨家钜子摇摇头,不置一词,显然不愿多聊此人。

许弱知道缘由,是顾璨使然。因为身边这位墨家钜子曾经手刃嫡子,为大义灭亲。所以不出意外的话,不杀顾璨的陈平安,以后与墨家数脉一直都会是井水不犯河水的关系。

铁树山郭藕汀、流霞洲女仙葱蒨等人在内,都不曾先行返回宗门一趟,就已动身起程。

至于各大王朝君主、国师,都无须赶赴蛮荒战场,但回去调兵遣将,号召山上修士,临时打造适宜跨洲远游的渡船……都是事情。

火龙真人在赶赴蛮荒天下之前来了趟功德林,与老秀才称兄道弟,把臂言欢,相互劝酒不停,两人都喝了个满脸红光的醉醺醺。

火龙真人晃晃悠悠站起身,单独拉上陈平安,两人并肩而行。老真人打着酒嗝,笑着说道:"出名要趁早,是对的,是好事。世间好事,只怕个但是,这就要你自己多留心了,旁人的道理,老人的经验之谈,都不如你自己多加琢磨,来得牢靠。"

陈平安点点头:"晚辈会注意的。"

火龙真人从袖子里边摸出两套熹平石经抄本。

看得陈平安佩服不已,做买卖一事,自己还是年少无知,道行浅了。

火龙真人将两套熹平手抄本递给陈平安,笑道:"其中一套,到了趴地峰,你自己给山峰。另外这套,是贫道帮你买的,小子,既然是做生意,那么脸皮薄了,不成。"

陈平安点头道:"受教了。"

火龙真人轻声道:"世道这才太平几年,就又起风波了,贫道刚得到几个消息,有个王朝皇帝在自家渡船上边遇袭,国师和供奉在内,都受了点伤,两个刺客是死士,注定又是一桩无头无尾的山上悬案。天隅洞天那边起了内乱,冯雪涛的青宫山,那个闭关思过的前任宗主暴毙了。邵元王朝旧国师晁朴那处山头,作为他在别洲布局的老窝,也被折腾得不轻,伤亡惨重,祖师堂被人莫名其妙打杀了一通,扬长离去。百花福地和澹澹夫人那边,被人谋划得最是凶险,别看青钟这个婆姨在咱们这边好说话,手段不差,也极有嗅觉,她出手凶悍,明处暗处,都被她杀了个干干净净。"

陈平安双手笼袖,默不作声,心算不已。

这些大大小小的风波,就发生在文庙附近。

明摆着是蛮荒天下和托月山对文庙的一个下马威,看似是几场毫无意义的意气之争,白白消耗掉那些原本埋藏极深的死间棋子,可其实事情没这么简单。

火龙真人拍了拍陈平安的肩膀,突然说道:"惜命不怯死,求生不毁节,平日里不逞匹夫之勇,关键时千万人吾往矣,是为大丈夫。"

陈平安说道:"不敢当。"

老真人瞪眼道:"贫道是在说你吗?"

陈平安说道:"仰慕真人古风侠气多年,晚辈一直学得不像。"

老真人一拍陈平安脑袋,大笑道:"臭小子。"

老秀才在远处气呼呼道:"吗呢吗呢?!"

陈平安问道:"郁先生和少年袁青那边?"

老真人笑道:"所以贫道会帮着玄密护道一程,做人不能只占便宜。"

火龙真人离去后,陈平安回到先生身边。

"与你说个不太中听的重话,除了老头子和礼圣,整个浩然天下,谁都不要觉得少了自己,天就会塌下来。"老秀才说道,"所以大可以等到养足精神了,再杀大贼巨寇也不迟。"

陈平安点头道:"明白了。"

之后中土婵娟洞天的洞主隽绣夫人也来拜访文圣,她是位颜色常驻的女子,姿容如少女一般。身边跟着一个名叫沉禧的庙祝姑娘,手持一把桃花纨扇,上边绘有明月,写有竹枝词。

老秀才这次偏偏拉上了左右,后者一头雾水,不知先生用意所在。

隽绣夫人与文圣老先生言语时,那位庙祝姑娘就看着那个当年一别就是百年不见的左先生。

左右起先瞧见了那位姑娘的问询眼神,还会点头微笑,一次两次过后,他就视而不见了。

这个记不得名字的庙祝姑娘,既然思念崔瀺多年,先前百余年间,怎么不去宝瓶洲见上一见?

南婆娑洲醇儒陈氏,当代家主陈淳化,除了拜会文圣,和陈平安也有交谈,其中有聊到曾经远游求学的刘羡阳。

老夫子伏胜依旧是来找陈平安的,是为了聊一聊宝瓶洲狮子园的柳清风。

此外还有大源王朝崇玄署的国师杨清恐,借此机会,与陈平安聊了些生意上的事情。

至于雷公庙沛阿香,和女弟子柳岁余,再跟着个叫王赴愬的老武夫,就是奔着陈平安来的。沛阿香是因为攒钱的缘故,来与陈平安这个当攒钱师父的见一面,双方约好了,以后雷公庙一脉弟子与落魄山相互间可以经常往来,问拳砥砺武道。

至于王赴愬,起先是打算与这位年轻隐官问拳一场的,结果瞥见了那个端坐桌旁、单手持书的左右,想了想,还是算了。不着急。再说了,自己如果仗着岁数大,欺负个学拳没几年的年轻人,不像话,胜之不武。

皑皑洲刘财神带着妻儿登门拜访,二话不说,从咫尺物当中取出一大堆礼物,在那石桌上堆积成山。不够含蓄?面子上会不会不好看?钱有什么不好看的。

而且走的时候,这对天底下最有钱的夫妻,好像忘记拿走那件不起眼的咫尺物了。

刘幽州见着了年轻隐官,笑脸灿烂,直呼名字。

陈平安笑着点头,然后起身抱拳,与这一家三口道谢。陈平安神色肃然道:"为剑气长城谢过刘家,以后但有差遣,只需飞剑传信落魄山,陈平安一定立即赶赴皑皑洲。"

倒悬山一座猿蹂府,是刘氏主动给的剑气长城。不光如此,许多倒悬山隐蔽的产业,钱与物,都一并交给了避暑行宫。

刘聚宝站起身,笑着抱拳还礼道:"隐官大人言重了,刘氏不会如此作为,有些事情,不是买卖。只希望隐官以后路过皑皑洲时,一定要去我们家中做客。"

然后陈平安说了一句让老秀才和刘聚宝都倍感意外的话。

"晚辈能不能与刘氏,求个不记名的客卿当当?"

刘聚宝愣了愣,没有废话半句,爽朗大笑道:"那就这么说定了!"

左右看了眼小师弟。

知道原因。

剑气长城,有两位来自皑皑洲的剑仙——李定、张稍。他们对家乡十分不喜,但是到最后,依旧是以皑皑洲剑修的身份赴死。

诸子百家当中,不少祖师爷能来的都来了。毕竟与一般大修士身份不同,他们算是"混官场"的,都需要看文庙的眼色行事。

兵家两位祖师率先拜访,姜老祖身边站着许白,许白看着远处那个红衣女子。

商家那位祖师爷范先生则是最后一个登门拜访,与陈平安聊天,反而要比跟老秀才叙旧更多,其中就聊到了北俱芦洲的彩雀府法袍一事。听范先生说要"厚着脸皮分一杯羹",陈平安当然欢迎至极,拿出了三成。打算自己拿出两成,再与彩雀府孙清、武崐商量,争取那边也愿意分出一成。老秀才觉得这位范先生,该他有钱。

那几位圣人府的当代家主,以及宝瓶洲云林姜氏在内的几个家主,也都来了功德林。

老秀才其实原本打算少说话的,总拿自己的道理烦人,一次两次的还好,说多了,容易惹人厌。

可是面对那几个圣人府后裔,老秀才终究还是没忍住,又与他们以心声各自絮叨了一番,夸奖自然是有的,还不少,做得好的,吝啬这个做什么。但也很不客气,骂了两人几句。至于他们听不听得进去,能真心听进去几分,就不管了。

只是这般待客,就耗去两天光阴。

终于有了份难得的清净时分,古树参天,下边有座凉亭,亭内石桌上刻有棋盘。

李宝瓶与师伯君倩下棋,左右和李槐在旁观战,那个小精怪就坐在长椅上看书,师父下棋又看不懂,可是书上文字都认识。

老秀才带着陈平安在凉亭外散步,笑道:"迎来送往,是很麻烦,可是千万别嫌麻烦,里边都是学问,竖起耳朵,仔细听着别人说了什么,再想一想对话里藏着什么,尤其是对方为什么会说某句话,多想想,就是学问……"

陈平安笑道:"到门,到了自家门。"

老秀才点点头:"与你说这个,好像多余了。嗯,你那酒铺生意就很好,读书人都能跟生意人抢钱,还能挣着钱,岂会是怕麻烦的人呢。你打小就是个不怕麻烦的……对了,下次开门,去了五彩天下,那座小酒铺,可别关了,生意好坏,都不能关喽。"

有句话没说出口,穷人家的孩子早当家,可能是世道和生活,由不得那个孩子、后来的少年怕麻烦。

陈平安点点头,然后笑道:"我只是二掌柜,大掌柜是叠嶂姑娘。"

然后再与先生聊了聊叠嶂与那位儒家君子的事情。

老秀才听得聚精会神,聊这个,倍精神。毕竟自家文脉,奇了怪哉,如果不是这个关门弟子"别开生面",那就全是光棍啊。

回了凉亭里边,老秀才双手负后转圈圈,偶尔帮着君倩指点一二。

陈平安与那个小精怪坐在一起,不知为何,这个论辈分是自己师侄的小家伙好像有些紧张。

君倩师兄的开山大弟子,真名郑佑,只是妖族修士,真名一事至关重要,所以郑佑在他师父的提醒下,前不久刚给自己取了个名字,叫郑又乾,说是那本让自己走上修行路的仙家秘籍里边,按照序文,学问都出自乾卦,而且编书的那位仙师,就姓郑。既然学了仙家术法,就是承袭仙师的恩惠,是冥冥之中得了那位前辈的庇护保佑,所以小精怪就郑重其事给自己取名郑又乾了。

再说了,不谈真名,只说行走江湖的那个化名,谐音多好,"真有钱"呢。

以后只要有钱了,一定要回家乡,为那个姓郑的仙师好好修墓立碑。

陈平安听君倩师兄说,这个小家伙喜欢读书识字,还是个小暴脾气。

郑又乾来自桐叶洲的羽化福地。在那处福地,如果有练气士结金丹,就可以"羽化飞升",曾经属于一座"上宗仙班"典型经营不善的下等福地。因为宗门底蕴不够,将羽化福地提升为中等品秩,实在有心无力,一旦勉强行事,很容易连累宗门被拖垮,为他人作嫁衣裳。

郑又乾颤声道:"隐官大人。"

陈平安笑道:"喊小师叔好了。"

郑又乾双手握拳,手心满是汗水,绷着脸点头道:"好的,隐官小师叔。"

陈平安越发奇怪,也有些担心,就立即以心声询问:"君倩师兄,是我承载大妖真名的缘故,所以郑又乾很怕我?"

刘十六摇头笑道："不是，你现在收敛得不错，以郑又乾如今的修为，根本察觉不到。只是这孩子胆子天生就小，先前我带着他游历蛮荒天下，在那边听说了不少关于你的事迹，什么南绶臣北隐官，出剑阴险，杀妖如麻，只要逮着个妖族修士，不是当头劈砍，就是拦腰斩断，还有什么在战场上最喜欢将对手生吞活剥了……郑又乾一听说你就是那位隐官，最后见了剑气长城遗址，就更怕你了。嘴上说着很仰慕你这个小师叔，反正真与你见了面，就是这个样子了。差不多就是你……见着左右的心情吧。"

陈平安笑道："我又不怕左师兄。"

左右听到了刘十六的心声"捎话"，点头道："仗着先生在，确实从不怕我。"

陈平安无奈道："君倩师兄，不合适了。"

刘十六笑呵呵道："我又没跟先生告状。"

陈平安转头说道："又乾，小师叔手边暂时没有特别合适的见面礼，以后补上。"

郑又乾低头，使劲摆手道："不用不用。"

到了文庙这边，先前被师父安置在一座仙家客栈里边，闹哄哄的，都是关于这个小师叔的传闻。

青衫剑仙，见人就揍，打架贼猛，脾气可差了。

小师叔那脾气，凭良心讲，真的好像跟爆竹差不多。一言不合，就要拿个装满爆竹的大箩筐，往人头上一闷，噼里啪啦的，谁吃得消？

陈平安笑道："又乾，你是不是在外边听了些关于小师叔的不实传闻？"

小家伙低下头后，就没再抬起，只是其间迅速转过头，擦了擦汗水而已。

这会儿听见了小师叔的问话，他笑容尴尬万分，撒谎肯定不行，可要不说谎，难道直说啊，一边挠头，一边顺势擦汗。

左右笑道："这个师叔当得很威风啊。"

老秀才一巴掌拍在左右脑袋上："观棋不语真君子，难怪你只有个贤人头衔，看看李槐，才多大岁数，就是贤人了！"

李槐如遭雷击，只觉得祸从天降："啥？！"

老秀才笑呵呵道："瞧瞧我这记性，都忘了跟你说了。李槐啊，你这会儿是儒家贤人了，放心，咱们文圣一脉，可没托关系走后门，是文庙几个教主，加上几位学宫祭酒、司业，一起合计商议出来的结果。再接再厉，争取过两年，就挣个君子，以后左师伯再瞧见你，还不得跟你请教学问？"

李槐急得满头汗水，抓耳挠腮道："不能够啊！"

左右点点头，这孩子很虚心。至于治学成就高低，只要有此心态，就不用着急。

李槐急匆匆道："祖师爷，文庙可不能这么胡来啊，宝瓶都还不是贤人呢，凭啥我是啊。"

老秀才笑眯眯道："你小子有大功劳嘛。"

都顾不得有什么狗屁功劳了，李槐脱口而出道："那我就不要功劳了，让文庙那边别给我啥贤人，行不行？祖师爷爷，求你了，帮忙说道说道，不然我就躲功德林这儿不走了啊。"

老秀才一脸惊讶道："李槐，可以，年纪轻轻，颇大志气，都打算跟文庙直接要个君子啦？没问题，我一开始就是这么觉得的，给个贤人，小家子气，给君子，我看成。"

李槐都快要疯了，下意识转头望向陈平安："咋办？！"

我好好读个书，给我个贤人做啥。这要回了山崖书院，还不得每天在口水缸里凫水过日子？

李槐又不傻，偌大个宝瓶洲，儒家正统书院才几座，贤人又能多到哪里去？

陈平安笑道："咋办？还能怎么办，已经当了贤人，又推不掉的样子，就躲起来好好读书。真要担心怕事，就与文庙和书院再打个商量，帮着提醒山崖书院那边，除了几个正副山长，此事不要外传了。给了贤人又收回，文庙不会答应的，你当是儿戏呢。但是帮你在书院保密，这件事其实不难。"

李槐想了想，有道理啊。

嘿，既不会树大招风被人笑话，好像还能白得一个贤人头衔，又能私底下在裴钱这个盟主那边好好显摆，说不定自己这个座椅雷打不动好多年的小舵主，就能升官了。

看来是好事啊。

刘十六笑了笑。看来这个小师弟，确实擅长对付人心上边的琐碎事。

刘十六瞥了眼左右。左右懒得理睬，这点小事，陈平安如果都没办法解决，当什么小师弟，还有脸皮当别人的小师叔？

李槐看着陈平安，没有当自己的姐夫，怪可惜。

陈平安猜出了李槐的心思，骂道："滚。"

郑又乾可怜巴巴望向自己师父，敬重小师叔归敬重，可是小师叔脾气真的差，自己坐这儿，浑身不得劲，胆子大不起来。

这天暮色里，陈平安独自一人笼袖坐在台阶上，看着风吹起地上的落叶。

因为独处，就有些思绪纷乱。

世道如此，你想如何，你能如何，你该如何。

自律，自省，自求，自由。

多读古书开眼界，少管闲事养精神。

那些人生意外就像一场突如其来的滂沱大雨，强者手中有伞，弱者两手空空。强者撑伞而行，要为这个世界遮风挡雨，片刻也好。

李槐偷偷摸摸来到这边，坐在陈平安身边，递出两本微皱的册子，不厚。

陈平安翻开一看，里边写满了李槐记录下来的问题，大大小小的读书疑惑、治学疑难。有些被涂抹掉了，更多则留着。

李槐有些难为情，小声说道："很多问题，都会问朋友，问夫子。有些听人一说，明白了，有些听了答案，也还是没明白，又不好意思翻来覆去问，又怕忘了，就写上边了，一开始觉得很快就能见着你，没想到这么久才遇到，这不就都有两本册子了。"

陈平安收入袖中："我先收下，慢慢看，给些我的答案，不一定都对。回头跟那本符书一起还给你。"

李槐急眼了，涨红了脸："别啊，随便翻，随便看，陈平安，你别这么正儿八经的。"

陈平安笑道："你写这些，也没随便啊。"

李槐无奈道："咱俩的学问多少，能一样吗？我读书真不行。我想不明白的问题，你还不是看一眼扯几句的小事？"

如果不是陈平安，李槐就会一直藏着这两本册子。

陈平安拍了拍李槐的肩膀，笑道："你那姐夫，我见过了，人不错的。"

李槐咧嘴一笑："终究是我的姐夫嘛。"

这天夜色里，老秀才拉着三个学生一起喝着小酒儿，夜风清凉，人心温暖。

左右望向远处。

一袭白衣的曹慈手持一把竹黄剑鞘单独来到功德林，拜访陈平安。

老秀才捏着下巴："如果要打架，就难了。"

若是裴杯来了，那就根本不是个事儿。

老秀才就会拿出看家本领，以理服人，以德服人了。读书人只吵吵，绝不动手，何况对方还是个娘们。

左右说道："既然不是裴杯，如果被问拳，你就自己挨着。"

陈平安点点头："我一个人去。"

陈平安摘下背后长剑，放在桌上，去见曹慈。

剑气长城的两位少年，问拳三场过后，一别多年，各奔前程，终于在今夜重逢。

天下武学对半分，白衣曹慈青衫客。

第九章 一笑抚青萍

第十章
青白之争

　　见着了曹慈，陈平安抱拳笑道："在大端京城那边，你愿意为裴钱教拳四场，在此谢过。"

　　曹慈笑着点头，坦然接受这位年轻隐官的道谢，早年面对裴钱的接连四场问拳，曹慈每次出拳都极有学问，如此教拳，可谓用心，既然事实如此，就没什么不好承认的。再说了，在裴钱气势最盛、拳意最高、拳招最新的第三场问拳中，曹慈还挨了她两拳，而且都在面门上，被陈平安道谢一句，怎么看都还是自己亏了。至于连输三场之后的最后一场问拳，那个年纪不大的女子武夫，有点逞强的意思，递出很多东拼西凑的拳招，打得很有点江湖把式。

　　眼前曹慈，一袭白衣，纤尘不染。

　　陈平安少年时在城头遇到曹慈，只是觉得这位同龄人身穿雪白长袍，姿容俊美，好似神仙中人，高不可攀，远不可及。如今再看，陈平安一眼就看出了门道，曹慈身上这件长袍是件仙兵品秩的仙家法袍，按照避暑行宫档案记录的隐晦条目，大端王朝的开国皇帝，福缘深厚，曾经拥有过一件名为"大雪"的法袍，极为玄妙，地仙修士穿在身上，如圣人坐镇小天地，同时还可以拿来羁押、折磨沦为阶下囚的八境、九境武学宗师，再桀骜不驯的武夫，身陷其中，也会四肢僵硬，肌肤皲裂，神魂饱受煎熬，如层层大雪压梧桐，筋骨如树枝折断，如有折柴声。如果没有意外，就是曹慈身上这件了。

　　穿法袍这种事情，陈平安再熟悉不过，法袍品秩和武夫境界越高，身穿法袍就显得越鸡肋，甚至会反过来压胜武夫体魄。

说不定早年就是裴杯有意为之,让曹慈无论清醒与睡觉,时时刻刻都在练拳,没有一刻停歇。

习武资质,练拳天赋,曹慈本就已经高到不能再高。

而在曹慈眼中,眼前这一袭青衫,如今既是止境武夫,同时还是位玉璞境剑修,可好像还是当年老样子的那个陈平安。

不过今夜曹慈造访功德林,好像没有立即出拳的意思。还是说在等某个"一言不合"的机会?比如叙旧过后,不小心聊到了师兄马瘤仙的跌境,聊到了剑鞘珍贵、师命难违?同样一个道理,陈平安在竹林那边可以讲,曹慈来了功德林,也可以再讲一遍?

不管如何,陈平安当下就只是笑,好像见着了一个鼻青脸肿的曹慈。

在大端京城城头上,与曹慈问拳四场皆输,裴钱在云窟福地见着师父陈平安后就直说了。只是不知为何,曹慈被她打了两拳,裴钱反而只字未提,可能是觉得输拳四场,递拳百千,只是打了曹慈两拳,要是还有脸说,估计到了师父这边,能把栗暴吃饱?

曹慈好奇问道:"笑什么?因为收了个好徒弟?"

可能是机缘未到,曹慈自己至今还没有收徒的打算。

陈平安正色道:"没什么,练拳一事,曹慈无敌,这个我认,至于为人教拳一事,就差火候了,换成我,不会挨两拳之多。"

这种话,也就陈平安能说得如此心安理得。

当年从北俱芦洲游历返乡,在竹楼二楼,信心满满的陈平安生平第一次要好好为裴钱喂拳,结果一拳就倒地了,确实没有两拳。

刘十六现身,双臂环胸,背靠大树,笑望向两位纯粹武夫。

挺有意思的,问拳双方,两个已经站在天下武道之巅的年轻人,谁都没有半点杀气,就好像只是两位多年好友重逢叙旧。

不过可以确定,只要一方决意出拳,那么谁都不会含糊,而且一定可以打得很好看。甚至君倩会觉得,这两个一旦问拳,有机会打得比张条霞问拳裴杯更好看。

刘十六还是第一次见到曹慈,确实出彩。只说相貌,小师弟就比不上啊。

担心那个曹慈误会,刘十六摆摆手:"我不是来偏袒陈平安的,就是单纯想看你们打一架。"

拳法一事,刘十六天生就会,只是这辈子始终没有太过用心演武练拳。

曹慈抱拳道:"大端武夫曹慈,见过刘先生。"

刘十六点头致意,然后笑道:"算了,我还是走好了。不过我已经与熹平先生打过招呼,你们如果想要问拳,不用计较功德林这边的折损,熹平先生自有手段恢复原貌。"

刘十六离开此地。怎么看,刘十六都像是在撺掇着曹慈揍陈平安一顿,这个师兄,当得真是不走寻常路。

曹慈说道:"师父已经动身赶往黥迹归墟渡口,只将剑鞘留给了我。"

衔接两座天下的四处归墟,在被阿良调侃为水神押镖的远渡之前,各有圣贤、修士和剑修会先行起程,去往蛮荒天下,比如两位文庙副教主和三大学宫祭酒,就已经去往天目渡口,于玄哪怕需要合道星河,依旧会在天幕处盯着那座神乡渡口,而火龙真人离开功德林后,其实就已经赶赴神乡,至于裴杯,去的就是那处黥迹渡口,此外苏子、柳七联袂远游日坠渡口。

浩然天下的顶尖战力,一个不落,都会陆续现身蛮荒未来战场的第一线。

受伤极重的马瓤仙,已经被师妹窦粉霞护送回了大端王朝,廖青霭则在等待小师弟曹慈,之后就一同赶赴蛮荒。

陈平安看着那把竹黄剑鞘,双手笼袖笑眯眯道:"我查过许多档案,有关于大端王朝的山水秘闻,也问过宋前辈和邻近剑水山庄的山神,现在想听听你的说法,说不定是我错了。"

宋前辈佩剑名屹然,搜遍古书,才从古籍残篇上找到了"砺光裂五岳,剑气斩大渎"的记载,只是宋前辈始终未能找出关于剑鞘的根脚。早年因缘际会之下,打开深潭砥柱石墩的机关,得到古剑屹然时,竹黄剑鞘就已经是那把古剑的剑室。陈平安询问过那位山神关于那处深潭的玄机,之后再考究过裴杯的年龄,最终得出的结论,就是陈平安问拳马瓤仙的第二个理由。只要确定剑鞘在剑水山庄深潭中秘不现世的"年龄",大过大端王朝国师裴杯拥有古剑的岁月,就足够了。

曹慈摇头说道:"剑与竹鞘分开多年,其实谈不上谁是主人。师父得剑时,本就没有剑鞘。只是长剑无鞘,始终有些遗憾。所以当年师父让大师兄去宝瓶洲,凭借占星术的结果,一路依循蛛丝马迹,终于被师兄找到了这把竹制剑鞘。"

裴杯佩剑,是一把远古名剑青神。

此剑成名太早,加上沉寂太久,在后世就变得寂寂无名,直到被裴杯找到。

曹慈提了提手中剑鞘,说道:"师父与师兄说了,是买,如果持有竹鞘之人不愿意卖,也就算了,不必强求。"

他的师父裴杯,这位大端王朝的国师、浩然天下的女子武神,从小就沉默寡言,被同龄人称呼为木头人。经历坎坷,年少习武之后,喜欢偷偷喝酒,比较贪杯。昔年木头人少女,习武练拳第一天,就想要与很多事情说个"不"字。

陈平安点头道:"我相信这就是真相。"

曹慈继续说道:"但是师兄自作主张,才有了当年宝瓶洲的那场强买强卖。师兄是沙场武将出身,年少投军,领着大端王朝最精锐的一支边军,控万里地,镇守边陲。戎马生涯三十余年,马瓤仙早就看淡了生死,自己的,别人的,袍泽的,敌人的。"

说到这里,曹慈停顿片刻,笑道:"我不是帮谁辩解什么,只是有些事情,得与你说明白了。"

陈平安点点头,说道:"是得这么讲道理。"

只有心平气和,才能真正讲理。

曹慈说道:"师兄在竹林那边输了拳,还跌境,这件事上,他很理解,不过只是觉得自己拳不如人,没觉得他在竹鞘一事上就错了。我劝了两句,师兄不爱听。拳是自家拳,事是自家事,恩怨自了,生死自负。我这个当师弟的,就不多说什么了。所以我猜以后师兄还会与你问拳。"

陈平安笑道:"真喜欢问拳,随便他问几场。"

总不能拦着那个马瘤仙问几场输几场,马瘤仙这辈子只会一输再输,输得他最后老老实实去当个统兵打仗的沙场武将。

不过陈平安又说道:"至于廖前辈的问拳,我会另外计较,就只是纯粹武夫之间的切磋。"

曹慈笑道:"这种事情,我当然信得过你。"

不然曹慈今晚何必如此麻烦,登门拜访,找到陈平安,出拳就是了。

曹慈将手中剑鞘轻轻抛给陈平安。

陈平安伸手出袖,接过剑鞘,微笑道:"果然,曹慈还是曹慈。"

是个纯粹武夫,却要比山中修道之人更有仙气。

曹慈说道:"我已经是归真境,你暂时还是气盛,那就先不打,等你到了归真再说。"

陈平安说道:"等我归真,你该不会又已经'神到'?"

曹慈微笑道:"那我总不能就这么等你吧。"

陈平安想了想:"等我游历中土神洲,不管我们是否差了境界,到时候都要找你问拳。"

说到这里,陈平安立即改口道:"可能还是在剑气长城那边?"

按照曹慈的性情,肯定会去蛮荒天下,说不定都不会留在黥迹渡口,而是选择独自游历蛮荒,深入腹地。

曹慈点头道:"那就约在城头,还是老地方?"

陈平安笑道:"没问题。"

虽然不会立即重返剑气长城,但是之前在城头上眼巴巴看了蛮荒天下将近二十年,看得老子眼睛发涩,那么总是要走一遭的。

皑皑洲刘氏财神爷,曾经设了个关于曹慈的不输局,坐庄时限长达五百年。

消息灵通的山巅明眼人一个个都心里有数,刘聚宝的这个奇怪赌局,其实就是为两个年纪轻轻的同龄人设置的,跟整个浩然天下的其余武夫关系不大。

更古怪的是,两个砸钱押注最多的,竟然都是押注曹慈无法不输拳。其中一个是出了名出门不带钱的火龙真人,此外还有个藏头藏尾不知身份。

凉亭那边,老秀才抬了抬袖子,一手拈棋子,一手捻须问道:"是不是打不起来了?"

刘十六笑道:"不一定。"

左右说道:"一定会打。"

被老秀才拉来下棋的经生熹平提醒道:"打不打我不管,你把那两枚棋子放回桌上。"

你摸鱼也就罢了,一摸就摸走棋局上关键的两枚棋子。

老秀才怒道:"以前我没有恢复文庙身份,都能摸一枚,如今多摸一枚,怎么你了吗?读书人吃不得半点亏,咋个行嘛。"

熹平指了指棋局:"拿走,有脸就再拿几枚。"

老秀才一愣,忙不迭从棋盘上提子多枚:"嘿,天底下竟有这样的请求,奇了怪哉,只好违背良心,满足你!"

熹平不再下棋,而是将手中所拈棋子放回棋盒。

老秀才看着棋局,将手中多枚棋子一一放回,复原棋盘,然后感慨道:"不承想在棋盘上赢了熹平,传出去谁敢信哪。"

熹平笑呵呵道:"怎么不说以前是关门弟子不在身边,一直隐藏了七八成棋力。"

远处对峙双方。

陈平安手持剑鞘:"送送你?"

曹慈摇头道:"不用。"

两人几乎同时转身,一个返回凉亭,去与先生师兄碰头,一个准备走出功德林,去跟师姐见面。两位已经登顶武道的止境武夫,还会百尺竿头更进一步,背对而走,都脚步缓缓,气定神闲,十分从容。

一个想着,替师父、师兄都与陈平安讲完了道理,好像就自己没什么事情,来功德林散步?小有遗憾。

一个想着,江湖里鱼龙混杂,有闯江湖的人,跑江湖的人,混江湖的人。有的人身在江湖,却永远不会是江湖人。

白衣曹慈,想着那个不输赌局,身后那个年轻隐官,听说最会坐庄挣钱,有无押注?

青衫陈平安,想着自己连输三场,弟子后来又输四场,怎么想怎么不对劲啊。

一个想着自己,这辈子好像一直都是被问拳,自己却极少有主动与他人问拳的念头,今儿月明星稀,天地寂静,好像适宜与人切磋。

一个没来由想起,二楼老人教拳招先教拳理,说学成拳,递拳之后,要教天下武夫只觉得苍天在上。出拳大意思所在,就是身前无人。当下自己这么走着,当然是身前无人,可只要转头,不就身前有人了?

曹慈觉得就这么走了，总归差了点意思。

陈平安觉得时隔多年，错过曹慈不像话。

于是两人同时停步。

曹慈站在原地，伸出手，双指扯住身上那件雪白长袍的袖口，穿这件法袍再递拳，会不够快。

陈平安将手中剑鞘抛向了凉亭那边，让君倩师兄代为保管，停步后卷了卷袖子。

曹慈转过头，笑问道："切磋一场，点到即止？"

陈平安同样转过头："你年纪大，拳高些，你说了算？"

下一刻，原地都已不见两人身影，各自倾力递出第一拳。

整座阵法禁制足可镇压一位十四境修士的功德林，如有山岳离地，被仙人拎起再砸入湖中，气机涟漪之激荡，以两位年轻武夫为圆心，方圆百丈之内的参天古树悉数断折崩碎。

浩然天下的光阴长河，会自行绕过一座功德林，此间被至圣先师早年截取了一段流水，拘押在功德林之内，任由经生熹平掌控。

经生熹平站在凉亭外的台阶上，抖了抖袖子，施展神通，使得光阴长河倒流，曹慈和陈平安双方拳罡如瀑，带来的折损，瞬间恢复原貌。

若是等到双方打完了，再倒流光阴长河，就连熹平都不敢确定，这座功德林会与先前丝毫不差。

左右则稍稍解禁修为，一身剑气流泻，刚好护住凉亭，遮挡那份遮天蔽日的汹涌拳意。

曹慈背靠一棵参天古木，身后古柏轻轻摇晃，他伸手拍了拍胸口印痕，曹慈依旧是白衣，只不过将那件仙兵法袍收入袖中。

远处陈平安站在一座白玉桥栏杆上，额头处微红。

两人之间，原本出现了一条深达数丈的沟壑，只是被经生熹平以术法抹平了。

陈平安脚尖一点，身形倏忽不见，既然有人帮忙收拾烂摊子，那就无所谓礼数不礼数了，事后再与熹平先生赔罪不迟。

脚下一座白玉桥，刹那之间化作齑粉，仅仅是一脚轻轻踩踏，拳意沉重，就下沉极深，地底下传来阵阵闷雷。

陈平安虽然拳在下风，但是两人差距远远没有当年在剑气长城那么大。所以先前一拳，自己吃亏更多，却绝对再不会连曹慈的衣角都沾不到边。

原本是要拳戳曹慈脖颈处的一招，由于先挨了曹慈当头一拳，距离被稍稍拉开，陈平安脑袋后仰几分，再一拳作掌，顺势往下打在对方心口处。

若是换成马瓤仙之流，挨这么一下，至少得躺床上去，数月说不出一个字。

曹慈早就知道陈平安很能扛，体魄坚韧异常，在那剑气长城，练拳极狠，路数太野，不过陈平安方才额头挨了结实一拳，浑然无事，还是让曹慈有些意外。

双方皆身若长虹，随便跨出一步，就如同山上仙人缩地山河，各自单凭一口纯粹真气，在功德林之内穿梭不定，要么各自错开对方拳招，要么以拳换拳，绝无一方拳中对手、一方拳头落空的可能。

不过陈平安的神人擂鼓式确实未能拳意衔接，其间曹慈双指并拢，在陈平安递出擂鼓"第二拳"之前，竟然就已经将身上残余拳意抹掉。

比起郁狷夫当年竭力打断神人擂鼓式的连贯拳意，曹慈确实要轻描淡写太多。

曹慈侧过头，依旧被一拳横扫，打在太阳穴上，曹慈脑袋晃荡几下，脚步稳固，只是整个人横移出去几步。

陈平安被曹慈双拳砸在胸口，看似双手同时递拳，却是截然不同的两种拳意，使得陈平安不但双脚离地，瞬间倒飞出去十数丈，人身小天地更好似被剑修一剑拦腰斩开，武夫体魄还好说，受伤不重，陈平安自有手段卸去那两拳的大半劲道，只是修士的气府灵气却是随之汹涌跌宕，不算轻松。

曹慈趁势前掠，一手下按，要按住陈平安头颅。

天地间，又有数个白衣曹慈，一一在别处现身，未卜先知，各有出拳。结果陈平安就像同时挨了曹慈的先后六拳。

不是躲过第一拳，而是曹慈最后一腿横扫腰部，刚好被陈平安躲过了。

曹慈收拳时，立即换上一口纯粹真气，双膝微屈，消失无踪。

陈平安飘荡向那处凉亭，手掌一拍亭脊，身形一个旋转，落在更远处，却没有落地，其间同样换了口真气，身形消散在半空。

两人互换一拳。方圆三里之地，双方拳意崩散流逝，拳罡雄浑无匹，如江河滔滔，如同百万条纵横交错的细密剑气充斥空中，以至于经生熹平一时间都不好逆转光阴。

陈平安站在一条河岸边，抬起手背抹去嘴角血迹。

曹慈站在河面上，一条河水，漩涡无数，皆是被紊乱拳罡撕扯而起。

陈平安笑问道："拳招有无名字？"

曹慈点点头："昙花。"

陈平安抬了抬下巴："鼻血擦一擦，就咱们俩，讲究个什么，多学学我。"

什么昙花，昙花一现？这名字真不如何，取名字这种事情，也得学学我。

曹慈微笑道："那你强行咽下一大口淤血算什么？"

陈平安突然紧皱眉头。

体内小天地，毫无征兆地出现了山河震动的不妙异象，这才是昙花此拳的精髓所在？与那剑修飞剑一穿而过之后的难缠剑气差不多？

河上已经不见白衣，只听曹慈笑言一句："这一拳，暂名流水。"

下一刻，陈平安竟是被一拳打出了功德林，摔在了文庙广场那边。

倒是没有一路翻滚，陈平安手肘一抵地面，身形倒转，一袭青衫飘然落地。

曹慈一步跨出功德林禁制，来到文庙之外："陈平安，到现在还穿着法袍，就这么不计较毫厘之差？想要故意挨拳，让我帮忙砥砺体魄，这没问题，只是连胜负都如此不在意？"

曹慈眯起眼："我觉得你还没到这个时候。"

陈平安笑道："你想岔了，我是觉得你今夜来归还剑鞘，不挨你几拳，心里边过意不去。"

话是这么说。估计曹慈不会相信，其实陈平安都觉得这个理由自己都不信。

可事实上，陈平安确实有个难言之隐。

因为承载妖族真名一事，自家体魄玄之又玄，陈平安很容易心境不稳，加上先前那个从天外重返托月山的十四境老家伙为老不尊，狠狠阴了他一把，所以陈平安一旦放开手脚，倾力出手，与曹慈往死里打这一场架，拳脚会顺势扯动道心，自然而然，就会杀心四起，若是与人捉对厮杀分生死，毫无问题，可与曹慈问拳，却是切磋，就会不妥。

曹慈有些恍然，猜到了些事情，就打算收手。问拳已经无意义，更没意思。

陈平安长出一口气，问道："你自创了多少拳招？"

曹慈说道："不到三十。"

陈平安点头道："有点少。"

曹慈问道："看样子，你接下来出拳，能更认真几分？"

陈平安临时找了个法子压制修士心境，神采奕奕点头道："不过事先说好，别不小心打死我，此外你都随意，拳招再多，出拳再重，都没事。"

曹慈第一次递拳之前，正儿八经拉开一个拳架。白衣一振，大袖微摇，拳意内敛到了极致。

但是文庙四周，天地灵气竟是开始自动退散。

曹慈微笑道："此拳名为龙走渎，不轻。"

陈平安说道："接拳而已。"

凉亭那边，熹平神色无奈，与刘十六说道："君倩，你之前可没说他们要离开功德林，一路打到文庙那边去。"

一直看着小师弟问拳过程的左右笑道："熹平先生能者多劳，问题不大。"

方才刘十六说了件事，如果不谈拳招深浅、拳意高低，只说体魄，还是小师弟更胜一筹。

结果老秀才一巴掌一个："小师弟给人打了，你们还笑?!"

刘十六笑道:"也不是谁都能让曹慈放开手脚出拳的。"

曹慈先前撤掉了身上那件法袍,就是证明。这意味着曹慈都有了点胜负心。

老秀才说道:"说实话,浩然有曹慈是幸事。"

亏得有个曹慈在前边,那么关门弟子陈平安在武道一途,就会走得格外坚定。

而且曹慈这么个孩子,走得越高,不管怎么个高法,老秀才这些老人看在眼中,都觉得是好事。

老秀才当然会对陈平安这个关门弟子寄予厚望,多大的希望都不过分,但是陈平安与人相争,不管是道理,还是武学,总不能想着站在陈平安对面的对方就错了,或是低了,而是要对方对、更高,学生陈平安就一步步脚踏实地,随之更对、更高,这才是老秀才心底对陈平安的真正期望。

天下大道,终究不是那种必须分输赢的市井吵架。

条条大道之上,行走之人、讲理之人,其实就是真正的修道之人。

道理越讲越争越分明,拳脚越磨越练越稳重,道心越砥砺越光明。

熹平点头道:"只要陈平安能够一直跟上曹慈,哪怕被拉开半个身形,就不是问题,还有机会。"

双方如今只差半步。

别看今夜问拳陈平安挨拳颇多,其实胜负并不算悬殊,一来陈平安的武学境界底子本就是被一路打出来的,再者既然只为分胜负,不求分生死,所以这场问拳,对双方而言,出拳倾力,但是杀心不足,都还谈不上真正的酣畅淋漓,目中无人,心无所碍。

刘十六说道:"双方哪天都神到了,可能会重新拉开点距离,所以小师弟将来在归真一层必须好好打磨。"

跻身止境之前的山巅境,曹慈可能是为了应对扶摇洲的那场大战,略显仓促,但是陈平安身在剑气长城,反而要更加心无旁骛。

如今又不一样。

曹慈太纯粹。尤其当他心气一起后,此后练拳气象就会很吓人。

刘十六不会因为自己是陈平安的师兄,就对曹慈这个年轻人有任何成见,恰恰相反,刘十六很欣赏曹慈身上的那种气势,就像在与数座天下说个道理,我必然拳法无敌,既不会妄自菲薄,也绝不得意忘形,这就是一件很天经地义的事情,旁人认与不认,都是事实。反观小师弟回了家乡,却要分心太多。只说练气士身份,尤其是身为剑修的几把本命飞剑,就会是个不小的累赘。

老秀才一瞪眼,刘十六立即与先生歉意道:"算我乌鸦嘴。"

经生熹平一闪而逝,出现在了文庙台阶顶部,这两个家伙打架,总不能仗着自己收拾残局,你们俩就真不管不顾愣头青了,拆了身后文庙才罢休。

前来议事、凑热闹的大修士差不多都已离开文庙地界各回各家,各有各忙。所以事后不少山巅修士都很遗憾错过了今夜的这场热闹。

那几个云谲波诡的山上阴谋算计让人心悸,议事结束之后,只会让人更加脚步匆忙,一些个自认境界还不高的上五境修士只会催促渡船加紧离开是非之地,不承想还会有这么个天大热闹可看? 会来这么一场被后世赞誉为"青白之争"的问拳?

白衣曹,青衫陈。两位年轻大宗师,竟然将功德林和文庙作为问拳处,拳出如龙,气势如虹。

经生熹平虽然小有怨气,只是不耽误他这位无境之人欣赏这场问拳的时候,坐在台阶上拎出一壶酒。毕竟能够这么近距离看拳,独此一份,机会难得。

文庙议事结束,就关了大门,功德林里边除了老秀才那拨人,其余几位需要暂留几天的儒家圣贤也还是离得有点远。至于四处渡口、泮水县城、鸳鸯渚等地的山水神灵和练气士,哪怕是一位仙人或是山君湖君察觉到此地迹象,遥遥掌观山河,都不用经生熹平刻意遮掩,就会看不真切,曹慈和陈平安双方拳意流散使然。

文庙广场上。

一道白虹,一抹青光,因为双方出拳、身形转移太快,交织出一大片的青白光线。

一位玉璞境剑修倾力出剑,也只能斩开些许痕迹的白玉广场,都不知道这两个武夫是怎么出的拳,竟然变得处处裂缝,这还不算专门砸拳在地。经生熹平看得啧啧称奇不已,以此佐酒,喝得极有滋味,天底下的十境武夫,都这么气力大如龙象吗? 如此说来,先前邵元王朝的林君璧,醉醺醺躺在台阶上睡觉,比起这两个武夫,真不算什么失礼的事情。

曹慈出拳,仙气缥缈。挨拳不多,即便白衣被一袭青衫砸中,多是立即就被卸去拳意,不过曹慈偶尔踉跄几步,也很正常。

陈平安出拳也不差,气魄极大,至于挨拳,挺稳当。竟是一次都没有摔地上起不来的场景,或指或掌或手肘一个撑地就能起身。

而且熹平逐渐得出个结论,陈平安这家伙有点无赖啊,轻拳无所谓,砸曹慈身上哪里都成,一有机会,只要拳重,拳拳朝曹慈面门而去。

所以等到双方拉开距离,几乎同时吐出一口浊气和淤血,各自再迅速互换一口纯粹真气时,陈平安衣衫褴褛,浑身是血,不过等到站定后,纹丝不动,呼吸沉稳,曹慈则是鼻青脸肿,满脸血污。

曹慈伸手抹了把脸,气笑道:"你是不是有病?!"

一门心思打人脸,好玩吗?

陈平安以拳意罡气轻轻一震衣衫,满身鲜血如花开,怒道:"你管我?!"

老子不得帮开山大弟子找回场子?

凉亭内，老秀才忧心忡忡，心疼不已，问道："君倩，差不多了吧？"

刘十六摇摇头："对双方来说，刚刚……热手吧。曹慈许多自创拳招，还有不少瑕疵，也需要拿小师弟当磨石。"

左右点头道："陈平安与人对敌，擅长避重就轻，所以才能够在战场上以伤换命，想要某天赢过曹慈，就必须要先熟悉曹慈的拳路，曹慈好像不论什么拳招都追求几拳十数拳叠为一拳的圆满拳意，力求最终一拳不落空就能分出胜负和生死的某种幽玄境界，所以正好，各取所需。"

因为双方问拳动静太大，李宝瓶、李槐和郑又乾都赶来了凉亭这边。

李槐看得满头汗水，果然，习武练拳这种事情，根本不适合自己，还是读书好啊。

郑又乾听说过曹慈，也是个在两洲战场杀妖如麻的家伙。

郑又乾都不忍心去看小师叔了，与刘十六颤声问道："师父，小师叔不疼吗？"

刘十六笑道："那份伤势落在别人身上，早就可以满地打滚了，你小师叔，就还好。"

说完这句话，刘十六就立即抬起双手，果不其然，刚好接住了先生的巴掌。

左右神色淡然道："简单来说，曹慈在追求问拳只是一拳的武学境界。你们小师叔，则需要找出一种熟悉、适应继而破解曹慈这种无敌之境雏形的方法。如果说得再玄乎一点……"

李宝瓶好像从左师伯这边接了话，自言自语道："小师叔和曹慈他们……还是身前无人。"

左右眼神欣慰，有了些笑意："宝瓶此言极准，一语中的。"

故而问拳双方，两人身前真正所站之人，其实是一个未来的曹慈，一个以后的陈平安。

看在小宝瓶的分儿上，老秀才抬起的手又落下，轻轻拍了拍左右的肩膀。

文庙广场上。

郦先生在内的一拨夫子先生纷纷现身，因为都听了消息，赶过来喝酒观战，当是事务繁重，找个机会散心了。

结果那两小子年纪不大，架子忒大，好像不愿被太多人旁观，竟是同时离地而起，直接去往天幕处问拳了。

一抹青色一抹白，联袂远游天幕，其间换拳不停，各自撤退，再瞬间撞在一起，文庙地界，雷声震动，不少老百姓都纷纷惊醒，陆陆续续披衣推窗观看，明月高悬，没有任何下雨的迹象啊。莫不是又有仙师斗法，只不过听声音，刚好是在文庙上空，甚至不是几个神仙扎堆的渡口，咋回事，文庙这都不管管？

经生熹平没有立即逆流光阴长河修缮文庙广场，只是收起了酒壶，抬头望向天幕。

一位老夫子蹲在白玉地面上，伸出手指，抹了抹裂缝，再环顾四周，遍地痕迹，忍不住惊叹道:"武夫打架都这么凶？那个年轻隐官递剑了不成?"

熹平摇头笑道:"不曾出剑,只是问拳。"

郦老先生以心声问道:"熹平先生,如果那小子出剑,不拘泥于武夫身份,那么这场架胜负如何?"

熹平说道:"还是曹慈赢,不过代价很大。"

极有可能,人间再无剑仙隐官,与此同时,浩然天下未来也会少掉一个武神曹慈。

郦老先生喝了口酒,笑道:"先前碰到过这小子,聊了几句,挺和气有礼一孩子,真是人不可貌相。年纪轻轻就当隐官的人,结果挨了一路冷眼闭门羹,也没见他生气半点。"

年轻人与老人言语时,坐在台阶上,双手虚握轻放膝盖,还会微微侧身,始终与人直视。

老人看待年轻人,后者意气风发、豪言壮语什么的,见过、听过就算,谁都是从年轻人过来的,不稀奇,反而是有些细节,却会让老人牢牢记住。

所以文庙之外,都会觉得那位青衫剑仙跋扈至极;文庙之内不少陪祀圣贤和夫子先生,可能就会看得更多。

勉强还算一袭青衫的年轻人好像挨了一记重拳,头朝地从天幕笔直一线摔向地面,临近文庙屋顶的高度,一个翻转,飘落在地。白衣随后现身,站在一旁。

曹慈与文庙台阶那边的熹平先生抱拳致歉,然后离去。陈平安同样抱拳,重返功德林。

廖青霭见到曹慈之后,丝毫不担心这个师弟问拳会输,所以她的第一句话,竟然就是"我之前说三十年内与他问拳,是不是有点不知天高地厚了"。

只是这句话一说出口,廖青霭这个当师姐的在师弟曹慈这边就有些忐忑不安。如同一个学生面对先生。

而廖青霭这些年,练拳一事,因为师父裴杯经常不在身边——裴杯需要忙碌军国大事,不然就是去蛮荒天下驻守渡口——所以廖青霭反而是与曹慈问拳请教颇多,曹慈当然是为她教拳喂拳,双方虽是师姐弟的关系,可在某些时候,廖青霭下意识会将曹慈当成半个师父。

曹慈微笑道:"师姐,有这个念头,是人之常情,没什么好难为情的,如果师姐能够彻底打消这个想法,我觉得算是与陈平安问拳的第一拳,不是坏事,是好事。"

廖青霭闻言后,再无半点负担。

她看了眼"很陌生"的师弟,印象中曹慈从未如此狼狈。

曹慈板着脸说道:"陈平安比我惨多了。"

说完这句话,曹慈仿佛觉得自己有些好笑,就笑了起来。

廖青霭看着这个师弟,不知道天底下有哪个女子才能够配得上身边白衣。

到了凉亭那边,刘十六按住陈平安的肩膀,查看小师弟人身小天地山河万里的细微迹象,点头笑道:"还好,休养几天,问题不大。不过近期就别与人动手了,不然肯定会留下后遗症,一定要慎重。"

陈平安与君倩师兄点点头,然后转头对李宝瓶他们笑道:"没事,都别担心。"

好像有些牙齿打战,说话都有些含糊不清。

左右让李宝瓶三个先离开凉亭。

问拳结束后,陈平安除了伤势,一身血气、剑气和杀气太重。

尤其是郑又乾,在小师叔现身凉亭后,小精怪就立即脸色惨白。

君倩这才取出一只瓷瓶,递给陈平安:"每天三颗,大致跟着三餐走,一个月后,每天减少一两颗,你自己看身体恢复的情况,酌情而论。"

陈平安右手下垂,整个人颓然坐在长椅上,立即用左手打开瓷瓶,倒出一颗,轻轻拍入嘴中。

老秀才坐在一旁,笑容灿烂,向这个关门弟子竖起大拇指。

学拳,练剑,治学,吟诗刻章,做买卖,找媳妇,为文脉开枝散叶,样样是强手。

陈平安与先生咧嘴一笑。

其实对于疗伤、养伤一事,陈平安更是行家里手。所以当晚回了住处,熟门熟路,按部就班。

后半夜,陈平安睁开眼睛,犹豫了一下,还是没有说话。

先生好像大半夜独自一人散步路过,只是停步片刻,却没有久留。陈平安就继续屏气凝神,手掐剑诀,坐在蒲团上。

这天清晨时分,陈平安走出屋门,发现只有师兄左右坐在院子里,正在翻书看。

看了眼陈平安,左右说道:"我让宝瓶他们几个不着急过来,下午再说。"

左右继续看书。陈平安坐在一旁,欲言又止。

左右头也不抬:"有话就说。"

陈平安硬着头皮说道:"师兄知道蒋龙骧大致是怎么样的一个人,但是师兄很难真正与蒋龙骧为敌。"

左右放下手中的书,转过身,问道:"怎么讲?"

陈平安给出心中的答案:"因为师兄是读书人,剑术再高,出剑还是会讲规矩,恪守礼仪。加上师兄不知道蒋龙骧到底做了哪些事情,坏事、好事,都不清楚,至于蒋龙骧哪些事情是有心行善,是在朝野沽名钓誉,哪些事情是无心行善,师兄只会更加不知道。既然不知道,师兄面对这些人和事,其实就会束手束脚。"

左右面无表情,不过没有拦着这个小师弟教训自己这个师兄。

"我知道。"

陈平安自顾自说道："我就像是蒋龙骧的账房先生，会帮他记账，不收钱的那种。蒋龙骧给钱让我不当，都不行的那种，所以对付蒋龙骧这种人，我比师兄擅长很多。我知道怎么让他们真正吃痛，在我这边哪怕只吃过一次苦头，就可以让他们后怕一辈子。想着恶人自有恶人磨，不对，如果恶人只有恶人磨，也不对，用恶事磨恶人，以直报怨，以德报德。"

说出这番话，陈平安是做好了师兄恼火的心理准备，毕竟有些不敬。只是不吐不快，早就想说了。

左右说道："继续说。"

远处，老秀才和君倩正躲起来掌观山河，先生与学生两人屏气凝神、目不转睛……看热闹。

这边，陈平安战战兢兢说道："师兄，我的心里话讲完了，算不算道理，师兄说了算。"

左右看着陈平安，竟然突然笑了起来。陈平安从没有在师兄这边，看到这种认可的眼神。

印象中，左师兄只有在几个晚辈那边才会有这样的表情。

左右笑着点头道："书没白看，都能与大师兄讲道理了。"

陈平安还是有些习惯性的惴惴不安："师兄是说真心话，还是在心里边偷偷记账了？"

要知道自家文脉的账房先生，一早就是这个师兄。

左右摇头说道："你这个当师弟的，不能总觉得事事不如师兄。如果在我这边，只会唯唯诺诺，先生收你这么个关门弟子，意义何在？"

远处，老秀才看着君倩手心画卷，忍不住训道："就你话多，架子恁大。"

刘十六在一旁点头附和道："左师兄是得改改，总这么欺负小师弟，我都要看不下去了。"

老秀才咦了一声："在左右身边，怎么没这话？"

刘十六答道："既然有先生在，就轮不到学生仗义执言了。"

老秀才点点头，很满意。

这傻大个，其实是最不吃亏的一个，一向是什么热闹都看着了，就是不挨骂不挨揍。

老秀才站起身，大手一挥："走，给你小师弟撑腰去。"

刘十六跟在后头。

陈平安犹豫了一下："之所以说这个，是希望师兄以后如果在剑气长城，听到了某些事情，不要生气。"

左右说道:"比如宝瓶洲、桐叶洲?"

陈平安点点头:"可能会有很多事情,会做得不那么讲究读书人身份。"

左右说道:"你打得过大骊的宋长镜,还有那个玉圭宗的韦滢了?"

陈平安一头雾水,摇头道:"目前肯定不行。"

左右懒得再说话,继续看书。

陈平安想了半天,才明白师兄的言下之意。

在剑气长城或是蛮荒天下,他这个师兄如果听见了某些事情,一般情况,不会理睬,只会置若罔闻。所以左右在意的,不是陈平安想象的那些传闻、说法,而是小师弟在浩然天下,与谁起了争执,又打不过,那么他这个当师兄的,就去问剑。

老秀才来的路上,刚好错过了最后这几句,所以劈头盖脸就是一顿训,欺负师弟算什么本事,当先生的,都没开口,轮得到你?

左右不敢与先生顶嘴半句,就对着陈平安笑了笑。这笔账,算你头上。

陈平安立即懂了,是先生画蛇添足了。

这一天,正午时分,沾李槐李大爷的光,嫩道人做梦都不敢想,自己有朝一日,能够大摇大摆走入中土文庙功德林。

嫩道人进了功德林第一件事,都不是找李槐,而是直接找到了文圣一脉辈分最高的……老秀才。不然去找岁数最大、拳头极硬的刘十六,还是那个追着萧愻砍、一直追到天外的左右? 至于陈平安,关系一般,不熟。

与老秀才一番攀谈下来,嫩道人乘兴而去,满意而归,私底下与李槐唏嘘不已:"文圣老先生的学问,还是很高的。"

李槐奇怪道:"老嫩,这都没聊几句,你怎么看出来的?"

嫩道人说道:"文圣说的那些个道理,我都听得懂。"

最后老先生问了蛮荒桃亭一个问题,同样的一个道理,礼圣站在你面前,你就觉得有道理,凡夫俗子与你说,就觉得没有道理,如此对不对?

嫩道人当时就给出了心中答案,对是当然不对的,不过搁自己,扪心自问,还是只会听礼圣的道理。

嫩道人觉得这话一说出口,自己在文圣这边算是栽了,不过还是不后悔,与其跟老秀才撒谎,不如有话直说。再说了,读书人好骗吗? 当然不好骗。既然骗不了对方,总不能再骗自己。

不过老秀才却没有生气半点,反而说了句:"不是那么善,但还是个小善,那么以后总有机会,君子善善恶恶的。"

嫩道人不敢在功德林久留,立即随便找了个借口离开。

与老秀才相谈甚欢一场,可是等于与文圣切磋学问啊,已经十分知足。

顾清崧和柳道醇这两位道友,显然就无此本事了。

下午,陈平安在李宝瓶三个都来看他的时候,说咱们去功德林最高的地方聊天?

李宝瓶眼睛一亮。

功德林最高处,不是下棋的凉亭,不是书楼,是棵古柏。

李宝瓶带的路。

郑又乾觉得这个师姐的学问很驳杂,这都知道。

于是陈平安、李宝瓶、李槐、郑又乾坐在了那棵古柏枝头上,就只是闲聊。

作为小师叔的陈平安,想到了什么,就随便聊什么。

他说我没有想过要成为现在这样的一个人。

没办法先想过,也不是特别想这样,如果可以的话,愿意拿很多珍贵的东西,去换一两个最珍贵的。但是看到你们,就会觉得很值得,没什么好抱怨的,已经很好了。

摊开手掌,陈平安开起玩笑,说手中有阳光、月光、秋风、春风。

还说人情世故事上练,破我心中犹豫贼。

……

在这之后,下了柏树,陈平安单独去找了趟刘叉。

然后这天大半夜,又有个出乎意料的人找到了陈平安,一个从不故作轻松的前辈——老舟子仙槎。

仙槎大概是觉得结果还算满意,虽说没有预期那么好,但是这个小子还算诚心,比较厚道了,最后就拍着陈平安的肩头,说:"以后咱俩私底下,按兄弟辈分算。"

老舟子先前来功德林的路上,鼻孔朝天,走路都不看地面的,回去的时候没这样,因为左右说要送他一程。他没答应,左右也没答应,所以最后还是他答应了。

第二天拂晓时分,除了老秀才,学生和再传弟子们都各自收拾好了行李包裹,准备离开文庙,各自远游。

左右问道:"先生,学生能做什么?"

"问这个做什么,不需要。"

老秀才笑道:"不过可以问一问自己,当师兄的能做什么。"

左右沉默片刻:"小师弟总能照顾好自己,我很放心。"

陈平安有些受宠若惊,憋了半天,只能说道:"师兄过奖了。"

左右说道:"收下。"

陈平安说道:"好的。"

有聚就有散。

人生好像处处是渡口折柳离别处。

左右会重返剑气长城。

刘十六说自己会带着郑又乾先去趟西方佛国，已经帮这个开山大弟子找好了修行地，再单独去那青冥天下，找好友白也。

茅小冬会留在礼记学宫，为儒生传道授业解惑。

陈平安需要立即返回夜航船。

李宝瓶和李槐会一起返回大隋京城的山崖书院。

每一位嫡传弟子和再传，都各有各的最好，在老人眼中，都是最好的。

所以老秀才最后的一句临别赠言，只是笑道："都好好的，平平安安。"

等到所有人都离去，老秀才独自坐在凉亭内，只是这一次，老人没有太多的离别伤感，反而期待下一场重逢。

只是想起了关门弟子之前坐在高枝上，喝着酒，与小宝瓶他们随口胡诌的一首小诗。极美。

"一棵山中幽兰。

它从不曾见过世人，世人也不曾见过它。

便不开花吗？"

各有渡口，各有归舟。幸遇时康，风平浪静。

两位年龄悬殊的青衫书生，并肩站在崖畔，海天一色，天地浑然。

也难怪有那么多的山下人会追慕道踪仙迹于山崖间。

陈平安有些意外，因为来时是礼圣邀请，一路护道至文庙参与议事，去时还是礼圣相送，一路送到了中土神洲的东海之滨，好像在等待那条夜航船的到来。他当然想不到，是自家先生用一个"好聚好散就很善"的理由才说服了礼圣，再陪着关门弟子走这一趟。

礼圣笑道："你在生意一道，神乎其技。"

陈平安有些汗颜，这次参加议事，自己确实没闲着。

礼圣笑了笑，其实是在打趣身为财迷的年轻隐官做岔了一桩买卖。先前在文庙门口，有陆芝帮忙牵线搭桥，青神山夫人原本都愿意白送落魄山几棵竹子了，结果这小子一头撞上去，非要花钱买，估计这会儿还是觉得自己赚到了？

陈平安壮起胆子，小心翼翼问道："能否与礼圣问个问题，为何给第五座天下取名五彩？"

礼圣微笑道："你可以理解为是至圣先师的某种期许，比如百花齐放、五彩缤纷，人间大美。"

知道这小子打的什么算盘，不过礼圣没想着让他遂愿。飞升城在五彩天下已经占尽先手，文庙再破例行事，不妥当。

见礼圣没打算道破天机，陈平安只好放弃，这点眼力见儿还是有的。

礼圣说道："你常年远游，与山水神灵经常打交道，有什么感觉？"

陈平安想了想："好像大多数都会逐渐对人间感到倦怠。"

新晋神灵，往往充满热情，不管初衷是什么，或汲取香火精华，淬炼金身，或兢兢业业，造福一方，无论各自山河的辖境大小，一位负责帮助皇帝君主调理阴阳的山水神灵，都有太多事情可做。但是时日一久，山河无恙，事事只需按部就班，山水神祇又与修道之人道路不同，无须刻苦修行，久而久之，哪怕神灵金身依旧焕然，但是身上或多或少都会出现一种暮气、疲态、消沉之意。

说到这里，陈平安说道："不过也会有很多例外，比如桐叶洲大泉王朝的埋河水神，好像再过一千年，她还是会朝气勃勃，心系百姓，不把自己当什么水神娘娘。"

礼圣会心一笑。

不是一家人，不进一家门。

老秀才念叨多次也就罢了，将那个"性情婉约，待客热情，对礼圣、文圣两脉学问都十分仰慕且精通"的水神娘娘，很是称赞夸奖了一通。而老秀才学生当中，除了身边的陈平安，竟然连那个一向万事不上心的左右，都专门提到了碧游宫的埋河水神。只不过老秀才的两位学生，说得相对公道些，只是一两句话，不会烦人，却也分量不轻。为此礼圣先前在文庙找经生熹平取出档案，仔细翻阅了关于大泉埋河的档案。

礼圣问道："知道这里是什么地方吗？"

陈平安点点头，来时路上瞥了眼，是一处天地灵气极其浓郁的山上宗门，灵气凝聚如数条江河悬在空中，萦绕数山，气象雄伟，不出意外，这就是传说中的山海宗，宗门上下，都是女子修士。相传山海宗的开山祖师爷、一个名叫纳兰先秀的女子精通火法，曾经立下宏愿，发誓要移山搬岭，填平四海。

在此地界，传闻异象极多，有那玄鸟添筹、猴子观海、狐狸拜月、天狗食日。

在那场战事中，纳兰先秀出海，正是她率先找到了王座大妖绯妃，听说一场厮杀，身负重伤，不得不闭关修养，所以此次未能参加文庙议事。绯妃之所以会被文庙拘押在老君丹炉群山之中，这位山海宗的开山老祖师可算首功。

陈平安对这些位于中土神洲山巅的宗门都不陌生，何况山海宗与皑皑洲刘氏、竹海洞天青神山和玄密王朝郁氏差不多，是当年浩然天下少数几个始终对绣虎崔瀺开门迎客的地方。关于此事，陈平安问过师兄左右，左右说是因为山海宗里边有位祖师女修，是那纳兰老祖的嫡传弟子，喜欢崔瀺，还是一见钟情，后来山海宗愿意公然庇护逃难四方的崔瀺，与宗门大义有些关系，不过更多是儿女情长。

一开始陈平安是信的，后来见着了左师兄与婵娟洞天那位庙祝的"眉来眼去，鸡同鸭讲"，就对此事有些将信将疑了。

礼圣望向远方。人生如逆旅,夜游秉烛客。飘飘何所似,天地一沙鸥。

礼圣笑道:"任重道远,以后如果遇到难事,就多跑跑文庙,哪怕一次两次求了都没用,也不要轻易失望。"

何谓失望,无非就是万般努力过后,不得不求,求了没用,好像与天地与人求遍都无用。

老秀才曾经为了两位学生先后有过百般求,而老秀才的这个关门弟子,如果礼圣没有记错,年少时也曾求遍家乡,一样无用。

礼圣继续说道:"佛家说一切智慧从大悲中来。我觉得这句话,很有道理。"

陈平安点头道:"我会多想想。"

何谓苦难?可能是那路旁木人,哑口无声。

如今的浩然天下数洲山河,比如宝瓶洲南部,还有整个桐叶洲,有了许多的鬼城。

礼圣说道:"陈平安,那我就先行离去,约莫再过半个时辰,夜航船就会从一处归墟在此靠岸,接你登船。"

陈平安恭敬作揖。下一刻,身边再无礼圣,然后陈平安呆立当场。

原来就在七八丈外,有三人好似在那边赏景。

那三人,同样意外万分,只会比陈平安更感到奇怪,毕竟这里可是宗门禁地。哪里跑出来个登徒子?如此擅长隐匿潜行?还如此胆大包天,撤去障眼法,公然现身挑衅?!

陈平安眼神诚挚道:"都是误会!"

总不能搬出礼圣,不合适,再者说了也没人信。

那三人中,有一位好似从墙上仕女图走出的女子,眉眼如画,不过真正让陈平安印象深刻的,还是这位女子坐在崖边,双腿悬空,她正抽着旱烟,烟杆紫竹材质,翡翠烟嘴,丝线坠着烟袋。

这会儿她片刻失神后,很快就收拾好了情绪,吐出一大口烟雾。女子笑着望向这个青衫背剑的不速之客,可以,都能无视山海宗的数道山水禁制,难道是一位仙人境,甚至是飞升境剑修?只是为何会瞧着面生?还是说觉得自己受了伤,就可以来这边抖搂威风了?

还有个趴在一旁的少女,先前一次次踢着小腿,轻轻磕碰浑圆。她这会儿停下动作,皱紧眉头,转头死死盯住那个不知道从哪里蹦出来的浪荡子。模样长得挺正派,怎的如此不学好。

最后有个小姑娘,原本躺在一张竹席上边无聊翻滚,麻溜儿起身后,走到手持旱烟杆的女子身边,竖起手掌,轻声问道:"先秀祖师,是不是那传说中的阿良?"

陈平安斩钉截铁道:"我不认识什么阿良!"

山海宗的开山祖师笑眯眯道:"只有他的朋友,才会一听说名字,就立即说自己不认识他。"

陈平安还真就无法反驳这个道理。

少女坐起身，问道："姓甚名谁，若有误会，赶紧说清楚了，别学那个阿良。"

不分什么谱牒仙师、山泽野修，其实天下修士无非三种：第一种，比如跟符箓于玄、火龙真人切磋过道法，与苏子、柳七有过诗词唱和，在竹海洞天酒宴喝过青神酒，或是与傅噪在彩云间下过棋……打铁还需自身硬，这种人，行走山下，是最吃香的，多半本身就是某个山头的开山祖师。越年轻，底气越足。比如剑修左右、武夫曹慈。第二种，既有大祖荫、好师承，自身资质也好，大道可期，登顶有望。比如文庙元雾、白帝城顾璨。最末流的，就只能靠宗门名号扯虎皮了。

陈平安一时间有些为难，怎么解释？只要不搬出礼圣，就真的很难解释清楚。

不过眼前少女，好像是个女鬼，莫不是梦中神游至此？

陈平安只好硬着头皮抱拳致歉道："不小心误闯此地，是我的过错。我在这里是为了等待一条渡船靠岸，渡船一到，就会立即离去。如果不合适在此地逗留，我可以马上出海等待渡船。"

如果山海宗这边一定要问罪，道歉没用，自己就只好跑路。

所幸纳兰先秀多看了几眼背剑青衫客，只是笑道："瞧着不像是个色坯，既然是误入此地，又道了歉，那就这样吧，天下难得相逢一场，你安心等待渡船就是，不用御剑出海了，你我各自赏景。"

陈平安抱拳道谢一声，就想着还是御风远游去海上，在这边待着，终究有些不合时宜，只是不等他说话，那个吞云吐雾的女子老祖师就微笑道："怎么，仗着是位剑修，不给面子？"

陈平安只好盘腿落座，目不斜视眺望大海，双手掐诀吐纳，安安静静不再言语，反正只要熬过半个时辰就行了。

不远处三人，也没有挪地方，没这样的道理。

仿佛近在咫尺的双方，就这样各做各事，各说各话。

其实人生何处何事何人不如此。

陈平安先前在功德林那边，找过刘叉，没什么用意，就是与这位蛮荒天下曾经剑道、剑术皆最高的剑修闲聊几句。

经生熹平帮忙打开秘境禁制大门后，陈平安找到了当时坐在湖边垂钓的大髯游侠。

陈平安坐在一旁后，好奇问道："你给开山大弟子取名背篓，有没有什么更深的用意？"

刘叉说道："跟你猜的差不多。"

剑气长城的老剑仙董三更，原本佩剑一丈高，只是在蛮荒天下那边折断了，董三更用竹篾装着一颗飞升境大妖的头颅，背着返回家乡，就铸了一把新剑，名为竹篾。故而给弟子取名背篓，就是刘叉对当年董三更那次远游蛮荒的一场遥遥礼敬。

虽是阶下囚，刘叉神色淡然，与这个剑气长城的末代隐官，其实双方没什么可聊，不过唯独此事，刘叉愿意多说几句。

"剑气长城的剑修，万年以来，我只仰慕董三更。

"如果换成我去游历浩然天下，像他那么个出剑的法子，早死了不知道几次。

"当年在家乡那边遇到阿良，我们两个之所以能够成为朋友，很大程度上，是因为阿良自称是董三更的忘年交，那家伙说得恳切，我信了。"

知道了答案，其实陈平安已经心满意足，看了一会儿刘叉垂钓，一个没忍住，就说道："前辈你这么钓鱼，说实话，就跟吃火锅被汤汁溅到脸上差不多，辣眼睛。"

刘叉默不作声。剑气长城的读书人，说话都不中听。

陈平安瞥了眼鱼篓："能钓上这么几条鱼，真心不是前辈技术还凑合，要么是那些鱼饿慌了着急投胎，要么就是它们的运气实在太差，跟路边醉鬼摔阴沟差不多。"

刘叉问道："有讲究？"

在这边练剑依旧，看书没兴趣，所以就只有钓鱼一事可以打发光阴了。刘叉刻意放弃了练气士身份，不然就彻底没意思了。

陈平安反问道："前辈觉得呢？"

要是跟我聊这个，就没啥飞升境十四境了，全是晚辈。

刘叉想了想，说道："人鱼水，竿钩饵，我觉得就这么点讲究。"

陈平安有些吃不准刘叉的这番言语，问道："前辈是跟我在这儿打机锋呢，还是当真认为这么简单？"

刘叉不再说话。

陈平安沉默片刻，说道："以后再找前辈问剑一场。"

刘叉笑问道："为何？"

陈平安蹲下身，捡起几颗石子，轻轻丢入水中："前辈豪迈，晚辈佩服。就是有几件事，做得不地道。"

刘叉笑了起来："随意。希望不要让我久等，如果只是等个两三百年，问题不大。"

这位大髯剑客在浩然天下的几次出剑并非出自本心，只是他也没觉得这算什么理由。

说到底，还是自身剑术不够高。过剑气长城遗址时，尚未跻身十四境，不然何必在意托月山大祖和周密的看法？

陈平安拍拍手，起身告辞离去。

刘叉愣了愣,猛然转头,只见那个家伙站在功德林一处"门口",摆摆手,笑呵呵道:"钓,继续钓,前辈继续,小鱼跑光了,可以等大鱼。"

刘叉只得破例一回,瞥了眼湖中游鱼的动静,被那家伙拿石子一砸再砸,还有个屁的渔获。好家伙,比那阿良更狗日的。

刘叉望向湖水,说道:"如果可以的话,帮我捎句话给背篓。"

陈平安跨过门后,一个身体后仰,问道:"哪句话?"

刘叉微笑道:"告诉他,要成为蛮荒天下的最强者。"

陈平安点点头,算是答应了。

刘叉问道:"帮了忙,无所求?"

陈平安保持那个姿势,想了半天,还是摇摇头:"先余着?"

刘叉抬起手。

陈平安丢过去自己亲笔撰写的一本册子,是关于钓鱼的详细心得。

刘叉接过去,收入袖中,道了声谢。

按照李槐的那个说法,陈平安在未来的山上修行岁月里,也会找几件事做做,没什么大的想法,就真的只是散心。比如下山当个隐姓埋名的学塾夫子,学问不够,就只教某处村塾蒙童识文断字,可能都不会是落魄山附近的龙州地界,要更远些。或者在莲藕福地里边当个教书先生,也是可以的。再比如偶尔会御风远游,去万里之外的江河湖泊独自垂钓,拎几壶酒,再给自己煮上一锅鱼汤。

如果说挣钱是为了生活,生活却不能只是挣钱。那么上山修行是人生,人生一样不能只是修行。只不过练剑习武,挣钱修行,读书求学,都不可懈怠就是了。

陈平安睁开眼,暂时还是没有发现那条夜航船的踪迹。

身边三人,大概是在自家地盘的缘故,纳兰先秀已经掏出绣袋,换了些旱烟,她性子冷清,不太喜欢说话,其余两个比较言语无忌,尤其是那少女姿容的鬼魅,好像对曹慈、傅噑、许白这些年轻俊彦都特别感兴趣,与那个古灵精怪的小姑娘聊得特别不见外,小姑娘觉得曹慈更好些,被她称呼为飞翠姐姐的鬼魅却说傅噑更好,因为白帝城的城主首徒是位剑修嘛,比起耍拳脚功夫的,风流气度,肯定要天然胜过一筹。

那个小姑娘就瞥了眼那个青衫剑修,觉得身边这位,好像就不咋的。

陈平安只是假装什么都没听见、没看见。

不承想聊着聊着,那个飞翠就聊到了那场文庙问拳。原来才几天工夫,这个消息就从文庙传到了山海宗。

天下事纷纷杂杂多如牛毛,可是总会有那么几件事,会被人津津乐道。就像某些人,会鹤立鸡群,有些事,会耳目一新。

小姑娘好像有些闷闷不乐,原本一直叽叽喳喳说个不停的她,突然就不说话了。

大概是在为曹慈打抱不平？觉得那个什么隐官不讲江湖道义，打了曹慈的脸？

飞翠是大大咧咧的性子，转头跟那闷葫芦一般的男子主动说道："你是剑修，至少仙人境吧？眼光肯定不差。那么你觉得那场问拳，如果双方分生死，结果如何？"

陈平安笑道："我不太懂止境武夫的门道，所以不好妄下结论。不过我猜测，只要与曹慈问拳，不论是分胜负还是分生死，至多一手之数，此外浩然天下，所有武夫，十成十会输，不会有任何悬念。"

而一手之数当中，有裴杯、宋长镜、张条霞、李二。

原本病恹恹的小姑娘一挑眉毛，听到这番公道话，她重新开心起来，摇头晃脑，神采飞扬说道："什么隐官，什么青衫剑仙，那么差的脾气，这家伙太欠收拾了。如果换成我是九真仙馆的仙人云杪，呵；如果再换成郑居中，呵呵；如果那家伙敢站在我身边，呵呵呵。"

坐在一旁的陈平安轻轻点头，表示附和，很赞同小姑娘的看法。

一直用眼角余光偷偷打量陈平安的小姑娘，伸出大拇指："这位剑仙，说话中听，眼光绝好，模样……还行，以后你就是我的朋友了！"

陈平安笑容和煦，轻轻点头。

自然一眼就看出了小姑娘是山中精怪出身。

小姑娘随口问道："你是在等渡船，要去哪儿？"

陈平安说道："去北俱芦洲。"

小姑娘哦了一声，老气横秋道："你家乡是北俱芦洲啊，好地方，难怪难怪，那边剑修多嘛。不过我家乡是宝瓶洲，以后带你耍去。"

陈平安愣了一下，只是没有多问。

这个修为境界不高的小姑娘，怎么跨洲来到的中土神洲，好像在山海宗这边还地位不低？

虽然不知其中缘由，不过陈平安对山海宗印象更好几分。

纳兰先秀用旱烟杆敲了敲石崖，再从袋子里边拈出些烟叶，抬头瞥了眼天幕，她怔怔出神。

纳兰先秀回过神，笑问道："也喜欢抽旱烟？"

陈平安摇摇头："不曾抽过。"

纳兰先秀笑道："其实比酒鬼喝酒更有意思些。"

陈平安笑了笑，没搭话。

除了青神山那些竹子会跟随玄密王朝的那条跨洲渡船风鸢一起去往落魄山，这次文庙议事，陈平安可谓满载而归。

九嶷山神赠送的那盆菖蒲，还有烟支山女子山君赠送的那只折纸乌衣燕子，都被先生搬出先生的架子,给了陈平安。

至于那盒脂粉,陈平安倒是收得毫不犹豫,格外心安理得,不然先生是给左右师兄,还是给君倩师兄啊? 暴殄天物,根本没必要嘛。

陈平安当时就收了这三样。其余的,陈平安都没收,不管先生怎么劝,只是不答应。

理由很充分,先生以后会有越来越多的再传弟子,总得有点自己的家当,先生总这么两袖清风,怎么行。

可是临别之际,先生还是将刘财神不小心落下的那件咫尺物给了关门弟子,说以后落魄山是要做大买卖的,这玩意儿肯定用得着,反正只要落魄山挣了钱,就等于是文圣一脉挣了钱。

与此同时,老秀才还笑着从袖子里边摸出两个卷轴,让陈平安猜猜看。其实陈平安不用猜,知道必然是苏子和柳七两位前辈的手笔。

陈平安觉得自己有个不错的习惯,就是听得进去劝。比如很快就将火龙真人的那番言语听进去了,做生意,脸皮薄了,真不成事。

老人说的老话,年轻人得听,听了还得去做。

于是陈平安听说仙人云杪尚未离开鳌头山,立即给这位不打不相识的九真仙馆馆主寄去密信一封。

仙人云杪很快就悄悄回信一封,将某物寄来功德林。是那支半仙兵品秩的白玉灵芝。

云杪如此割肉,非但不心疼,反而心甘情愿,而且如释重负。

云杪对"这位白帝城城主"的敬畏之心,已经夸张到无以复加的地步。

郑居中的行为举止,实在是匪夷所思,竟然能够瞒天过海,其中一个分身,一步步成为了文圣一脉的关门弟子?!

这就说得通了,为何一个外乡人,年纪轻轻的,就可以成为剑气长城的末代隐官,并且活着返回浩然天下。

难道这是郑居中与绣虎崔瀺,与文圣老秀才,与中土文庙的一桩天大买卖?!

此棋局的先手,莫不是当年的彩云局?

瞧瞧,这一记棋盘先手,都已经故意让天下皆知,可是结果如何? 还不是成功瞒过了数座天下的所有修士?

云杪秘密往功德林送出那件白玉灵芝后,这位仙人发自肺腑地走到庭院中,然后朝那泮水县城方向心中念念有词,作揖长拜,久久不起。

陈平安当然没有见到那一幕,却能够大致想象出那位云杪仙人的心境。

一支价值连城的白玉灵芝,上面篆刻有两行铭文,寓意绝佳:

千年莹澈无瑕之人，百世芝兰幽香之家。

得了这件半仙兵，那么鹦鹉洲包袱斋那边的开销，加上从青神山购买竹子的赊账，就都回本了。

极远处的大海之上，有一道璀璨剑光升空而起。陈平安抬头望去。

纳兰先秀眯起眼，再转头看了眼那个年轻男人，她知道此人身份了。

问津渡那边，一袭粉色道袍落在一条刚刚起程的渡船上，柳赤诚随手丢出一枚谷雨钱给那渡船管事，来为桃亭道友送行。结果在船舱屋内，瞧见了个骨瘦如柴的老瞎子，原本要与桃亭好好喝一顿的柳赤诚，就只是与桃亭打了声招呼，来去匆匆。

一个连郭藕汀都敢随便揍的，柳赤诚掂量一番，惹不起。当然，最根本的原因，还是师兄已经不在泮水县城。

屋内，老瞎子和李槐坐着，嫩道人站着，不敢喘大气，桌上还有那只盆景，"山巅"站着个城南老树精。

老瞎子问道："李槐，你想不想有个手脚伶俐的随侍婢女，我可以去蛮荒天下帮你抓个回来。"

李槐翻了个白眼，都懒得搭理老瞎子。

老瞎子习以为常了，转过头，那个树精刚刚自称见过一位道号纯阳的古剑仙，后者出身道门剑仙一脉，与自己请教过剑术，随便指点一番，后者的境界就上去了。

老瞎子问道："口气这么大，你喝西北风长大的?"

老树精一听就不乐意了，双手叉腰，大声问道："李槐，这家伙谁啊，口气这么冲?"

李槐笑嘻嘻道："我的大半个师父，还不知道名字。"

老树精沉吟不语，看那嫩道人道行不浅的样子，都能和柳道醇称兄道弟，没个玉璞境说不过去，既然嫩道人是李槐的扈从，那么眼前这个老瞎子是李槐的师父，一个仙人境多半跑不掉，如果是在包袱斋里边，什么仙人，不算事儿，今儿落魄了，必须寄人篱下，还是要审时度势几分，所以就没与那个喜欢满嘴喷粪的老瞎子掰扯什么。

老瞎子转头，面对桃亭这个飞升境："浩然嫩道人？响当当的名号，怎么听着有点浩然白也、符箓于玄的意思?"

黄衣老者一脸干笑："是来浩然天下的游历路上，公子帮忙取的道号，我这不是担心没个绰号傍身，陪着公子出门在外，容易害得自家公子给外人瞧不起嘛。"

老瞎子笑呵呵，一招手，桃亭被猛然拽过去。他只得弯着腰，歪着脑袋，脑袋被那如钩五指抓住，乖乖保持着这么个滑稽姿势，根本不敢躲。

手指下，咯嘣脆。桃亭都没敢出声。

那个老树精看得打了个激灵，赶紧转头不敢看，只是又听得毛骨悚然。

这个老瞎子，不是善茬啊。

李槐赶紧起身，一巴掌拍在老瞎子的胳膊上边："行了行了，你别总这么欺负老嫩，在家关起门来就算了，在外边好歹给老嫩留点面子。"

老瞎子松开手，一巴掌甩在桃亭脸上，打得后者砰然倒地，以心声道："以后再这么只顾自己逞威风，给李槐带来诸多意外，一巴掌拍死你。"

不过明面上，老瞎子从袖子里摸出一本泛黄的书，随手丢在桃亭身上："一路护道，没有功劳，只有苦劳，这是上半部《炼山诀》，下半部以后再说。"

桃亭双手捧住书，双眼赤红，激动万分。

作为蛮荒天下的撼山老祖，驱山徙山不用多说，不比那袁首差太多，唯独之后的炼山一道，要比那个袁首逊色多矣。不然那个王座位置就该轮到他桃亭来坐。什么袁首，得叫他一声桃亭老哥，而不是两次在十万大山边缘偷偷晃悠，找机会就会吃了自己。

桃亭为啥愿意给老瞎子当看门狗，还不是奔着这部《炼山诀》去的？

李槐一拍桌子，问道："当贤人这么个事，是不是你的意思?!"

嫩道人刚得了天大便宜，觉得屋内有点剑拔弩张的意思，这要是打起来，最后遭罪的铁定是他，绝不会是李大爷，所以开始挪步。

老瞎子点点头。

不承想李槐眉开眼笑，绕到老瞎子身后，给老瞎子揉肩敲背，小声道："此次一回，下不为例。"

这次返乡回家，爹娘和李柳要是知道了这么个事，还不得笑开了花？再说了，还有那个没见过面的姐夫，听说北俱芦洲书香门第出身，那么总不能让姐姐嫁过门去，给婆家人看低了一眼。如今有了个当书院贤人的弟弟，多少可以说话硬气几分。

李槐提醒道："说好了啊？君子什么的，别来了，千万别乱来，不然我跟你急，那咱俩的大半个师徒情分可就要淡了。"

老瞎子还是点头。

君子头衔算个屁，到时候让文庙直接给个书院山长。不过看李槐这孩子的脾气，好像一直不太喜欢出头，若是山长太惹眼，副山长刚好。

当师父的给徒弟什么东西，竟然还得小心掂量，仔细思量。最后收不收，得看徒弟心情？老瞎子和李槐这对师徒，确实不多见。

李槐坐回原位，继续翻看一本江湖演义小说，他突然抬起头，对老瞎子笑道："刚刚在书上瞧见个说法——老树着花无丑枝。师父你年轻那会儿，模样应该不差吧?"

老瞎子笑着点头："不差的，当年陈清都、龙君几个，一直嫉妒此事。"

嫩道人看着一张老脸开花的老瞎子。

老瞎子是最不喜欢翻老皇历的一个人,但是在李槐这边,竟然都愿意聊这些了。

那个老树精颤声问道:"你是那位?"

老瞎子问道:"哪位?"

老树精擦了擦额头汗水,不敢说话了。

老瞎子起身道:"以后求学间隙,有空去十万大山那边。"

李槐跟着起身,说"等会儿",从书箱里边拿出一个包裹,递给老瞎子,笑道:"都是些杂书,回了那边,当是个消遣。"

老瞎子收入袖中,一步跨出,重返蛮荒。

那天三更时分,老舟子顾清崧鬼鬼祟祟走夜路,一路隐藏踪迹,摸到了功德林,与经生熹平好说歹说,才让对方答应帮忙通报一声。

有求于人,顾清崧才如此好说话,不然你一个等于是从石头里边蹦出来的熹平,与你废话个什么。靠山是文庙又如何,是至圣先师又如何,咱俩不还都算是读书人,谁高一头谁矮一头了?

顾清崧总算见着了陈平安。

陈平安抱拳道:"顾前辈。"

顾清崧摆摆手:"别瞎讲究这些辈分,有的没的,矫情不矫情。"

其实这句话,顾清崧是说给自己听的。不然陈平安毕恭毕敬喊他一声顾老祖、顾老仙君,又有什么问题?或者论别个辈分,那么他该算与桂夫人一辈,你陈平安喊桂夫人一声姨,可不就是他的晚辈?说不得哪天,这小子就要喊自己一声姨夫呢。

这么一想,顾清崧就觉得哪怕今夜喊他陈兄弟、陈大爷,都不亏。反正以后都会还回来。到时候带着已成道侣的桂夫人,然后就待在落魄山不挪窝了,每天有事没事就去这小子眼前晃悠。

陈平安笑问道:"桂夫人讨不讨厌你?"

老舟子理直气壮道:"当然不讨厌。喜不喜欢我,暂时不好说。"

原本只要这位顾清崧顾老神仙说个讨厌,陈平安就可以三言两语,将其打发走了。

比如要想让桂夫人喜欢你,第一步,是先不讨厌,如何不讨厌,就是在远处默默喜欢,如此一来,桂夫人也能得个清净,还不耽误顾清崧继续喜欢桂夫人。结果顾清崧来了这么一句,陈平安就只好改变路数,换了个问题,说得很人之常情:"桂夫人是我的长辈,你觉得我教你去怎么喜欢她,合适吗?"

顾清崧皱眉道:"少废话,教了学问,我给你钱。"

扯啥,不就是要钱吗?我有。

在那辽阔无垠的四海水域，单枪匹马逛荡了那么多年，那渌水坑的肥婆娘只要海上见着了我，都要主动让路，乖乖避锋芒，更别谈早年雨龙宗女修这些小虾米了。老子随便一竹篙下去，能在海上激起万丈浪。

你小子去文庙随便翻翻老皇历，当初是哪位豪杰水淹十八岛，还能不伤一人？

陈平安自然不会真的教这个老舟子什么"道法"，就随便扯了几句，不过顾清崧从头到尾竖耳聆听，时不时点头，看样子，误打误撞，真说到他心坎上去了？

顾清崧最后说道："说吧，你小子想要啥，别整虚的，我没空陪你兜圈子。"

陈平安开诚布公道："我想与前辈请教一门压箱底的保命遁术。"

道理再简单不过了，就顾清崧这个脾气，如果没有几样看家本领，绝对不会只是从仙人境跌为玉璞境这么"轻松"。

顾清崧犹豫起来，要是桂夫人想学，他肯定倾囊相授，桂夫人之外，他不太乐意，这可是压箱底的本事。

顾清崧没好气道："我当下叫啥名？"

陈平安只得说道："顾清崧。"

老舟子嗤笑道："我看你小子的脑袋瓜子没外界传闻那么灵光。"

顾清崧，回顾青水山松。在浩然隐蔽处，找条不出名的江河，找棵古松，将两者炼化了就成。

陈平安先前是有猜测的，只是哪怕验证了心中所想，依旧不宜道破天机。毕竟关键所在，还是道诀内容。只是知其然，不知其所以然，毫无意义。

顾清崧便说了其中玄妙，沾沾自喜道："想不到吧？"

陈平安一脸错愕，只是并不过火，惊讶之余，略带几分佩服，小有垂涎。

不料顾清崧瞥了眼年轻隐官，吐了口唾沫，骂骂咧咧，小子贼精。

陈平安这下子真的有些疑惑了，顾清崧是怎么看出来的？

顾清崧没好气道："别瞎猜了，我有一门自己悟出的秘法，可以分清个粗糙的是非。"

不然你以为当年我为何能够被师父选中，帮着撑船出海？难道因为我好骗钱吗？

陈平安想了想，还是放弃了求道诀的念头，转移话题问道："顾前辈，为何对桂夫人如此念念不忘？"

顾清崧沉默许久，叹了口气，说道："见到她之前，我做梦都梦不到那么好看的姑娘。"

陈平安抱拳笑道："那我就不送前辈了。"

顾清崧疑惑道："不学这门神通了？"

陈平安摇摇头："算了，不强求。只希望以后顾前辈遇到了落魄山子弟，愿意多照拂几分。"

顾清崧点点头："不承想你小子还是个厚道人,这事可以答应,就以千年为期限好了,以后只要遇到了落魄山的修士、武夫,一般情况我不搭理,可只要是危急关头,我都会出手相助。"

陈平安抱拳致谢。

顾清崧摆摆手,急匆匆离开功德林,追上了一条渡船,找到了重返宝瓶洲的桂夫人,老舟子与她说了一番掏心窝子的话。大致意思,就是之前做了好些蠢事,在桂花岛、在夜航船,都是他不懂分寸,保证再不会有这么一厢情愿的事情了。以前是没想明白,如今开窍了,觉得真正喜欢一个人,总不能只是自己瞎喜欢。

桂夫人神色自若,不过难得没有打断老舟子的言语,还有几分认真眼神。不过她心中一笑,今天仙槎如此会说话,肯定是陈平安那小子的功劳。

相信很快老龙城桂花岛那边就会收到一封陈平安专程解释此事的道歉信。其实不用如此,她又不傻,猜也猜得到。

就仙槎这脾气,在浩然天下能听进去谁的道理?礼圣的,估计愿意听,或是李希圣和周礼的,也愿意。只不过这三位,肯定都不会这么教仙槎说话。

桂夫人其实倒不是真被这些言语给打动了,而是觉得这个老舟子愿意这么大费周章,折腾来折腾去,挺不容易的。

桂夫人最后还是柔声道:"仙槎,不能回应你的喜欢,对不住了。"

老舟子挠挠头,说了句就只是自己想法的真心话:"没的事,没的事,只要别觉得我烦,我就很高兴了。"

桂夫人叹了口气:"你在桂花岛也是有嫡传弟子的人,偶尔去那边坐坐,争取帮他早些破境。"

作为南岳山君的范峻茂跌境极多,范家如今也确实急需一位新的上五境供奉。

桂夫人提醒道:"别多想。"

仙槎斩钉截铁道:"不多想!"

误会个啥,岂会误会,这可不就是八字有一撇了嘛!

陈兄弟,哦,不对,陈大爷,你真的有点道行啊!

早知道在功德林那边自己就不吝啬那门神通了。

桂夫人一看就知道这家伙误会了,不过也懒得多说什么。

老舟子仙槎离开渡船后,通过陆沉留给他的几道独门秘法,先缩地山河,再急匆匆撑船出海,神通广大,犹胜寻常飞升境,倏忽之间,就万里又万里,准确找到了那条夜航船,开始死缠烂打,非要登船,还信誓旦旦保证自己绝不胡来。

只说找寻夜航船一事,仙槎可以说是浩然天下最擅长之人。

船主张夫子在船头现身,俯瞰大海之上的那一叶扁舟,笑着打趣道:"如果我没有记错的话,不是说求你都不来吗?"

仙槎手持竹篙,理直气壮反问道:"你求我了吗?"

求了就不来,没求我就来。

张夫子一时间哑口无言。

仙槎说道:"我只找灵犀城李夫人,与她说句话就走。"

张夫子笑问道:"求她帮桂夫人写篇词?"

老舟子埋怨道:"张船主你恁大岁数的人了,你咋个也这么喜欢问东问西的,开门让了路,就待一边凉快去。"

一番纠缠不休过后,老舟子顺利到了灵犀城那边,真就只说了一句话就要走。

然后老舟子扯开嗓门喊道:"船主?"

没有回应。

"张先生,人呢? 别装聋作哑了,我晓得你在。"

还是天地寂静。

于是老舟子开始破口大骂:"你倒是让我下船啊。再这么不仗义,山高水长的,以后记得给我小心点……"

仙槎第一次游历夜航船,当时身边有陆沉,自然是想来就来,想走就走。后来第二次登船,是李夫人觉得烦,请求船主将此人打发下船。这一次下船悬了。不承想仙槎冷笑一声,竟是凭借那门没有传授给陈平安的秘法直接离开了渡船,不过受伤不轻,虽然跌境还不至于,但是至少消磨掉辛苦百年存神炼气的道行。

李夫人笑道:"一定会被记仇的。"

张夫子说道:"不管他。"

张夫子好奇问道:"先前仙槎说了什么?"

作为船主,不是无法听见,只是出乎对灵犀城的礼敬,故意没去听。

李夫人说道:"他与我建议了一个城主人选。"

张夫子说道:"陈平安?"

李夫人点点头。

张夫子笑道:"从表面上看,他最不适合灵犀城。"

夜航船准备新开辟出四城,城池数量会从十二变成十六。他最早的设想,其实是让陈平安占据新城之一。

张夫子转过头,问道:"就这么想要远游?"

而且这位女子的此次远游,会是与天地作别。

李夫人点点头,说道:"是在渡船上,才得知船主的那篇散文,'湖中人鸟声俱绝,天云山水共一白，人舟亭芥子两三粒'……我久在临安，都不曾知道那边的雪景，可以如此动人。所以打算看完一场大雪就走，'强饮三大白而别'，就是不知道我有无这个酒量了。"

张夫子问道："灵犀怎么办？"

李夫人说道："留在这里好了。人生才刚刚开始，不该就此结束。"

喜欢双手笼袖的鹿角少年伸手出袖，与张夫子作揖请求道："船主，我可以陪着主人一起下船吗？以后也未必会登船了。"

张夫子笑着点头道："有何不可。天底下最自由之物，就是学问。不管灵犀身在何处，其实都在夜航船？"

李夫人与鹿角少年一同向这位船主作揖致谢告别。

张夫子大笑过后，郑重其事作揖还礼，轻声道："此生有幸得见临安先生。"

白玉京顶楼，陆沉坐在栏杆上，学那江湖武夫抱拳，使劲晃荡几下，笑道："恭喜师兄，真要真无敌了。"

余斗转过头，发现这个师弟，嬉皮笑脸说着打趣言语，但是一双眼眸如古井幽玄。他问道："何解？"

陆沉揉着下巴："无解。船到桥头自然直。"

余斗冷笑道："这不是你在这边磨蹭不去天外天的理由。"

陆沉叫苦不迭："实在是不愿去啊，尽是苦力活，咱们青冥天下到底能不能冒出个天纵奇才，一劳永逸解决掉那个难题？"

余斗不言语。知道师弟陆沉是在埋怨自己当年的那次出手，问剑大玄都观。

山海宗那边的崖畔，纳兰先秀将烟杆别在腰间，起身说道："走了。"

少女飞翠帮着小姑娘卷起那张竹席，小姑娘一边忙碌，一边跟青衫客说道："剑仙，你别忘了啊，咱俩是朋友了，以后相互多串门。"

陈平安笑着答应下来。

小姑娘最后捧着卷起的竹席大摇大摆离去，只是她没来由想起当年的那场分别，就脚步慢了下来。

当时小姑娘被一个姐姐捡回了家，在后者的家乡，她们坐在那个"天"字的第一个笔画上边，后者居中而坐，看着不是那么远的远方，一个叫落魄山的地方。

这会儿小姑娘瞥了眼天幕，红了眼睛低下头，抬起手臂擦了擦眼睛，闷闷道："天底下最大的坏蛋，就是那个陈平安了。"

陈平安只是目视前方，望向大海，默然无言。

图书在版编目(CIP)数据

剑来30：一剑破万法 / 烽火戏诸侯著. —杭州：
浙江文艺出版社, 2022.6(2025.1重印)
ISBN 978-7-5339-6799-4

Ⅰ.①剑⋯ Ⅱ.①烽⋯ Ⅲ.①长篇小说—中国—当代
Ⅳ.①I247.5

中国版本图书馆CIP数据核字（2022）第047025号

选题策划	柳明晔
责任编辑	关俊红
营销编辑	宋佳音
封面绘图	温十澈
责任印制	吴春娟

剑来30：一剑破万法
烽火戏诸侯 著

出版	浙江文藝出版社
地址	杭州市环城北路177号
邮编	310003
电话	0571-85176953（总编办）
	0571-85152727（市场部）
制版	浙江新华图文制作有限公司
印刷	杭州杭新印务有限公司
开本	710毫米×1000毫米　1/16
字数	322千字
印张	16
插页	2
版次	2022年6月第1版
印次	2025年1月第6次印刷
书号	ISBN 978-7-5339-6799-4
定价	48.00元